青年时代的李金发

李金发德籍夫人屐姐

1940年代初，李金发摄于重庆

1945年，李金发与夫人梁智因摄于伊朗德黑兰

1945年，李金发与次子李猛省、夫人梁智因、长子李明心摄于伊朗

李金发全家在美国新泽西农场

1951年，李金发与夫人梁智因、次子李猛省摄于伊拉克赴美国途中

1960年，新泽西农场关闭后，李金发摄于定居的纽约长岛

《微雨》，1925 年北新书局初版

《为幸福而歌》，1926 年商务印书馆初版

《食客与凶年》，1927 年北新书局初版

《异国情调》，1942 年商务印书馆初版

"十三五"国家重点出版物出版规划项目

李金发诗全编

李金发 著 陈厚诚 李伟江 陈晓霞 编

四川文艺出版社

图书在版编目（CIP）数据

李金发诗全编 / 李金发著；陈厚诚，李伟江，陈晓霞编.
— 成都：四川文艺出版社，2020.12
ISBN 978-7-5411-5876-6

Ⅰ．①李… Ⅱ．①李… ②陈… ③李… ④陈… Ⅲ．①诗
集－中国－当代 Ⅳ．① I227

中国版本图书馆 CIP 数据核字（2020）第 255023 号

LIJINFASHIQUANBIAN

李金发诗全编

李金发 著

陈厚诚 李伟江 陈晓霞 编

出 品 人 张庆宁
策 划 周 轶
责任编辑 程 川 周 轶
封面设计 叶 茂
内文设计 史小燕
责任校对 段 敏
法语顾问 龚 觅
责任印制 崔 娜

出版发行 四川文艺出版社（成都市槐树街 2 号）
网 址 www.scwys.com
电 话 028-86259287（发行部） 028-86259303（编辑部）
传 真 028-86259306

邮购地址 成都市槐树街 2 号四川文艺出版社邮购部 610031
排 版 四川最近文化传播有限公司
印 刷 成都东江印务有限公司
成品尺寸 145mm×210mm 开 本 32 开
印 张 32.25 字 数 650 千
版 次 2020 年 12 月第一版 印 次 2020 年 12 月第一次印刷
书 号 ISBN 978-7-5411-5876-6
定 价 168.00 元

出版说明

一、本书收录李金发创作的全部新诗作品，共362题400余首，其中包括诗集《微雨》中的100题约124首；诗集《食客与凶年》中的89题约110首；诗集《为幸福而歌》中的111题约121首；诗文合集《异国情调》中的诗11题11首；发表在《黎明》周刊、《美育杂志》、《小说月报》、《现代》杂志、《前途杂志》、《东方文艺》、《矛盾》月刊、南京《文艺月刊》、《人间世》半月刊、《北平新报》副刊《半月文艺》、《诗林》、《抗战诗选》等12种报纸杂志或诗选中的诗51题50首。这是迄今为止收录李金发新诗作品最全的一本诗集。

二、诗集《微雨》创作于李金发留学法国巴黎时期，其中除少数几首诗作于1920年和1921年外，主要收录了1922年下半年和1923年初的作品，1923年2月编定。诗集《食客与凶年》收录的是1922年冬李金发从巴黎赴德国游学初期的诗作，编定于1923年5月。其时正值第一次世界大战德国战败后的"凶年"，李金发自嘲是去德国"享受低价马克之福"的"食客"。诗集《为幸福而歌》是李金发1923—1924年在柏林与一画家之女屐姐相识、热恋、初婚这段时间创作的作品，完成于1924年初冬他与屐姐离开巴黎返国之前。诗文合集《异国情调》中的诗，则创作于抗日战争时期。

三、《微雨》《食客与凶年》《为幸福而歌》三本诗集和《异国情调》诗文合集中的诗，均由编者依据其初版本进行校勘后收录。其中《微雨》依据的是北新书局1925年11月初版本，《食客与凶年》依据的是北新书局1927年5月初版本，《为幸福而歌》依据的是商务印书馆1926年11月初版本，《异国情调》依据的是商务印书馆1942年12月重庆初版本。集外诗则根据其在报刊上发表时的原作，予以校勘后收录。

四、为保持各诗集初版时的原貌，李氏《微雨》《食客与凶年》《为幸福而歌》三本诗集原有的序跋和篇目排列均保留不变。但诗集《微雨》中原附录的多首译诗和诗文合集《异国情调》中所附译诗《苏俄之歌》，我们已考虑将其收录于计划出版的《李金发文集》翻译卷中，所以本书就不再收录这些译诗。此外，诗集《微雨》初版本的目录是倒置于全书末尾的，为与当今出版物的通例保持一致，编者已将该集的目录移至书首，以便于读者的检阅。

五、关于所收诗的排列，以三本诗集和诗文合集中的诗居先，集外诗随其后。其中三本诗集的排列以创作时间的先后为序，故《食客与凶年》出版时间虽晚于《为幸福而歌》，但创作时间早于后者，所以排在《为幸福而歌》之前。集外诗的排列，则将发表于某刊物的诗以发表时间为序集中列于该刊物名下，每首诗发表的年卷期均在该诗的后面注明，各刊物的排列则以各刊最早发表李氏诗作的时间先后为序。凡诗集中已收录的诗而又在刊物上发表者，则不再收入《集外诗汇编》，但会在所属诗集中该诗的下面作脚注说明其在刊物上的发表情况。

六、本书对所收诗所作的脚注，均为编者所加。鉴于李金发常在其诗作的标题、题引和正文中夹杂一些法文、德文、英文等外语人名、地名、景物，及若干短语、引文，甚至还有两首他自己用法文写的诗，给读者的阅读造成了一定的困难；而这些外文词语又以法语为主，且数量较多。为此，本社特聘法国文学研究者、首都师范大学法语系龚觅博士为本书的法语顾问，负责对李金发诗中法语词汇、引文乃至诗作予以鉴别、考证、勘误和翻译，协助编者做好相关的注释，以帮助读者排除阅读上的障碍。另外，本书对李诗中部分外语的注释，也沿用了过去某些译者的译文，特此说明并致谢。

七、本书按照我国正式公布的《汉字简化方案》（参照《现代汉语词典》第七版），凡是已被简化的繁体字和确定的偏旁类推简化字，本书都作了简化；但具有繁体偏旁而未确认为类推简化字者，本书仍保留其繁体偏旁。同时，本书初版本中使用的旧式标点符号，凡与我国1995年颁布的《国家标准标点符号用法》不同者，一律转换为当今通用的标点符号；书中指称书名而未加书名号者，一律加上书名号；诗文中数词的大小写凡不符合习惯用法者，一律改为当今通行用法，并不再一一作注。此外，本书初版中的诗节划分、字词搭配、语序和构词成分的颠倒，以及某些句子成分的省略等，均保持初版原貌，以便读者能窥见李氏语言运用的独特风格；个别同义异形的字词，如"钮"与"纽"、"萎靡"与"委靡"、"惟"与"唯"、"飘泊"与"漂泊"、"想像"与"想象"等，在李诗中存在交替使用、互相替代、同时并存的情况。鉴于词典上注明"钮"同"纽"、"萎靡"同"委靡"、"惟"同"唯"、"飘泊"同"漂泊"、"想像"同"想象"，故本书对此类同义异形字词的使用均不作改动，至于诗中多处沿用古汉语中常以"大"代"太"或以"太"代"大"的情况，凡已成惯例者，可保持原貌，但若不符合现在语言习惯者，则均改为当今通行用法，如将"太可不必"改为"大可不必"，将"大可笑了"改为"太可笑了"等，也不再一一加注。本书附录的《岭东恋歌》中有个别为表示客家方言特有的意义与发音而为李氏自造且在各类字典中均查不到的字，也保持其原貌，留待专家读者研究参考。但书中若确有明显错漏之处，编者则在该处加脚注指出；还偶有初版目录所列诗题与内文诗题有异，或目录中有题而内文无诗的情况，编者也在该处加注予以说明。

八、本书附录部分收录了三项内容：一是诗人晚年所作旧体《无题诗》一首，二是诗人搜集整理的《岭东恋歌》，三是陈厚诚教授编纂的《李金发年谱简编》。李金发晚年曾偶作旧体诗以自娱，但未公开发表，少有保存，至今仅发现《无题诗》一首，现收入附录，俾使读者可窥见诗人旧体诗创作之一斑。广东客家的山歌，是李金发所受诗教的第一课，1929年4月由光华书局出版的《岭东恋歌》是李氏长期搜集整理家乡民歌的成果，对于保存民间创作和研究家乡民歌对李氏诗歌创作的影响都具有不可忽视的重要意义。陈厚诚教授的《李金发年谱简编》简明扼要，可为阅读李诗提供一个简洁清晰的背景。另外，李金发除《微雨》等诗集所附译诗之外，尚有大量译诗散见于各种刊物甚至单独出版（如《古希腊恋歌》）。这些译诗也是他诗歌活动的重要组成部分。但考虑到其篇幅过大，且已计划将这些译诗收入即将出版的《李金发文集》翻译卷中，故本书不再收录。

九、本书的编纂工作，最初是由四川大学陈厚诚教授和中山大学李伟江教授于20世纪90年代合作进行。经过多年的努力，他们基本搜齐了李氏的新诗作品，并初步拟定了全书的体例和目录草稿。但不幸李伟江教授于2000年末病逝，其女李桃代父继续与陈厚诚教授合作了一段时间，不久李桃出国留学，陈厚诚教授又出国依亲，加上出版单位一时难以落实，《李金发诗全编》的工作便暂时陷于停顿。在本社决定出版本书后，经陈厚诚教授与李桃商定，《李金发诗全编》的后续工作便交由四川宜宾学院陈晓霞老师接手，有关部分缺漏资料的搜集和补充，旧有资料因年久漶漫不清的重新复印，以及大量烦琐的校勘、注释等，均由陈晓霞老师具体负责，实际上她是担负了将大量原始资料编为《李金发诗全编》的总其成的工作。其间，她也通过电话、电邮、微信等方式与陈厚诚教授保持密切联系，讨论和解决编纂工作中遇到的疑难问题。最后全书由陈厚诚教授和陈晓霞老师共同定稿。

四川文艺出版社

2019年12月23日

李金发：中国新诗史上的"盗火者"

——序《李金发诗全编》

陈厚诚

谢冕先生的《新世纪的太阳——二十世纪中国诗潮》一书，在论及李金发引进法国象征派诗的时候，对李金发给予了很高的评价，认为他"更为突出的贡献，却是公开、勇敢地把西方情调和异域的艺术方式引进到刚刚自立的中国新诗中来。他是促进东西方诗风交流的积极参与者，他的工作与'五四'前后那些向着西方的盗火者的业绩一起，被记载在中国新诗史上，不会也不该被遗忘"①。

我完全赞同谢冕先生对李金发的评价，特别是赞同他将李金发与"五四"前后的那些"盗火者"相提并论。我甚至愿意更进一步，直接将李金发也称为"盗火者"，因为正是他从法兰西"盗"取了象征主义之"火"到中国，从而对中国新诗的发展带来了深远的影响。

---

① 谢冕：《新世纪的太阳——二十世纪中国诗潮》，北京：中国人民大学出版社2009年11月版，第88页。

我为什么在李金发有了"诗怪""中国象征派诗开创者"等桂冠之后，还赞成给他加上"盗火者"的称号呢？这是因为盗火者为人间盗取生存所必需的东西，而他们的命运却常是悲剧性的。如果说"诗怪"显示的是诗人新奇怪丽的诗风，"象征派诗开创者"显示的是诗人在新诗史上的地位，那么"盗火者"这个称号则暗示了诗人颇带悲剧色彩的命运。

李金发确实是一位带悲剧色彩的"盗火者"。他在五四运动爆发的1919年从南粤客家走到了欧洲艺术中心的巴黎，深受法国象征主义诗风的熏陶，并以象征主义先驱波德莱尔和法国象征派三杰之一的魏尔伦为"名誉老师"，于1920年开始写诗。1921年秋入巴黎美术学院后，他进入了诗歌创作的爆发期，短短三四年间，便有了三本诗集的收获。1925年他的第一本诗集《微雨》在国内出版，将象征主义这匹"怪兽"从法兰西带进了中国，给平静的诗坛带来了"骚动"①。

为什么会引起"骚动"？这是因为李金发那些表现了丑怪美而又朦胧晦涩的诗歌，对于当时的中国诗坛来说，完全是一种陌生而古怪的东西，与中国古代"温柔敦厚"的传统诗教和"五四"时期写实派、浪漫派的诗歌风格都大异其趣。面对这样的诗，读惯了表现美和善的诗歌、适应于直抒胸臆和如实描写艺术手法的当时的中国读者，几乎无不发出一声"怪"的惊呼，并

① 谢冕先生语，见《新世纪的太阳——二十世纪中国诗潮》，北京：中国人民大学出版社2009年11月版，第83页。

引发长期的争论。

在20世纪20—40年代，这一争论虽称是毁誉参半，而实际上质疑、责难之声似有盖过赞誉、肯定意见之势。

而到了50—70年代那段特定的历史时期，由于极"左"思潮的影响，像李金发这样的"颓废"诗人已不能成为读者自由阅读和研究者正常评论的对象。所以在长达30年的时间内，李金发便消失于读者和研究者的视野。出版社不出版他的诗集，刊物不发表研究他的文章，国内通行的高校现代文学史教材要么只字不提李金发，好像中国现代文学史上根本就不存在其人其诗似的[①]；要么将李金发开创的象征诗派归入"新诗发展途中的一股逆流"，称其"所起的作用是反动的"[②]，从而将其存在的价值一笔抹杀。这就导致30年间整整一代人几乎完全不知道李金发其人的存在。

一个对自己国家的诗歌发展有贡献的诗人，遭际如此坎坷，这确实是够令人感慨的了。

好在历史是一位公正的书记官。凡为国家、民族文化的继往开来付出过心血与才智的人，历史终究不会让他在自己的画卷里永远成为空白或变为负面的存在。进入20世纪80年代改革开放的"新时期"以后，作为中国象征派诗的开创者，李金发终于被人

---

① 例如：刘绶松的《中国新文学史初稿》，北京：作家出版社1956年版；林志浩主编的《中国现代文学史》，北京：中国人民大学出版社1979年版。

② 参见：王瑶的《中国新文学史稿》（上册），上海：新文艺出版社1954年3月版，第80页；唐弢主编的《中国现代文学史》（一），北京：人民文学出版社1979年6月版，第217页。

"记起"并成为"重新评价"的重要对象之一，就是历史公正的一个生动体现。

检视几十年来质疑、批评李金发的大量文章，对李诗的责难主要是围绕着"晦涩难懂""感伤颓废"和"文白夹杂"这三个问题来进行的。这三个问题，一个属于艺术方法，一个关乎诗歌内容，一个涉及诗歌语言。这三方面的表现，本来都属于李金发诗歌的艺术特点，它们都是对新诗发展的贡献，但却长期被当作缺点和问题给予批判和否定。改革开放以后，学界的研究正是围绕这三个问题来对李诗进行重新评价，厘清了它们诗学上的含义，辨识了李金发诗歌的流派特征，从而让一个真实的李金发浮现于读者面前。

上面所说三个问题的解决，历时数十年，有好几代学者付出了心血，也折射了中国新诗发展的艰难历程，是不应被忘记的。在四川文艺出版社推出这本迄今最为完备的《李金发诗全编》的时候，笔者作为本书的编者之一，愿在此略述这三个问题是怎样解决的，以期让我们在接受这笔珍贵的诗歌遗产的同时，也能了解国人接受这笔遗产经历了怎样艰难曲折的过程，从而有助于普通读者阅读、欣赏这些"难懂"的诗歌，也有助于后起的学者在前人已取得成果的基础上翻开李金发研究的新页，而避免不断重临起点，重复旧题。

首先看晦涩难懂问题。

"难懂"是诗坛对李金发诗歌最早也最为普遍的责难。有人责问他"为什么要做人家看不懂的东西","文学不是要取得读者同情的么？"①苏雪林声称李诗"没有一首可以完全教人了解"②，左翼诗人蒲风嘲讽李诗的"长处在使大众不能懂"③，大名鼎鼎的胡适甚至把这类让人"看不懂而必须注解的诗"斥之为"笨谜"④。

而"难懂"是由"晦涩"引起的，所以"晦涩"就常与"难懂"一起受到责难，并引发了诗歌领域关于"明了"与"晦涩"的长期争论。

"晦涩"一词，本意是指诗、文等的隐晦、难懂，习惯上是当作贬义词来使用的。例如在"文学革命"初期，胡适提倡"明白清楚主义"，不但要求为文要"明白清楚"，而且作诗也要如此，否则就会被指责为"晦涩""难懂"。但随着初期白话诗出现直白、浅露的缺陷，部分诗人意识到写诗与作文应有区别，而必须另辟蹊径。在这种情况下，李金发从法国引进象征派诗，别开生面地在他的创作中有意营造了一种晦涩难懂的诗风。那么此时的"晦涩"，就不再是贬义的了，而是与"明了"、与"明白清楚主义"相对立的一种艺术特色和美学倾向。孙玉石先生就

① 博董（赵景深）：《李金发的〈微雨〉》，载《北新周刊》第22期，1927年1月22日。
② 苏雪林：《论李金发的诗》，载《现代》第3卷第3期，1933年7月1日。
③ 蒲风：《李金发的〈瘦的乡思〉及其他》，载《新诗歌》第1卷第6—7期合刊，1934年出版。
④ 胡适：《谈谈"胡适之体"的诗》，载《自由评论》1936年第12期。

曾指出，"新诗领域中'明了'与'晦涩'的讨论，实质是现代派诗歌与传统的现实主义、浪漫主义诗歌美学原则的分歧和论争"[①]，这表明他是将"晦涩"当作诗歌的一种新的美学特征来看待的。

在诗歌领域，"晦涩"常与"朦胧"一词互通，甚至将"朦胧晦涩"合在一起，用来表示象征派诗含蓄、暗示、朦胧的艺术特点。孙玉石先生考证过，国外早就有人把象征派诗称为"朦胧诗"。法国象征派诗人魏尔伦在其著名的《诗艺》一诗中就表示：诗应"绞死雄辩"，应"朦胧与大气一体"，而这种朦胧就宛如"面纱后面美丽的眼睛"，极富含而不露的美感；马拉美甚至宣称"诗永远应当是个谜"。这说明，这个诗派反对直接呈现对象和直抒胸臆式的抒情，而主张用象征、暗示的手法将自己要表达的情绪、感悟等半遮半掩地隐藏起来，让读者一点一点地去猜。用一句中国成语来说，读这种诗就像"雾里看花"。花被雾笼罩着，当然不易看清，这就造成"难懂"的效应。而这种晦涩、朦胧、难懂，却正是象征派乃至西方现代诗所刻意追求的艺术效果。因此，袁可嘉早就指出："晦涩是现代西洋诗核心性质之一"，它的特点在"半透明或'不透明'"[②]，"我们不能把看

① 孙玉石：《中国现代解诗学的理论与实践》，北京：北京大学出版社2007年11月版，第4页。
② 袁可嘉：《新诗戏剧化》，载《诗创造》1948年6月第12期。

不懂作为好的标准，但也不能以它为坏的证明"①。具体到李金发，则有人肯定"晦涩是李金发带给20世纪中国诗坛的一份非常重要的礼物"，"晦涩、朦胧、难懂是李诗的一大特点，但难懂而又总有人爱读，这就极有意味，值得研究了"。②

确实，李诗的"晦涩难懂"是值得我们深入研究的。在明确了"晦涩"一词含义的演变以后，最为关键的是要探究李诗的"晦涩"究竟是怎样造成的，以及怎样读懂这些"晦涩"的诗的问题，解决如何透过诗人营造的那层"雾"去发现和欣赏那藏在雾中的"花"的问题。

而最先关注这个问题的是朱自清先生。

1935年，朱自清在为《中国新文学大系·诗集》撰写的《导言》中指出，李金发"讲究用比喻"，"但不将那些比喻放在明白的间架里"，"他的诗没有寻常的章法，一部分一部分可以懂，合起来却没有意思。他要表现的不是意思而是感觉或情感；仿佛大大小小红红绿绿一串珠子，他却藏起那串儿，你得自己穿著瞧。这就是法国象征诗人的手法"。③一年以后，朱自清又写了《新诗的进步》一文，说明"象征诗派要表现的是些微妙的情境，比喻是他们的生命"，但是"远取譬"而不是"近取譬"，

① 袁可嘉：《批评漫步——并论诗与生活》，载1947年6月3日天津《大公报·星期文艺》。
② 蓝棣之语，引自巫小黎《说不尽的李金发——李金发学术研讨会综述》，载《诗探索》2001年第1—2辑。
③ 朱自清：《中国新文学大系·诗集·导言》，良友图书印刷公司1935年10月版。

而且将事物间一些联络的字句省掉，使这种诗初看"只觉得一盘散沙"，"但实在不是沙，是有机体"，要读懂这种诗，"得有相当的修养与训练"，需要读者"运用自己的想象力搭起桥来"。①这就阐明了李金发诗的特点，指出"藏起那串儿"的手法正是造成"晦涩"的效果，从而让许多读者"看不懂"李诗的根本原因，而且也指明了找"串儿"和"搭桥"这种读懂李诗的途径与方法。

朱自清在写了《新诗的进步》后，于同年（1936年）还写了《解诗》一文，按照他提出的解诗的方法，举两首新诗为例，示范如何对难懂的诗进行文本细读和赏析，开始了他对现代解诗学的倡导和实践。同时进行这种解诗实践的还有废名、袁可嘉、唐湜等学者和诗人。只可惜，这种实践一时还没轮到李金发身上。

到了20世纪80年代，北京大学孙玉石教授即开始在朱自清初创的基础上，继续大力倡导现代解诗学，完善其理论内涵，建立起现代解诗学的公共原则②。更重要的是，他还致力于将现代解诗学的理论、原则、方法运用于对具体作品的解读与欣赏的实践。他从1979年开始在北大开设"新诗导读"课程来进行这项工作，此事一做就近20年。他在一次访谈中曾说："我的工作就是通过选择一批现代新诗史上的'朦胧诗'，具体讲授它们独特的表现

① 此段引文均出自朱自清《新诗的进步》，见《朱自清全集》第2卷，南京：江苏教育出版社1996年版，第319—320页。
② 参见孙玉石：《中国现代解诗学的理论与实践》，北京：北京大学出版社2007年11月版。

方法，如何掌握进入这类诗的读法，了解它们的深层内涵，让学生和社会上的读者知道很多所谓'不好懂'的文本其实还是可以读懂的，并且是很美的。"[①]作为这一实践的第一批成果，他在1990年出版了《中国现代诗导读（1917—1938）》一书，其中李金发的象征派诗就是解读的重点对象之一。而解读象征派诗这一部分的题解性《解诗小议》，所用的标题就是《穿起那串散乱的珠子》，表明他正是运用朱自清提示的方法，致力于寻找那根能将散乱的珠子穿起来的"串儿"。就是运用这种方法，孙玉石和他指导的学生在书中示范性地解读了李金发的《弃妇》《有感》等18首有代表性的诗作，用事实证明了李金发的象征派诗"是可以读懂的，并且是很美的"。

其实，孙玉石不仅在《中国现代诗导读（1917—1938）》中进行了这种解诗实践，而且在他所著《中国初期象征派诗歌研究》《新诗十讲》等著作中，都十分注重对这类"朦胧诗"的文本解读。就李金发研究而言，孙玉石的特殊贡献之一就在于，他将对李诗的象征派特色的总体把握推向了具体文本的细读阶段，将朱自清提出的"找串儿""搭桥"等方法从理论层面转向了对李诗具体作品的解读实践，从而扎扎实实、无可辩驳地证明了李诗是可以读懂的，让认为李诗"难懂"的责难再也难开其口。所以，孙玉石指出："众口一声简单认为现代派诗（笔者按：当然

---

① 李浴洋（文艺报）：《历史云波中的新诗研究——孙玉石教授访谈录》，见中国作家网2016年11月18日。

也包括李金发象征派诗在内）'晦涩朦胧'、'不好懂'而加以否定的时代，由于现代解诗学的出现便告结束了。"①

孙玉石的这一判断是完全符合实际的。翻开近几年的有关报纸、杂志、高校学报或上网查阅，会发现解读、赏析李金发具体诗作的文章越来越多，说明现代解诗学的倡导已见成效，李金发诗歌"难懂"的问题已经解决。今后在李诗阅读中，如果还会遇到"读不懂"的问题，那只有两种情况：一种是读者自己的训练不够。朱自清说过，要读懂李氏这种诗，是"得有相当的修养与训练"的。没有一定的训练，不仅会读不懂李金发，同样也会读不懂屈原的《离骚》，读不懂李商隐的"无题诗"，读不懂鲁迅的《野草》，那不能怪作者。另一种情况是，读者想要"雾里看花"，却如堕五里雾中，因为雾里根本就没有花。那就是诗本身有问题了。例如李金发的《晨间不定的想象》中有下面这样几行诗：

> 雾儿暂张，——
>
> 单调的朦胧，——
>
> 亲密的烦闷
>
> 售卖我们之remords②去，
>
> 全不是文艺了。

---

① 孙玉石：《中国现代解诗学的理论与实践》，北京：北京大学出版社2007年11月版，第6页。

② 法文，悔恨，内疚，良心的责备。

这样的诗，就连解诗大家孙玉石都说不知作者"究竟说的是什么意思"，"实在叫人无法弄懂"。李金发确有一些这样只见雾不见花，只有朦胧没有美，只剩下单纯的"晦涩"的诗。这是他的缺点，是不必讳言的。但我们却不应以偏概全，因此就笼统地指责他的诗"难懂"，更不应因此而否定李诗所取得的艺术成就。

我们再看感伤颓废问题。

首先要明确，与上面论及的"晦涩"一样，"颓废"一语在诗歌领域表示的是一种美学倾向，它与人在生活中潦倒放浪、自暴自弃的堕落是两个不同的概念。这种美学倾向起源于法国象征派先驱波德莱尔。波氏在为他的诗集《恶之花》草拟的序言中曾说："什么叫诗歌？什么是诗的目的？就是把善同美区别开来，发掘恶中之美。"[①]在这种美学观的指导下，他便在诗歌创作中实行了审美对象的大转移，将自己的视线从传统的田园风光、动人爱情转向现代大都会的丑恶。这样他就将诗歌创作由"审美"变为了"审丑"，他将自己的诗集定名为《恶之花》，表明了他就是要"从恶中提取美的东西"。

到了19世纪80年代，由波德莱尔开创的象征主义在法国形成了一个文学运动和流派，其代表人物有被称为"象征派三杰"的

---

① 转引自柳鸣九主编：《法国文学史》（中册），北京：人民文学出版社1981年版，第316页。

魏尔伦、兰波、马拉美等。由于象征派诗歌也像波德莱尔的诗一样充满了颓废、绝望、病态和忧郁的声调，所以人们送给象征派一个称号："颓废派"。魏尔伦于1886年创办《颓废者》杂志，欣然接受了这个称号。所以在法国文学史上象征派又称为颓废派，波德莱尔则被视为颓废派的先驱。

在波德莱尔的影响下，李金发在诗歌审美对象的选择上，除小部分诗仍然直接表现了美的善的事物外，多数的诗都是面向生活中的阴暗面，大量营造衰老、死亡、梦幻等丑和恶的意象，并通过这些意象来寄托、抒写自己忧郁、痛苦、厌倦、绝望等内心情绪，带有明显的"以丑为美""从恶中发掘美"的美学倾向。李金发成了一位颇具颓废色彩的诗人。

对于李氏这种唯丑、颓废的倾向，评论界早有察觉。黄参岛就曾称李氏是一个"唯丑的少年"，指出李诗具有波德莱尔"以丑为美"的倾向，"厌世、悲观、颓废、感伤是其诗歌的基调"。不过当时这种评论，是就李诗的创作特色而言的，并无贬义，反倒是肯定这样的诗"才是上了西洋轨道的诗"[①]。

20世纪30年代，李金发开始受到来自左、右两方的夹攻：现代评论派的梁实秋指责他"模仿一部分堕落的外国文学，尤其是模仿所谓'象征主义的诗'"[②]；左翼诗人蒲风则批评他的诗所表

---

① 见黄参岛：《〈微雨〉及其作者》。
② 梁实秋：《我也谈"胡适之体"的诗》，载《自由评论》1936年第12期。

现的只是在时代大潮面前"落伍的人们的苦闷"[①]，等等。这就开始显现了对"颓废"予以否定的趋势。

到了20世纪50—70年代，由于极"左"思潮的影响，对于李诗"颓废"倾向的批判更加升级。有人说"李金发留学法国，巴黎的那种霉烂生活，使他沉浸在官感的享受里，形成了他的颓废的买办资产阶级思想"，而在诗歌创作上则是"法国象征派诗那种逃避现实的以幻梦为真实，以颓废为美丽的'世纪末'的思想和他的思想起了共鸣"[②]。国内通行的高校文学史教材则尖锐批评李金发的象征派诗"充满了感伤颓废的色彩"，认为其离奇的形式"正是为了掩饰他那种颓废的反动内容"，所以将其归入新诗发展途中的"逆流"，称其"所起的作用是反动的"[③]。这样，"颓废"就从一个诗歌的美学倾向变成了阶级属性和政治倾向问题，受到严厉的批判和彻底否定。

直到20世纪80年代改革开放的"新时期"，随着思想解放和对极"左"思潮的批判，北大孙玉石提出不能将自然界和政治斗争中的"逆流"概念用来定性文学艺术流派中的各种复杂奇异的现象，他的这一看法也得到了老一辈新文学史家王瑶先生的支

---

① 蒲风：《五四到现在的中国诗坛鸟瞰》，载《现代中国诗坛》，上海：诗歌出版社1938年版。

② 臧克家：《"五四"以来新诗发展的一个轮廓》，该文为《中国新诗选》的《代序》，北京：中国青年出版社1956年版。

③ 参见王瑶《中国新文学史稿》（上册），上海：新文艺出版社1954年3月版，第79—80页；唐弢主编的《中国现代文学史》（一），北京：人民文学出版社1979年6月版，第217页。

持①，这才引发学界对于李金发大量以丑恶事物入诗和颓废问题的重新思考。

孙玉石首先在《中国初期象征派诗歌研究》一书中，澄清人们对象征派"唯丑"倾向的误解，说明象征派诗人"不是为嗜丑而写丑"，而是"在丑的描写中表达了美与丑相互转换的观念"，而李金发"正因为追求美，他便更憎恶丑"，"丑恶，死亡和梦幻，便都纳入了他艺术表现的视野"。②

此后，孙玉石在《中国现代诗导读（1917—1938）》一书和《论李金发诗歌的意象构建》等文中，继续对李金发这种"唯丑"的倾向做了深入的研究。他研究的特点，正像他研究"晦涩"问题一样，主要是在学界对象征派"以丑为美"的倾向已成共识之时，他则在对现代解诗学的倡导和实践中，将这一理论共识落实到对李氏具体诗作的解读之中，回答了李金发在诗歌创作中究竟是怎样让"丑"的意象显示出"美"的问题。

根据孙玉石的研究，在"以丑为美"方面，李金发最常用的方法是以丑的意象与被比喻的对象强行搭配，造成一种传达上强化自己的情绪和读者接受印象的效果。这方面最典型的例子是对《夜之歌》这首充满浓重颓废色彩的诗的解读：这是一首爱情的绝望之歌，诗里写的本来是爱情失意之后，自己不愿再回忆过去

① 孙玉石：《中国初期象征派诗歌研究》，北京：北京大学出版社1983年8月版，作者的《写在前面》和王瑶先生的《序》。

② 孙玉石：《中国初期象征派诗歌研究》，北京：北京大学出版社1983年8月版，第79页。

那段美好时光（"粉红之记忆"），但却用"发出奇臭"的"朽兽"的意象来形容；又用"死草""泥污""可怖之岩穴""枯老之池沼"等丑的意象来渲染诗人痛苦绝望的感情。而正是这些丑的意象的渲染，让读者能在怪诞中更深地体味到诗人的心，一颗跃动着生命、跃动着爱的渴望的年轻人的心。于是丑的意象经过体味就变成了美的理解与获得。

另一个重要途径是，李金发自觉地在死亡意象里开掘关于人生的哲理，赋予死亡以更富意蕴的承载。诗人时而将"死"描写得"如同晴春般美丽，／季候之来般忠实"（《死》），时而把夜形容为"如死神般美丽"（《心为宿怨》），让人认识到死亡只是生命的必然归宿，无法逃脱，并赋予死神以美丽的色彩，从而大大化解了读者对死亡的恐惧感。特别是《有感》一诗，通过"生命便是死神唇边的笑"这一美丽而奇警的意象，传达了生与死近在咫尺的感喟，将生死问题上升到哲理性的沉思，从而给死亡意象带来了幽深的意蕴与审美品格。

此外，李金发还常使用通感、比兴等手法，来给营造的死亡意象带来审美的效果。例如《夜之歌》中"粉红之记忆"一句，记忆是没有颜色和气味的，它只是感觉世界的现象，诗人却用"粉红"色形容记忆，还让它发出"奇臭"之味，用视觉、嗅觉的词来修饰感觉现象，从而加深了"那些无限美好的往昔爱情我再也不愿去回忆了"的沉痛感。这种"通感"手法的运用，在看似不合理的搭配中，却造成了一种陌生化的效果，让读者得到一种簇新的审美感受。《有感》一诗则有比兴手法的成功运用。

"残叶溅血"是一个明喻，用秋天肃杀，红叶如血飘落地上，来比喻生命的凋零，意象十分鲜明，它衬映和强化了后面一句主题歌"生命便是／死神唇边／的笑"。"死神唇边的笑"是一个美丽而又神秘的、带有不确定性的意象，是一个暗示，可以让人产生许多神秘的遐思。这个暗喻和前一个明喻就如电影中两个叠加性的镜头，接连推到读者眼前，将起兴的喻体与被比喻的本体微妙地联系起来，造成极好的审美效果，"生命便是死神唇边的笑"因此也就成为20世纪新诗中一个经典性的意象。

通过上述这样的分析研究，孙玉石指出李金发对于"丑恶""死亡"意象的关注与描写，其中也"包含了他对于真善美追求的一种曲折的表达方式"；认为他的诗歌"对'丑'的凝视，已经成为对于美的挖掘的变形"，而对于"死亡"的关注则是"对于死亡进入形而上层面的思考"，"在死亡意象里显示出生的美丽"。总之，这些诗"是对于诗歌旧的传统经验的破坏与挑战，也丰富与拓展了新诗的经验所拥有的更大的自由空间"。①

不过，孙玉石在对李氏这类诗做出高度评价的同时，也曾不止一次指出作者"没有西方象征派大师们那样深刻的社会批判精

---

① 以上分析和引语，均参见孙玉石1990年版《中国现代诗导读（1917—1938）》中对《夜之歌》《有感》两诗的分析，和《论李金发诗歌的意象构建》一文中"意象：丑恶与死亡"一节的有关论述，载《新文学史料》2001年第2期。

神"，是其不足，这也是应予注意的。①

关于李金发诗歌的"颓废"倾向问题，除孙玉石外，还有不少年轻学者著文探讨。有人指出李金发在自己人生经历的基础上，形成了他的"生之冰冷"与"死之温暖"的生命意识和死亡哲学。在这种意识和哲学的影响下，"他用炽热和激情的文字描写死亡的美丽，正衬出了他对生命的期待和幻想"②。有人称赞李金发将"丑的意象和复杂的色调引入诗歌，不仅拓宽了中国诗歌的意象和色彩的领域和范围，而且强烈地冲击着人们传统的审美习惯和审美心理，颠覆了在人们心目中传承已久的，只有美好的东西才能成为审美对象的无形成规"③。还有人认为，是资本主义时代工业规模的扩大和都市化的无节制膨胀，造成了现代人的生存困境，制造出颓废者和反叛者。"人来到这个世界上便宿命般地注定了必然要受到外界和自我的约束，而难以摆脱痛苦和不幸的纠缠"，而这"正是李金发的象征主义诗歌所要表达的人的存在性的难题"。就此而言，李金发的诗是"超越了当时主流诗歌所承担的历史使命趋赴和现实主题的功利性诉求"，也"超越了特定时代和民族地域的狭隘，而呈现了世界性的广阔，透视一幕

---

① 孙玉石：《中国初期象征派诗歌研究》，北京：北京大学出版社1983年8月版，第82页；《中国现代诗导读（1917—1938）》，北京：北京大学出版社1990年7月版，第109页。

② 曹薇：《生命便是死神唇边的笑——论李金发诗歌中死亡哲学的成因及其表现》，载《文学界》（理论版）2012年第8期。

③ 和剑：《谈对李金发的新认识》，载《青年文学家》2012年第9期。

在现代性的光环笼罩下人的生存的颓废图景"。①

另外，还有研究者联系李金发在巴黎的生活状况来探讨诗人颓废倾向形成的原因，根据诗人对留学巴黎期间"没有物质的享受，所谓花都的纸醉金迷，于我没有份儿，我是门外汉"②的自述，指出过去有人认为"李金发留学法国，巴黎的那种霉烂生活，使他沉浸在官感的享受里，形成了他的颓废的买办资产阶级思想"的说法，是缺乏事实依据的。恰恰相反，诗人在异国所过的孤寂清苦的生活，所受的异国学生的歧视和欺侮，以及所见到的种种人间悲惨、丑恶的现象，才是将他推入悲观颓废境地的现实根源。李金发也曾幻想过"欢乐如同空气般普遍在人间"的理想境界（《幻想》），但这幻想却被无情的现实所击碎。所以他的颓废是由时代社会造成的，他和同时代被称为颓废作家的郁达夫一样，患的都是一种"时代病"，或者说他们都是"时代病"的表现者。从这个角度看，李金发与波德莱尔也有相似之处，也像波氏一样是"生活在恶之中，爱的却是善"③。他虽无力与丑恶的现实抗衡和斗争，但却也始终不曾向黑暗现实屈服，更没有与黑暗势力同流合污，正像他在诗中表示的"我不懊恨一切寻求的失败，／但保存这诗人的傲气"（《春城》）。李金发是一位在

---

① 汪登存：《颓废：生命情调的选择——李金发象征主义诗歌审美主题浅探》，载《淮北煤炭师范学院学报》（哲学社会科学版）第25卷第2期，2004年4月。

② 李金发：《我的巴黎艺术生活》，载《人间世》第22期，1935年2月20日。

③ 高尔基语，引自《保尔·魏伦和颓废派》一文，载高尔基《论文学》（续集），北京：人民文学出版社1979年9月版，第7页。

黑暗中饱尝了"心灵失路"的痛苦，但却保持了自己的那份正直和骨气的诗人。①

最后再看文白夹杂的问题。

语言欧化和文白夹杂，也是李金发诗歌长期以来遭人诟病的一个问题。蒲风早就对他的诗"每篇都少不了几个'之'字"表示不满②。就连对李金发十分赞赏的朱自清也曾在《中国新文学大系·诗集·导言》中指出他"母舌太生疏，句法过分欧化，教人像读着翻译又夹杂着些文言里的叹词语助词"的现象。当然最厉害的是孙席珍的批评，他认为其诗的语言"杂七杂八"，破坏了语言的纯洁性，指责他是败坏语言的"罪魁祸首"。③

为什么诗中出现"文白夹杂"现象就好像犯了诗之大忌？为什么白话新诗中就绝对不能兼容一些文言词语和句法？追溯起来，这主要是源于百年前胡适在"文学革命"中提出的"白话为文学之正宗"的主张，将中国使用了两三千年的书面语（文言）称为"死文字"，认为"死文字决不能产出活文学"。由此，他认为只有白话文写成的小说，如《水浒》《西游记》《红楼梦》等才是中国文学的正宗，而其他用文言写作的作品则几乎全被归

---

① 此段论述，参见陈厚诚著《死神唇边的笑——李金发传》，上海：上海文艺出版社1996年4月版，第59—81页。

② 见蒲风《李金发的〈瘦的乡思〉及其他》，载《新诗歌》第1卷第6—7期合刊，1934年版。

③ 孙席珍语，见卞之琳《新诗和西方诗》，载《诗探索》1981年第4期，该文是卞之琳在一次讨论会上的发言，此处引语是孙在卞发言时的插话。

入了"死文学"的范围。与此同时，陈独秀更直接提出推倒"贵族文学""古典文学""山林文学"的激烈主张。在胡、陈的倡导之下，挟"文学革命"的锐不可当之势，于是便逐渐形成了文言／白话、传统／现代、死文学／活文学等一系列二元对抗的思维模式，好像两者之间是一种势不两立、绝对对立的关系。而胡适又选择建立白话新诗为建立新文学的突破口，这样很自然地就要将"文言"从新诗中彻底清除干净。自此，新诗中如"夹杂"有文言，就被视为一种不能容忍的"怪"现象。

在这种大背景、大趋势之下，李金发的诗大量使用"之""吁""欲""惟""俱""遂"等文言单音词，以及"载饮载歌""户牖""孤客""舟子之歌"等文言语词和古典意象，对此诗界一片哗然当然是可以理解的了。尽管当时有个别眼光独到的人敏感地认识到李诗引入文言的妙处，指出"从文言文状事拟物名词中，抽出种种优美处，以幻想的美丽作诗的最高努力，不缺象征意味，是李金发诗的特点"①，但这种独到的见识却被淹没在一片质疑声中，而且这种质疑之声在改革开放初期都还存在。

对李金发诗歌"文白夹杂"现象给予新的认识和评价，是在20世纪末学界反思"文学革命"、反思新诗与传统的关系的气氛中开始的。诗人郑敏在这一反思中，批评了"文学革命"中笼统"反传统"的偏向，指出新诗自绝于丰富、悠久的古典诗词传

---

① 沈从文：《我们怎样读新诗》，载1930年10月《现代学生》创刊号。

统，造成了新诗的"自我饥饿，自我贫乏"，而且这样做也是"徒劳的"。①

在这种反思中，研究者很自然地会涉及李金发诗歌的语言问题，意识到在新诗中兼容文言词汇并非犯了违反诗歌艺术规律的大忌。同属祖国的语言，为什么新诗中用了一些文言词汇就会败坏了语言的纯洁性呢？难道现代汉语与文言之间存在一条不可逾越的鸿沟？难道新诗就不存在一个继承传统诗词的艺术，包括吸收其丰富的语言艺术的问题？这样一思考，对李诗的语言问题就有了新的理解。

自20世纪90年代以来，出现了不少反映这方面研究成果的文章。

例如有人认为，以文言入诗并非只是存在于李金发诗歌中的孤立现象，而是整个"现代新诗难以割舍的'情结'"，指出"现代新诗从最初兴起、走向繁盛乃至走过百年风雨的今天，都一直无法摆脱甚至主动吁求文言的介入"，"文言始终就没有被驱逐出现代新诗的领地，而是始终潜存于貌似'彻底'白话的语言形式之下，并不时浮出水面，彰显其不可替代的独特作用与地位"，"无视这一历史事实，将会导致对现代新诗及其语言形式片面的理解，更会遮蔽文言在现代新诗建构中的历史功绩"。②

---

① 郑敏：《世纪末的回顾：汉语语言变革与中国新诗创作》，载《文学评论》1993年第3期。
② 胡峰：《文言——现代新诗难以割舍的"情结"》，载《中国石油大学学报》（社会科学版）第31卷第3期，2015年6月。

有人针对对于李诗文白夹杂和欧化的指责，认为："他这种有意识地融合中西古今的语言，既是对传统的已然机械化的语言机制和模式化的审美观念的颠覆，又是对当时诗坛上白话诗歌过于直白浅露以及极端地反传统现象的挑战。"①

更多的文章则是聚焦在李诗以文言入诗造成了"陌生化"的效果上。如有学者认为，白话诗出现之初，相对于传统的诗词而言它是新面孔，具有某种陌生化效果。但当文言文淡出历史舞台，白话作品成为文学主潮，白话诗取得陌生化效果的背景没有了，再加上诗歌语言与日常语言的趋近，白话诗也就日渐显出自身美学价值不足的弊端来。此时李金发诗歌出现，他正是"通过在诗歌中大量使用文言语词和西方语汇，重新赋予新诗的陌生化表达效应。无论是相对于日常的生活语言，还是相对于世面上流行的白话诗歌，李金发的诗都跟他们拉开了距离，从而使人们在阅读过程中'增加了感受的难度和时延'，因而产生了陌生化的美学效果"②。还有学者弃用"文白夹杂"这一带有贬义的用语，而改用"文白相间"来指称新诗文白兼容的现象，肯定李金发这样做，是将"文言的凝练与白话的直白在诗歌中交融在一起"，能"给人耳目一新的感觉"，从而给诗歌带来了"涩味""陌生

① 陈慧：《貌离神合——赏李金发的〈弃妇〉》，载《作文世界》2005年第7期。
② 张德明：《异域生存理解与新诗现代性创构——论李金发诗歌》，载《中外诗歌研究》2003年第3期。

化效果"和"神秘感"。①这种评价，应该说与我们阅读李诗的实际感受是吻合的。例如他的代表作《弃妇》，要算在一首诗中使用文言词"之"字最多的了："长发披遍我两眼之前，／遂隔断了一切羞恶之疾视，／与鲜血之急流，枯骨之沉睡……"全诗一共用了16个"之"字，几乎每句都有一个，然而我们读来却不感累赘和生硬，反而觉得它们在营造一种痛苦绝望、神秘幽深的意境时起到了很好的配合作用。试设想，如果将诗中的"之"字全部改成现代汉语中相对应的"的"字，那么这首诗的神秘象征意味恐怕就荡然无存了。应该说，李金发的多数诗在这方面是做得相当成功的。

当然，不少人在肯定李金发引文言入诗的正面效果的同时，也客观地指出他的某些诗在兼用文言时还有些生硬，未能进入"化境"；特别是只纯粹从语言的角度来解决古今结合的问题，是远远不够的。这方面的缺陷，要到20世纪30年代"现代派"的创作中才得到明显的改进。但李金发在这方面的努力，作为新诗语言由稚嫩到成熟的不可或缺的中间环节，应该说还是功不可没的。

至于李诗常在诗中夹杂一些外语词句和欧化语法的问题，有些研究者也认为李金发这样做是为了中西沟通，并借此营造一种异国情调和陌生化效果。这在特定时段也许不无些微作

① 胡用琼、郑小萍：《论现代诗歌文白相间的语言现象》，载《文学教育》2016年第8期。

用。但中西沟通主要应体现在艺术特色的融合上，异国情调的营造也主要应靠异域风情的描绘，而不应依靠引入外语词汇和句法，这样做也并不能造成真正的陌生化，而只会增加读者阅读时的困难和别扭的感觉。所以这应属李诗的一个缺点，而不必为其辩解。

从以上就笔者阅读所及、挂一漏万的简述可以看出，自改革开放以来，有关李金发诗歌争论了几十年的三个主要问题，都已经有了新的认识，得到了应有的评价和较好的解决，这是十分令人欣慰的。

但新时期李金发诗歌研究的成果还远不止此。更让人耳目一新的是，学界在解决历史上留下的难题基础上，还翻开了李诗研究的新页，在李诗研究的广度和深度上都有新的开拓。例如，在李金发与法国象征主义、李金发与波德莱尔的比较研究方面，在李金发的多重身份，特别是雕塑艺术与其诗歌创作的关系方面，在李金发的诗歌创作实际上没有斩断与中国传统诗词的关系方面，在客家文化对李氏诗歌创作的影响方面，在李金发对台湾现代派诗歌的影响方面，以及在重点研究李氏早期诗歌的同时也关注其后期（20世纪30年代和抗日战争时期）的创作方面，等等，都取得了许多令人瞩目的新成果，从而让当今的李金发研究有了一个新的境界。

随着对李金发研究的深入，学界对李金发的评价也上升到一个新的耀眼的高度。这方面一个明显的标志，是2000年10月在诗人的故乡广东梅州举行的"林风眠、李金发诞辰一百周年纪念暨学术研讨会"。国内现代文学研究界的许多知名学者和部分海外学者共60多人参与了这次盛会。在会上,学者们一致肯定李金发是引进法国象征派诗歌的第一人,是中国象征派诗歌的开创者。而象征派是整个现代主义文学思潮中的第一个流派,所以李氏又是中国现代主义诗歌的先驱。他从西方"盗"来的新的美学原则和新的艺术方法之"火",扩大了中国新诗的表现领域,增加了新诗艺术表现的多样性,对20世纪30年代的"现代派",40年代的"九叶诗派",50—60年代的台湾现代派诗歌,一直到80年代的"朦胧诗",都产生了或显或隐的深远影响。由于这种贡献,会上有学者认为假如要在中国新诗史上列出10位大诗人的名字的话,应该有李金发的一席之地,将他列为新诗史上可以和胡适、郭沫若、闻一多、徐志摩、戴望舒、艾青、穆旦等相提并论的现代著名诗人。上述评价,在某种意义上可以视为中国学者对李金发历史定位的一次集体认可。这也是李金发实至名归,反映了改革开放以来对他的大量研究中带主流性的评价。

类似的情况还有,国家新闻出版总署、清华大学等主持的《20世纪中国文学选集》英文版在2010年启动,分6卷精选翻译20世纪中国经典作家的代表作,向世界读者介绍,李金发入选其中的《诗歌卷》;台湾推出的《中国文化名人传记》系列和大陆推出的《世纪回眸·人物系列》,也将《死神唇边的笑——李金发传》收入其中。在这些作品选集、名人传记中,李金发的名字都是与20世纪中国最著名的作家和文化名人并列在一起的。

谢冕先生在他的《新世纪的太阳——二十世纪中国诗潮》一书中，曾反复陈述了百年来新诗现代化过程中所遇到的种种强大阻力，它们来自"诗言志"的古典传统的牵制，来自普通大众的不习惯和拒绝，来自启蒙和救亡使命的矫正，还来自特定时期政治和意识形态的压制。书中不止一次用"悲剧"一词来形容新诗的这种处境，因为新诗现代化的探索者们在阻力面前常常被迫，有时还是自愿地做出让步和牺牲。就李金发而言，书中指出，他的象征主义艺术实践曾"付出了牺牲和代价，但它的影响之深远，以至于今天我们还不曾遗忘它，说明它所付出的已得到补偿"[①]。推而论之，可以说，改革开放以来对李金发的重新评价，对他的贡献的肯定，对他的新的历史定位，也都是对他曾经付出的代价的补偿。

其实，现在摆在读者面前的这本《李金发诗全编》，又何尝不是对他的一种补偿——要知道，曾经有一段长达30年的时间是没有任何李金发诗歌出版的，因而造成他的作品长时间"一诗难求"的境况。

在弥补这一缺陷方面，四川文艺出版社是功不可没的。在改革开放初期李金发诗歌奇缺的情况下，是该社在1987年推出了当

[①] 谢冕：《新世纪的太阳——二十世纪中国诗潮》，北京：中国人民大学出版社2009年11月版，第99—100页。

时收入李诗最多的《李金发诗集》，为近30年的李金发研究提供了相对完整的诗歌文本。现在，在李金发研究已经翻开新页、打开新的局面的时候，他们又推出这本迄今最为完备的《李金发诗全编》，让读者和研究者免除搜寻之苦，有这本《李金发诗全编》一册在手，即可遍览李氏所有的新诗作品。

目前，李金发研究面临的情况是：过去长期争论的几个问题虽已基本解决，但那是就主流认知而言的。实际上，在新时期不同的看法仍然存在。例如仍有学者认为李金发引进的并非真正的象征主义，他只是被"需要象征主义做旗帜的人""冒领"的"冒牌的象征主义者"。直到今年（2017年）笔者草拟这篇序文的时候，都还在网上看到一位卞之琳的同乡、著名诗人激愤地说李氏的诗"至今连李金发的玄孙都还没能看懂"！对李金发这样复杂的诗人而言，这种情况是完全正常的。即使是老问题，今后也还可以继续争论。当然，学者们已不会被老问题缠得裹足不前，而是越过旧题，翻开了李诗研究的新页，有了新的视角，面临新的课题，当然随之也会有新的发现和新的争论。

这一过程不会终结。按照接受美学的理论，随着时代的变迁，随着读者知识结构和"先在理解"（即读者的"期待视野"）的变化，以及李诗本身"语义潜能"被不断开掘，对李诗的研究还会继续不断有新的发展。

笔者期待，在今后李金发研究的漫长道路上，这本《李金发诗全编》会发挥其独有的最完备"文本"的作用，让读者和研究者们能在李金发诗歌的全景中探幽揽胜，并从中发掘出更多的潜在意义和价值。

2017年12月25日于辞旧迎新声中草就

目　录

微　雨

食客与凶年

附　录

微　雨

导　言

虽不说做诗是无上事业，但至少是不易的工夫，像我这样的人或竟不配做诗！

我如像所有的人一样，极力做序去说明自己做诗用什么主义，什么手笔，是大可不必，我以为读者在这集里必能得一不同的感想——或者坏的居多——深望能痛加批评。

中国自文学革新后，诗界成为无治状态，对于全诗的体裁，或使多少人不满意，但这不紧要，苟能表现一切。

除拣了一九二〇和一九二一年[①]作的几首诗外，其余是近来七八个月中作的。我日忙碌于泥石中，每恨无力去修改他。

附录中为各家之译诗。因读书时每将所好顺笔译下，觉其弃之可惜，故存之，或谬误甚多，现无法去校对。以后亦不再译了。

本欲以新成的雕刻饰封面，因一时来不及，故把素爱之罗丹的 L'eternelle idole[②] 去替代。

一九二三，二月柏林旅次

①　此处初版原为"一九二十和二一年"，现改为通行纪年写法。
②　法文，罗丹的雕像《永恒的偶像》。

弃 妇[①]

长发披遍我两眼之前，

遂隔断了一切羞恶之疾视，

与鲜血之急流，枯骨之沉睡。

黑夜与蚊虫联步徐来，

越此短墙之角，

狂呼在我清白之耳后，

如荒野狂风怒号：

战栗了无数游牧。

靠一根草儿，与上帝之灵往返在空谷里。

我的哀戚惟游蜂之脑能深印着；

或与山泉长泻在悬崖，

然后随红叶而俱去。

弃妇之隐忧堆积在动作上，

夕阳之火不能把时间之烦闷

---

① 本诗曾先行载于1925年2月16日《语丝》第14期，署名李淑良。

化成灰烬，从烟突里飞去，
长染在游鸦之羽，
将同栖止于海啸之石上，
静听舟子之歌。

衰老的裙裾发出哀吟，
徜徉在邱墓之侧，
永无热泪，
点滴在草地
为世界之装饰。

给蜂鸣^①

淡白的光影下，我们蜷伏了手足，

口里叹着气如冬夜之饿狼；

脑海之污血循环着，永无休息，

脉管的跳动显出死之预言。

深望黑夜之来，遮盖了一切

耻辱，明媚，饥饿与多情；

地狱之门亦长闭着如古刹，

任狐兔往来，完成他们之盛会。

我愿长睡在骆驼之背，

远游西西利之火山与地上之沙漠；

无计较之阳光，将徐行在天际，

我死了多年的心亦必再生而温暖。

你！野人之子，名义上的朋友，

---

① 本诗曾先行载于1925年2月23日《语丝》第15期，署名李淑良。后又载于1925年5月10日《文学周报》第172期，署名李金发。

海潮上仇视之蛤壳与芦苇之呻吟
将与情爱同笑在你之心灵里，
或舞蹈在湖光之后，节奏而谐和也。

我爱你的哭甚于你的笑，
忧戚填塞在胸膛里，露出老猫之叹息。
你以为"冷风怒号万松狂啸"
长天原野变成一片紫黛，如老囚之埋葬。

海深的世界之眼，满溅着女人之泪，
任我们桨棹往来，荇藻生长，
惟太阳之光可使其干枯在片刻。
但愿既得之哀怨长为意识之同僚。

奴隶之奴隶，还带点微笑，
两手靠在胸后似与人作揖。
捷克斯拉夫人之胜利与傲气，
将到世界之终期而不衰歇。

欲出此羞怯之场所与烦闷之行程，
当学犹太人之四向奔竞么？
"一领袈裟"不能御南俄之冷气

与深^①喇叭之战栗

这是游猎者失路之叫喊，

深谷之回声，武士之流血，

应在时间大道上之

淡白的光影下我们蜷伏了手足。

1922 Dijon^②

---

① 此处"深"后似漏一"夜"字。

② 第戎，法国东部城市，位于巴黎和里昂之间，系哥德多尔（Côte d'Or）省的省会。

琴的哀

微雨溅湿帘幕，
正是溅湿我的心。
不相干的风，
踱过窗儿作响，
把我的琴声，
也震得不成音了！

奏到最高音的时候，
似乎预示人生的美满。
露不出日光的天空，
白云正摇荡着，
我的期望将太阳般露出来。

我有一切的忧愁，
无端的恐怖，
她们并不能了解呵。
我若走到原野上时，
琴声定是中止，或柔弱地继续着。

小乡村

憩息的游人和枝头的暗影，无意地与池
里的波光掩映了：野鸭的追逐，扰乱水底
的清澈。
满望闲散的农田，普遍着深青的葡萄之
叶，不休止工作的耕人，在阴处蠕动一几
不能辨出。
吁！无味而空泛的钟声告诉我们"未
免太可笑了。"无量数的感伤，在空间摆
动，终于无休止亦无开始之期。
人类未生之前，她有多么的休息和暴怒：
狂风遍野，山泉泛生白雾，悠寂的长夜，豹
虎在林里号叫而奔窜。
无尽的世纪，长存着沙石之迁动与万物
之消长。

月 夜

可怖的空间之沉寂，
全浸在清澈里：
有序，无序。

谁能再寻既失！
恨野花
摇荡在风前。

幽怨，
深沉着心窝，
待流萤来照耀，

吁！这平原，
细流，
秃树，

短墙，
无恙的天涯，

芦苇：

罪恶之良友，
徐步而来，
与我四肢作伴。

幽幽之长夜，
留下点
恶魔深睡之影，

不许勾留，
何堪向迩。
心灵之长大！

稀细的星光，
闪烁在天之顶，
夹点微笑向我们。

留点神秘之顾盼，
与恶魔之作揖，
同扰乱夜潮激荡之音。

给Jeanne^①

世纪上的泛动，

任不住你手儿指点么？

人们不与上帝之盛会，

使你烦闷了。

二十春的落花，

污垢了你的灵魂，

砌满了可贵之心田

与强暴不可攻的，人类相互的壁垒。

同情的空泛，

与真实之不能期望么？

无造物的权威，

禁不住如夜萤一闪。

---

① 法语人名，初版诗集目录中所列诗题为《给Jeanne》，内文所列诗题为《给 Zeaune》。而Jeanne（让娜）是法语中最常见的女性人名之一，故此处拼写与初版目录保持一致。

大好的——似乎——智能，

不得在预期上尝试，

年日告终时，

亦群鸦般污损在残雪里。

下　午

击破沉寂的惟有枝头的春莺，
啼不上两声，隔树的同僚
亦一齐歌唱了，赞叹这妩媚的风光。

野榆的新枝如女郎般微笑，
斜阳在枝头留恋，
喷泉在池里呜咽，
一二阵不及数的游人，
统治在蔚蓝天之下。

吁，艳冶的春与荡漾之微波，
带来荒岛之暖气，
温我们冰冷的心
与既污损如污泥之灵魂。

借来的时光
任如春华般消散么？
倦睡之眼，

不能认识一个普通的名字!

1920 Brugère[①]

---

① 法文，地名。疑为"Bruyères"的误写。布鲁耶尔（Bruyères）是法国东北部孚日省的一个城市。

里昂车中

细弱的灯光凄清地照遍一切，
使其粉红的小臂，变成灰白，
软帽的影儿，遮住她们的脸孔，
如同月在云里消失！

朦胧的世界之影，
在不可勾留的片刻中，
远离了我们
毫不思索。

山谷的疲乏惟有月的余光，
和长条之摇曳，
使其深睡。
草地的浅绿，照耀在杜鹃的羽上；
车轮的闹声，撕碎一切沉寂；
远市的灯光闪耀在小窗之口，
惟无力显露倦睡人的小颊，
和深沉在心之底的烦闷。

呵，无情之夜气，
蜷伏了我的羽翼。
细流之鸣声，
与行云之飘泊，
长使我的金发褪色么？

在不认识的远处，
月儿似勾心斗角的遍照，
万人欢笑，
万人悲哭，
同躲在一具儿，——模糊的黑影
辨不出是鲜血，
是流萤！

幻　想

疾流穿过小石，嗯嗯作响，
晴春露出伊的小眼，
正睨视着
我的背脊和面孔，
我觉得孤寂的只是我。

欢乐如同空气般普遍在人间！

长林后的静寂，
惟日光斜照着
现出谐和。
野鸥又再来，
如同清晨红霞的摇曳
无意的罢。

孩子，女人
装出鬼脸，
都似乎没有预期和决定，

女王的绣车连贯地
经过广场，
叹赏的人，
带点疾笑，
而且不住的鼓掌。
呵！典礼告终了！

诗人魏仑[①]

你，海岛上之暴主，

拥了野人之贡献物，

倪视四周，

并厌倦女人之旋舞，

如优秀之孩童，

弄浪花于金色之海潮上，

随处跳跃，如人之痛哭。

你倦卧于情爱之凹处，

低声唱人类之命运，

迨稍微疲乏了，

遂在日之尽处徐来。

呵，你斗大之头，如帚之须，

---

① 此处"魏仑"现通译为"魏尔伦"，初版诗集目录中所列诗题为《诗人魏仑》，内文所列诗题为《诗人魏仑（P.verlaine）》，疑似笔误或误排，"P.verlaine"应为"P.Verlaine"。此处诗题与初版目录保持一致。保罗·魏尔伦（Paul Verlaine，1844—1896），19世纪法国象征主义代表诗人，"象征派三杰"之一。1890年左右被年轻的象征派诗人们奉为诗坛魁首，其诗歌艺术特色正如《诗艺》中所说，"首先是音乐"，其次是"明朗与朦胧相结合"。

我仅能在画图上认识；

时给我泥污之气。

我迷离于你之章句，与朋辈之笑声。

惜夫！黑色之木架，

我们既失其Sens[1]。

1922　巴黎

---

[1]　法文，感觉，观念。

景

（一）

落日到了山后，
晚霞如同队伍般齐集。
地面上除既谢的海棠外，
万物都喜跃地受温爱的鲜红。
草茎上的雨珠，
经了折光，变成闪耀，
惟不如紫萝兰般
散漫地摇曳在风前。
我不知为什么，
总是凝望。

（二）

她们走了一步，
似不曾想到第二步了，
这不多得的晚景，

更使她们愈加停滞。

孩子在驴背上嘘气，

小鸽亦叠了羽膀

喘息在枝头。

她们以后挥手，

各自去了。

我不知为什么，总是凝望着。

（三）

一天的早晨——

夜枭还没有停止悲鸣，

月的余光还在枝头踯躅——

我漫步到河上；

细小的砂石

随着急流旋转，

汩汩的经过浅渚的岸；

野罂粟受了夜气，

似乎也长得些了。

我不知为什么

总是凝望着。

（四）

新长的嫩叶，
在枝端站着，
随长条的伸展
直到小道的中心。
当我顽皮地挨过枝下时，
多少新芽，
既损碎了
落在我的瘦肩上。
我仰头一望
不能向青春诉我的悲哀。

（五）

喷泉下的水，
发出淡白的微雾，
孩子的木艇，
被风浪的推折，
荡到此地也搁住了。

她的小册①子，仍是在指端旋转，

鸟儿在草地上嬉戏的声音，

使她头儿转过去，

虽思路打断了

总是入神地望。

（六）

牵牛花的叶，比往日更长大了，

一簇一簇的固执地遮满我窗后的天空，

—— 一二枝竟探进窗儿监察这沉寂，

使我不再见和风的行程，听夜莺的歌唱。

我惟有待冬天回来，

亲热地诉我的悲哀。

1921

---

① 此处"册"疑应为"带""帽""袋"等一类可以在指间旋转的小物件。

心

夜色笼罩全城，
惟不能笼罩我的心。
他向墙角里转到平原，
一直进她梦寐里，
带羞赧地与她亲密。

阵雨的急迫，
群众的挤拥，
我心将迷失来路！

美神统治着一切，
但不回答。

一日心回来说：
"静悄悄的大地
何处是亲密恩爱？
她棕黄的头发，
是一簇荆棘；

她娇媚的脸孔，

是恶魔的狞笑；

白羊皮的颈围，

是亚细亚人的枷锁，

当她静寂而歌的时候，

我简直不能懂——

是世界末日的预言，

是领人去战争的口号？

……"

题自写像

即月眠江底，
还能与紫色之林微笑。
耶稣教徒之灵，
吁，太多情了。

感谢这手与足，
虽然尚少
但既觉够了。
昔日武士被着甲，
力能搏虎！
我么？害点羞。

热如皎日，
灰白如新月在云里。
我有革履，仅能走世界之一角，
生羽么，太多事了呵！

1923　柏林

东方人

广大的海天上，她们团聚了若干世纪，
抱着祖宗之信条，食已①熟之禾黍；
闭三尺柴门，深夜里听野猿上下。
小雀之言语，亦可明白如听琴声，
聪明的人，也时说天才创造者。

疾笑在哀戚里，
痛哭在盛宴之侧，
他们总以为智慧是比愚昧可爱，
炎热的沙漠之日光，使其流丽之眼，
黑于皮肉是上帝的意思！
在不相识空气之下，清晨就唱着歌；
烟具靠在群裙上，发出不可灭之香气。
棕榈迎风息息，他们抱了木琴，
节奏地舞蹈——有时英雄爱上女仆。
掌火炬的人，血在脉管里跳动，
"Semble le rale èpais d' un blèsse."②

---

① 此处初版原为"巳"，应为"已"。
② 法文，似一位伤员的粗粗喘息声。

A Lowisky.[①]

（一）

长带着你女郎之眼，与民族之高鼻，
逃脱在胧朦之黑夜里。
磨砺你的武具！
预备碎女神之首，
奈心头之火焰，销失在时光之耳后。

（二）

欢笑的鞭头，剩下多少可爱。
你将因拥抱仇怨而折两臂，
或曲肱在乐国之栏干上。
夜色将迅速地变换在眼前
狼群在无尽原野上奔窜。

---

① Lowisky，为家族姓氏，主要源自阿根廷。这里应指一位姓Lowisky的人士。

（三）

我将收拾我心头黑暗之隙地，

安放你衰老之叹息。

吁！少年多爱胜利，

国王之权力与屈服，

落下屠格捏夫①之眼泪。

（四）

我们之灵，永来往在荒郊上，

可干之墨迹，与罗马古寺之短墙

同困斜阳之光而灰紫了！

重过凯旋门时不当再说：

C'est Beau!②

9，3，1922.

---

① 此处"屠格捏夫"现通译为"屠格涅夫"（Иван Сергеевич Тургенев，1818—1883），19世纪俄国批判现实主义作家。

② 法文，可译为"这是美的"或"这真美"。

夜之歌

我们散步在死草上，
悲愤纠缠在膝下。

粉红之记忆，
如道旁朽兽，发出奇臭，

遍布在小城里，
扰醒了无数甜睡。

我已破之心轮，
永转动在泥污下。

不可辨之辙迹，
惟温爱之影长印着。

噫吁！数千年如一日之月色，
终久明白我的想像，

任我在世界之一角，
你必把我的影儿倒映在无味之沙石上。

但这不变之反照，衬出屋后之深黑，
亦太机械而可笑了。

大神！起你的铁锚，
我烦厌诸生物之汗气。

疾步之足音，
扰乱心琴之悠扬。

神奇之年岁，
我将食园中香草而了之；①

彼人已失其心，
在混杂在行商之背而远走。

大家辜负，
留下静寂之仇视。

---

① 此处原版"园中"后有标点"，"，现已删去。

任"海誓山盟，"
"溪桥人语，"

你总把灵魂儿，
遮住可怖之岩穴，

或一齐老死于沟壑，
如落魄之豪士。

但我们之躯体，
既遍染硝磺。

枯老之池沼里，
终能得一休息之藏所么？

1922　Dijon.

A mon ami de là–bas.[①]

七尺的情欲之火焰，

长燃在毛发上端，

模糊地躲在墙根下，

或抱点胜利之气，

站在哲人之侧，

如猎犬之疲乏。

地壳之窝处，

你总可以再找一安息之所。

任"野草蔓生，新花怒放，"

可勾留之春日，

将以枯骨固其城垒及客座。

我全为失望而哀病了，朋友！

一切智慧之扰乱长流着涕，

所以我比你棕赤了。

虽然我们是一样山人之子。

---

① 法文，初版诗集目录中所列诗题为A nmon amri de là–bas，拼写有误，内文所列诗题为A mon ami de là–bas.，可译为："致我远方的友人。"此处拼写与初版内文保持一致。

我的灵……

我的灵与白云徜徉在天际，

云儿带着傲气说：

"可死的生物，与我游行罢！

你正如树根下之浅草，

经冬变黄，

远游者之秽气，

长压着你枝叶之伸长，

残月之凄清，

永使你心儿跳荡不能安睡。

我们远去，

静听贩商之叫喊，

地心之火焰，

终摇曳在我们脚下，

无限界之钟点鼓声

惟Phidia[①]能听而深爱。

伊将酌你以晚间之花气，

你两额将因她的环佩而光耀。"

---

① 此处"Phidia"疑应为"Phidias"，指菲狄亚斯，公元前5世纪古希腊伟大的雕塑家。

给　X

（一）

法兰之人！但我们终得半面之识，
噫吁，你婉转之喉音，
如大河之Sirène①，
临舟子而歌。
我，长发临风之诗人，
满洲里之骑客，
长林中满贮着我心灵失路之叫喊，
与野鹿之追随。

（二）

不可救药，这全是命运，
统治着自然之陈迹。
但是，我多么屈服，傲慢，

① 法文，笛声。

038

与彻底之同情，

这你应承认的，

你！我的哀戚之小妹，

生命之帘幕，

至少要相信其一部。

　　　　（三）

"亲爱的诗人，

我希望你的生命终久比我荣耀，

我们再见罢！"

你残忍之笔竟如此写，

我惟有流我心头之冷血为池沼，

炎夏来时，任你去游泳，

但希望不再唤我名字，

只稀弱的小桥，任我们的灵魂儿往返。

一段纪念

（一）

Sport-woman①
之歌者，
以舞蹈之音，
战栗
我
残暴之同情。
并不是歌声之节奏。

（二）

你Lucette-Broguin②之名，
在我是
极其可怕，

---

① 英文，女运动员。
② Lucette为来自诺罗语的女性人名，Broguin为来自法语的姓氏。这里应为一位
女郎的名字。

你眉端

之谄笑，

全为

狂喜之充满。

将永不出斯土也。

（三）

你，无情之歌女，

污浊了

无数神之忠告。

我，所谓诗人，

流尽了一切心泪，

终未溅湿你彩色之裳。

只感到

Dear friend, I am sorry![①]

———————

① 英文，可译为："真抱歉，亲爱的朋友！"

诗　人

（一）

诗人之灵，永在显象界愚昧着，

不嗟叹信仰之丧失，

与暴风雨下游客之纵横，

彳亍在斜阳之后，

觅昆虫之蜕羽，以卫趣味之远游。

道旁之死兽，

为其不可灭之灵作饮料，

蜡蜴的哀吟，引起

其叹"他年葬侬知是谁！"

（二）

大自然之诮笑，

惟诗人能长久记忆在心窝之底，

歌唱在寝馈之候，

那多欲的生物，

时在危机上建设胜利，

或伺候在长夜之门，

睹可爱的日光，

休息在阴雨之下，向清风微笑。

终不望中世纪之英雄，出大刀斩死天下

美人也。

（三）

他的视听常观察遍万物之喜怒，

为自己之欢娱与失望之长叹，

执其如椽之笔，

写阴灵之小照，和星斗之运行。

何处是他的温爱与期望？

宁蜷伏在Notre. Dame[①]之钟声响处

"Comme un Blessè gu'on oublie."[②]

---

① 法文，圣母院。鉴于李金发当时生活在巴黎，此处也可能指巴黎圣母院。

② 此处"Comme un Blessè gu'on oublie"拼写有误，疑应为"Comme un blessé qu'on oublie"，可译为："如同一位被遗忘的伤者。"

死　者

神秘，
残酷，
在生物之头颅上
嬉戏了。

嬉戏了！
不可救药。
她骨与肉构成之躯体，
全在空间摆动。

"一月里之消瘦，"
在十二启罗以上，
终倒死在木板下，
张着可怖之两眼。

青紫之血管，
永为人们之遗嘱，
并颤动在原野

与远山谐其色泽。

呵！上帝之达人，
不蠕动的断送了！
长卧在乱石之下，
奏自己之胡笳，

如守边之勇士，
永战抖在
冷风里，——
在L'enfante^①之园内。

时代上最大之好心，
终久在生命上，
倾轧，委靡，
如渡前之破船。

我，善恶之逃遁者，
饥渴地
剪碎一切忧戚，
来迎那"不可救药。"

① 法文，幼儿。

超人的心

吁，多疑的心！
终日徘徊在道旁，
寺里之颂歌，
衬着晚钟唱了。
总可渐停污浊空气之震动，
而使你休歇。

世纪上之毫毛，
如东方英雄手中之短剑，
长使"渭流涨腻"矣。
唔！我们是无限界之国王，
可以痛饮狂歌，
与非洲野人舞蹈在火炬之下。

爱与诡猾，怜悯，
静听呵！既歌咏不幸。
你成熟之年岁
长爱错爱之美丽，

与卢森堡园中之矮树，

痛哭在深夜的人们疲乏里。

人类成形之建设，

将销失在葵扇风前。

我们之膝骨断处

野兔与王子同飧了。

哀哉工愁之老妇，与

Mandarin a bouton de jade,[①]

北海以西，有野兽能作人语。

不可御的祖宗之炎火，永炕死我们于城

　　干么？

---

① 法文，佩戴玉石纽扣的中国古代官员。

屈　原

于友人处得《离骚》而读之，虽颇有新义，然屈氏伤时之殷非余之本旨，阅反《离骚》后写此舒意。

逃遁在上帝
腐朽十字架之下，
老迈之狂士，
简单的心
充满着怯懦之急流。

清泓之江汉，
永因你老骨之填塞
而阻住行人之大计。
气息构成的长叹，
永为民族幽晦之歌。

汨罗之呜咽，
终荡漾我生命之舟？

卢森堡公园①

"你沉睡在野鸟之翼下，
张着广大之盛服，
任世纪循环桑田沧海，
你总带着闲静而眺望。

"微笑呵！不可捉之友情，
我所爱之绿叶，既无力摇曳；
野花之彩色，适为你之环佩，
无味的昆虫之嗯嗯。永不扰你于深夜之候？

"任墙阴之一角，
存留着诗人之叹息，少年之爱慕，
与逃遁者之眼泪，长衬钟声而谐和也。

"我们远去脱此残暴之监察，
遥望之飓风，满贮着温热之雨滴，

---

① 初版诗集目录中所列诗题为《卢森堡公园》，内文所列诗题为《卢森堡公园（重回巴黎）》。此处诗题与初版目录保持一致。

如幕面之女人走过，不愿意还带点羞。"

No-1922.

巴黎之呓语

阳光下之闹声，
无休止转动着，
闭了窗户
我为黄金的静寂之王。

抱着鼻头流汗，
既不是原始之人类了；
虚无之喝食，
为空间上可怖之勾留。

一刻友爱之聚会，
永不再见么？
先生与后死，
既非我们之园地。

远去！可爱的孩子，
巴黎城之雾气，
闷塞了孱弱之胸膈，

你不觉已足么？

情热之灯光，
以本能之忠实而安排，
时将你的影儿，
倒照在行人之背而走！

不安睡的人，
全辗转在上帝之肘下，
用意欲的嬉戏，
冰冷自己的血。

此所谓人们之光荣，
直到地上之爬虫类。
地窖里之莓腐气，
熏醉了一切游客！

背上重负在街心乱走，
全不顾栖息之所在，
车轮下之尘土，
满沾在将睡之倦眼上。

如暴发之愤怒，

人在血湖上洗浴了！

不叹息之奴隶，

长爱护半领的褴褛。

人在群里张皇，

瘦马在轭下喘气

以可怖物掩其两眼，

惟能羡慕道旁之腐水而狂饮。

神秘之沉睡，

全绕以金属之长城，

多言之破布商，

在街道尽头呼唤着我们先帝之名字。

他预示天人之诅咒，

赭色晨光中之疾笑，

可爱之腰儿，

再不舞蹈在Vieux Fauboury^①之旁。

---

① 此处"Vieux Fauboury"疑应为"Vieux Fauboug"。法文，老旧的城郊。

淡月下之钟声，
如夜猿长叫在空谷之侧：
海潮与舟子细语，
而泣下，凄怆，战栗。

在行星冷歇之日，
我们不能吃既熟之残羹；
惟流动之地心，
倒影Trocade'o^①于广漠之野？

女人的心，已成野兽之蹄。
没勾留之一刻。
其过处之回音，
惟有傲骨之诗人能听。

---

① 此处"Trocade'o"疑应为"Trocadéro"，巴黎地名，在埃菲尔铁塔附近，似无通行的汉语译名，联系上下文似讲不通。如果是"Trocade'o"，则无这个词，不排除有拼写错误的可能。

希望与怜悯

希望成为朝雾，来往在我心头的小窗里。
长林后不可信之黑影，
与野花长伴着，
疾笑在狂风里，如穷途之墨客。

怜悯穿着紫色之长裙，
摇曳地向我微笑——越显其多疑之黑发。
伊伸手放在我灰白的额上，
我心琴遂起奏了。

我抚慰我的心灵安坐在油腻之草地上，
静听黑夜之哀吟，与战栗之微星，
张其淡白之倦眼，
细数人类之疲乏，与牢不可破之傲气。

我灵魂之羽，满湿着花心之露，
惟时间之火焰，能使其温暖而活泼。
音乐之震动，

将重披靡其筋力，与紫红之血管么？

我愿生活在海沫构成之荒岛上，
用微尘饰我的两臂如野人之金镯；
白鸥来时将细问其破裂了的心之消息，
并酌之以世界之血，我们将如兄妹般睡在怀里。

闻国铣在柏林[①]

在沉睡之日光下，
全不能理解
白色的死之忠实，
歌唱Cocorico[②]在生命之泉里。

从半岛之荒野，
转运其彩色之希望。
按着短墙徐步，
望着长天于邑。

终久我们乖古，
在夜色之潮里
看沙石飞转在脚下。

呵，我藏身在残忍者
毛孔之下，
骨根浸在油腻之流里！

---

① 初版诗集目录中所列诗题为《闻国铣在柏林》，内文所列诗题为《闻国铣在柏林穷困作此并寄意大利诸友》。此处诗题与初版目录保持一致。
② 法文，公鸡叫之拟声词。

丑 行

Yésus[①]行刑处之血腥，
散荡在美人之裾下：
无骄味亦无赞赏与休息，
苍蝇远走数百里，

终飞翔着而歌唱；
行丐颠沛于泥污了，
呵，我所爱！上帝永远知道，
但恶魔迷惑一切。

指骨联构在皮肉下，
我们之生命永靠摸索，
叹气之候，"绝对"才消灭在眼睫下。

我愿混迹在摩落哥[②]
行商货品之彩色里，
窥视一切人们之藐视。

---

① 此处"Yésus"疑应为"Jésus"。法文，指耶稣。
② 此处"摩落哥"现通译为"摩洛哥"。

丑[1]

残忍而愚昧之生物，
以布帛拥其宝藏，
一切成形与艳丽，
不是上帝之手创了。

野人用肤色阅其所爱，
对着斜阳发亮，
长发临天风摇曳，
惟智者能深爱而有之。

人是万物之违叛者，
趑营在黑室之底，
侧着头儿傲气。

我愿撕去一切蒌笼，
探手于所羡慕之囊，
席坐棕榈[2]之荫以贻人羞。

---

① 《微雨》初版目录列出的诗只有99题，在《丑行》与《无底的深穴》之间有一首《丑》在目录上漏登，实际应为100题。

② 此处初版原为"柤"，应为"榈"。

无底的深穴①

无底底深穴，
印我之小照
与心灵之魂。

永是肉与酒，
黄金，白芍，
岩前之垂柳。

无须幻想，
期望终永逃遁，
如战士落伍。

饥渴待着
罪恶之忏悔，
痛哭在首尾。

---

① 初版诗集目录中所列诗题为《无底的深穴》，内文所列诗题为《无底底深穴》。此处诗题与初版目录保持一致。

"人道""恶魔",
新少年叹息
在短檠下。

可以止矣!
酒,肉,黄金,白芍,
Paul[1], Fules[2], Albert Léon[3].

人尽做散文
在诗里?
时光疾流着。

一代作家,
装饰着如野人
叫喊在群众;

或舞蹈
在润湿之
稻草上。

———————————

① 法文,人名,音译为保罗。
② 疑似人名或拼写错误。
③ 法文,人名,音译为阿尔贝·莱昂。

"干干干"，
在空间流动，
示人以"干"！

盲目之亲热，
即一兵卒
亦粗暴美丽了。

荷马老矣，
G.与M.何在？
奈头角森然！

谢他们高唱，
与精英之音，
谁？何必？

门　徒

我是好百姓，
不能如人狂叫，
多么可笑呵！

不是孔德时代
抑福尔德①，
培根，柏拉图。

赤脚的猎人，
拳斗之武士，邮役，
聚会着饮食，

你留意么？
半月之休息，
吁"觚不觚"

---

①　此处"福尔德"现通译为"伏尔泰"（Voltaire，1694—1778），18世纪法国启蒙思想家。

神秘地来了……

神秘地来了，插着足便走，
交换与连结，在年月上遇见：
冲突，骇异，终沉沦了。

我们越同一之黑海，
如泅泳者坚守其重负；
饿犬狂奔于泥泞之大道；

挤拥着如腐兽之羌①蜴
永不怨惜，任淫奔，火焰，
与匕首试其无涯之疾笑。

稀奇之勾留，永无休止之一日？
爆发了死之包里与褴褛。
遂消失去呀！逃向何处？

①　此处"羌"疑应为"蚝"。

无来路亦无去路，拱手在
上帝之侧。绿血之王子，
满腔悲哀之酸气。

"我撕破仇怨之海沫，
终显出圆头之羞怯，
与永远之阴谋，慈母之大恶。

"我向女神羽下之阴处，
继承祖先之遗嘱
行云掩映，溪流细语。

"歌唱在行商之丛里，
颓委我足，战栗我心，
痛哭这无情之观察。

"吁！酒肉，黄金，白芍，
岩前之垂柳，长混杂
在死者之灰钵里。

"永不识春秋往返，
遂屈膝在地下，断送了！
辜负这热烈的占夺之心。

"始终如一之悲剧，噫吁！
我愿潜踪吉林之北，
饱看天边日出之火焰；

"听武士剑匣之鸣声：
富士山巅的冷雪，将长保
吾既破之心于不腐。

"以吾蜷曲之指甲，
破彼人之胸与死心，
投诸东海Sirene①之膝下。"

①　法文，美人鱼。

作　家

深梦里全不认识事物，
仿佛空谷之底，万众的回声
到耳际，大神背诵使命，
老旧之记忆，生沉闷之叹息。

黑与白之荫影下，任人们往返，
悉饱着微笑与天才之神秘；
在阳光里旋转，证实，
创造，及祖先历史之修明。

可贵之时光里"统治"
在大道上号呼：
爱，憎，期望，解放而至平民！
Symblioste! nou, Realiset?[①]
思想在靴头变化了。
我永久同情手足之疲倦。

----

① 法文，可译为："象征主义呀！不，现实主义吗？"

给圣经伯

热烈如枝头之日光，
冰冷如沟边积雪。
一切苦痛，悉深伏在生命桥下，
半日之钟情，为无终之判决。

无多大眼泪与懊悔！
欢乐之火在天际如在心头。
多年之微笑与记忆，
惟地狱门外能证实。

O多情之藐视，
人类环拥你之门！
永无回声与了解么？

我们远去此浅薄，
或修广漠之深谷，
将长听其呼号在膝下。

呵……

呵，无情之不死者，
你刺伤我四体，
以你锋利之爪牙，
溅流绿色之血了！

你如兽群般汹涌，
与王子之侍者同一阿媚：
长占据气息之后，
永无体惜与驰废，

不能与你争执，决斗，
是生物之怯懦！
以两手掩着流泪。

须长记着，我的灵儿
开你广漠之果园，
我终望局促在其一角。

给女人X

呵，哀戚之女皇，以闪烁之黑纱
笼罩你可怖之叹息，与我心头之夜气。
欲哭未哭之泪腾沸着，
在生命之桥下，如清流滚滚。

忍心探手于世界之黑室里，
带回来的，惟有灵魂之疲乏。
每听冬夜之猿啼，狼窜，
白昼之宣誓，益显真实。

不尽的生命之流，可游泳的
惟有一刻，安慰可爱之灵，
永勾留在无人的天之高处。

寺钟一声响①了，我们之心田，
多给一壤破碎之迹。
吁，这微星的亲密之视线！

---

① 此处初版原为"向"（繁体为"嚮"），应为"响"（繁体为"響"）。

一二三至千百万

无开始亦无终期，
于你有什么发生！
可怜之生物死了，
永憩在碑坊左右。

沟流混你的脑血，
吁，蠕动并掣着肘。
你寻得一切余剩，
遂藏身道旁沟里。

我曲着腰与两膝，
任你们喊与竞奔，
成熟之心，终久温暖。

深谷里，英雄长喊着，
应准备我们之革履，
皮肉将重开初民之花朵。

给 Charlotte[①]

秋去重来，多带点点冰人之冷气。
呵，我们之遇见，"目送飞鸿"
悉排列在腐心之底，
深夜里便趱进我虚弱的。

思潮，如行舟来时之滂湃。
我嗅你血花之芬香，
油腻之手与我指头接近，
深黑之眼满着怜悯。

我愿老死于你唇之空处，
或仅长记我的L
在你脑里，一切之幸福

潜隐在你毫毛光影之后，
至十字架腐朽之末日，

---

① 法文，法国女人常用之名。

我们之同情仍如匏瓜①挂着!

Rlace Saint Sulpice!②

---

① 此处初版原为"爪",应为"瓜"。
② 法文,圣苏普利士广场。

岩石之凹处的我

我踞坐于岩石之凹处，
侧这奇形之头。
大神之美酒，直醉我清晨之倦睡。
既往之春，吹动枝儿哭泣；
玫瑰在阳光下变色。
一切强暴，使我鲜血停流，
终曳着木屐，过此泥泞之世！
柔媚，自欺，残暴与多情，
舞着长袖，终无回答。

吁！地壳渐缩，
我踞坐于岩石之凹处，
任野草蔓生，新花怒放；
春色染遍人间，微风与黄叶细语；
蜂儿无路出晴春之窟。
"静寂"似乎死了，
既往之笑声，远在稻田深处。
我并不等谁来！

夜之歌

呵，多情之黑夜，你终掩着面
蹑步而来，如①拍兔之野狮。
我们秩序地相见，
不须说Lalut②，更不消点头。

你是我多年之厨司，
供给一切生命之营养；
忙乱中之逐客者，
长推我入此生强之门户：
看春华秋实之"因士披里纯"③，
飞虫在各草上旋转。
于今好了，空留这乐器在掌心里，
脑后之回声，战栗了自己，
与同僚之崇拜。
吁！不再来之如琴音的歌声，

---

① 此处初版原为"为"，应为"如"。
② 法文，致敬，致意，打招呼问候语。
③ 灵感，"因士披里纯"为其音译。

随风送到我年青之耳际：

一切哀吟之节奏与悠扬，

杂以矮树细枝之嗯嗯；

时而停了，或微如落飞，飞鸟及

游蜂之羽音。

呵！折翼之女神，

你忘了自己之年岁，

平庸之忧戚，猜不中你的秘密。

残忍之上帝，

仅爱那红干之长松，绿野，

灵儿往来之足迹。

深紫之灯光，不愿意似的，

站立在道旁，以殊异之视线

数行人之倦步。

我委实疲乏了，愿长睡于

你行廊之后，

如一切危险之守护者，

我之期望，

沸腾在心头，

你总该吻我的前额。

呵，多情之黑夜！

1922　巴黎

街头之青年工人①

白皙之脸，长着淡色之红，
还挟点笑
和智慧；
我站近你
自惭老了。

光阴为两肩之重负，
你我不能追随。
等候的恐是
光荣，
与美满之爱。
去！
柔媚之手伸来了，
你沉重而笨之步
迟点将失你随他之路径。

---

① 初版诗集目录中所列诗题为《街头之青年工人》，内文所列诗题为《街头之青年二人》。据上下文诗题应为《街头之青年工人》。此处诗题与初版目录保持一致。

我博爱之生物，

为这高墙住关①了；

街头之足音

失望地：Adieux②！

呵，我失却

最可亲之侣伴了，

他们永不想再回来。

你们将因劳作

而曲其膝骨，

得来之饮食

全为人之余剩；

他们踞坐远处，

嗤笑了。

---

① 此处"住关"疑应为"关住"。

② 法文，长别时用语。"adieux"为"adieu"的复数形式，此处用复数在语义上
与"adieu"没有区别，只是一个语言习惯问题。

自　解

一梦醒来心里想：
"何关要紧！
你留下尘土上之足迹
与心头之印象，
给我们祈祷时之懊悔耳。
你不是泛舟之海洋，
牧童之清泉，
花朵之粉蝶。
看呀，未灭之灯光，
直照墙间之卷帙；
瓷瓦在暗处发亮；
可整之革履，
足继吾之远道……"

我将抚着柳条儿
高声唤水鸥前来：
这个世界，
任你们去管领。

生　活

抱头爱去，她原是先代之女神，
残叶盲目？我们唯一之崇拜者，
锐敏之眼睛，环视一切
沉寂，奔腾与荒榛之藏所。

君不见高邱之坟冢的安排？
有无数蝼蚁之宫室，
在你耳朵之左右，
沙石亦遂销磨了。

皮肤上老母所爱之油腻，
日落时秋虫之鸣声，
如摇篮里襁褓之母的安慰，
吁，这你仅能记忆之可爱。

我见惯了无牙之颚，无色之颧，
一切生命流里之威严，
有时为草虫掩蔽，捣碎，
终于眼球不能如意流转了。

寒夜之幻觉

窗外之夜色，染蓝了孤客之心，
更有不可拒之冷气，欲裂碎
一切空间之留存与心头之勇气。
我靠着两肘正欲执笔直写，
忽而心儿跳荡，两膝战栗，
耳后万众杂沓之声，
似商人曳货物而走，
又如猫犬争执在短墙下，
巴黎亦枯瘦了，可望见之寺塔
悉高插空际。
如死神之手，
Seine[①]河之水，奔腾在门下，
泛着无数人尸与牲畜，
摆渡的人，
亦张皇失措。
我忽而站立在小道上，

---

① 法文，巴黎的塞纳河。

两手为人兽引着，
亦自觉既得终身担保人，
毫不骇异。
随吾后的人，
悉望着我足迹而来，

将进园门，
可望见峞①峨之宫室，
忽觉人兽之手如此其冷，
我遂骇倒在地板上，
眼儿闭着，
四肢僵冷如寒夜。

① 此处"峞"通"危"，古音调为上声，有"高""峻"之意。

故　乡

得家人影片，长林浅水，一如往昔。余生长其间随二十年，但"牛羊下来"之生涯，既非所好。

你淡白之面，
增长我青春之沉湎之梦。
我不再愿了，
为什么总伴着
莓苔之绿色与落叶之声息来！

记取晨光未散时，
——日光含羞在山后，
我们拉手疾跳着，
践过浅草与溪流，
耳语我不可信之忠告。
和风的七月天
红叶含泪，
新秋徐步在浅渚之荇藻，
沿岸的矮林——蛮野之女客

长留我们之足音，

呵，飘泊之年岁，
带去我们之嬉笑，痛哭，
独余剩这伤痕。

1922

戏 言

任春天在平原上嬉笑，
张手向着你狂奔，
冷冬在四围哭泣，
永不得栖息之所。

夏天来了，你依旧
在日光下蠕动。
黄叶与鸣虫管不住
之秋，赤裸裸地来往。

玫瑰谢了还开，
曲径里足音之息息，
深林后女人笑语

之回声，对着你睁视了！
呵，我之寂静与烦闷，
你之超然孤冷。①

———————————

① 据第三节诗末句与第四节诗首句，似应连在一起合为一节诗。

085

手　杖

呵，我之保护者，
神奇之朋友，
我们忘年地交了。

往昔过处
悉存你之气息，
及死神般之疾视。

奈时光之流去，
如林鸟一唱，
奔飞在我们眼下。

地已荒凉了，
独有冷风细语，
如末路之英雄。

灵魂亦冷了。
任这"首途"与

"莅止"悲戚着。

我终久靠着你

过此广漠之野。

呵，神奇之朋友。

悲

我烦厌了大街的行人，
与园里的棕榈①之叶，
深望有一次倒悬
在枝头，看一切生动：
那时我的心将狂叫，
记忆与联想将沸腾：

"——你走得太远，回来太迟了，
呵，你静止罢！
人们争辩着，
终保护自己，
尽手脚之本能，
把地壳钻成
千万小孔，
为坟墓或为藏金窟。

---

① 此处初版原为"枏"，应为"榈"。

——"不够慈悲？

或者差不多了，

吁我们之幸福，因为是我们的，

人不爱生命，

非出于本能的。"

过去之情热

呵，过去之情热，吾人生命之足音！
如此其空泛，不可摸捉，
任我们休止与叹息
烦闷与宠爱时，
你总留存着在印象里，
我呼吸你的香气，
与往昔之谄笑，
惟不忍再与你接近，
或无端私语，
我们获得一真切时
想是太老了！
你孩童之欺骗，
及头颅之安置，
警醒了一切血之循环。

怎么？已过去了！
你如此其轻微过去，
我张手在斜阳下

正待拯救者之引带；
牧童的夜乐，
战栗了我心与手足，
遂失了你之踪迹。

无　题

伤春之野雀在晴空里歌唱，我们希望
藏身在其翼下，得一休息之片刻，然而影
终移去，我呆立在你肩后了。

呵，一切情爱，如船在浪前消失，毁碎了。
可爱，建立一"不完全"。然我们在赤裸
里能听热烈之音乐，他将摇荡我们已往
之哀戚，衬以黄昏之舞蹈。

星光在我额上踱来踱去，我委靡地重索
我们之盟誓，你注视我如同雪后之寒鸦。

呵，Maria[①]，你终嫌梦想！

你压住我的手，像睡褥般温柔，我一切管
领与附属，全在你呼吸里。

你莫忘记，我们是广漠之野，万里黄沙之
海岸，寂静中之歌者，朦胧之夜色。

地面满布深蓝之暗影，淡白之光平射着。

呵，我们平庸之幸福，深望游行之野鹿不

---

① 女性人名，玛丽。

再送歌声到我们耳际，或在附近之村庄里。我将在你灵魂里，获得一切之温暖与爱护。

远　方①

晚钟响了，我无心逃向何处，

我的头满藏着你。呵我所爱，

我听到你的足音，

我望见你的裙影，

——一种往昔之风味，

如女神出没在云里，

叹息在海波之上蓝色里，

细小之衣褶，如此其婀娜，

我全是沉闷，静寂，排列在空间之隙，

一切心灵之回声，

震荡所有之生命

呵，这肃杀之长夜；

诗人之逃遁所。

我浸②浴在恶魔之血盆里，

渴望长跪在你膝下。

① 本诗曾先行载于1925年8月29日《时事新报·学灯》。
② 此处初版原为"侵"，应为"浸"。

呵，倦睡之歌人。

四轮车得得地在街道尽头——

呵，风热之孩童全灰白了。

不空的声响在黑色之暗处，

如强盗磨其小剑在我心头。

你，给我之记念，如伤兽奔腾去了。

恸 哭

我仗着上帝之灵，人类之疲弱，
遂恸哭了：耳后无数雷鸣，
一颗心震得何其厉害，
我闭着眼，一切日间之光亦
遮住了。世界将从此灰死么？

所有生物之手足，
全为攫取与征服而生的。
呵，上帝，互相倾轧了！
所有之同情与怜悯，
惟能在机会上诏笑，
遂带一切余剩远走！——远走！
暂①次死灭逃遁了。
能呼啸，更能表示所有之本能。
呵，上帝，填塞这地壳
终无已时乎？

---

① 此处"暂"疑应为"渐"。

狼群与野鸟永栖息于荒凉乎？

或能以人骨建宫室，

报复世纪上之颓败，

我将化为黑夜之鸦，

攫取所有之腑脏，——

多情之腑。

或望撕吾既破之外衣，

为人类一切之葬服，

但，呵，上帝，爱护一无味之生物

我的鞋破了，

终将死休于道途，

假如女神停止安睡之曲。

我手足蜷屈了，

不能在远处招摇而呼喊。

她

情爱伸其指头，如既开之睡莲，
满怀是鸟窠①里的慈母之热烈，
两臂尽其本能，深藏于裙裾之底，
腰带上存留着夜间之湿露。

怜悯，温柔与平和是她的女仆，
呵，世纪上余最爱的，——如死了再生之妹妹。
她是一切烦闷以外之钟声，
每在记忆之深谷里唤我迷梦。

在蓝色之广大空间里：
月儿半升了，银色之面孔，
超绝之"美满"在空中摆动，
星光在毛发上灼闪，一如神话里之表现。

我与她觉得无尽止亦无希期，

---

① 此处"窠"似应为"巢"或"窠"。

在寂静里，她唇里略说一句话，
淡白的手细微地动作，
呵，伊音乐化之声音，痛苦的女儿。
伊说在世界之尽头处，
你的欲望将获得美丽之果实，
一切"理想"将为自己之花冠，
在虫鸣之小道上将行着步。

"你华彩之意识，生活在热烈里，
沉醉在一种长生之空气内，
完成你原始之梦想，
离开这万恶，羞愧与奴隶。

"我将戾笑在荷花生处之河岸，
在炎夏之海潮上，如新月之美丽，
你靠近我以满着黑夜之眼睛，
我所吻的是你之灵。"

朕之秋

空间里全静止了，
我的精神
毁碎其愚昧
之铁链，终靠近不动之时光上。

空间里全静止了，
冷风在行廊里来往，
吹起我无味之追寻
的思索，内心的闲静。

空间里全静止了，
残月逃隐在云底，
失去寻常的速度，
似欲离这不认识之世界。

空间里全静止了，
无涯之季候的行动，
直到万类之指头上，

掘发了一切老与幻之，Néant^①！

空间里全静止了，
似靠近死之火光里，
但遇生命之乐乍响，
亦如辗转泥泞之雪车。

我的孩童时光，为鸟声唤了去：
呵，生活在那清流之乡，
居民依行杖而歌，
我闭目看其沿溪之矮树。

风在竹枝儿作响，
白羽膀的无名鸟，
摆动在急滩上，
水草全低着头！

我长大了，长渴望
东方之光，饰以鲜花之水岸，
在"金色"之斜阳下，

———————————

① 法文，虚无。

101

无名英雄彳亍而悲叹。

现在抱了既破之饰物，
长听失路之魂歌唱，
任在晴春里呼吸，
呵，蜂蝶与草虫之心的跳跃。

吁，你的杂乱之小径，
与随风之水磨，
在深夜之底，
如黑色寡妇之孤儿。

11-1922.巴黎

我背负了……

我背负了祖宗之重负，裹足远走，
呵，简约之游行者，终倒睡路侧。
在永续之噩梦里流着汗，
向完全之"不识"处飞腾，
如向空之金矢。

我在倦睡中，望见赭色之阳光，
远在海之绿处徘徊，如野鸥上下。
我的灵追随在十里之后，
不能熟视其容貌在青色之波端：
"当你丧了一切气力时，鼓勇罢！
无痴笨地等候，'将来'是你自己的。
立定脚跟，待所有的来人，
蜜糖是无梦的，伫望全是愚蠢。
鼓舞罢！即教士在时间之门限上，
挹你以长袖，
这不是你之途径。"
但我的生命，在那里

如此其真实正确！

悲剧，狂歌，乖恶的笑，

在四周察视。

呵，我收藏一切"虚伪"，

如枯髅之手，

长抓①住我之大衣。

---

① 此处初版原为"爪"，应为"抓"。

懊悔之谐和

生命为爱情之骨肉，
永在其四周骚扰，
欲消失所有之外体。

丑恶与空幻之梦，
惟妇人能生产，
我们为其销售所。

但永不使人得到
和摸捉，只是可
用自己心灵去期望

艰苦地演去，
收纳一切可爱，
全毒死仅有之灵

从不会借贷人力，
以坚强自己之身，

担负这爱戚与欢乐。

温柔的"死"之酝酿，
歌唱在小心里，
任春去秋来，夜以继日。

吁，多么可爱，
本能上之同情。
意志之休息所。

岁月为不可拿捉之罪犯，
他带一切悲满前来，
刹那间复任地奔窜了。

"性"之奴隶！
从圣母创起，
遂长染人类之肌肤上。

呵，幻想的额上之火印，
如此其热烈，
直到肉为烟化。

生之疲乏

空间因填塞之故，
所有的池沼干枯了，
"烦闷"更无吸饮之地，
广漠之野，全因希望而疲乏。

我不欲再事祈祷，
多情之上帝全聋废了，
耶稣之木架长朽在寂聊之乡，
以青蓝之眼睨视行人。

海潮在远处呼啸而奔窜，
如丧队之游牧者，
攫住一切往昔之时光，
即临风的垂条亦不能挽住。

"任你如何悲戚，
我总无力去慰藉，

你之Morosité①我全不解……"

是以金色之日光，长睡在浅渚上。

山蛇与虎豹，在黄昏里呼号，

将停止一切夜游者，

终将有一时之较量，

使我灵儿复其平淡之梦。

我失去所有之忠告，——

歌唱在道途之忠告，

罪恶之心头，因其战栗之脚跟，

或为细虫啮食了大半。

历史上之惨杀，

和饥饿之呼声，

永在我门外骚扰着，

我的心灵全蹲伏了。

如夜候疲乏之兽群。

---

① 法文，阴郁，闷闷不乐，愁眉不展；萧条，缺乏活力。

英雄之歌

"我们徐步在世界之梦里，
幻想醉着心，'肯定'照着手足。
海天的'无限'之风，在毛发下飞舞，
如动作之人类，正冥想及醒觉着。

"我们老大之种类全颓唐了！
地壳亦太陈旧，天儿太低小了；
一切擎着信仰之人们，
都摇动那无根之灵魂。

"人以为死神醉卧于暗处，
寺院之歌童环绕着而痛哭，
既非我们之时代；剑儿生锈，
武士吹着角儿，在薄暮之天下。

"看，群鸦飞翔了，黑的鸦群，
旧世界之评判者，带来之
海潮，从低处升腾，

日落时必涌过在我们坟上。

"但我们有时踞坐山巅，
每个日光的'永久之华'
都回忆他的清晨在我们眼瞳里。
大神之鸟，在我们脑后孵其细卵。"

11-1922

柏林初雪

孩子的雪藏，
在秃树下奔窜，
瘦马滑着蹄，
人儿掩着鼻。

我初识他们，
他们更形了解。
撑起腰儿，
得到一杯查厘酒。

好了，人远了！
威严长保不住的我。

意识散漫的疑问

我该如此走么，何处去摆渡？
江里的绿水，永不会浮着死尸？
呵我多么爱他：微风和早晨的雾，
涧边的老农①，必忘了这"千里驹"！

一代之传统的，就如此么？
从那一个岁月，建立他们的事业？
何以总是断续而短气的唱着。
呵，我能听，但终不能解呵。

好了，伫候在时间上爆发了，
月夜的朦胧，呵，我心灵逃向之处。
谁给我四体之力，
战出此机会之售卖所？

她如想到人类之始终，
必给我一个安慰么？

---

① 此处初版原为"晨"，应为"农"（繁体为"農"）。

我需要她做什么？背重负，
游名胜？谈古今中外，抑接吻么？

X　集

不是创造与传统，

是远出Socrate，Lamartine，Régnier[①]

之精神于外的发现；

像 "La clair de lune"[②] 的歌声，

但朋友所想望的，

是月球里的黄金世界，

从不疑问灵魂不死，

正预备一切最要妆奁。

朋友所看见的，

是村妇之深夜的舞跳

两袖临风，脚儿一齐节奏，

---

① 法文，均为人名，依次是：苏格拉底（Socrates，公元前469—公元前399），古希腊哲学家，西方哲学奠基者；阿尔封斯·德·拉马丁（Alphonse de Lamartine，1790—1869），作家、政治家，浪漫主义文学的先驱和巨擘，19世纪法国第一位浪漫派抒情诗人；亨利·德·雷尼埃（Henri de Régnier，1864—1936），法国后期象征主义诗人，1912年当选为法兰西学院院士。

② 法文，《月光曲》，法国象征主义诗人魏尔伦的作品。

火光旋起旋灭。

呵，我真相信了，
一人之有，是全人类之有，
将这期望到何处实现？

温柔四首①

I

你明彻的笑来往在微风里，

并灿烂在园里的花枝上。

记取你所爱之裙裾般的草色，

现为忠实之春天的呼唤而憔悴了。

最欺人的，是一切过去。

她给我们心灵里一个震动，

从无真实的帮助与劝慰；

如四月的和风，仅括去肌肤上的幽怨。

虽大自然与你一齐谄笑，

但我不可窥之命运的流，

如春泉般点滴，

到黄沙之漠而终消失！

---

① 初版诗集目录中所列诗题为《温柔四首》，内文所列诗题为《温柔》。此处诗题与初版目录保持一致。

我与你的灵魂，虽能产生上帝，

但在晨光里我总懊悔这情爱，

呵，你夜间之芳香与摸索，

销灭我一切生命之火焰。

你跣足行来，在神秘之门限上，

我们何时才能认识

你的力，爱，美丽与技巧，

将长潋滟在垂柳之堤下。

II

你当信呵！假如我说：

池边绿水的反照，

如容颜一样消散，

随流的落花，还不能一刻勾留！

你以当年之纤手，

采取一切临风的野罂粟，

并一齐采取了我的心之种子，

我无能希望他春来再长。

记得在长夏庭院里，
蜜蜂的闹声，到花枝上止了；
蔷薇的香气，奔飞在我们臂下，
枝头的瘦索欲去还留。

踞坐在晨光里，游行在夜里，
槐树之阴遮着，牵裾之草衬着，
辜负了听海神之歌
辜负了细流之鸣咽。

我宁自己加冠，——不加到你的额上，
时间之火焰灭了，还自己喊着。
这个无声息的"回来"
你不该哭，——更何能笑！

III

我可以彻底忠实，
但须你的愿意，
联络我们的哀戚，
你是我最初的证人。
"我清贫如乞丐，

但有你的肥胖之头，

细腻之手臂。"（见P.Valeine）

……

地上之季候运行着，

我们的园地如何？

何关紧要，血泪与赤心，

只愁你不我爱！

萧索的秋，

接着又这冰冷的冬。

僵死的四肢，

惟我们之灵能暖之。

你于我是日之出兮，

我于你是涧草的间散。

我失去哲理道德之认识，

但愿背诵你的法则。

IV

我以冒昧的指尖，

感到你肌肤的暖气，
小鹿在林里失路，
仅有死叶之声息。

你低微的声息，
叫喊在我荒凉的心里，
我，一切之征服者，
折毁了盾与矛。

你"眼角留情"，
像屠夫的宰杀之预示，
唇儿么？何消说！
我宁相信你的臂儿。

我相信神话的荒谬，
不信妇女多情。
（我本不惯比较，）
但你确像小说里的牧人。

我奏尽音乐之声，

无以悦①你耳；

染了一切颜色，

无以描你的美丽。

1922　柏林

---

① 此处初版原为"脱"，应为"悦"。

沉　寂

一切沉寂了！笨重的雪叠盖了小路和石子，
并留下点在死叶上。
枯瘦的枝儿丧兴地互相抱着，像欲哭无泪！
似乎大地愤恨了，欲张手直捏死万类在顽意儿里。

忆韩英①

风儿尽号着，
钟儿尽响着，
我蜷曲在火光下，
一味向四周摸索，
呵，你何能梦想，
我仅记着你的羞怯。

我给了你纸，
更给你以笔，
说声"哥哥"，
好了！
黄泥渡的水，
老虎塘的山，
不忠实之印象！
儿童之年真不可靠。

---

① 本诗曾先行载于1925年8月28日《时事新报·学灯》。

人说：你已征服了，

虽然可惜，

但我们不能

"同日而语"。

转眼三年了，

（还须别的证实么？）

我丧失了 Naiveté[①]，

更丧失了心，

Naivetê[②]被风吹去了，

心呢？

是我现在寻找的。

你欲在"妥协"里建立么？

终掉了自己的皮血！

我能奏回弦之琴音，

至少能悦你的心，

我想。

---

① 法文，误排或拼写错误，正确应为"Naïveté"，意为天真，幼稚。
② 同①。

你可如Nymphe①与小羊跳跃在林里，

洗浴在清泉之底。

我呢，

再装大古诗人么？

不能了，

确已不能了，

一切固有丧尽了！

<hr />

① 法文，希腊神话中居于山林水泽的仙女。

先是余颇醉心[①]

先是余颇醉心Renoir[②]，Adler[③]，Besnard[④]等之作品及色彩：Bouchard[⑤]，aronson[⑥]，alliot[⑦]，Troutusky[⑧]诸人之雕刻亦同时爱之，后觉得浅薄无味，转注意于Rodin[⑨]之晚年作品，并觉得其与E.Carriere[⑩]有同气一息，援笔略尽所思，或为以后之转点。

我寻到时代死灰了，

---

① 初版正文无标题，此标题是据诗集目录中出现的诗题所加。
② 即Auguste Renoir（1841—1919），雷诺阿，法国印象派画家、雕塑家。
③ 疑为Jean Adler（1899—1942），阿德勒，法国画家，此人确切身份待考。
④ 一疑为Albert Besnard（1849—1934），阿尔贝·贝纳尔，法国画家、雕刻家。一疑为Émile Bernard（1868—1941），埃米尔·贝尔纳，法国后印象派画家。此人确切身份待考。
⑤ 一疑为Paul Louic Bouchard（1853—1937），保罗·路易·布夏尔，法国画家。一疑为布夏东（1698—1762），18世纪法国洛可可风格的主要代表，他的绘画与雕塑都在灰蒙蒙的基色中充满一种扩大化的虚幻感。此人确切身份待考。
⑥ 人名，应为Aronson，疑为Naoum Lvovitch Aronson（1872—1943），纳乌尔·里沃维奇·阿兰所，俄罗斯雕刻家。此人确切身份待考。
⑦ 人名，应为Alliot，疑为Marie-Juliette Aliot-Barban，19世纪法国画家（女性），可译为玛丽-朱莉埃特·阿里奥-巴尔邦。此人确切身份待考。
⑧ 此人身份待考。
⑨ 即Auguste Rodin（1840—1917），奥古斯特·罗丹，法国著名雕塑艺术家。
⑩ 即Eugène Carrière（1849—1906），欧仁·卡里埃，法国象征主义油画家、雕塑家，作品常以灰色为基调。

遂痛哭其坟墓之旁。

我的子孙，（你的子孙！）

都以为好极了。

但浪儿滚着，

舟儿终久停滞，

还问前程么？

Manet[①]真是人杰！

伊们寄了一切肢体与灵儿

在神的胸膛，

温暖地安睡了，

倒醉罢？

最后一觉了！

惜我之生，原为一点辜负！

①　法国画家马奈。

上　帝

上帝在胸膛里，
如四周之黑影，
不声响的指示，
遂屈我们两膝。

消　长

斗然南下的雪缕，

（几遮断了前路呵！）

冻强①了狗腿，

更盖满了鸟窠之巅。

大自然一点意思：

天空灰变了紫，

紫变了蓝，

太阳们撑起腰来了，

关什么意见？

只欲把雪褥细软，

化水归到海里，

且说"我来了，

你该去！"

大地仍归静了好久。

---

① 此处"强"疑应为"僵"。

反慈悲

我的祖先，（聪明人）
最晓得这点，O Caïn [①]!

"勿援以手，勿点火炬之光。
他们喉里的鲜血尽疾流着，
变成江河能淹没人么？
敷住了创口，仍起来奔审！
你看，他们忘却自己死了，
仍在鲜草之荫下，
避这锋利之矢。

"神秘的歌声，散荡在黄昏里。
近鲜艳的林边，来了！
泉儿喝喝地，浪儿打到树根，
可放下你的篮儿，呵，来了！"

---

① 法文，该隐，《圣经》中人物。

130

律

月儿装上面幕
桐叶带了愁容，
我张耳细听，
知道来的是秋天。

树儿这样消瘦，
你以为是我攀折了
他的叶子么？

Elégie[①]

春天带来之艳冶，

为黄色的秋收去了，

但你给我的忠告，

永不因年月而消磨！

黄昏送来暗黑，

遮住你之美丽，

何不向上帝哀求

回复我们的黎明？

我不识大地的永远，

只觉春去秋来；

忘记了今昔，

抹煞了需求。

我的门闭了，

[①] 　初版诗集目录中所列诗题为*Elégie*，内文所列诗题为*Elegie*，但均有误，应为*Élégie*。此处诗题与初版目录保持一致。*Élégie*，法文，哀歌，挽歌。

惟不能关住我的心，

我的蔷薇开了，

但不见花心之露。

给行人

偶读Pierre Louys①之Dialogue au soleil coucbant②,
深爱之，变其体而成此。

我须痛饮，君更何须辞杯！
太酸辛了，你担负一切忧愁：
手儿空时，自己还洒点泪；
我所希求的，已非时代之所有。

我生二十，云路比自己将来，
芙蓉比自己的美貌，
领了羊群，采桑田的野草，
饮涧里的流泉。
清风更何消说拂我衣襟。
抽桑子的邻人有歌唱歌诱我，
我烦气了说"远去，这是无用的。"

---

① 此处"Pierre Louys"拼写有误，应为"Pierre Louÿs"，法文，人名，音译为皮
埃尔·路易（1870—1925），法国象征主义、唯美主义小说家和诗人。
② 法文，剧名，译作《与夕阳的对话》，为皮埃尔·路易创作的短剧。

"真呵，我当停在平坂上，羡你的美丽，
但不能去。"
后来他说了许多男人的忠实话，
我说"够了，世间能说最甜蜜
之语言的，是最不可靠的人。"
男人说"我愿消磨生命在你膝下，
允许么？我将用彩色之板，
建东方式之亭榭，四围绕以蔷
薇和香草，你可听到初秋的寒
蝉，与金色虫之歌唱，我们在
夜间长靠着。手在你的腰里，颊在你
的唇里，我们的心将次第跳荡
……"
我战栗了，说："是呀，我们将不恐惧
这黑夜，因我们已在一许①了，你和我！"
男人说"……将发儿散在你颈上，
苍苔带湿气来了，但你的胸膛终是温暖。"
太阳辞了树枝，星儿在天际澈亮了，
我总是挂虑他们（羊儿）意识亦以散漫。
男人续着说"黑漆下，我看不见你的

---

① 此处"许"疑应为"起"。

135

面孔呀，来！我们到松林里去，看夜鸠

铺张卧室……你喜欢么？……

……"

何处寻求这等幻梦，去年的秋换到

今年的春，柳儿长了细枝……但抽

桑的男人！壮海泛木筏去了呢？

我的羊群，仍是从短岕匍匐到平坂，

而歌唱的黄昏呵？

放

我的生命随处歌唱或呻吟，
何关紧要！
竹枝儿萧索，
喷泉儿凝视，
纵秋老山黄，
鸥群拍浪；
纵冷月清照，
远钟催着睡眠。

耳儿的清澈，
偏消受市场的混闹，
回声来得更远！
打叠了一层愁，——
千重记忆，
说是"某也辜负！"
帝皇的计较，
人间无欲偿他。
呵，活无太讲超人！

魂声全云妥协，

蜂鸣，士奇更何消说。

"也不伤春，更不悲秋"，

亦不学细流之悲鸣，

与野鸭之闲散。

更何暇吊：

孔林苍古，

北海霜严！

敲了门儿，

顿着脚儿，

谁驾来的，

Chariot d'or![1]

御车的女神呢？

太酸辛了，

仅忘却这点。

---

[1] 法文，黄金战车。

故　乡

我的故乡，远出南海一百里，

有天末的热气和海里的凉风，

藤荆碍路，用落叶谐和

一切静寂，松荫遮断溪流。

有时锣鼓鸣了，——自然报点急警。

如兽群的人，悉执着上帝的使命，

出了刀与矛，奔赴前敌；

三十的跟了四十的，

如海潮之汹涌，

（热血更何须说！）

此后人稀了，钟儿更无人敲了！

但铁链的光，仍是闪着。

树虽未秃，但鸟儿早去了，

留下小雏的死骨！

断桥生着苔，

——痕更何有？

牛羊匍匐到山巅，

驹子学眠在浅渚了，
鼠儿更穿人屋。

年日多了，去的勇士
还未走到尽头？
（谁去盼望呵！）
何以他们掉了故乡，
另有乐土么？

年日多了，去的勇士
还未走到尽头？
但狼儿跑进内堂，
与野狗争宿所了；
瘦虎狠狠地向着他们！

使命或说尽了，
忽地来了一诗人，
—— 一个命运预言者，
他伤心了，
以为是不可救药，
遂毁了其所欲写之笔，
蓦①地走了，逃向何处？

① 此处初版原为"骞"，应为"蓦"。

小 诗

呵，伤心这痛哭，
满足了这烦闷，
偿还一切上帝之赐去
记着这光荣之永远罢？

我如流血之伤兽，
跳跃，逃避在火光下，
爱，憎，喜，怒与羡慕；
长压我四体，无休止了！

不死之人兽，——呵人兽，
何不啮食净尽，
仅使我近此蹒跚之脚，
看无穷之冲突。

神秘而酷虐的坟田，
终掩埋无数
"生命之期望者，"

到何处完结他。

我舍了歌人，终成剑客，
还想"笔尖横扫！"
时代上之英雄，
确已成大名而去？

"明澈的妇人，
收拾我们的狼藉呀！
捏死那可爱的，
任弱小的去呼号。

"勿再痛哭了，痛哭是可耻的，
你是站在春阴深处，
震动你的薄裳，
便可听松梢的歌唱。

"心在胸膛里节奏，
瞳在眼泪里修养。
你扭动宇宙在掌①心里，

---

① 此处初版原为"撑"，应为"掌"。

142

折了我们的翼子而奔窜。"

我不识夜与日的分别，
五月随着四月的意义，
秒与刻截成了碎片，
总有来不尽人们！

母亲说"发儿，发儿来呀！"
我遂明白了自己和他人。
要获得一切可爱，
谁能回答这呼唤。

生无家室可归，
死了终得掩藏地下。
吁，何以有这无端的笑，
粗笨的呻吟！

你何以有向女人说爱的意思，
别人能拥护而强固自己么，
假如把你火葬了，
仅违背造物原理么？

当我晚上回来，

炉火必剥地响，

烈焰红赤了我面孔，

吁，一刻即是永远呀。

1922 Berlin[①]

---

① 地名，柏林。

Zulien与Hélêve[①]

所有的人们都不愿我们在这世界

里，呵，何不投之东海，或给印度人作

奴隶。我无意冻死在深谷里，冰冷的

朋友！我唱最初的情歌作终古诀别罢。

不，傲慢的诗人。

呵，抱歉了！这点。

不懂呵。

无须理解，我费上帝给来的本能，摆

动所有之手足，拖着腿儿如载重之

耕牛。好了，不再需要了。

仅为这点么。

真呵！毁去我们一切牵连，你有背山

的村庄，睡莲向人谄笑，桐叶带来金

色之秋。更须别的安慰么？吁，愚笨的

少女，世界上的男女有"菜"形的

心，水银般的血，话尽甜蜜之语言，更

---

① 初版诗集目录中所列诗题为《Zulien与Hélêve》，内文所列诗题为《Falien与Heliw》，可能都是专有名词（人名），待考。此处诗题与初版目录保持一致。

是本能。在初夏的早晨他穿了轻衣

前来，沙石噁噁在脚，装出一切忠实

……

我全不感到，朋友！

他高兴地说"前来，联结我们的孤

冷，在这阳光里。我们的远行不须骡

车与骏马，……海风嘶着，寺院的

檐马响动了，我闻到你肌肤的气味①，

松香么？……我们远去，淡色的蔷薇

何以能象征女人的美丽，你的Corps②

如吾五岳的苍松，更有如蝴蝶的……"

他爱看你的面貌，尤喜你来时

的暗影，时用一个神气说："我

们的小姑娘……"似乎可以把

心放在手里任你试验！

我没这勇气。

假如男人说：你的唇儿给我，那你以

为是最荣幸了呵，追逐成性的生物，

他们可以用一手捏死你在掌里，如

颓墙下之死猫……

---

① 此处初版原为"眛"，应为"味"。
② 法文，身躯。

吁，我全不认识！……

真呀，Heline①……

---

① 英文，姓氏，可译为"赫兰"。

假如我死了

假如我死了，

你可以走近我的床前，

（当然不须说话）

在我所有的诗卷里

你可以找到

"水流花谢"

"人和臭虫的比喻"。

我的眼将无力再看，

虽然如此深黑；

你的心跳，

我的心停了。

穿起你临睡长裙来，

歌一阵 "The castle by the sea" ①

或能引火神的怜悯，

去了呀，

大家不说辜负。

---

① 英文，海滨古堡。

148

哭既不能，

悲更何必。

打量我们的经营？

晚了！

我将手放近腰儿，

假如你不害怕，

虽夜影四合，

我们总可勾留：

十秒或一刻。

呵，我不能再记忆你的名儿！

Madelene, Hélène, charlotte...?[①]

吁，告诉我

（如我们初识时。）

最后一秒了

给我一个明白。

---

① 此处外文据本诗整体来看，语种难以确定，三个人名具体所指何人待考。如果考虑到李金发留法的缘故，按法语依次可译为：玛德莱娜、海伦、夏洛特。

钟情你了

"Celebrous nous l' amour de femme de chambre."[①]

厨下的女人钟情你了：
轻轻地移她白色的头巾，
黑的木杓在手里，
但总有眼波的流丽。

如你渴了，她有清晨的牛奶，
柠檬水，香槟酒；
你烦闷了，她唱
"灵魂不死"和"Rien que nousdeux"[②]

她生长在祖母的村庄里，
认识一切爬出树，大叶草，
蝶蛹和蟋蟀的分别，
葵花与洋菊的比较。

---

① 法文，可译为："让我们赞美女仆的爱情。"
② 法文，只有我们俩。

她不羡你少年得志，
似说要"精神结合"
若她给你一个幽会，
是你努力的成功。

　　　　　　　　1922柏林

我做梦么

我做梦么：石子跳舞在日光下，
行人的雨伞深藏在肘边，

颠沛的老人伸手四索，
说是两膝疯废了。

呵，这等没父母的孤儿
（亲属那里去了！）

杜鹃伤春天不常在
Rossiguols①歌唱夏天的晴和。

长耳犬在麦田里寻秋来的足迹，
偏遇见自负的长发的诗人。

这等是什么闹声，

---

① 法文，夜莺。

152

孀妇的舞蹈么？

音乐家何以痛哭在广场里？
所爱的琴儿断了细弦。

Tannhäuser^①的诗人

（woguer^②之悲剧）

若干年前诗人想杀上帝，
若干年后上帝杀了诗人。

他奏乐在宴会里，
几被剑儿刺死了。

淡月朦胧地，
黑夜潜步来了：

赤脚牧人的笛儿，
与歌童出入在黄叶里。

诗人想：该报谁的恩惠，
但harpe^③既破碎，奈何！

---

① 德文，现通译为"汤豪舍"，是德国音乐家瓦格纳歌剧作品的剧名。
② 此处"woguer"拼写有误，应为"Wagner"。瓦格纳（Wilhelm Richard Wagner，1813—1883），德国著名音乐家。
③ 法文，竖琴。

故 事①

我的哀戚向四处奔窜了，
有一个（慢性的）还睁眼到
街头"Win en gros"②的弦处。
我得了些什么脚疾疗愈么？

"上古有个王国，我的祖母如此说：
仅有母亲和儿子，犬儿cricri③是很小的，
后来孩子到东方经商去了，从波斯
来信说：身体无恙；
神户来信说：他爱上男爵的女儿。
时间一日一月过去，母亲在园里拾落
下的樱桃，看平原上的'联地针'
有一天，是圣诞的前一夜，

---

① 本诗曾先行载于1925年10月26日《语丝》第50期。

② 有两种看法，第一，法文"en gros"在法语中是批发的意思，疑在此文中指的是街头薄利多销的招牌。第二，"win"为英语，李金发惯于将各种文字混用，以表现他意象中的象征主义，疑为他是想说"整体的胜利"或"全部的凯旋"。

③ 法文，本意指蟋蟀或蝉的鸣叫声，此处为诗中给犬儿取的名字，其首字母应为大写的"C"。

孩子回来了，骑上一白色的花马，

外衣挂在右肩上，

虽增一点胡子，但瘦极了！

母亲说：我的儿子，上帝是仁慈……的

儿子战栗说：我失了一切所有……

要继续说时，倒下来了，

母亲亦颠踣在尸上，

Cricri倒欢喜了，

将他们的肉

作了半月的食料。

后来亦跑到海岸上去过活，

从没人再见过他。

"这个王国于是再没有生人，

只芦草和夜合花，与蟋蟀

相对而嗤笑。"

你还记得否……

（一）

你还记得否：
去年月鸽坠枝头，
露体果树在风前战栗，
我比他为：
金椅上痛苦之王子。

（二）

爬虫在沟里匍匐，
（前一步退两步）
以后沉思了片刻，
似叹息这世界的泥泞，
妒忌人类之阔步。

（三）

蜗牛在杏枝上徐步，

表出无限愿意，

如临葬的人群，

　"我愿与你如此游行世界，

寻求我们已往之踪迹！"

（四）

细小的麻雀

休止在颓败的荒园里，

忽地叫了一声gigiiiiii①，

由葡萄茎下

转到"不知那里"去了。

（五）

灰蓝的天空下（灰蓝的天空下）

卖鞋带的领车狗儿来了，

麦秆衬着在木屉里，

---

① 法文，拟声词。

158

喘气在鼻端，

向犬儿说viens iei！[①]

（六）

松风挟来的钟声，

休止在屋后的苔苍[②]上。

呵，不随时候的苍苔，

如丧了孩儿之祖父，

躲在墙阴，预备痛哭之眼泪。

（七）

赭色的马儿，

（你说是驴儿！）

无懊恨之眼，

为主妇驱使了，

以瘦弱的腿走快步。

---

① 法文，跟我走！
② 此处"苔苍"疑应为"苍苔"。

159

（八）

上帝何以有年，月日的设置，
使我们的记忆有新旧的层次，
你在眉头衰老，
我在颊儿消瘦，
但我们灵魂终久靠着背。

憾

Landa（marie）[①]

惯看"沙鸥拍浪"，

惯听"杜鹃啼血"，

不能寻求毛发手足生长的意义，

但我的心是为爱而生的。

雨在瓦端跳荡，

风在城头呼叫，

我的懊悔遂结队来了，

因我抛弃了爱余的她。

我听生命之足音，

——在天边，海的深处，

我思念古代英雄之忠实，

可以辜负她唇边的笑！

我爱一切水晶，香花，

---

① 法文，前为人名，括号内是"爱妻"一词。

和草里的罂粟，
她的颜色与服装，
我将用什么比喻？

我知白兰帝的香味
和作家的自负，
终不了解
她微笑的效力。

明

（耶稣诞之夜）

淡月曲肱在深夜之栏干上，
听她歌唱和临风的长发：

呵，可爱之神，我嗅到这等芬香，
从你心里发出，还是从我的灵儿？

池塘里银色的反照，带火光之金色，
赤足的思春女儿之梦，在那儿洗浴。

榆树，紫藤花，天门冬和浅草，
都因黄昏之舞蹈的疲乏而沉睡了，

我将两手放在静寂之肩上，
但一个是哀戚，一个是羞怯了。

灰蓝的黑影，套住全寺院的沉寂，

惟有钟儿痛哭着，如Josephe①破碎之灵。

我Talue②着向月儿，如同向Jésus christ，③
在这清澈里，总该使我有清澈的心。

---

① 人名，约瑟或约瑟夫，《圣经》中有多位人物以此为名。
② 疑为拼写有误或用法有误。参考句法结构，如把"talue"视为变位动词，那法语中的"taluer"一词是"taluter"的另一种拼写形式，意为"把……修成斜坡"。本句或勉强理解为"我在月光下匍匐跪拜，如同向耶稣基督"。
③ 法文，耶稣基督。

黄 昏

你不见有点东西
正在哀死么？
我的"疑惑"
在大道上蹒跚来了，
全现成灰白色。

黑夜之宫庭
将开着花了，
呵，给你的手在胸膛里来，
我的小妹，
山头最后的光影，
反照在你发髻上，
正留意这一日的长别。
聚哭是我们的时候了。

我酒入愁肠，
旋复化为眼泪，
如问这

"不可救药"之原因

恐衰老之世纪亦不能答。

蔷薇的花片,

无心地随风落下,

跟着时间去了;

我的Zeunesse①

如负债的商人

不明白地逃遁了。

但终久

歌唱在我心的凹处,

如流落之犹太人,

或蹲伏在桥阴下

如死神之假寐。

橙黄的平冈上,

静寂的chateau②聋哑着,

他呆立了若干年在斜阳

所经的道路上,

从无人问这秘密,

---

① 法文,青春。

② 法文,城堡。

（恐亦不告人！）

但这般孤冷，

总可猜或者

Le baron est weust four Louisette.[1]

松梢不能挽住斜晖，

但偏染黄金色

是确实的，是确实的。

---

[1] 法文，可译为："男爵为路易丝特而来。"

使 命

生命
叩了门儿，
要我们去齐演
这悲剧。

你太疲乏，
我全忘了
诗句的声调。
如何演？
但看的人多了！

我们且交臂出去
长立几刻，
你有美丽的颊，
我有破碎的笔头。

春 城

可以说灰白的天色，
无意地挟来的思慕：

心房如行桨般跳荡，
笔儿流尽一部分的泪。

当我死了，你虽能读他
但终不能明白那意义。

温柔和天真如你的，
必不会读而了解他。

在产椰子与芒果之乡，
我认识多少青年女人，

不但没有你清晨唤犊的歌喉，
就一样的名儿也少见。

我不懊恨一切寻求的失败，
但保存这诗人的傲气。

往昔在稀罕之荒岛里，
有笨重之木筏浮泛着：

他们行不上几里，
遂停止着歌唱——

一般女儿的歌唱，
末次还衬点舞蹈！

时代既迁移了，
惟剩下这"可以说灰白的天色"。

你可以裸体……①

汝可以裸体来到园里，

我的蔷薇正开着，

他深望与你比较美丽，

——但须除掉多情的眼儿。

汝可以沉睡在幽润之苍苔上

不梦想一切事情。

假如腿儿湿了，我可以

用日光的反照去干燥之。

汝可以不留意秀眼的叫声，

他是因春归去了，

正在寻春归去的踪迹；

柳梢上的不是，春草池塘的不是！

汝可以将手压住金色的发儿，

---

① 初版诗集目录中所列诗题为《你可以裸体……》，内文所列诗题为《汝可以裸体……》。此处诗题与初版目录保持一致。

免致西风来了，

吹向游客怀里

去比他们不可数的愁丝。

给Dati^①

我明白东周的衰亡，
精神生活的提高，
不识你不忠实的原因，
因你曾在我手下辗转。

我不关心世界作善恶的人
因空间全不任他们摆布；
我安置你在我心窝里，
何以终久逃遁了。

"Jaime beau coup l'argent"^②你说
真的，"I'or toujaurs I'or encore!"^③
你的两足全在沙里湮没了，

---

① 初版诗集目录中所列诗题为《给Dati》，内文所列诗题为《给Doti》，两处外文很可能都是专有名词（人名），待考。此处诗题与初版目录保持一致。

② 此处"Jaime beau coup l'argent"拼写有误，应为"J'aime beaucoup l'argent"，法文，可译为："我酷爱银子（白银或钱）。"

③ 此处"I'or toujaurs I'or encore"拼写有误，应为"L'or toujours l'or encore"，法文，可译为："黄金毕竟是黄金。"

但你的臂，才从我手里离开。

阿拉伯人跳舞在阳光下，
你别跳舞在冻港里。
去呀，到伸的人之拥抱里，
你可以得到蜜糖的滋味。

1923柏林

十七夜

在水银色的月下，
静寂为空间之王，
黑夜长久之痛哭，
于今开始展眉了。

夜潮追赶着微风
接近到凄清的浅堵，
稍微的反射之光，
又使他退后了。

全不　①什么可爱
仅不留心的一错，
以我油腻的心房，
印上这"不可解说"的勾当？

记忆追随着

---

① 此处初版空白，疑为缺失字词。

为驯养之野犬，
他熄了我临街的烛光
所以女孩哀哭了。

我吸到宇宙的清澈，
如女人面幕之开张，
我愿带此远去，
如受伤之兽奔向林间

不 幸

我们折了灵魂的花，
所以痛哭在暗室里。
岭外的阳光不能晒干
我们的眼泪，惟把清晨的薄雾
吹散了。呵，我真羞怯，夜鸠在那里唱，
把你的琴来我将全盘之不幸诉给他，
使他游行时到处宣布。

我们有愚笨的语言使用在交涉上，
但一个灵魂的崩败，惟有你的琴
能细诉，——晴春能了解。
除了真理，我们不识更大的事物，
一齐开张我们的手，黑夜正私语了！
夜鸠来了我恐我们因之得到
无端之哀戚。

短墙的……

短墙的延长与低亚，
围绕着愁思
在天空下的园地
自己开放花儿了。

破钟儿敲着，
（何以竟不留心！）
欲警有秋梦的人：
起来呀，假如是哀戚。

在单调地过去的夜里，
惟有她在暗处疾笑，
呵，云儿轻忽走过，
遂遮断了我之心路。

回过来，Samsous！ Dalila！ [①]

你爱情之血的心，

发出孤涩之音，

人以为死是来了。

为什么要撑持？

你的顽健，她的忠实，

能平静地战胜

这"功过"之法则么？

烟在喙里，

手在裤袋里，

虽显出可怜，

但一半同情，一半timide[②]。

去呀，兄弟，多年的从犯，

风尘的知己，

是时候了，假如

---

① 此处拼写有误，按照法文形式应为"Samson！ Delila！"按照英文形式应为"Samson！ Delilah！"可译为："力士参孙！ 大利大！"《旧约·士师记》第16章所述的力士参孙和大利大的故事；另1949年Cecil B. DeMille执导有同名电影*Samson and Delilah*，其是彩色历史剧时代开端的里程碑之作。

② 法文，羞涩。

我们欲：讨论

散步，回忆，
慈悲或残酷；
抑恋"明月孤舟
夕阳古树。"

1–1923 Berlin

"因为他是来惯了"

人在幸福窝里，
遂流血到朋友之心，
无力去痛哭，狂笑，
宁欢聚在勾留之梦底。

何幸而得一切仇视，
但有疾呼去解释，
流利之眼球，
闪耀在本能的情爱上。

诗人寻得一切宇宙之谐和，
武士为国王折腰，
生活在义务上，
那岂是一无计划？

全不能在理性上想到：
 "蝶儿上天"与玫瑰的芬香，
黄昏衬着牧童的节奏，

女皇在废园里怀古。

"人可以为某也死，
但生是为着本身"
永久在地壳上颠沛，
温暖在光荣之胸膛里。

不在年岁的关系，
假如人是Lage①
做点忘情的勾当，
报点"一饭"的深恩。

这复杂的停顿，
至少给他一个问题：
留意点远远的回声，
给下万千清夜的回想。

我之生不为Combattre le mal，②
不乘仅有的机会，

---

① 法文中没有"lage"这一普通名词，只能查到人名和地名（在法国），疑应为
"Sage"，指智者、贤人。
② 法文，意为"与苦难作战"或者"与邪恶作战"。

我愿如不幸的人般祈祷，
是诱惑者之逃遁。

她给人怀疑，内省，
终于信仰而服从，
她是慈母之慈母，
唱歌使午昼里安睡。

我食尽了囊里之果属，
腿儿更走得委靡，
我的门是长开的，来呀，
作末次慰藉的周旋。

游Patsdam^①

就这湖光山色里，

我们能找寻什么，

你凋谢的眼里，

全布着自然傲气之影。

在时代的陈迹上，

全开着花与果实，

满盛着酒肉，

受饷的人悉远去了。

深黑的铁板，

灰色的旗旌，

虽似不可解说，

究既属了一种类。

———————

① 初版诗集目录中所列诗题为《游Patsdam》，内文所列诗题为《游Posedam》，
此处诗题与初版目录保持一致。"Patsdam"与"Posedam"这两种拼法的名词均不存
在，疑应为"Potsdam"，德文，即波茨坦，德国城市名。

燕子去了还来，

（用翅尖拍水）

他决意勾留么？

但我们抢了睡眠而站立着！

我们多爱聚会，

更何堪重说adieu[①]！

死叶在小道上乱飞，

深愿我的心不如他们之轻率。

冷冬催赶着委败的秋，

独遗下淡黄的浅草，

留心你沙上之足印，

晴春将呼唤你的名儿而来。

修长的瘦堤，

遮断我们的远眺，

看呀，远有更蓝的这一角

柳条何以齐全浴在水里。

---

① 法文，告别，再见，意味着长别，甚至是永别。

Tanssouci^①的故宫，

孤寂的要哭出来了；

永生不语的栏栅，

亦因监察而倦怠了。

1923.

---

① 此处这个词不存在，结合诗题，疑应为"Sanssouci"，法文，波茨坦的忘忧宫。

Something^①...

Something，anything^②，

在生活里遇见，

不及较量，

就结局了。

休止，亲热，

仍是面儿背着背儿，

（任自己的愿意）

羡慕一切未来，

憎恶无理之实现：

夜里还合不着眼，

是呀！

这桩情爱，

多么可惜，

奈何！

"人远了信也远了。"

---

① 英文，某事，某物。
② 英文，任何事。

pas grand-chose

mais grave[①]

在侥幸的环近[②]，

仅可自己插足，

但你!

乘机会的人，

（我们的烦气）

何以一眼合着?

未及三十，

不算可怕的年岁。

一概

或者一部，

总应该计划：

赞美死的人活着，

操刀的英雄自杀了。

奈何!

---

① 法文，不重要但严肃的事。
② 此处"近"疑应为"境"。

幽　怨

流星在天心走过，反射出我心片一切之幽怨。

不是失望的凝结，抑攻击之窘迫和征战之败北！

在世纪的初年——黄色帘幕之下——一群颓败的牧人走过，呵，他们多么丧气，假如能到傍晚的阳光之热。

不得志的歌人，傍近我同走雪花飞处，她赶着步儿，同时告诉我一切心曲——有时自己摸手在肘上，去安慰无情之静寂。

极北的天空下，两队失业的百姓，（发儿覆额，憔悴极了）奏着破琴而歌；用西班牙式的舞蹈去陪衬。

伊们恋着最初的祖先，但找不到去路，遂和我哭在地壳凹处。

在我的眼下，恐怖可怕之回想，如幼鹿在林间走过，因死叶的声息而战栗了。

过去与现在

一切机警之过去，

悉在血管里焚烧，

（记得否，我们的偎傍，）

所有"已往"即"是仍然"。

我们带着清晨的昏睡，

从这里望到那里，

如临阵之鼓手，

勇气满着心头。

找寻生的来源，与

死了凄寂的情绪。

从Brandy①的余醒，

饮到Bordeaux②的昏醉。

在苍古的松边，

---

① 法文，白兰地酒。
② 法文，波尔多酒。

遇着金秋之痛哭，

我们么？不因之停止，

正欲从巷里捷径到城里。

辽阔的海岸，

困乏你披靡的视线，

自然永远之奇珍，

倩我们管了一部。

黄沙，浅渚，行客之足迹，

和闲散之愁鸥，

——失掉了侣伴的云，

我们对之神往，呵，神往！

海湾之深处，

一线可怖的白光，

如神话里所描写。

委缩我们灵的羽翼。

晨间的微风，

送到鸦儿的啼声！

不，我们愿听流泉的呜咽，

和王子的嗤笑。

我们，罪恶之逃遁者，

帝皇宫中之歌人，

欲以孱弱的灵之结合，

跌倒在荣光之下。

满足了，不幸之要求

上帝，给我们一个总合！

你到枯涸之池沼里，

死莲上有我们入世的说明。

23Charlotten burg[①]

---

① 德文，此处的"Charlotten burg"应为"Charlottenburg"，地名，可译作"夏洛腾堡"，曾是一座独立的城市，后成了德国柏林夏洛腾堡–维尔默斯多夫区下辖的一个分区。

Eucore à toi[①]

在流水潺湲的溪里，

我听到你潜步走来，

呵，多么不光明的行动，

我愿你立刻离开这世界。

你说尽一切可爱之话言

惟不曾将手儿接近而战栗，

死像这里死病的灵魂，

应在时间上得一整齐的"比重"

朝阳温暖一切屋瓦，

惟不曾温到你的心。

呵，真实的妇人，惜大落常套，

Bon gré. mal gré[②]一个语言的形容。

---

① 初版诗集目录中所列诗题为*Eucore à toi*，内文所列诗题为*Encon à toi*，但均有误，应为*Encore à toi*，法文，意为"再致你"或"再给你"。此处诗题与初版目录保持一致。

② 法文，不管是否情愿，不论是否愿意。

我的心倒病了，惟不曾伤损其部分，
因为他看见旷野遂倨傲了。
远去，我不因饥饿孤寂而逃遁，
惟怕你"委靡"的伸展阻我的前路。

且停住，任我们用神话和故事实，
太相像了，假如放肆一点，
希望当你秘密之荣光实现时，
你的诗人之心既为死神之客座。

Berlin

194

我的……①

我的灵魂是荒野的寺钟，
明白春之踪迹，
和金秋痛哭的原故，
草地上少女的私语，

行星反照在浅波上，
他们商量各自的美丽，
更有云儿傲慢地走过。

惜年岁迁移了，
海潮的闹声
震了我的耳；
远方的雾气
迷离她的两眼；
它遂休止了这监察。
呵，我们离这苦痛之乡

---

① 此诗后再收入诗集《食客与凶年》，改题为《X》，文字和诗行分节有改动。

去救残废的灵魂，

安放她到春之江畔

  ——多么舟楫往来——

夜亦得照旧平静下去。

夜　起

我梦见先帝西来的足迹

及老父之颓败，

呵，他们多么可怕

探手而摸索在我的胸之深谷里，

摆动了一切谐和之气息，

我的心不能再有微笑

在这四壁之围里，

无力的光影使他羞赧而灰心了。

的咸的盐①，关心的眼泪，

在这生命里——

（Frisoune de désir divin）②

转两个回旋以是去了。

mamamr colibri③

---

① 此处原版疑有错漏，待考。

② 法文，此处短语中的"Frisoune"应为"Frissonne"。整个短语可译为："因神圣的欲望而战栗。"

③ 此处"mamamr colibri"疑应为"Maman Colibri"，可能是法国导演朱利安·杜维尔（Julien Duvivier）在1929年导演的一部默片，中文似可译为《蜂鸟妈妈》。

拥着所爱远走，

但我从不能奏女神之琴

以救两颊之深瘦。

为什么窗子以外全衰死了？

当党徒叛乱的时候，

西班牙人犹自娱玩着，

以金色的小褂跳跃在人群中；

女人拍着小鼓

腰儿转了又转。

Bourgogne^①之乡的农人，

拥着大帽动作老葡萄阴下，

惨肃的夜来了，他们

率着Antoine和Léon^②回去，

斜阳镀金在平原上，

一望无垠，我说："予怀渺渺呀！"

为什么窗子以外全衰死了？

----

① 法文，地名，译作"勃艮第"，西欧和法国历史地名，在今法国中部地区。

② 法文，男性人名，可译为"安托万"和"莱昂"。这两个人名在法语中很常见，文中或指年轻男子。

在老旧之宫的石级里，

月季低着头，

蜂儿来往一二次全无意勾留；

在阴湿的长林里，

摘野菌的低着头，

天光在枝后谄笑，

秃死的矮木似恨春天不常住。

你乘了驴儿，我鞭着马儿，

（呵，他们多爱羊耳草）

因我们的生命带了丧服，

遂眷恋这不死的情爱，

但你多么痛哭，我的心亦呜咽了。

感到人事无常么？

你惨淡的Regard①终久不长住。

为什么窗子以外全衰死了？

1–1923

---

① 法文，目光，眼神，注视。

食客与凶年

"过秦楼"

你是夜候之女神，
这我仅能晓得的。
当晚风来时，
括①去我墓坟上的尘土，
到你脚下旋转而停止了。
茸茸的小草遂萎死其细茎，
所以我消瘦了。

你在走步时，
呢喃些什么？
轻盈的夏，
何以为红叶催去，
他们是因为歌唱而来么？

在你的年岁里，
可以找到为你眼泪

---

① 此处"括"疑应为"刮"。

淹死的颗心，

他多么冰冷，

（在萧条天之下）

可安葬在怀抱里，

如无法使其苏生。

X^①

我的灵魂是荒野的钟声：

明白春之踪迹，

和金秋痛苦的缘故，

草地上少女的私语；

行星反照在浅波上，

他们商量各自的美丽，

更有灵儿傲慢地走过。

惟年岁迁移了，

海潮的闹声

震聋了她的耳；

远方的雾气

迷离她的两眼；

她遂休止了这监察。

呵，我们离这痛苦之乡，

① 此诗曾以《我的……》为题被收入诗集《微雨》中，《X》似乎是在《我的……》的基础上，在文字和诗行分节上做了一些改动。

去救残废的灵魂，

安放她到钱塘之江畔——

多么舟楫来往——

夜亦得照着平静下去。

完 全

赭红色的屋瓦下，
方墙围着我，
慎重的动作，
倒映而深黑了。

风在城头嘶过，
灯儿熄了，
我摸索我四体，
这方，那圆？

前一刻的去，
正为后一刻的来，
他们的行程，
不因沙漠火山而休止。

我待黑夜来慰抚，
遍见新日的微笑。
呵，静寂万岁！
才好给人一个完全。

Erika[①]

一个少女
简直是孩子
爱
一切香花，
睡眠，
但不认识
哀戚之成份。

"你不欲生
我可以死。"
多么颠倒!
这
陈旧之排演。

你如南来，
可望见深黑的矮林，
靠小荒岛里，

---

① 　西方社会常见的女性人名。据维基网络词典，可能是一个斯洛文尼亚女性的人名，源于北欧语。

有古船待着。

你能打桨么？

你如南来，

可以在

沉厚之空气里

再找我，

我们不拘执

且联袂歌唱片刻，

不论

"Largo[①]"

抑"Traümerrei[②]"。

去么？

舍得你的

Kindlich[③]！

山花会笑人的，

酒杯更

孤寂了我们。

2.1923.

209

我求静寂……

我求静寂保持我跳荡的心，
因秋天来得太迫促，
我敲我的门时
或使他仓皇而远走。

你说我们的幸福就在这里，
我以为：在那里！
不必去寻求他的居住，
他起居在燕子之翼尖。

呵，灰色的梦！女人说：
 "天堂是在人清白的心里，
你若不将它带来，
你是永不能进去。"

我们在生命上退让，
在死里进攻。
甜蜜之年岁，

尽由上帝手里拿来。

惜我们既聋哑一半。
我因你饱了，
你正为我饥着，
在可尽之浮生里。

（何处完结，
我死之前，你生之后？
我正欲看见
这矛盾之诱惑。）

总该备金属的灵魂，
过此同一之神秘，
不强求亦无愿意，
来，无痛哭在疾笑里。

你当然晓得……

你当然晓得，
（至少听过，）
这是妇人，
那是玫瑰，
是上帝神奇的设置，
然尚非全体的秘密。

沉思在水里，
眺望在天际，
关什么伤感？
——孩童时斑鸠逃了笼儿，
蟋蟀没得食料——
呵，老父，前来，
叫风儿去寻女人的baiser^①，
或教我像他随处哭泣。

---

① 法文，吻。

212

花枝皱了眉，

羞赧的哭着。

（呵他何能舍地上皎洁的夜月。）

不幸的季候来了，

我的哀戚亦无栖息之所。

因羊儿进了圈，

蚂蚁亦停止工作。

不当死去，

如未得心儿休止哀吟，

或未见花枝低压，

正似一个囚徒，

希望日间的供给来到。

不如死去，

苟你欲破这门儿

有所看见，

我们自然须审重了，

吁，神儿来呀！

伸手呵！

为什么迟疑着。

你在夜间……

你在夜间照耀，

我才四望着，

你说：这就是生命！

日光来了，仍旧射在地面，

我终失去这获得。

我生存的神秘，

惟你能管领，

不然则一刻是永远，

明媚即是肮脏。

吁，你在暗处嘻笑，

遂成了这诱惑，

我多么呼唤，

但聋废了的是上帝和你。

怜悯点这游客，

何以在远处松荫下踯躅！

他抛弃了老母的抚育，

全愿意藏身在你的"夜"里，
为什么灵儿受了饥而痛哭。

你全无意援手
这饥饿而伤损的囚徒么！
你采了他晴春之花
因之失去一切可爱。

在假寐之先，
深睡之后，
我们有多少冥想：
白的雪花，
翩翩的年少，
奈自己无力爱护了。

诗人凝视……^①

（一）

诗人凝视

上帝之游戏：

雨儿狂舞，

风儿散着发，

这是睡眠的时候，

如午昼化作黄昏。

残废之乞丐伫立路侧，

欲慈悲人造他的幸福。

奈风儿来得更紧，

渐渐^②僵着不动了。

雾儿迟疑着在远处，

无力进这尽头巷。

---

① 本诗曾先行载于1925年11月8日《文学周报》第198期。

② 此处初版原为"暂暂"，应为"渐渐"。

燕儿飞翔着，他细

小的心恐怖到风的余威。

游散的人，

现出一切平和，

各自在生命上徜徉，

同仁看惨酷之神秘。

（二）

诗人沉思：

Liebkosen mir![1]

字句如晚钟般沉重，

但多么空幻的东西。

一个臂膊的困顿，

和无数色彩的毛发，

给了我们什么？

呵，荆刺的花冠！

直到心灵的屈服，

饥，渴，伤损如火的热望。

---

① 德文，爱抚我。

该留点意，Maria①，

休折了腰儿呵，

负重的老人说：

"嗳哟"无从挽救。

（三）

诗人咬着笔儿欲写，

墨遂干了，

按着琴儿欲奏，

弦遂断了。

在细流过处，

自笼里逃去的鸠儿

徘徊着，

从枝头望到水底，

他失了归来的路呵。

松软了四肢，

惟有心儿能依旧跳荡。

---

① 人名，玛丽。西方语言中最常见的女性名字，最著名者即圣母（玛利亚），但此处确切指谁，难以确定。

欲在静的海水里，

眺望蓝天的反照，

奈风来又起了微沫。

（四）

诗人爱好，

风热的儿童向母亲说：

"我不知自己怎样，"

末后静寂了好久。

中伤的野鹤，

从未计算自己的命运，

折翼死于道途，

还念着：多么可惜的翱翔。

小羊到山后飞跑，

过了断岸跳着，

日光直射着地面，

午昼了一齐到荫处歇着。

他们的叫声，

多像湿腻的轻纱。

在夜的开始里，

黄昏潜步遁去，

微星带着笑脸而来，

破裂的远钟，

催赶我们深睡。

我该羞愧……

我该羞愧，

在情爱里从无"颠倒"。

我不酌你以青春之酒，

娱你以金秋之蝉鸣。

因产生"命运"之乡，

全遭劫了。

你该伴Nymphe[①]远去，

游玩那河流，山谷，平坂，高丘，

睡眠在深林之苔里，

眼底载重那金色之梦，

或留存麝鹿之香在轻裾上。

还我已往之安慰，屈服，

与夙夜的拥抱，

---

① 法文，希腊神话中居于山林水泽的仙女。

那是divine①里一桩错算。

在你心的平沙里，

他踏下深深的足印，

倩谁去洗刷？

无懊悔而温暖指头的摸索，

在灰色而近于青的林里，

你唇里含着黑花之萼，

如来自Infante②园里。

你丝带束着腰儿，

我杖子靠了腿儿，

（我们虽不曾偎傍着）

呵"抱歉"，

你的笑如乞丐般，

仍荡游在香的记忆里，

惟我们的青春已从

时间之怀里远遁。

且停片刻，

---

① 法文，神圣的。形容词"divin"的阴性形式。

② 西班牙和葡萄牙王室中年纪较小的公主。另英语中有"infant"，指婴儿。均源自拉丁语，最原始的意义是"不会讲话的人"。

222

秋风似欲谈话在私语里。

远处神秘的闹声，
将残酷地回复人的梦，
抑使季候流血在心里。

呵，往昔多么妩媚……

呵，往昔多么妩媚的你，

（昏醉时如旗旌般摇曳，散儿的散乱

混杂在裙折①里。）

为什么如此消瘦，

因眼泪多干在颊里么？

上帝给了你什么罪与罚，

致两手频遮掩着。

呵，从眼瞳里露出来了。

你所爱的，

我们已舍弃了的：

灰色的水岸，

拥着银白的河，与其滚滚的浪。

摆渡的穿着蛮野的装服，

收拾反射在眼瞳里，

沙凫掠短蓬横过，

---

① 此处"折"疑应为"褶"。

带青还黄的芦蓬，
孤倚在小屿里，
他们想找寻什么似的。

你说，季候转移了！
蔷薇谢了旋开，
他们从不伤心的。
呵，其溅血在叶底，
芬香在女人的怀里，
他们正寻这挽救。

忠　告

在我慵惰的年岁上，"时间"建一大
理石的宫室在河岸，多么明媚清晰！
夜色来了，你便坐着远眺而歌唱，呵，
大率不能懂，假如没有解释，
我欲刻天使的心为花球，作你月夜
舞蹈的装饰，造牧人的笛儿响在远
处，我心遂战栗了。
瓦上的风针侧着，狂风来时，必把我
们的心之花片吹散。呵，去黎明的时
光尚如此辽远。
无冥想我们的往昔：多少萎瘦花片
在枝头，我们无力去扶持；浸绿的江
水流着，载点枯死之荇藻，我们怕他
搁住了，终久给诗人看见。
夜追赶着日，使得他心头跳，在你谐
和而圆阔的手里，盛满了夜之种子，
可散在荒冢散在平原，切勿散在我
们心里的旷野，他将永不会生长。

牙鹰追逐白云在天际，酒在瓶里起沫，我们的努力与痛哭，都一样空幻与忠实。

在清气的深夜里，虫声引人回想，你粉白的纤手，探索我记忆之丛里，听呀，他们多商量逃遁的去路，新秋的花残了，盛夏的池沼干了，仅能引其到你园里去。

柏林

晨

你一步一步走来，微笑在牙缝里，多
疑的手按着铃儿，裙带儿拂去了绒
菊之朝露，气息如何，我全不能分析。
镀金的早晨，款步来了，看呀，或者听
环佩琅琅作响了，来！数他神秘的步
骤。
你的臂儿张着向我，呵，他们倦了如
我未醒的深睡。
进来，向我旁边坐下，解去那透湿的
鞋儿，你摘的是什么花朵，芳香全染
在你胸膛里了，不看见么，他们正因
离去同玩的小山羊哀戚了。
勿装出一半微笑，一半庄重的脸来，
我画笔儿将停滞了，如你多看一眼。
夜鸦染了我眼的深黑，所以飞去了；
玫瑰染了你唇里的朱红，所以随风
谢了。我们到小径隐藏了去，看衰草
在松根下痛哭。

你呼吸在风里，我眺望在远处，他们
都欲朝黑夜之面而狂奔了。
黑夜才从门限里出去，他多么叫喊，
愤怒与呜咽，如你不来，我将梦见你
在我怀里。
奈黑夜才从门限里出去。

歌唱呀……

歌唱呀，你的四弦
既调合了，
我们的生命，
（残暴或优美？）
将到可由之路径上
舞蹈，设备痛饮。

在高贵的傲忽里，
我们得到暗色的花冠，
一半供驱使，
一半留给后代。
背面之秘密，
致胜那国王，诗人，囚徒战士。

相信我，真的！
你袍儿变了色，
履儿断了小带，
还走么？吹么？……

你破碎的足印，

给他们多少疑惑。

我将伸展我的记忆，

使生命之谐和重复点，

或令心儿长久侍立这频来之夜

奈日光消失时，

我的心已甜睡了。

你，飘泊的牧人，

羊儿全静寂了，

不听见松梢的风之私语么，

是否秋欲带我们归去？

伸你青血之手来，

蜂儿已代人憔悴了。

在淡死的灰里……

在淡死的灰里，
可寻出当年的火焰，
惟过去之萧条，
不能给人温暖之摸索。

如海浪把我躯体载去，
仅留存我的名字在你心里，
切勿懊悔这丧失，
我终将搁止于你住的海岸上。

若忘记我的呼唤，
你将无痛哭的种子，
若忧闷堆满了四壁，
可到我心里的隙地来。

我欲稳睡在裸体的新月之旁，
偏怕星儿如晨鸡般呼唤；
我欲细语对你说爱，
奈那R的喉音又使我舌儿生强。

少年的情爱

我欲写尽我少年的情爱，
但他们多么错综：
在盛夏的黄昏，
我临着风儿呼吸。

一个Marie-couche-toi-lā，[①]
渴望天际的归船，
但鸦儿过了一阵，
天遂昏黑了。

倒病的女孩，
梦见天使吻伊的额；
穷追的野兔，
深藏稻草窝里。

母亲说"发儿来呀"，

---

① 法文，玛丽睡在那边。

我娇媚着自己，

失去了褴褛的温暖，

满足了生活的辛酸。

成群的舵工，

（饱尝了久别的滋味，）

他们多爱异乡与

海岸的涛声，Siréne①的微笑。

你潜步行来，月儿半升了，

他多么羞怯在园里四望，

我不明白你的说话时，

钟儿既呼唤了。

穿了袍儿，

整着履儿，

预备从长亭远走，

奈柳条又牵住人裾。

沉寂的夜里，

---

① 法文，美人鱼。

234

水田的蛙声哜噪着，
渔人的火炬在远处蠕动，
我的梦魂遂流泪在石级里。

工愁之诗人[①]

浪儿飞跑，

像我们躁率之青春，

少年的希望。

一切天光，

在其沫上留下不徙之影。

呵，工愁之诗人，

我是这诗人，

你亦是这诗人。

你笨重之脚，

践踏了生命之头，

金与银之箫管，

缺乏了谐和之气息，

遂无人警这长林之梦。

---

① 本诗曾先行载于1926年1月10日《文学周报》第207期。

往昔已见你
醉心末阵的微风，
口角儿带点笑，
（呵，笑这自然之美丽与奇丑，）
今已不能重现？

在胜利之时间上，
思慕远地的情爱么？
我们得一已足，
何况尚无！
人们多爱眼泪的生涯，
迨颊儿透湿了遂走，
如饱乳之孩童。

忠实的江水
欲诚恳地监察我们生命的行踪，
奈鹅儿的游泳，
扰乱他的思路。

留心点！在火焰之城里，
夜可以关住你，
饥渴更不消说。

生

酒肉充满台儿，
痛饮狂吞，
怕欢乐不常在！

少年一般计划，
提起多少期望，
起初就好，末次颠沛了。

污浊了名儿，
整刷无味之身躯，
结果一个糊涂账。

他们中之一个，
多爱古墙石室，
遂走偏天涯。

享华丽的人

从无merci^①，
这羡慕！

衬石之坟与
裁点软枝柳，
安睡在静寂之乡。

决战以外的愤怒，
直像诗人之笔，
聋，哑，无味而昏醉。

你支配了一切，
还须申辩么？
期望，忏悔休止来到我。

---

① 法文，怜悯，仁慈，恩惠，致谢。

秋

到我枯瘦的园里来，
树荫遮断了溪流，
长翅的蜻蜓点着水，
如剑的苍蒲在清泉之前路。

勾留片刻，你将见
斜阳送落叶上道，
他们点头和saluent①
此等残酷的别离。

几使长睡的浅草，
亦下泪了，看呀！
情爱之神右臂提着篮儿，
欲收拾大地一切果属和香花。

更远的有雁儿成队，

---

① 法文，致意。

牧童领着羊儿犬儿，

（他饮其乳，寝其皮，）

他们的步音在沙上错杂呢。

人

马儿在轭下跳舞，

呵，奇离的人，惟你能观察。

我羡慕到你，追随，俟候，

今已比肩坐着，愿意同走么？

你舍弃了国土，祭坛，

神秘而机巧的伫立着，

（想既看见我了，）

伺候神的来，赃物的赏赐？

如斧儿破伐一切

伤痕还可构合

何须蹲伏，我们的生命，

如残道的泥泞般可怕。

你何以不如他人之

吃食，狂笑，痛哭爱慕，

赞美这肥沃的土地，

铸生铁之镮钳奴隶之口！

听我说，无年岁的儿子，
永远的日光之轮
在天末长大，变色，高下，
驱逐四周的深黑。

他的轮环像我们日常生活流转，
但在这卑污大地里，
情爱终是最难勾留的，
如花枝之及时凋谢。

抱头爱去，（无忘记你的匕首，）
无回顾你的后方，
呼唤诸大神的名儿，
然后我们说Adieu①。

万头攒动的丛里，
一半生人，一半俘虏，
期候春夏回来，

①　法文，再见。此处强调长别，甚至是永别。

黎明追赶黑夜与沉静去。

他们多爱日间聚会，

面面相窥，——挟点Sehr gern！[①]

虽说"忠恕"但是别的意思，

呵，不可卖之头。

在广沓的林木里，

山花散布到平坂，

黄昏爱护那无味的流泉，

与沉寂的松梢之远眺。

他们悉沉睡了在荫处：

Bacchus[②], Satyres[③], Pan[④], Muses[⑤],

梦着，无意勾留在这龌龊里，

荒岛的生物之飞鸣总较好。

---

① 德文，非常乐意。

② 罗马神话中的酒神，有人译为巴克斯，其实就是古希腊神话中的酒神狄俄尼索斯的拉丁语名字。

③ 此处"Satyres"为"Satyre"的复数形式，古希腊神话中的精灵，常居于山林，其形体半人半羊，近似潘神，有人音译为萨提耳或萨提洛斯。

④ 潘神，古希腊神话中的森林之神，牧神。

⑤ 法文，文艺女神缪斯。

留意牧童的refrains^①,

远寺的回音，阴灵之舞蹈，

狂叫，Déesse^②，金马之蹄声，

与失望的风之回旋。

海波长啸着，如舟人之歌，

带点沙石与暗礁冲突之声息，

时而狂跳，如倒醉之兵卒；

有时丧气了，如孤子之寡妇。

短枝后衰老的鹰儿，

张张翼羽，望望长天。

可在此高唱得意之句，

如灵儿变成衰病。

---

① 法文，（回旋曲等）叠句，结尾有叠句的曲子。
② 法文，女神。

春　思

轻微的风吹过生命之门限，
带点染衣的春色，
无限温和，还挟些慰藉的情绪，
我欢乐的季候舒展而开始了。
欲笑还愁的日光，
盖覆了女孩之长发，
几哭金色之泪了。
你虽远去，我有彩色之黄昏作伴侣，
树梢的微颤之音，
告诉我你一切思慕，
雀儿飞过我遂明白你午睡的甜蜜。

我臂儿瘦了，
全因饰带抽得太紧么？
月儿乘了雾气之车来了，
是夜的开始么？
想你仍是笑着，
你不愿憔悴之颊

与不说"宽宥"之口，
插翼飞向我的心潮里洗浴了。

那边的记忆从这边思念着，
正同你说话的颠倒。
留心么，听，游行的风
正磨砺松梢的针尖，
怕要刺到汝心里流血。

过去的残冬失了前往的路，
低着眉儿席地坐了，
他本想重来阿媚萧瑟的夜，
奈怕他冰冷我们的心。

心　愿①

我愿你的掌心
变了船儿
使我遍游名胜与远海
迨你臂膀稍曲，
我又在你的心房里。

我愿在你眼里
找寻诗人情爱的舍弃，
长林中狂风的微笑，
夕阳与晚霞掩映的色彩。
轻清之夜气，
带到秋虫的鸣声，
但你给我的只有眼泪。

我愿你的毛发化作玉兰之朵，
我长傍花片安睡，

---

① 本诗曾先行载于1925年7月13日《语丝》第35期，署名李淑良。

248

游蜂来时平和地唱我的梦；

在青铜的酒杯里，

长印我们之唇影，

但青春的欢爱，

勿如昏醉一样消散。

雪　下

（一）

我以气息温暖自己，
但雪花偏弄其老旧之舞跳。

呵，女人的心，
悉生长在这等世界里么？

钟儿无勇与寒风对语，
任他向残叶宣誓应死的罪过。

这等精致的工作，
何以从不闻机杼的闹声？

呵，他们来自我的心里，
所以我用气息温暖自己。

（二）

他粉白了一切江山平原，
和无数失望与得意者之头。

人们还恨"多少不快活"，
并不叹此景不常在。

你，有意盗窃世界的人，
踯躅向白地带黑处行来。

疯废的灵魂，浮泛暧昧着，
欲找寻fortune①在人群里。

我摄着呼吸追随了好久，
于今雪花竟阻了我的前路。

（三）

他们似乎更轻佻了，
直飘到行人的鼻端胸膛。

---

① 法文，好运，幸运，好机会。

呵，你宁冻了我的笔，
切勿凝结彼人的眼泪在颊上。

凝结彼人的眼泪在颊上，
不是初次遇见的事情。

在她轻软的唇上，
都有我偎傍的痕迹。

但谁关心这点？
假如灵魂是疯废，浮泛，暧昧，

二月，一九二三。

252

日之始

我如明白点，
情爱的成份，
或者不许如此牺牲，
奈我们两心，
竟成了一个！

我仅一手拉了你，
你遂颠沫着两足，
生活在“我的”里，
我们还选歧路么？
泉儿是呜咽在你脚下，
花枝是开放在鬟鬓里。

我们已往之哀怨，
交给谁去管领，
只能带之远走。
你抽惯了茧丝的手，
切无抽尽我生命之丝，

在急雨的丛林里，
在残冬的曲径里。

白色的天使，
眷恋了这
咿呀的修条，
循序而流的浅水，
我们眷恋什么？

在你半开之裙裾里，
倒映了
每个春深的绿荫，
好事之风的微响。
他们给了你什么，
你多年幽闭的烦闷，
正梦想和他们远去。

我们的生命是谐和，
因我们名儿的发音是一样，
他们来自蕨草成丛的山里，
——带了多少生强之雾气——
你应说一声"进去！"

园里的紫藤，尚能缠绕在墙里。

老旧的葡萄之根
多么苍古，
切勿示他们以
蔷薇凋谢之季候，
及晨星未上之黎明。

　　　　　　　　　　　柏林

你的Jeunesse^①……

你的Jeunesse终久鲜明，
如同你染色的皮肉，
徐步在炎夏之阳光里，
用倒影之迁动来娱乐自己。

你说他是在宇宙里侥幸么？
在灰色的天空里，
他歌唱了多少裂喉之音，
以安顿这芦舍，花香落日。

他有时稍微嗤笑，
但转过了多么人足跟，
当其晚上倦了，还散布点
颤音去谐和诗人之乐。

他似沉思了若干世纪

①　法文，青春。

但仅在片刻里与你亲热，

欲问此残酷之神秘么？

除了美神便无人能回答。

Ode [①]

且阖你的眼儿，

任清晨去沉睡，

花枝受重露而疲乏

长松的臂儿，

正因拥抱远露而龙钟。

无奏乐扰乱沉思的羊群，

新春之车正从远方来到，

饰以微笑的玫瑰之朵，

驱车的女神已看见我们了，

他们歌唱在黄色之河的流域里，

呵，芦花给了多少敬礼，

有时停顿在清新之林下，

苍翠欲滴之丛，

于今认识他们了。

无以你残暴之视线，

---

① 德文，颂歌。

驱逐了这阴影，

（呵，我们深爱之阴影，

在那里解释了多少神迹，

和时代疲乏之因。）

浅草的柔弱正需要他们，

无自吃，你的唇儿

——即风儿过冷，襟儿过薄。

杜鹃正向人诒笑，

残冬的余威，

正一刻加一刻地哀死，

更有临沼之蚯蚓，

吊此可怖之变迁，

于我们深眠之候！

无摆动你的裾儿，

麦浪正临散漫之春光而旋舞，

呵这等欢笑过于公主的女孩，

我们且去

细问已往之春与秋夏

的起居。

"永不回来"

与我远去，孩子，
在老旧之中古的城里，
——他们睡眠于世纪之夜，——
流泉唱着单调之歌，
如东方诗人之叹息。
他们岩石似的心房，
既生满苔痕。

更远的
有孤立的颓墙，
废园与他作伴，
衬于深青与黑的沉寂。
他们联结了残冬，
远离了盛夏，
浅沙里你可
找到木架之碎片，
（呵，不可馈之礼物，）
蜗牛在阴处笑人。

在那里鸟儿是疲倦的，

蜂儿恋着睡眠，

离别之黄叶，

翩翩地飞舞，然后

点头向老松

点头向流水。

你仅能嗅到

季候掉却之余香，——腐朽之味，——

轻淡之树影，

有时使你麻木，

若有天际送来的残光，

你更可认识他们的面目，

但其心是流血，懊悔与冷酷的。

你如欲我们在那里嬉笑，

且携带我的四弦琴

奏一个"永不回来"。

Sois heureux！^①

Sois heureux！

纵残阳溅血在毛儿，

海风吹醒你的甜梦，

冷雪冻了窗门的蒸气，

"月夜啼鸦"，

因我们的生命是飘荡。

Sois heureux！

纵青山带了紫黛之冠，

稻花之香

熏醉游人之手足，

晨雨的风对微星作笑，

因我们的生命是孤冷。

Sois heureux！

纵所欢成了叛乱，

---

① 法文，命令式祈使句，意为"（你要）幸福起来！做一个幸福的人！"或
"开心一点！"

青春变了荒唐，

既往之妖媚，

直搅扰到睡眼里，

因我们的生命是突兀。

柏林之傍晚

夜儿不号召地齐集了，

火光的闪耀，

阻不住他的呼喊，

残阳更因这恐怖的攻击

负创地曳兵走了，

屋尖渐团深黑，

制造出多少不可思议的诱惑。

呵，无味而终古呆立的石道里，

步音多么错乱，

如同整队的羊儿，

在平原上捷足，

用食料之期望去安慰心灵。

我能以忠告去给这不相识的人么？

（何尝不相识，）

但他们的面貌，

既罩着深黑之幕。

吁，这等可怕之闹声

与我内心之沉寂，

如海波漾了旋停，

但终因浮沫铺盖了反照，

我无能去认识外体

之优美与奇丑。

在这平淡的时光里，

我该联想到生命崩败之迹，

与所欢之隔绝。

是春的来么？

夏的去么？

我们何暇追究，

但这枝条的暗影，

遮肉皮了之色，

岂不是夜的权威？

夜儿不号召地齐集了，

还混杂些新秋之份子，

无力再住的叶儿。

已到沟里蹲伏，

正打量命运的始终，

但有谁看见和想到。

Tristesse^①引了恶魔伺候在四围，

欲促时间去就死，

惟屋后的流泉去凭吊，

短墙是不关心这点的。

Voita^②灰暗而生锈的铁锁，

安排了正预备消灭我们：

笨厚的苍苔上，

狐兔来往之遗迹，

欲睡还醒之柱石，

供伤心人倚靠而痛哭，

蝎蜡^③，流萤追寻这老大之秘密；

（我们之秘密，）

枝头的山雀，

抱撼寒颤之晚冬。

到我的膝边来，

---

① 法文，愁肠，忧愁。

② 此处"Voita"拼写错误，疑应为"Voilà"，法文，意为"这就是"。

③ 此处"蝎蜡"疑为"蜥蜴"。

假如欲在我心里游戏，

忠实之板凳，

既许长爱护我们，

我的琴声——或低吟之音——

将伴你远去，

直到寻获损失之场所里。

无须静听，

这是天风的怒号；

自你有生以来，

他既如此习惯的。

——母亲最晓得这点，——

还须恐怖么？

但我们不杂拘执的拥抱，

将因之得到可怕之命运么？

呵夜是黑的，

你的微笑是美丽。

Savignyplatz[①]

---

① 德文，萨维尼广场，位于德国夏洛腾堡，建于1861年，1887年以律师弗里德里希·卡尔·冯·萨维尼的名字命名。

给母亲①

儿子长大了，

虽不能搏虎，

但还能颓睡在怀里么？

你消瘦的手足，

也引起我走得远了，

我们虽形老少，

但眉儿是一样皱着。

呢喃些什么，

你催眠之歌

（牧游之人的新婚曲）

柔于祈祷之音。

在姑恤里，

有何罪过！

告诉我三代时候的丧仪，

---

① 本诗曾先行载于1926年3月14日《文学周报》第216期。

268

发贼叛乱的惨杀，——

呵，火砖飞过两三里！——

及给人蜕化的仙女，

或示我陈腐的古帧：

有木刻的黑马，

恐怖着牧人的鞭儿；

更有牛儿和家兔，

在山后呆立。

你还记得否，

父亲泛海

如渡小川，

常说志在四方的男儿，

他给你多少幽怨，

"八月蝴蝶，

五月湖水。"

琏姊低唱使我入睡，

用脚尖作拍，

这等绝调，

给我多少眼泪和尖音的叫。

你从山头回来时，

（我的顽兴亦浓厚了，）

直爬到你的肩上，
满面拥盖着热汗，
给我山果和……
呵多么复杂的小名。

我长大了，
爱古代英雄之战绩，
过于游行的兽商之贩卖，
于是豪迈了，
奔走高山平地，
在每个岩石里休息，
遇了荆棘，
便辟为平道；
破崖巅之鹰巢，
用吐气低前路的垂杨，
更爱听东海的潮鸣！
白云梳洗着长发。
呵，火神之装扮者。

当年的豪气，
而今也消失了，
惨酷之战争

既轮到了我，
奈我折了一切
可攻击之利器！

"酒色财气"
有什么可怕，
我所病的
远出了这些。

你臂儿多么冰冷，
但再紧抱我片刻，
灯儿四处燃着，
恐你还没看见，
这等是前征的军旅，
他们多么有勇气，
儿子多么怯懦。
呵，母亲你倒睡么？
醒来，灯儿全熄了，
给我一个天真的安慰，
假如我们爱恋这故乡。

柏林

271

故　人

"又岂料而今余此身"①
　　　　——陆游

失路之微笑，

在你生动之唇里眺望，

呵时间之撒手，

抹杀了我们的特爱。

我的期望哀病了，

年岁全不认识他，

无人明白其视听与呼唤么？

我沉密之梦在浮生里蜷伏深睡。

我欲再见你的美丽，

奈黄昏一瞥的微光过去了；

惟有夜靠着肩儿，

---

① 题引出自南宋陆游的词《沁园春·孤鹤归飞》，通行本中原句为"又岂料如今余此身"。

细问你的Grâce①是柔和抑是高贵。

你易变颜色之裾，

留存着花球之露，

奈他们悉为牧童唤去，

转饰安琪儿的翼尖。

黄昏拂到我的颊儿，

仍似往昔临别之垂柳，

手儿仍旧能拥抱，

但增长了死之尘埃。

嗟呼！情爱，何故

以"生住异灭"给我们，

蛛网破了重组，

长望见晚霞的微笑。

---

① 法文，优美，优雅，雅致。

"间把绣丝牵……"①

"间把绣丝牵，认得金针又倒拈。"②

——孙道绚

你的疾笑，

多么平淡，

但在我是一个警告。

我名儿在你口儿，

面貌在你脑里，

只恐爱不蕴蓄在心里。

我听你的歌声，

我遂孤独了，

看，灯儿正开口笑人。

---

① 初版正文无标题，此标题是据诗集目录中出现的诗题所加。

② 题引出自宋代女词人孙道绚的词《南乡子·春闺》，词中原句为："闲把绣丝拈，认得金针又倒拈。"

274

钟的微拨，

我错认是你的心。

呵，且阖眼儿冥想。

我愿睡在你怀里，

但恐我们梦儿混合了，

假如你唱催眠之曲。

夜是终久沉寂，

但是我心中多么惶乱，

怕你不在我的臂儿。

你向我说一个"你"，

我了解的只是"我"的意思，

呵，何以有愚笨的言语。

我有往昔的幽怨，

惟你守备式的眼儿见过，

如今变成"我们"的。

在春日的平原里，

你背儿散着长发，

微风还尽力沁人。

（我愿意做教士，
解释这上帝的工作，
假如不做了诗人。）

零落的坟田里，
他们痛哭着
欲使死者不长睡。

新生的小草，
随要窥人，
但还不曾向我们笑。

你低吟着，
我一面猜一面听，
呵这等痴人的寻求。

日光斜照了，
我们多怕这黑暗，
但你的目光导我前路。

你向石级坐下，

我们将从何处说起，

如你不先咳嗽一会。

呵，印象如深刻之行廊，

使人怯懦地进去，

如没有裾的fraufrau①作响。

呵，再见，我的年少！

待这远游归来，然后

向你谈笑如同向着她。

① 法文，拟声词。

277

我认识风与雨……

我认识风与雨
切于亲密的朋友，
他是世界的"何以"。

我认识春冬秋夏，
他们独往独来，
是世界的"然后"。

我愿如神话的仙女
在长林过此一生，
但我心头之情爱与光荣
及老旧之记忆何。

"如我的忠实告诉你一点秘密
羞怯是不必的，
他是女神，各派之学者。
取其新制之花冠，美丽反成你的，
勿再求明白，这将成一点罪过。

"羞怯是不必的。"

Néant①

给 F.W.②

在人所忘却之河流里，

古柏伸长了细条，

呵，我们十字架失掉之乡。

日间生活的虚无，

如原野之火燎着，

生强的流放，太单调而孤独了。

穿过这雾儿，

便是广杳的天，

但去来的路呵！

大概他们死了，——

这等性欲之斫丧者

终为信的昭明，梦的胜利而去。

---

① 法文，虚无。
② 应为姓名缩写，具体所指待考。

但是你，明白攻打的人，

攫了人心远走，

残忍地看neaut①之流动。

---

① 各种外语都没有这个拼写之词，从标题看似为"néant"。

慰 藉

呵，"慰藉""岑寂"之朋友，
告诉她：命运是强暴，
生活是蓼蓼，情爱才是栖枝。
我全为她瘦弱了，
每个季候来到我总发现心的伤痕，
不当远去，我们纵无所为；
告诉她：天儿是低小，
云儿终古飞跑，
初青的牧场，增点家豚之迹，
残钟在夜里扰人深睡，
夕阳向人微笑，欲语还休。
就在这点我得到一切不快。

我愿执笔写一切温爱，
伤感如啼春之小鸟，
这不是纸，笔，方台么？
但恐她回诵太久，
一切可笑遂建立起来！
我可以无拘执无懊悔地信托你！

（她不是睡了么，何以还哭着？）

我是她多年的奴隶……

呵，何消说我们无意旨地爱了。

人说你为我们而来，

然则任人哀戚么？

呵，"慰藉"，每当你潜步来时，

我便镇静而四望着

在黎明午昼与黑夜里，

但一个衰败的诗人

何能得你的忠实。

带我褴褛之魂去，

作她永远的遗赠，

酬答是无须的；

心儿么？告诉她

太不像样了——

满了血痕与霉雾之气，

但无隐藏之秘密。

二三，二月

282

Sonnet[①]

（一）

绿色之河里黄沙之坂平站着。
呵，我们童年盛宴之乡，
蓼花白似你的裙裾，
惟有长松明白这秘密。

我席坐金屋之门限上，
供献一切我之真挚，
你的眼泪在瞳里，
但绿色之裳的美丽是你的。

昏醉是我心头之王，
食尽所有之樱桃与果属，
进去！欲对语的惟你。

---

① 法文，源自意大利语Sonnetto，可音译为"商籁体"，意为"十四行诗"。

你谈些什么？如此呢喃着，

还是不说好！

你谈些什么，呵，我哀戚之看护者。

（二）

海浪直冲到山脚，

欲把平地销镕下去，

我将闭目听这毕生之攻打，

饱受点惰性之谐和。

我们眼儿死了，但心仍清新，

荡漾在désir divin①里；

联想到更远之远处去！

地狱之火正燃烧颈项。

合着掌儿，跪了膝儿，

我们欲祈祷什么？

月儿长跳荡在波心。

---

① 法文，神圣的欲望。

海神唱了，海神独唱，

如同你，初期，月下的哀吟：

渴望痛饮生命之泉。

北 方①

我愿饮远海之咸滴，
熄这心头之火焰。

但在我眼的流域里，
满布了游牧者白色之帐幕。

年日到了他们终当远徙，
接着的是海北的寒风。

在这皎洁之日月里，
欲使我的生命随处谐和，

语言随处流露温爱，
但这"今日""明日"使我灵
儿倒病了。

---

① 本诗曾先行载于1926年1月17日《文学周报》第208期。

286

呵，我们之生命如临葬之花环，
用绳索维系了大半。

看，在远处的石城里，
失路之心游荡着，

混杂了家僮，牲口，白屋，
垂杨，用自己之动作语言

装饰天际的光彩，
更欲乘舟远去，

荡漾在苍波之反照里，
细视风与雨的微笑。

浪的跳荡……

"Est-ce un lourd vaisseau turc

qui vient des eaux de Cos,

Battant l'archipel grec de sa

rame tartare?"

V.Hugo.[①]

浪的跳荡有多么妩媚，

他伸手在你怀里！

回声震着我的耳，

呵，这崩败的阴险

如蜂群散了队伍，

我们的信托

在暗处倾扎了，

不相识的梦魂里，

---

① 法文，维克多·雨果（Victor Hugo，1802—1885），19世纪前期法国浪漫主义文学的代表作家，被誉为"法兰西的莎士比亚"。题引出自雨果《东方集》中《月光》一诗，参照程曾厚译文可译为："是不是土耳其船从科斯岛回航，沉重的船身划着鞑靼船桨，曾在希腊群岛漫游？"

何以有野鹿的叫喊。

浪的跳荡有多么妩媚，
他伸手在你怀里！

神秘扑杀了一切谐音，
呵黄花细草的平岗，
红手的荆棘有沉默的笑，
但你血腥的臂，
既紧抱我腰儿。
给我一个呼吸呀！
红手的荆棘有沉默的笑。

浪的跳荡有多么妩媚
他伸手在你怀里！

看古代之果园里，
舵夫静听黄昏远去之音，
Marie^①背诵《圣经》之首卷，

---

① 人名，玛丽。西方语言中最常见的女性名字，最著名者即圣母（玛利亚），
但此处确切指谁，难以确定。

女王cléopâtre①现沉思的光彩，
她多么忠实看那些英雄！
羊群斑马全低着头，
偷笑这文人之伤感。

浪的跳荡有多么妖媚，
他伸手在你怀里！

我们的命运再开期望之花，
但蝶儿多不欲前来，
清新之芍药的火里，
有海石苍古之印象，
我们能眷恋这点么？
看，沉寂的稻田里，
瘦马颠沛着两足。

---

① 法文，一般指埃及托勒密王朝末代法老（女王），即"埃及艳后"，中文译名不一，如"克里奥帕特拉"，多半参照英语发音译出。

你爱日光……

你爱日光，

但夜儿仓卒来了，

且完成我们的梦，

——用他来凭吊

飞跑的春夏，

凝滞的秋冬——

黎明将再到灯前，

舒张其多疑之面幕。

何关紧要，

即披离在赤日之丛里，

接受奇异之震荡。

你爱残阳的徘徊，

呵，像不来之约的徘徊；

长林全灰紫了，

兔儿奔窜，

夜气在阴处长大，

垂条婀娜着

欲安慰善哭之溪流。

我们丧气地受此临去之遗嘱，

同时建立两心之运河，

肩儿靠着去御风儿，

惟不听心之忐忑的应和。

你爱过去，

呵，昏醉而慈悲的时间

早既电掣了！

我们无须怯懦，

去追随那明年今日，

且阖你的襟儿。

沙尘飞扬着！

生命如你眼瞳般清澈么？

虽不相信这点，

但你面貌的娴静

如雨后的新霞。

你爱围炉，

但烟从烟突里飞去。

回　音

天际的浮筏里

　　我爱是舵夫，

他不愿回来，

　　但从天际远去，

"虚无"指挥着他，

　　将心灵挂在桅头，

广大的日轮，

　　首先出海见了他。

Dieu–homme!　[①]

　　工作在管辖上，

继续向情爱下种，

　　但时间终久限止着。

Maudit[②]的永远，

---

①　法文，Dieu为上帝，homme为男子汉，人类。
②　法文，可恶的，被诅咒的。

赞助这残杀，
屈指其总数，
　　在迅速之夜里。

花

"Son nom... ca se nomme

misēre

Ça s'est trouvé né par

hasard"

Tristan Corbière.[①]

青铜色之萼,

带了诱惑给我们,

思春女郎之眼的深黑,

示人以神秘与不可信。

总之,理想之宝藏,

取我的心去灰化!

---

① 法文,特里斯当·科比埃(Tristan Corbière,1845—1875),法国诗人,诗歌风格接近象征主义,也是魏尔伦笔下"被诅咒的诗人"中的一位。题引出自科比埃《城市的行吟诗人》(*La Rapsode foraine*)中的两行,可译为:"他的名字,叫作苦难, / 他随遇而生。"

你夜来变态之可怕，
如女人之暴怒，

唇色之深红，
全是我们之滋养；

清晨之芬芳，
毒了多少人鼻。

呵，给我们认识你的情人，
或一吻无味而沉郁之肤。

你差怯如"十三余"，
错乱之心欲完成虚无之工作。

开张你的羽翼，
纵情天使的微笑。

但勿哭泣，
我们乳色之泪流尽了。

你庄重地远立，

从不曾向我们谈笑，

发儿太散乱了，
无使遮你chémére①式的眼睛。

海绿色之裙裾，
何以有如许之皱痕？

你如坟田的野花同一颜色，
但能如他明白生死去来么！

呵，你来自L'ifant②的园里，
怀着黄叶叹息之呼吸，

飞虫无力伤损你新芽，
惟风儿伫立而泣；

你易碎之臂腕，

---

① 另有地名chémére（谢梅雷），位于法国西部大西洋沿岸地区的卢瓦尔-大西洋省的一个市镇，但和chémére拼写不同，而且意义也讲不通。西方国家有姓氏chemere，拼写亦不同，含有总是谦卑地照顾他人之意。

② 此处"L'ifant"疑应为"L'infant"，专指西班牙、葡萄牙国王子女中年纪较幼的王子、亲王或公主。

攀折多少沿途之垂条。

你像石底之流泉，
晨兴失路之星，

人们因爱你眉儿垂死了，
应伸手按其气息。

心　游

Marie[①]，窗外雨儿带着雷儿，
夜如你的衬衣般散漫，
　　在我们世界里，
　　惟这个是真实。

残雪的冰冷之襟，
欲一亲我们心头之火，
　　在我们世界里，
　　惟这个是真实。

丰林萧瑟着钟与鼓，
欲媚星光远逐黑夜，
　　在我们世界里，
　　惟这个是真实。

愿我们跟随残道，

---

① 法文，女性人名，可译为"玛丽"。

终开生锈之栏栅，

  在我们世界里，

  惟这个是真实。

当你祈祷时，应梦想这高山大河，

之建设，永占夺人幽会之便利，

  在我们世界里，

  惟这个是真实。

我梦想刻王后之台的人，

榕玻璃窗——家僮睡着——的名士，

  在我们世界里，

  惟这个是真实。

我梦想微笑多情之美人，

仅有草与残花的坟墓，

  在我们世界里，

  惟这个是真实。

在你呼吸的声息之林里，

有多么为我之希望，

  在我们世界里，

300

惟这个是真实。

你有稻田新麦之气味，
和小道荆棘之纠缠性，
　　在我们世界里，
　　惟这个是真实。

你如徜徉歧路之生命，
忘却梳洗与需求，
　　在我们世界里，
　　惟这个是真实。

当我们再醒时夜是辞别了，
恨无哀戚之颜临歧远眺。
　　在我们世界里，
　　惟这个是真实。

哀 吟

（一）

我听到往昔心头之哭声，
如环跪之唱盛礼的歌童，
呵，这等临别之Sanglots[①]
倨傲温柔地剪碎世界之帆。

（二）

年岁迅疾地飞翔。
仅如晚妆之轻纱一瞥，
带给我兰桂之残香，
忘了收拿牧场之草色。

（三）

我用残冬之叶饰毛发，

---

① 法文，复数词，意为呜咽，抽噎，啜泣，哭泣。

但怕他春来还绿。
我无力拥护季候之逃亡者，
正因心头征战之印象沸腾着。

（四）

深愿如旧两手抱着头，
梦见命运之征伐，
但昏醉而愚笨着，
任你生活在我厌倦里。

（五）

半死之眼泪在颊里徘徊，
关什么伤感：
"世界的美神，不再见怕，
我从此疏远了。

（六）

"你通红之阳光，
运行在我胸部，

303

澈亮的月色，
助我哀吟；

（七）

"无形体之手抚藉我臂膀，
如倒睡在慈母怀里，
倦怠而轻的黑花之香
盖满未来黄沙之坟墓。

（八）

"关什么意思，
我愿知道你的名儿，
然后走去，谦恭地
谢此突兀而生强之生。"

残 道

我在生强之丛里，
张皇，战栗而短气着，
懊悔，需求和记忆，
永为不速之客。

我爱新月松涛，
修长而深黑之眼，不关心的唇，
轻盈而疾笑的指头。
在落日之余晖里，
村庄之炊烟浪漫到鼻官；
我爱无拍之唱
或诗句之背诵，
（呵，不一定之意旨，声调，
东冬随着先萧。）

我历见痛哭之妇人，
抱头疾窜之男子，
他们有时同病相怜，

慰抚①，或者伤损了全部，

在浪花跳跃之海里，

柏林烦嚣之窟里去

胜利，失败，男子，妇人。

我愿如他们迟些死去，

或到不预知之场屋，

日与月之起落的间隔里，

高唱无腔之笛如Pan②在深谷里，

遂发现宇宙之秘

忘却故乡之长林浅水。

呵，我在生强之丛里，

张皇，战栗而短气着。

三月，二三.

---

① 此处初版原为"妩"，应为"抚"。

② 潘神，古希腊神话中的森林之神，牧神。

不相识之神

"The joy ran from all

the world to build

my body"

        R.Tagore.[①]

在枯瘦之林下

追想往昔的去，

胜于预料明天的来，

夜色层叠着，

他准备什没，

伤感于我何有？

奔飞的浪呼喊着我同此游戏，

无家可归之灵，

回答一个"不同意！"

看，火山之旁燃烧了

------

① 英文，拉宾德拉纳特·泰戈尔（Rabindranath Tagore，1861—1941），印度伟大的作家、诗人、社会活动家，第一位获得诺贝尔文学奖的亚洲人。题引出自泰戈尔的诗句，可译为："欢乐完全来自建造我血肉之躯的世界。"

何时蔓燃到此地？

引港的人倒病了，

舟儿在礁石隐处盘桓，

初兴的灯儿太小，灯塔远咧！

轻新而带雾的夜，

以暗灰色刺杀我的心，

如受伤俘虏在道途之不幸；

但热烈之无名的笑

在远处认识我，

如孀妇亲密仅有之甥舅，

呵，我何时抱Urne①狂饮！

远方的静寂，

到此亦休止工作了，

（但还低声地唱）

惟流泉与微热之风去款待，

死叶的微颤——女子裙裾之音——

悚栗我年少之记忆：

　"我们哀戚在他们狂喜里，

　呵，不相识之神，

---

① 法文，骨灰盒，或古代的容器瓮。

你为情爱疯废了

如雪后之爬虫，

总无力出些残道。

我，全因别离碎了心，

——莫作江上舟，舟载人离别——①

怕看斜阳古道，

五月扁豆，和山雀吊人。

我们蹲踞着，

听夜行之鹿道与肃杀之秋，

星光在水里作无力的反照，

伸你半冷之手来

抚额使我深睡，

呵，此是fonction dernier！②（见P.V.）

"我爱你寺院之烛光，

照不幸者之环跪与深梦，

他们生活在残暴与公平里，

惟求你手的摸抚与指示。

"我欲狂呼，但口儿无意地阖着，

---

① 此处诗句出自清代袁枚《随园诗话》所记某人《拟古》一诗，原文为："莫作江上舟，莫作江上月。舟载人别离，月照人离别。"

② 法文，最后的（或最新的）功能。此处有语法问题，因为fonction是阴性名词，而修饰它的形容词dernier却取了阳性形式。

我欲痛饮，但樽儿因日光干枯了。

呵，我惟能向你狂跑，

告诉我一切幽秘如授训儿童：

何以泪在阴处长流，

Vouloir①在胜利上攻打，

女神到平岗微眺

遂仓卒去了，

鸣泉为谁歌哭，

及在轻率之过去里动作与凝视之

销散？

"不相识之神，

你该在光与暗处徐来，

小道的荆棘刺伤我四体，

关什么罪过？

我光滑之石座将告完成，

愿刻世纪永远之希望与颓败，

和你的小照于其上，

然后闭了门儿，任情

爱憎这世界儿。"

柏林

---

① 法文，意愿，意志，愿望。

美　神

开展你荒凉的床，

为我心之埋葬地，

或仅能假寐，

看，美神！

晨兴的露

委靡这等衰草，

远处的涛声

带来花片败亡之消息。

你魔术之指头，

紧敲这破钟，

浅黄的草场里

鸽儿开了宴会；

山谷的疾流，

亦因nymphe①之去停止了；

但他幽草之香

直透进清澈的命生之棂。

---

① 法文，希腊神话中居于山林水泽的仙女。

呵，你睁眼什么？

我的孩子！旅行的旋风，

欲在芦丛里找寓所，

但他们全低着头。

月儿清照着，

呵，你比于前更娇羞了。

远城的游戏，

何以有如之闹声，——

尖锐的狂呼——

人在夜里痛哭么？

明灭的灯儿，

在室内监人工作，

这等失望与悲惨之努力，

蜷伏他的思想，

无力对景伤情。

起来，看你的后方，

湖光反照在山麓，

长松与行云交着头，

如新妇之私语。

吁！这紧迫的秋，

催促着我们amour^①之盛筵！

去，如你不忘却义务，

我们终古是朋友。

Zoolog^②园

---

① 法文，爱，恋爱，情人。
② 法文，动物园。

失　败

"Les multiples discordes

humaines trouveront

encore l'ample et sublime

unité."

　　　　　G.D'Annunzio.[①]

生物挤拥之闹声，

何其可怕！

我宁长卧乱石下，

蚯蚓催着睡眠，

蚂蚁卸吾晚服。

每日澈照之日光，

趁时又复远去，

谁能坐着凝想？

---

　　① 法文，加布里埃尔·邓南遮（Gabriele D'Annunzio，1863—1938），意大利文坛上的唯美派文学巨匠，著名诗人、剧作家、小说家、记者和冒险者，主要作品有《玫瑰三部曲》。题引出自邓南遮的诗句，意为："人类纷繁的纠纷终会找到充分的、至高的统一。"

在Contradictoire①之书里，

我找到性欲之宗仰的失败。

我之生如木架悬空，

迟疑地执其两端，

怕暴发了一切吓与诈。

但我可以不明白地循这崎岖之道么？

---

① 法文，矛盾。

闺 情

风与雨打着窗，正像黄梅天气，
人说夫婿归来了，奈猿声又绊着行舟。

枯瘦的黄叶像是半死，雪花把他
活活地埋葬，有谁抱这不平！

生怕别离，那惯晚烟疏柳的情绪，
流水无言，独到江头去，那解带这一点愁。

欲按琴微歌，又被鸟声惊住：
　"梦儿使人销瘦，冷风专向单衫开处。"

时间的诱惑……

时间的诱惑强盛了
我心儿趁时哭泣
　　婉啭，
　　凄清，
　　单调
如伤兵之叹惜。
听，在你的后方，
笨重而阴哑之回声，
宫线之谐音？
太断续一点了。

何谓将来，何谓反悔！
　　鲜血之心，
为游荡之金矢所伤损；
　　空泛
　　之须与深切求，
啮食躯壳之一部。

三月二三

清　晨

——给梅州公谔

寒阴刺杀了黎明，
还静听其微细之残喘，
亦无笙箫管弦与回声，
惟草地御了新装欲去。

红英不待秋来既去，
更何有遗嘱给残冬！
他们与我相期，
明年果园深处。

苦辛的钟声问答着，
哭泣在城下的人心里：
临终的气息是温爱之歌，
收敛了多么伤心之泪。

鸟儿早遁逃去了，
他洗刷其残破之音
在溪流深处，
收叠羽膀细诉离愁。

你在曲径里伤寒丧气着，
找寻什没？呵，我的灵，
倦怠之游行者，
风雨之萧瑟同是天涯。

"我们不怨懊这心的成型，
总愿你发儿散乱，
眼儿多泪，情爱
将如黄昏般流血。

"看，夜在故园里半死，
Hélas①！破晓的深梦。
生活是儿戏，狂喜，
温爱与强悍。

"你圆滑而裸露之两臂，
欲寻求我的regret②，
奈你去了重来，
如蜂的游戏蝶儿旋舞。"

---

① 法文，哎呀，哦。
② 法文，遗憾，懊悔。

秋 兴

我遨游屋之四角，
但神驰物外，
任我游戏!
全不算什么：

去年之去年的冬天，
雪雨打着窗，
寒冻更了清和，
但心的跳荡如旧：

"我不以玫瑰比美
因你是娇丽，
取我的douleurs^①去
假如你是贫乏。

"听，远处之Crigri^②，

---

① 法文，复数词，意为忧伤，痛苦。
② 法文，拟声词。

是黎明的讴歌，
像我们休息时
无节奏之心琴。

"当秋去重来，
橡林变了装服，
燕子拍羽到帘钩，
你倦睡在我怀里。

"我愿在天国里
得此同一之流泉，
清洗你如畴的歌声，
增我思乡之眼泪。"

Millendorf[①]

与她不明白地断绝了，
死去还是活着？
在古代的辽远之乡，
慕想着余的名字；
生动的黑溜之眼
因我的顾盼而倨傲。

与她不明白地断绝了，
死去还是活着？
臂环之阴影里，
我欲寻求仙女之行踪，
一个鸟儿鸣声之可怕，
野人暴怒之狰狞。

与她不明白地断绝了，
死去还是活着？

---

① 德文，地名，在德国北莱茵-威斯特发里亚州，似无通行的汉译名称。

散发绕着颈际，

如临水之安琪儿，

在我们之笑声里

有什么颓败之成份？

与她不明白地断绝了，

死去还是活着？

愿在永远的世界里

得到一自然界永远之朋友，

带去我芦苇之花球，

告诉她庐墓之记号。

Spleens[①]

"L'âge est venu sournois, furtif..."

H.de Réguier[②]

（一）[③]

且尽饮金樽，

勿使撑肠远立，

然后倒睡片刻。

他们憎恶无能而钟情的人

群众既齐呼驱逐。

我们惟有残道可由，

呵，随吾徒之后，

---

① 本是英文，波德莱尔常用这个词，有"忧郁"之义。

② 法文，亨利·德·雷尼埃（Henri de Régnier，1864—1936），法国后期象征主义诗人，1912年当选为法兰西学院院士。其作品在风格上起初受巴那斯派影响；后因喜爱魏尔伦、马拉美的作品，不久即转向象征主义；晚年所作更加注重传统格律，内容则以讴歌自然为主。题引出自雷尼埃的诗句，意为："时光流逝，岁月狡诈，脚步匆匆。"初版人名拼写有误，"Réguier"应为"Régnier"。

③ 此处初版无分节数字，疑为排版遗漏。

你是歌女，舵夫？

我正要这等人作伴，

看！这是历年成功的痕迹：

我能调pot-au-feu①之汤，

或用黑木刻神像，

瓜舟，山鸭，前代之诗人。

这等我所崇拜的，

无暇去计较一切。

在艰苦之时间大道上，

我们欲探求真实，

——呵，多么隐约——

或问来因去果。

现在来不及了，

且多么疲乏，

无力唤春夏归来

残秋速去，

他们自己习惯了。

看，食残骨的人掩口疾笑，

太轻忽了！

---

① 法文，蔬菜牛肉浓汤。

忘却离开的年岁，

巫者，医匠，

各自奏一套手技，远去！

定是一种沉病，

我们还迟疑么？

囊儿在背，杖儿无须了。

如不惯黄沙的风味，

如不惯猛兽的呼喊，

如不惯长林的阴郁

如不惯流泉洒泪吊人，

何关紧要！

且尽饮这金樽，

勿使撑肠远立。

（二）

我可立刻离开这世界，

仇怨，爱，憎与失望，

悉在心头等候着宣诉。

我不说是梦幻的生命，

星光辜负在辽远之地闪烁。

大自然之温和，

伸手诱惑我们，
结果终将此缪辖。
是，异乡之少女，英雄，
亦如我们般孤寂，
所以一切讴歌在黎明光里；
我希望他们认识多少事物，
或完成"一劳永逸"的工作！

但海岸之哀哭的一个，
说是失了年少的指环，
在这大地，
将何处去寻见，我无力援助，
仇怨，爱，憎与失望，
悉在心房里候着。

你祖先与亲属死了，
可惜，远去了门间。
留心点宇宙的谐音，
远处的闹声，
给人多么伤感，
是人与野兽的血战，
全是一样的。

如你带点慈悲，

他们将反复的回来。

我可以立刻离开这世界，

但一片思乡的心呵。

L'impression[①]

　　成法文诗数十首，呈之友人，悉被嫌弃，独爱此二者，欲藉作纪念，勉强存之。

Quand s'en vont—elles fleurs du printemps et la lune de l'automne? Je n'ose pas incliner la tête pour pensèr à mille souvenirs passés quand le vent souflle sur la porte et le balcon.

La prairie est toujours verte comme l'autrefois, mais l homme est plus vieux que l'année précédente.

Combien de chagrin avez—vous eu? peut—être autant que les eaux du fleuve qui coulent vers l'orient.

Quand I hiver vient, les paysages sont tout changés, les hirondelles qui volent au loin n'ont plus l intention de rester! Ma sieste est réveillée mais ma tristesse dort encore.

---

① 法文，印象。

全诗译文如下：

春花与秋月

何时了？垂首

思忆万千往事，风

在我的门口和阳台吹拂。

绿荫芬芳一如昨日，人

却与年俱老。

问君曾有几多愁？恰似

一江春水奔流

向东。

若寒冬降临，物景

更替，远飞的燕子

无意驻留！小憩醒来

但我的惆怅还在梦中。

Printemps va[①]

Quand je venais, le printemps fut tout jeune
et maintenant il est devenu vieux, moi, je suis
aussi maigre que le saule de l' étang.

Si tu peux le rencontrer tâche de demeurer
avec lui!

Les papillons voltigent encore dans mon jardin,
car ils ne sont pas partis avec lui.

Qui sais la trace du printemps? peut–être de-
mander au rossignol, mais quand il chant au
loin le vent souffle trop fort.

---

① 法文，春逝。

全诗译文如下:

昔我来此,春天正当少年
而今他已老去,我
亦枯瘦如塘边之柳。
如你能与春天相逢,切记
与他不离不弃!
蝴蝶依然飞舞在我的庭院,
只因他们没有随春而去。
谁知晓春的痕迹?或许
可问夜莺,但当他在这处吟唱时
风声正烈。

琴　声

听呀，她游行在静寂的落叶里，遇了小枝，遂
稍微变了点腔调：用此比初夏的蝉鸣，似乎还
要悠扬些；比秋深的急雨，似乎又紧张些。

不是岭外的松涛，竹枝儿的咿呀，因游行的歌
声，全发在跳荡的指头儿。

一切谐合，全牵引我们的生命……

沉重了是：海潮夜啸，冲撞在石碓突处，微闻灯
光闪处舟子齐歌。
轻缓了是：多言的牧童，踯躅在腻湿之草径
里，阴雨噏噏在耳后。

她哭泣在天黑远处，欲倩斜阳作侣伴，但人说
她因喜极而来的。

联合我们的灵儿，去阻她？

抑求伊使我们深睡。

她哭泣在你房里了，吁，在我们的城里，撕去我们的轻纱，用全副美丽来迎接她。

晚　钟

"Un haussement d'épaule, et
ça veut dire: un sourd."

Tristan Corbrière[①]

他在高处断续气息：
母亲刺碎儿子的心，
远走，远走！
仅存下懊丧之迹，
说是：comme–il–faut[②]。

久婚的夫妇，
抱着女孩在膝端：
呵，fille unique![③]
黑夜来时，
你是长大了，

---

① 法文，题引出自法国诗人特里斯当·科比埃（Tristan Corbrière，1845—1875）
《聋子的叙事诗》中的两行，可译为："耸一耸肩膀，这意味着他是聋子。"
② 法文，该怎样就怎样。
③ 法文，独生女。

该保存祖先的"衣钵"。

找寻故事在眼泪里，
来撑持这等欢乐：
生的接着死的脚踵，
"十叩柴扉九不开"，
在时代的名胜上，
残墓衬点风光。

指示他们天空和户牖，
伤残的败兵
战马之眼球耀如火焰，
曳着断腿的人，
血儿变成灰黑，
呵过了这无勇之戈矛。

女孩和老母跳耀①，
何以得此gagne-pain②。
看！在别的人群里，
一个领着一个，

---

① 此处"耀"疑应为"跃"。
② 法文，生计，谋生的手段。

且冒险前进，

Bogauslawkaja, Archipenko!^①

如我们之灵，浮游在地上，

你的安慰是一旅寓，

无心儿狂跳，Jésus^②的兄弟，

故宫的主人

向斜阳取暖，

因人类努力在深沟里。

回头过来，少女，

看看这等稀微之迹，

或明白自己的遗传：

囚徒随猎在长林里，

兽皮挂着两肩，

这不是同一造物么？

呵ici-bas^③，大神的愤怒！

如饥渴者之咒诅，

---

① 语种和意义不明，无可考。

② 法文，耶稣。

③ 法文，人世间，和彼岸相对。

合拢来！鞋匠之pipe①，

娇羞妇人之nippe②，

原是一样结构。

Laméntablement③, merveilleusement④.

如你遇见这点，呵，诗人，

无恐怖其深瘦之颊，

饱食烟和酒，

还爱祈祷之记号，

任他游戏，

这是于他有益的。

---

① 法文，烟斗。
② 法文，衣服，破旧衣服。
③ 法文，悲惨的，可悲的。
④ 法文，令人赞叹的，完美的；〈古〉令人惊奇的，不可思议的。

夜　雨

心悸，

烦闷，

爱，

一切

停顿了，

被儿

煨着喉，

无力

去作一"哼"。

打着窗：

微拨的声。

夜的鼾睡，

瘦马之铃，

流水冰冻，

远寺

钟的颤音？

时而狂攻，

退让，

徘徊。

心儿想：

fort bien^①，

收了去！

装点些

给我们，

（美丽的）

轻盈

或流利。

呵，

黄色之情。

听，

神的乐，

在高高处——

远咧！

螺壳的闹声，

兔的扑朔

---

① 虚词，无确定含义，据上下文，可译为"好吧""罢了"。

屠夫锯骨，

裂帛，

夜鸠拨翼。

呵，睡罢！

我的心。

行　踪

穷愁愚昧之个体，

宁相信时间的存在？

我失去爱的根据，

——全因夜的周年

冷冬败叶的凄切——

太迟了！

我的知音已死，

何关伤感。

呵，我的心！

洒泪之姊妹，

空看你长裾之摇曳，

钟的余声，

震怖到我的住所。

方法仅是如此了，

你该供献诸大神。

但如你仍欲前倨后恭。

我制造多少狂乱之历史

在你与我生命之岁月，

谁去等候意义的解释?

吁保藏你的头颅,

即稍迟片刻

亦可明白是何种类。

桨儿停打,

雾影四合,

我们去,我们去,ohlala! ①

大道的回旋处,

多少勾留在"疏林挂住斜晖"里。

当着风,当着雨雪,

悲壮的一行,

什么眷恋?

Mélancoliqus②之侣伴,

吹的是胡笳,

呵,我们将来安睡之乐,

他们诉尽幽怨,

然后北去。

无论如何,我不能离你片刻,

---

① 法文,感叹词,可译为"啊""哦""天哪"。
② 此处"Mélancoliqus"拼写有误,应为"Mélancolique",法文,忧郁的,感伤的。

在大洋呼啸里，

取我仅有之情去，

然后我给你"Je t'aime"①。

Ohlala！……

---

① 法文，我爱你。

秋 声

"Cseillait sans cesse autour

du monde,

Et dans les vastes cieux...

…………………………

…s'allait perdre dans

l'ombre avec les temps,

l'espace, et la forme,et

le nombre."

　　　　　Victor Hugo.[①]

黑夜在城头辞别，

　梦魂儿张耳细听；

　疾风，急流在远处痛哭，

　销瘦之条无力追随；

---

　① 法文，题引出自雨果《秋叶集》中《自山上所闻》（*CE QU'ON ENTEND SUR LA MONTAGNE*）的几行，意为："（这是不可言说的、深邃的音乐，）／它无休无止地在世间萦绕，／在广阔的高天上，（乘着它年轻的波涛，／把它无穷无尽的轨道／扩展到最深处，在那里）它的起起伏伏将消失在阴影里，／随着时间、空间，还有形状和数量。"

武士的狂呼，
　　——败北的失望之声，——
　　无休止地肃杀了旷野，
　　使兽挺亡群；

垂死之夫的呻吟，
　　欲脱离灭亡之疆土，
　　偿还生爱之花朵，
　　再奋侈地挥霍生命之种子；

永远之大道上，
　　失路牧童的哀求，
　　我衰败之灵
　　牵裳涉流；

如歌女喉音之悠扬，
　　刀枪杂弄之冲撞，
　　勇士吹角在高原，
　　呵悲壮之叹息！

海潮滂湃，
　　欲从隙处崩颓这世界，

俄顷一泻千里，

　　如少年意欲之伸展。

倦怠之流星，

　　欲向广林之暗处休息，

　　一切无限界之淹没！

　　安顿在此Symphonie①里。

如劳动者唱万国之歌，

　　一音融洽在无数之音，

　　欢乐挟满平和。

　　是harpe②奏诗人之fatal③。

然而是上帝的诱惑之言么？

　　实则人在地壳之呼喊，

　　如生锈的地狱之门的咿呀，

　　战栗，怵惕，酸心！

　　我因他们阻了深睡，

----

①　法文，交响乐，交响曲；〈古〉协和音；〈转〉（事物）的交织。
②　法文，竖琴。
③　法文，本为形容词，意为"命运的，决定命运的"，但在此据诗上下文似乎是形容词做名词，或者应为名词"fatalité"，意为"命运"。

347

终疑问这森严的恐吓。

兄弟，未来之期望者，

这是我们生命之宣传了。

三月二十日

O Sappho! [①]

O Sappho!

何关紧要，

我们之生命物质或精神，

同向痛苦之火窑。

科学之果，

艺术之花，

仅天才者一个幻想。

当你牵裳微舞

在林木之斜阳里，

俄而黑夜来了，

要一概生命之嬉游者，

为鸦群流血。

我欲在深谷狂呼这遭遇，

但恐结成你的憎恶；

---

① Sappho，萨福，公元前7世纪的古希腊女诗人。

或旷野之百兽齐来，

成此离奇之死。

O Sappho！

我的诗句是空泛而虚弱，

但终久摆动其音响，

与山蛇虎豹同一咆哮，

来到你膝下。

呵，伸一左手作揖，

这是上帝的意思了。

当我休睡在华丽之大地，

胡笳的余哀

回旋在我脑海里，

如金色之钟，

黄铜之铙，

游荡在狂风呼啸之下。

O Sappho！

示我可由之道，

避此阴险之烦嚣。

当我离开这世界，

偿还躯壳和灵给néant divin^①时，

认识的只是你，

在死骨之余灰，

你当找寻得我生之

哀，怨，羡慕，冲突驱除！

X

我爱见生命一面，
但因时间迟延了。
  我爱看
事的开始和终局，
但因时间迟延了。

A Henriette d'Ouche^①

我是往昔从你心头

逃遁之囚徒，

在一个新清的月夜里，——

微风倩你深睡——

我多么伤感这鲁莽，

如今竟不识归路了。

当我是一个死的囚徒在脑海，

于此凋死之城干，

不再愿作情爱之纠缠，

仅记着在淡赤之肤色里

你攫去了多少baisers^②！

毒世界的药全给了你。

呵，你，我稍微认识的人，

在阴雨之湖畔，

353

我们神情如波光颠倒，
当一切抚慰来到，
我遂痛哭
四肢笨重而颓萎。

我欲听你一人之独唱，
在无意识之低吟里，
我将从多疑而战栗之声，
辨出意识的变迁，
如能找得一个"辜负"，
那就够给我们了。

我终站立在远处，
如不能再寻归路，
纵老旧之印象扰到心
浅淡的秋林
循着树荫徐步，
惟游蜂使枝儿入睡。

微闻的牲口之叫喊，
引人到地狱之恐怖；
飞鸟悲哀生命迫促，

——何如野鹤的闲散——

惟你爱恋这狭窄之卧室，

欲作永无烦扰之梦。

故乡山水太清平，

无力唤取归来同住。

（十）^①

清晨之夜气，

愈走愈远了，

而我之臂膀适得其反，

留心点无使一个逃遁了。

柏林四月

---

① 初版中有此数字编号，因前面并无（一）到（九），疑似笔误或印刷错误。

355

如其究心的近况……

如其究心的近况，
我将答之以空谷；
如其问地何以荒凉，
我将示之以
颓败的花，
大开之门。

我向生命saluer[1]！
在她重见之先。
宁绷住我两耳，
以隔此破裂之音浪，
呵，你，
我夙夜跑着，尚未与你接近，
随处皆是你，
但何曾存在。

到我荒凉之园地来，

---

[1] 法文，向……致敬，向……致意，欢呼。

从墙隙可望见日光之轮，

Erbkönig①之姊妹，

完成其Reihn②。（见Goethe③诗中）

呵！（我扪衣袋，）

钥子失掉了，

且稍等片刻。

——我从隙处望见

荆棘满径，

死叶匍匐在沟里，

钥子失掉了，

且稍等片刻。

呵不！钥子死了，

你将何以延她

到荒凉之地去。

---

① 德文，此处"Erbkönig"拼写错误，参照上下文提及的歌德诗歌，应为"Erlkö-nig"，字面意思为"梡木王"，可音译为"爱尔王"。赫尔德收集的丹麦民歌题名中的"Ellerkonge"，译为德语的正确意义应为"精灵王"（Elfenkönig），但赫尔德将丹麦语"Eller"误译为"Erle"（赤杨），从而产生了"Erlkönig"一词。在多个中译本中，诗名都被译作"魔王"，这是丹麦语中的原意。但是，歌德是从这一与树紧密联系的形象出发，创作了这首叙事谣曲，后舒伯特又据歌德的诗歌创作了同名叙事曲。因此，此处译为"爱尔王"，这一音译也是有意使其与"魔王"区分开来。总之，"Erlkönig"是赫尔德从丹麦语"Ellerkonge"（精灵王）移植过来的词，移植过程中出了错，字面意思变成了"梡木王"。由于名人效应，后人也就将错就错，约定俗成，沿用至今。

② 德文，参照歌德《魔王》一诗，应指一种在夜间跳的舞蹈，似可译为"轮舞"。

③ 德文，歌德。

357

爱之神①

生命在此刻愤怒而嚣张，
无引他到莲塘深处，
芦花低首诱人同睡；
有崎岖之径可由，
舍去我们之盾与矛，
任他在夜里平静下去。

我们之四体在斜阳流血，
晚风更给人萧索之情绪，
天儿低小，霞儿无力发亮，
像轻车女神末次离开世界，
我们之希望，羡慕，懊怨，追求，
在老旧而驯伏之心底冲突。

晚钟响时，我们寻觅
记忆之恐怖与流落，

---

① 本诗曾先行载于1926年9月12日《文学周报》第241期。

惜欲祈祷之爱神

不是Christ①，hélas②！

愿上帝给我们金色之稻床，

完此酒肉之奇梦。

Qu'importe③，如我们有温暖之心，

在阴黑之日发生怜悯，

世界的春泉，将洗涤恶魔之羞怨，

飞鸟指点行人之归路，

但我们从没施舍，

爱神之弓将射向我们。

---

① 法文，耶稣基督。
② 法文，哎呀，哦。
③ 法文，有什么关系。

自　挽^①

我明白你眼中的诗意，
呵！年少之朋友，
当我死了，
无向人宣诉余多言的罪过。

——我爱沉实的钟声
乱流的眼泪，
当我们举杯邀月，
微风战栗冰冷之肌——

愿我离开此地时，
田野景物毫不迁动，
村童环篱歌唱，
鹦鹉叫人梳头。

最要留心远方的孀妇，

---

① 又名《遗嘱》，本诗曾先行载于1926年2月7日《文学周报》第211期。

她们随处痛哭，

海潮掠江上舟去，

遗恨在狂笑之波涛。

人若谈及我的名字，

只说这是一秘密，——

爱秋梦与美女之诗人，

倨傲里带点méchant①。

我尝忘记所羡慕之疆土，

呵，这等曾留勾当之乡，

Adieu②！白屋，红墙，芦苇，曲径，

我衣襟既饱着帆风。

Adieu！亲爱的一群，——朋友，

冬夜里杯酒寒炉，

各自怕入年少之门限，

用顽笑扫除生活之皱眉。

我伴着你来，

---

　　① 法文，本为形容词，意为"厉害的，危险的，恶毒的，淘气的"，但在此据诗的上下文看似乎是形容词做名词，或者应是名词"méchanceté"。

　　② 法文，别了，再见。此处强调长别，甚至是永别。

指点过沿途之花草，

他们哭泣在春夏之荒园里，

其于此地找点忠实与温和。

晨间不定的想像

黎明浸过昏睡之岩穴，
嘲笑颠沛
这诗人之灵，
呵，舍去残魂！
生命快发花了。

雾见暂张，——
单调的朦胧，——
亲密的烦闷
售卖我们之remords^①去，
全不是文艺了。

天空拖着半死之色，
夜游之神将睡眠，
恶魔收拾我脑汁
如取乳之村妇。

———————

① 法文，内疚，悔恨，良心的责备。

谁构成这大错！

在turlututu①余光里，

虫声发着余响，

拉上帝之手齐来，

指点埋葬之地，

给他们管领权。

犬儿得了朝气，

脚腿跳荡在泥沙

人与自然

同遭此劫了，

他更何能逃遁。

Salut②横江的野鹤，

萧瑟之风还在江渚？

若到去年同玩处，

倩孤山寄我一点愁，

此地全形瘦死之因。

① 法文，笛声。
② 法文，致敬，或见面时说的你好。

敛了袍儿的褴褛，
伫看仓率之变；
上帝给我一点勇气
持戈矛之力，
Salut横江的野鹤。

重　逢①

寄意Erika②

在懒慵的微风里，

手儿靠着窗棂，

头儿找寻我的臂膀，

灯的微光销融在室里。

轻弱的意志，

构结这种游戏，

朋友的目光倩我私语，

奈我老旧之心琴沸腾着

如伤残的野鹤之飞鸣。

吁！是你的声之回音。

如金钢石坚强之douleur③，

遨游着全世界，

欲一天趱进我心里，

---

① 本诗曾先行载于1926年9月20日《民国日报》副刊《黎明》第44期。

② 西方社会常见的女性人名。据维基网络词典，可能是一个斯洛文尼亚女性的人名，源于北欧语。

③ 法文，忧伤，痛苦。

366

惟我们心灵之军
能御此攻打。

我心的微拨，
为你乳儿压住，
我们多好冒险之唇，
不惯微寒的颊，
呵，在何地游荡。

因天与行云太美丽，
我不敢深梦在睡眠。
生命欲哭泣在摇篮里，
呵，你像死叶被风搁在瓦坑，
我像荇藻勾留在浅渚，
你望晴和之风再吹你向故枝，
我望雪鹅把全身吞在肚里。

如金钢石坚强之douleur，
遨游着全世界，
欲一天趱进我心里，
惟我们心灵之军
能御此攻打！

亚拉伯人

起来，我的儿子，
在点人在行廊里走动，
——呵，我全部酸软了；
无力见这等生客。

起来，我的儿子，
这或者是舅父，
——呵，我正结花珠在胸部，
但发儿仍是散乱。

起来，我的儿子，
他几次敲门了。
——呵，定是星夜的无赖，
我何能去迎接他。

起来，我的儿子，
他何以微唤你的名儿。
——呵，是我的情爱。
再见，父亲，海是美丽的。

爱 憎

"Soy ons scandaleux sans
plus vous gêner."

Paul Verlaine.[①]

（一）

我愿你孤立在斜阳里，
望见远海的变色，
用日的微光
抵抗夜色之侵伐。

将我心放在你臂里，
使他稍得余暖，
我的记忆全死在枯叶上，
口儿满着山果之余核。

---

① 法文，题引自魏尔伦（Paul Verlaine，1844—1896）《如果你愿意，神圣
的无知》（*si tu le veux bien, divine Ignorante*），有两处拼写与原文有出入，原文为：
"Soyons scandaleux sans plus nous gêner." 可译为："让我们恶名远播，而无须为此自惭
形秽。"

我们的心充满无音之乐，
如空间轻气的颤动。
无使情爱孤寂在黑暗，
任他进来如不速之客。

你看见么，我的爱！
孤立而单调的铜柱，
关心瘦林落叶之声息，
因野菊之坟田里秋风唤人了。

如要生命里建立情爱，
即持这金钥开疑惑之门，
纵我折你陌上之条，
昨日之静寂是在我们心里。

呵，不，你将永不回来，
警我在深睡里，
迨生命之钟声响了，
我心与四体已僵冷。

（二）

时间逃遁之迹
深印我们无光之额上，
但我的爱心永潜伏在你，
如平原上残冬之声响。

红夏偕着金秋，
每季来问讯我空谷之流，
我保住的祖先之故宫既颓废，
心头的爱憎之情消磨大半。

无用踌躇，留你最后之足印
在我曲径里，
呵，往昔生长在我臂膀之你，
应在生命之空泛里沉默。

夜儿深了，钟儿停敲，
什么一个阴黑笼罩我们；
我欲生活在睡梦里，
奈他恐怕日光与烦嚣。

蜘蛛在风前战栗，
无力组世界的情爱之网了，
吁，知交多半死去，
无人获此秋实。

呵妇人，无散发在我庭院里，
你收尽了死者之灰，
还吟挽歌在广场之隅，
跳跃在玫瑰之丛。

我几忘却这听惯之音，
与往昔温柔之气息，
愿倩魔鬼助我魄力之长大，
准备回答你深夜之呼唤。

印　象①

在不可数之年月里，上帝给我们同
一之睡眠，爱慕，花香，月夜，秋色，从没
方法把他们勾留在生命的永久里，
如今橡林复由灰变紫，我感到战悚
在心头。

世纪的衰病，攻打我金发之头，如秋
深的雾气，欲使黑夜更朦胧。

究无多少荣光，粉饰，生平情爱，赢得
电掣时光的纠缠。呵我的印象，女神
之侍者，我在远处望见你，沿途徘徊
如丧家之牲口。

究无致命的哀怨，抱憾在可怖之空
间里，——我心头爱慕之位置既充

---

① 本诗曾先行载于1926年5月16日《文学周报》第225期和1926年2月10日《小说月报》第17卷第2期。

满食客之座。

斯人憔悴了，呵，马媚，给我一个安慰，
我再无眼泪流向君，取我一切所有去，
但无接近我深紫之唇。

长 林

当金秋深睡了，
你在蔚蓝天下吟哦。
我折了卫琴微听，
呵，——Nymphes^①临水齐歌。

枝条忍耐地抚慰我，
惜又独自一人来了，
你大形阴险而严重，
我无力寻找已失之印象，
在苍苔与山蕨里。
叶底生野之黄鹂一声叫，
离乱了我情爱生长之种子。

---

① 法文，复数词，希腊神话中居于山林水泽的仙女。

流　水

　　"欲凭江水诉离愁，
　江已东流那肯更西流。"①

　　反照留恋着两岸，
　不能说临去的意思。

　　广大之清新里，
　（见泥沙之底，
　荇藻贴近浅渚，）
　我觉外体长大了，
　同时有情绪扰乱之因。

　　呵，多年的朋辈，
　何不简明地告诉我，
　使余无味地追随！
　故国三千里，

---

　　①　题引出自南宋词人范成大的词《南柯子·怅望梅花驿》，通行本中原句为：
"欲凭江水寄离愁。江已东流，那肯更西流。"

你卷带我一切去。
生活的工具，
全顿挫了。

你平淡的微波，
如女人赏心的游戏，
轻风欲问你的行程，
沙鸥欲倩你同睡。
故国三千里，
你卷带我一切去。

心

如此跳荡的心，

须什么去供养！

香花，野宴与睡眠，

爱尔利（Aurélie①）之公主？

他自春来便不驯伏，

满腔欲滴之诗意，

扰乱了每夜的深梦，

但笔儿颤动着，

无力去写流莺的谐音。

如此跳荡的心，

须什么去供养！

笙管，胡笳与harpe②，

① 女性人名，历史上曾在法国流行一时，源自拉丁语Aurelia，词源学上与黄金、光彩、财富、太阳等义项相关，如按法语发音，可译为"奥莱莉"。但此处不能确定是人名，或另有所指。即使是人名，也未必是法国人，历史上有多位叫这个名字的圣女。

② 法文，竖琴。

埃及之Cléopâtre[①]，

希腊之Hélène[②]？

我欲唱乐府之余哀，

奈山谷之回声震着耳；

我不继续前路，怕践踏了牧童的浅

草，愿长与跳荡之心哀哭这命运。

---

① 法文，一般指埃及托勒密王朝末代法老（女王），即"埃及艳后"，中文译名不一，如"克里奥帕特拉"，多半参照英语发音译出。

② 法文，即《荷马史诗》中的海伦。

初　春

"愁里见春来，
又空愁催春去。"①

我采②首园门
看见青春初御的新衣，
太娇羞了，
笑脸伏在掌心里。

我们颓卧着
大为送迎忙乱了，
寄语新到的蜂蝶
无带往昔之哀吟来。

你眼儿凝视，
恨波光增了飞鸟倒影？

---

① 题引出自宋代谢懋的词《蓦山溪·厌厌睡起》，词中原句为："愁里见春来，又只恐、愁催春去。"
② 此处"采"疑应为"探"。

380

远处的画阁里，

有少妇怕春在人间长住。

留心我们情爱之领域里，

勿随季候得了哀怨；

取我一切倨傲去，

调和你mélodie^①之平庸。

联我们多惯摸索之手

过这崎岖之曲径，

若我给你一个呼唤，

生命是倒病的了。

---

① 法文，旋律，曲调。

"Musicien de rues①" 之歌

"我的游荡

不为情爱之报复

在这离奇之大地里，

因我的歌情是哀痛，

　　心儿是酸软，

　　全部酸软。

"在老旧的情歌里，

你们惯听了缠绵之refrains②：

这是爱的悲戚，

亦他们的弱点：

　　Salut③在月夜里。

　　Adieu④在夜月里。

"尽情欢爱，生命是不喜勾留的！

---

① 法文，街头音乐家。
② 法文，（回旋曲等）叠句，结尾有叠句的曲子。
③ 法文，再见，暂别分手时用语。
④ 法文，长别时用语。

樽儿满了旋空，

心头的火焰

照女人之面色使红，

　　踏青春浅草之微笑，

　　温爱之微笑。

"远处的友朋，

亦如我们之堕落，

寄怀在沧波里，

目光注视日的起伏，

　　舍了生命，

　　获得生命。

"不幸，赏赐，失望，荣誉[①]

告诉什么给我们?

Epanouie[②]在性欲上，

内心惭愧了大半。

　　宏富是毫无。

　　美满是毫无。

"你自己是忠实,

——用心的跳,去留的情绪。——

随唤随听如孩童,

待什么人回答?

找什么tendresse[①]?

妇人的tendresse!

"在décadent[②]里无颓唐自己,

——其实我们何尝有为

在这黄铜世界里,——

无崩坏光明与黑暗之柱。

Seigneur[③]将助你。

恶魔将助你。

"我生无幸福

如无情爱之心,

有生之期望,

全非自然法所许。

无呻吟在梦里,

---

① 法文,温柔。

② 法文,形容词为"颓废的",名词则为"颓废派",据诗的上下文,此处可能是指颓废这种品质或状态,应是"décadence"。

③ 法文,上帝,天主。

低唱在梦里。

"女人！何以逃遁着而哭泣，

呵如黑夜之女人，

娇艳的心，

畏缩在晨光里，

　　懊悔在一切。

　　赞赏到一切。

"男人！何以蜷屈着，

匕首当前，杀敌呵！

忘了古代英雄么？

带我们的douleurs①去远走

　　胡天之塞外，

　　我随你到塞外。

"姑如鸟儿般寻觅

果园之鲜明，

倦了，折羽低唱，

不得栖枝么？

----

① 法文，复数词，意为忧伤，痛苦。

Seigneur将助你。

恶魔将助你。"

Chanson[①]

如当Amour[②]是远游，

我们就嗤笑了。

Amour是青鸟之音，

生活是清流。

Hélas[③]，异乡的思慕！

几根私利的花朵，

为孤傲之指头撕碎，

仅留这Contrebasse[④]之余哀。

Adieu[⑤]，明智之眼与心，

Adieu，牧童之斜阳，

紫雾之孤岛里

野人讴歌等候着。

---

① 法文，歌曲，小调。
② 法文，爱，恋爱，情人。
③ 法文，哎呀，哦。
④ 法文，低音提琴。
⑤ 法文，长别时用语。

"清晨的多么哀痛，

纵能悲鸣在落日里！

他将再寻得

Amour是青鸟之音生活是清流。"

Elégie[①]

"Alas, I cannot stay in the
house, and home has be—
come no home to me, for
the eternal stranger calls,
he is going along the road."

R.Tagore.[②]

快选一安顿之坟藏，

我将颓死在情爱里，

垂杨之阴遮掩这不幸。

二十春的年少远去！

如花儿经一次凋谢，

存留着枝儿的枯瘦。

---

① 法文，哀歌，主题悲壮的诗。

② 英文，题引出自泰戈尔的诗《采果集》第一章第七节，可译为："唉，我不能留在这间屋里了，这个家已经不再是我的家了，因为永恒的异乡人沿着道路走来，对我发出声声呼唤。"

疑惑和失望之朋辈，

点滴地干枯我心血，

如受伤鸽儿之折翅。

我的Jeunesse^①随兽群归去，

我将颓死在情爱里，

我是古代辽远之Amant^②。

我灵魂受了文艺的攻打，

蹒跚狂呼而喘气，

呵，快选一安顿之坟藏。

---

① 法文，青春。
② 法文，情人（指男性）。

Harmonie①

夜潮与残月聚会。

潮：

认识我么？

行近一点！

于是美的梦想完成。

月：这是我，

哀哭太久呵！

给你稀薄的乳，

远处之橡林

被他们攻打了，

快使其远退。

---

① 法文，和声，悦耳之声。

时之表现①

（一）

风与雨在海洋里，
野鹿死在我心里。
看，秋梦展翼去了，
空存这萎靡之魂。

（二）

我追寻抛弃之意欲，
我伤感变色之樱唇。
呵，阴黑之草地里，
明月收拾我们之沉静。

（三）

在爱情之故宫，

392

我们之noces^①倒病了，
取残弃之短烛来，
黄昏太弥漫田野。

（四）

我此刻需要什么？
如畏阳光曝死！
去，园门已开了栅，
游蜂穿翼鞋来了。

（五）

我等候梦儿醒来，
我等觉儿安睡。
你眼泪在我瞳里，
遂无力观察往昔。

（六）

你傍着雪儿思春，

---

① 法文，结婚，婚姻。

我在衰草里听鸣蝉，

我们的生命太枯萎，

如牲口践踏之稻田。

（七）

我唱无韵的民歌，

但我心儿打着拍，

寄你的哀怨在我胸膛来，

将得到疗治的方法。

（八）

在阴处的睡莲，

不明白日月的光耀，

打桨到横塘去，

教他认识人间一点爱。

（九）

我们之souvenirs[①]，

在荒郊寻觅归路。

---

① 法文，复数词，记忆，回忆。

断 句

我是自己之仇雠，
用假设去防御蒙昧之侵伐，
将何时了此无味之勾当，
到江干与清流细语。

呵，辽远之港湾，
我羡慕你落日之黄金，
野鸥与微波游戏，
礁石向急潮狂呼。

*   *   *

莫说生命是盛筵，
懆率①里勇气之末日来了，
向谁告诉这愚笨的需求，
死神单独地伺候着。

---

① 懆（cǎo），"懆懆"：忧愁不安的样子；率：此处为率性、由着性子的意思。"懆率"，疑为"忧愁而又率性"（从而情绪低落，它是导致丧失生活勇气的原因）。

莫说生命是无涯之火宫，

荆棘里找到半开之玫瑰，

向草长春风微笑，

荣光如失路之犬的忠实。

何须痛哭，

撑持到尽头去！

纵不获收自己之耕作，

但在每个空间里益确实了。

*　　　*　　　*

寄兴在高山流水，

但荒园之残蕨，

惯悲吟之芦苇里，

你可找到我的哀怨。

我梦想旷野的长天，

群鸦啼风——如薛亚萝之嘈切，

行云变成低小，

远树欲攫游人。

我梦想远海之舟子，

随落霞兴叹，

汨罗之乱流，

不见蛟龙见螃蟹。

*　　*　　*

夜来之潮声的啁啾，
不是问你伤感么？
愿其沫边的反照，
回映到我灰色之瞳里。

新到人间的春，
不究我的疏懒么？
无力折这媚人之春花，
指头已因刺儿伤损了。

*　　*　　*

呵长夏与金秋，
你带来的赏赐全颓萎了，
冷冬已叩我的门，
我将懊丧地迎此生客。

我将看见你，长林！
在灰蓝之天下，
裸体临风战栗，
但无流尽心头之泪呵。

我不是你的知音了，
我将包裹这既破之心
远寄给需要此心的人，
但你的美丽终永深印着。

*　　　*　　　*

你为一切罪过攻打了，
呵诗人，你大游玩在无味里，
在每晚的残阳下，
我总听到你琴的继续。

不如看万众生死的杂沓，
温爱逊让了嚣横；
肥沃的故国里，
长埋英雄之骨。

*　　　*　　　*

"春花秋月何时了"，
迨残红盖尽溪流，
我当再临风踞坐，
看空间无意识之迁动。

我惯行之甬道的夜里，
鸣虫闻足音而静寂，

399

吁，远海之残冻，
阻我的思想之浪游。

前来，狂歌的女人，
我心满着黑影与神秘，
轻忽玫瑰的开谢，
橡木之舟载游子西去。
*　　*　　*
山谷的深处，
——贴近英雄之墓，——
死灵蹲踞着，
满披金色之秋叶。

伤心一度江流，
果属在枝头摇曳？
过去！半世纪的勾留，
关这心灵，关这手足！

随风到江头去！
看随柳欲挽江水东流，
低小的行云
伴着浮鸦痛哭。

当生命之剧告终，

火焰亦低细了，

普照之温柔，伤感，

顿成灰死。

但后起之唇仍笑着。

笑那神秘之希求，

呵，你显像在生命里，

牢印在心曲里。

*　　*　　*

我的心又再如溯空明之桨棹，

饱受水底的清凉，

即我们之生亦止像山木，

在黑夜里显白色之条。

我伤痕竟如此之深，

呵，Dante，Boileau，Leconte de Lisle， [①]

深愿人类之Amour[②]，

包裹这血之余腥。

---

　　① 法文，均为诗人名。Dante（1265—1321），但丁，意大利诗人，《神曲》的作者；Boileau（1636—1711），布瓦洛，法国古典主义诗人和文艺理论家，《诗艺》的作者；Leconte de Lisle（1818—1894），勒孔特·德·李斯勒，法国巴纳斯派诗人。

　　② 法文，爱。

"锦缠道"

春从墙头窥视月季之嬉笑，
　　山茶无处躲此羞怯。
我的心如晨鸡般起立，
　　远听临风之faune[①]的呻吟。

告诉他我眉儿低小，
　　欲把新愁将酒浇去，
晚风来时，——世纪的事实，——
　　又扰乱我舞蹈之裳。

颊儿消瘦，指头欲折无力，
　　曲肱入睡，黄色之肤变灰暗，
足儿怕湿春园路，
　　长发结了旋松。

轻盈之举止背人长叹，

---

① 法文，野兽，或人身羊足、头上有角的农牧神。

402

怕给来人多少疑惑，

但夜儿笨重地来了，

　我时蹑足听流泉的宣诉。

游Wannsce^①

"看尽鹅黄嫩柳，
都是江南旧识。"^②

杖儿打着沙泥，
又被湖光诱惑来了，
每欲对长松细语，
奈枯瘦的苍苔环视着。

远山遮断飞帆，
他们来了重去，
鲜艳的日光，
对着林木之阴森长叹。

一切空间全静止了，
惟微闻远处的啁啾，

如月夜孀妇的痛哭，

"我爱"之丧气的哀求。

吁，惯听了这等

乌合之众的呻吟，

是山谷的气息，生物的战栗！

幸他不趱进我心头。

芦苇全抱头消瘦，

浪儿促他们根儿微动，

似说：在这湖光山色里，

你们是主人翁了。

"浮光耀金，静影沉碧"[①]，

惟少诗人的歌咏，

欲向这不动之清流，

何处是我爱的扁舟。

我科头倒卧，

松涛咏着睡眠之歌，

[①] 题引出自北宋范仲淹的《岳阳楼记》，通行本中原句为："浮光跃金，静影沉璧。"

日光括去肌肤的油腻，

呵，我再得孩童之娇养了。

只怕去了不重来，

向远峰叮咛数回：

若骑兵问我踪迹，

说与白衣女郎同病崖端。

小　病①

吁，古往今来的歌人，

你用什么使我如旧跳跃。

被窝欲卷我入葬，

心儿向静寂问最后的勾留。

呵，你游行的牧人，

把手儿撤去，

遂给我这不康健。

花已含苞，我正枯死，

切勿将他们来比喻。

我祇求晚间的微风，

带到你长叹的气息：

或从此明白你心头之炎火。

灯已尽熄了，

我希求这夜里无所遇见，

秩序地再看日之出兮，

---

① 本诗曾先行载于1925年12月20日《民国日报》副刊《黎明》。

但望犬神给我足力，

向你逃遁处追随，

——即江南瘴疠地。——

赠Br……女士

当他心儿因工作之疲乏

而流血了，

将停止期望之气息，

到东方看长发之渔人。

告诉他海啸之崖端，

有古代英雄遗迹，

坐看归帆激浪，

行云游荡着——大的吞食小的——

呵，骚父，Chateaubriand[①]，

人类有何热情

自然几曾扶人入睡。

但他等候着，

等候诗词的完成，——

女儿的春梦，——

到远离这世界的时候，

人类将明白，

---

① 法文，弗朗索瓦–勒内·德·夏多布里昂（François-René de Chateaubriand，1768—1848），法国早期浪漫主义代表作家。

409

他如何伤感之情爱。

他将留残篇之黑影在你掌心里，

负之远走，

如哀哭之儿童，

但他无勇气的心，

与其所有全部之历史，

及眼角之情痴，心头之温爱，

惟你能保持了。

看，这不是歌德之故乡！

牧童扶杖而歌，

山泉泛出白雾如海啸之浮沫，

给诗人多少兴感！

夜的长大，黎明的光辉，

恐怖了他的心与情爱之空间。

但你远了，

远隔了这等啁啾。

迟我行道

远处的风唤起橡林之呻吟，
枯涸之泉滴的单调。
但此地日光，嘻笑着在平原，
如老妇谈说远地的风光，
低声带着羡慕。
我妒忌香花长林了，
更怕新月依池塘深睡。

呵，老旧之钟情，
你欲使我们困顿流泪，
不！纵盛夏从芦苇中归来，
饱带稻草之香，
但我们仍是疾步着，
拂过清晨之雾，午后之斜晖。

白马带我们深夜逃遁，
——呵，黑鸦之群你无味地呼噪了，——
直到有星光之岩石下，

可望见远海的呼啸，

吁，你发儿散乱，

额上满着露珠。

我杀了临岐的坏人，

——真理之从犯！——

血儿溅满草径，

用谁的名义呵。

Belle journée[①]

吁，童年之喜跃的呼唤，

既为远海之归帆忘却，

更何有万谷齐鸣之回音

辜负了几点临岐之泪。

呵Muses[②]！我妒忌你头上的花枝，

他带不可测之夜前来，

别的幽怨频起在我心头，

——千万的爱憎之矛向我放打。

我牢记着你深睡的小路，

倔傲之暗影点染着人，

奈我撕破了长袍之带，

发儿消灭了疑惑之黑影。

广杳之林里，凭死叶坐着，

---

① 法文，美丽的一天。

② 法文，文艺女神缪斯。

413

因曲径之石子在颠沛之脚下强硬，

孱弱的新月在你的前头，

我的烦闷之灵欲挟之遨游了。

呵，我不行向你的横塘，

抑攀折细枝之垂柳，

你是大自然的懦夫，

仓卒舍我远去。

我向我的未来申说：

  "呵，无味之狂呼者，

你将以什么实我空洞之手，

引那一个游客到我之门限来。"

Sagesse[①]

"送君皆自崖而返
君自此远矣"[②]
　　　　——庄子

我笨重之外衣临风微荡
似欲脱这身躯远去，
噫，故乡的河流、果树，
忘却我在天空之下。

　　时间一刻一刻的产生，
　　抚育着新花与残叶，
　　我以是亦建立起来。

我努力着去远痛苦，罪恶，
仅使幸福前来，
如我刻悬崖之石，

---

① 法文，智慧，才智，明智。
② 题引出自《庄子·外篇·山木》，原文为："送君者皆自崖而反，君自此远矣！"

字句之纹隐约地实现？

　　我等候着，

　　袖手而立且耽心，

　　探首向静寂处细听。

在每个金色之叶里，

我吸收到自然无礼之气息，

纵Centare[①]与Nymphe[②]频来，

此地于我是荒凉的。

　　但流水的微笑，

　　载去我哀怨的心，

　　挟粉蝶齐舞。

生命之力的迅速的颤动，

如临别之挥手，

仅可望见在天之远处，

如新祷之寡妇。

　　吁，我革履笨厚，

　　脚儿弱小无力，

　　何处是情爱之Sagesse。

---

① 法文，此处"Centare"疑应为"centaure"（希腊神话中的半人马）。

② 法文，希腊神话中居于山林水泽的仙女。

当未首途在黑夜之光里，

且听唱了旋停之歌声，

新秋欲使果属离去枝条，

芦花笑拂人之征尘。

　　　　Hélas[①]！日光将美丽，

　　　　如黎明不带着

　　　　轻雾而来。

地壳成熟处所发之余香，

熏醉我的梦想！

我将向深谷悬流之滂湃处，

细诉我的失望。

　　　　细腻之手，

　　　　脱离了拥抱，

　　　　仅刻此残石。

平冈之后即海湾，

小道直引着到天际，

垂柳拥着水鸭深睡，

有谁肯渡这横塘。

---

① 法文，哎呀，哦。

417

自然的笑，

人的去行，

全着急了我。

赤足地回来，

园地正需要一点mélancolie①，

何以远此闲懒之吻，

颓败之臂膊？

　　或曲径之落叶

　　盖满你肩际，

　　所以消散这情爱。

白屋全预备了静寂，

任灯儿燃烧残脂，

吁，稀罕之游行者，

你全不扰乱我心之清晨。

但两心的冷暖，

如季候般换了，

我们能再造么？

　　　　　　　　　四月柏林

---

① 法文，忧伤。

Mensch[①]！

一双革履，

便足走尽世界的湖山，

一枝芦管，

便足吹醒橡林之昏睡。

但我游玩在原野，

看山蛇虎豹的奔窜，

——因我若谈到情爱之颓败

流泉将停止呜咽，

微风将私语在枝头。——

听你足音走去，

呵，我停止片刻，

追随你的正喘着气！

回顾么？

不及伸手了。

---

① 德文，人，男人。

Souvenir[①]

娜娜说：Comme la vie est
bizarre, je me demande si je
ne rêve pas! [②]

我在荒地里反复踯躅，
践蹈了死猫残骨之余块而心酸。
吁，潦水阻着前路，
何野雀竟如意地洗浴。

束装远去，我的心，
何须无味地跳荡。
关什么警告？
宁舍去一切毫不思索，
但与彼人拉手狂叫这不幸。

---

① 法文，记忆，回忆。
② 法文，意为："生活如此奇特，我不由得怀疑自己是否在做梦。"

自　跋

　　余每怪异何以数年来关于中国古代诗人之作品，既无人过问，一意向外采辑，一唱百和，以为文学革命后，他们是荒唐极了的，但从无人着实批评过，其实东西作家随处有同一之思想，气息，眼光和取材，稍为留意，便不敢否认，余于他们的根本处，都不敢有所轻重，惟每欲把两家所有，试为沟①通，或即调和之意。

五月柏林

---

　　①　此处初版原为"构"的异体"搆"，应为"沟"。

为幸福而歌

弁　言

从前在柏林时曾将诗稿集成两册，交给周作人先生处去出版，因为印刷的耽搁，至今既两年尚没有印好，故所有诗兴都因之打消；后除作本集稿子外，简直一年来没动笔作诗，真是心灵的一个大劫。

这集多半是情诗，及个人牢骚之言。情诗的"卿卿我我"或有许多阅者看得不耐烦，但这种公开的谈心，或能补救中国人两性间的冷淡；至于个人的牢骚，谅阅者必许我以权利的。

金发志于上海

一九二五年十月

"Wisst ihr warum der Sarg wohl

So gross und schwer mag sein?

Ich lege' auch meine Liebe

Und meinen schmerz hinein."

H.Heine[①]

---

① 德语诗句，引自海涅1827年诗集《歌集》（*Buch der lieder*）中最后一首《那些古老邪恶的歌曲》，可译为："你们可知为何棺木／那样巨大沉重？／因为我放进了我的爱情／我的痛苦。"

初 心

(à gerta)^①

旋风欲促我心随兽商远去，

但我眷恋你暗室的舞蹈之裳，

随机而遣情之歌唱。

呵，我手足期望与你攀援。

纵夜气如何萧索，

全可以黑夜遮断四围之凶险，

捷足地去饮忠实之泉的余滴。

靛紫之草丛里，

不相识之坂排着溪流，

就在此地找寻我们之同情；

远地之潮声的汹涌，

发出深黑之预兆在残冬之底，

你回头罢，我追踪着？近了！

生命是深夜之风的微嘶，

---

① 法文，"à gerta"应为"à Gerta"，意为"给Gerta"。Gerta是李金发德籍夫人的名字，李金发译为"屐妲"。

427

昏醉之船的微荡，

随岸到泉之源，张耳分析音调？

年月所不许的事！

女神之羽，

拂我之毛发使散乱，

如旗旌飞舞，

但故日之心的铜驼，

惟你能摩挲而兴叹了。

老旧的drames[1]，

值得我们重演！

若怕灵魂现崩败之迹，

只有这末次的牺牲了。

我愿一天指示你

以随波上下的金鱼，

（有时为浮沫掩蔽了大半，

海潮在清绝处咿哦，

如不惯生疏之新妇！

真的，我太痛哭[2]了，

---

[1] 法文，戏，正剧。

[2] 此处"哭"疑应为"苦"。

黎明既张怜悯之眼，

叹这诗人之末路，

惟明月太娇羞地申说那命运，

你，有银白之手足的人，

仅眼儿之溜，

便足结束这一出！

款步Promenade①

"Ich kann's nicht fassen nicht glauben."

Schumann.②

松荫遮断天光，

正我们私语之际！

不觉生命有点谐和么？

如不挟你忠告之微笑。

我们不能有所寄托

在这浅紫轻红里，

因我们岁月的狂奔，

全以他们为Complice③。

我问你一个性格的评判，

你竟择歪丑之字句来形容，

---

① 法文，散步。

② 德文，题引可译为"我无法相信"，署名舒曼，但究竟是哪个舒曼则难以确定，待考。

③ 法文，同谋者，共谋者。

430

不消一度瞑目的思索，

我就为曲膝之Condamné[①]了。

紫萝在前裾干枯着，

但仍芬香来安慰我们，

若以其此为情爱之Symbole[②]，

我们就无须沉思而短气。

我如一切游人之情绪，

对着风光长叹，

你初识鸟声芦苇的人，

无使大自然之金矢射着心。

衣帽上淡黄的，

是我们之征尘么？

正辽远的是前路，

何处去觅翼鞋。

---

① 法文，犯人，囚犯，罪犯，被判刑者。

② 法文，象征。

心　期

当我走过你的故居，我愿听你的歌唱，但
无心扰你深睡。

脚儿太弱小，我无能穿你翼鞋而远走，纵
遇荒漠与曲径，无让我导路在前头。

我问你生命的象征，你答我以火焰，潜力
与真理！

墙后的天涯，有天使候我们上道，宁向老
旧的Salut①，正候黎明之气沁点襟怀。

我努力避去尘埃，污损你绣裳，若是他们
带了羊群来，我们惟有一齐歌唱。

她们欲以赭色之服饰你四体，你终得到
神经的衰败。我若能一天趱进你心窝里，
将得到永远的裁判。

我将有一日求天使与我生命携手，若其
雾车之轮的闹声震了耳鼓，那肮脏之草
地花卉，得了生长根据地了。

---

① 法文，拯救（世俗意义和宗教意义上的）。此处因前有"天使"，似应为基督教意
义上的"拯救"。

远地的松花之香，在天际摇荡，我心儿如狂风般咆哮去想望，若你给我一心血之微滴，我面色将由苍白而红润呵。

在披靡的工作之末日，得到游蜂忘却之余蜜，舌儿甘了，正待挂帆归去。

若他敲了你门儿，当先从栏栅边呼唤；我较爱沉实的日光。

吁我开着胸怀，伸手向你，并不是心儿太单调，因每个黄昏之候的舞蹈，缺少你钟鼓之音。

希望我们如野人之狂暴，高呼victory①在休憩里。吁，你不觉生命有点谐和么？

待我得到乐国时，我神奇之手，将攀折沿岸之果属，咿哦地歌唱，或狂呼无情的过去，因他们曾撕破吾心的一片，几到脉儿停跳，于是我蓦②地碰见你。

或者你有心投锚作若干的勾留，——舍弃一切宿怨，仅使幸福来盘踞，但我们所根据的潜力，火焰与真理，恐亦随时代而

---

① 英文，胜利。
② 此处初版原为"骞"，应为"蓦"。

433

崩败。

你说：迟点，我睡在你臂里，我以是镇静地去期望，但恐一天臂儿太冷，你得到可怕之伤寒！那时候我将说：命运于我终久是驯伏的。

无独自一人洗浴到沙头去，苍波将嫉忌你的臂膀，荇藻的腐败之叶子，将胶住发儿不下看，仅挟我的掌儿你胜于泛舟远走。

白云与海是我们终古的朋友，我自幼小的时候，便喜与他游戏，"云上上雨轰轰云下下晒死马"呵，这等重复的章句，当年多么趣味，如今只爱你phantasie①之舞蹈。

---

① 法文，幻影，幻觉。

燕羽剪断春愁

燕羽剪断春愁，
还带点半开之生命的花蕊，
惟期晨兴的微珠，
构成这沉寂之芳香。
你不听钟儿敲着么？
上帝正眼睁这等嘈切之音，
我们无处躲此罪恶，
但愿一饮溪涧之余滴，
灵魂就得死所了。

燕羽剪断春愁，
联袂到原野去，
临风的小草战抖着，
山茶，野菊和罂粟，
有意芬香我们之静寂。
我用抚慰，你用微笑，
去找寻命运之行踪，
或狂笑这世纪之运行。

Elan[①]

自我心儿不死，遂有这
风光，追求，蔷薇口的微笑，
我尤爱半黑之眉的颦皱，
命运之使臣从眼角里逃遁。

谈到我们的财富，
惟有唇边之口沫是真实。
恨无力将诗笔来渲染，
写成卷帙为痴儿女之训诂。

我从你淡白之肤色里寻趣味，
如神往入暮之残阳的余艳，
每经深夜之思索，
遂欲溅血济生命之泉的枯涸。

本能上可传布之élan，

---

① 此处"Elan"应为"Élan"。法文，冲动，奔放。

436

欲在你心窝寻求同情之种子，

仅须在夜的初期回想，

我们便得到天国祈祷之资料。

絮　语

Quelle omble[①] flottant[②] dans ton âme?

Etait ce long regret ou[③] noir présentiment[④],

Ou jeune[⑤] souvenirs dans le passé dorment[⑥],

Ou vague faiblesse de femme?

Hugo.[⑦]

如amour[⑧]是罪过，

我的心当为从犯了，

纵夜气疲了四肢，

我不辞说一百句"吾爱"。

---

① 法文，此处"omble"拼写有误，应为"ombre"。

② 法文，此处"flottant"拼写有误，应为"flottait"。

③ 法文，此处"ou"拼写有误，应为"et"。

④ 法文，此处"présentiment"拼写有误，应为"préssentiment"。

⑤ 法文，此处"jeune"拼写有误，应为"jeunes"。

⑥ 法文，此处"dorment"拼写有误，应为"dormant"。

⑦ 法文，题引出自雨果《秋叶集》第十七首《啊，你为什么躲藏》中的第一节诗，可译为："是怎样的幽影在你的魂灵中徘徊？／那是悠长悔恨和黑色预感／是在过往中沉睡青春记忆／抑或是女人莫名的柔弱？"

⑧ 法文，爱，恋爱，情人。

我不能呼唤我所担愁的人，
仅能在心曲里得些叛乱；
若以饶舌之口来歌唱，
音调里必带点迷妄之因。

无理由去嗤笑，
更无理由去痛哭，
因性命带了衰病而来，
黎明催促残更远去。

我唇儿与你远隔，
更何有serments①可言，
若相思的眼泪，能滴成池沼，
我们便得终身游泳之所了。

昨日是"懊悔"，
明日是"希求"，
我们多爱幸福前来，
但哀戚要求作伴。

---

① 法文，声明，誓言。

我欲深睡去抚慰生命，
但心之火焰眩余两眼，
伸你手导我前路，
此地既非乐土。

在歧路之前方，
我仿佛与你相遇，
但每个新春与深夏里，
都伫看你足音之筑寂。

在你心头的休憩，
是我所期望之天国，
爱所不能爱之人，
胜于梦想远地的公主。

但总拢一句说，
我们之情爱是大地与长天，
仅有归帆的光影，
便认识我们天涯之来路。

不须一欠呵与微笑之妩媚，
即迟疑之字句，在你唇头，

既引动了我若干眼泪之迹，

更何须别的风云。

我偶向你说：

我所爱的别一个，

盘踞在我心头，

呵，别一个，即是你，（往昔的你）

我留勾在这断片世界里，

欲找寻同作梦魂之同志，

若能回诵我的诗句，

更不难叩金钥之门。

当你来时我愿给你微笑，

使我们分担这命运之重负，

然后你伸长左右手，

我从之解去生命之纠缠。

你前额严重的微皱，

给我多少回想，

你心窝如远寺般沉寂，

但眼里有晨星的光耀。

且在此少住，
我正有灵魂解释的必要，
且立刻死去，若仍不能懂，
但谁来供养你坟墓的花球。

诗　神[1]

七月间成诗神像一具自喜酷似venus de Milo[2]
供之案头犹教徒颈际之有十字架也。

不待扶笔疾写，
诗神既有心使眼儿流泪：
追随这光荣之尾闾，
忘却深秋带残叶与细雨齐来。

上帝之赏赐谁说真实？
惟芦苇能给人多少萧瑟之哀思！
虽然，这确是伤感，
当人梦想援手而不能得。

至此算疲乏极了，
我发现半开之玫瑰已复萎靡，

---

①　本诗曾先行载于1926年2月10日《小说月报》第17卷第2期。
②　此处"venus de Milo"拼写错误，应为"Vénus de Milo"。法文，米洛的维纳斯，即"无臂维纳斯"，古希腊著名雕像。

指头无力去掬东园草，

因鲜血热烈地滚流着。

吁，可爱之诗神，

你欲在我老旧心田里，

播残麦之粒，香花之种，

待金风随气候掠过时，

好给居民一柔和之气息么。

看——沉思之兄弟，

新秋正远游归来，挟点故园残败之花片。

还欲倩斜阳红染余的心，

我们去当这不幸，

或能找到多少内心的回声。

吾生爱

吾生爱Caresse[①]战争之开始，呵，黄金之
minute[②]，如老妇梦想天国之狂喜。更愿
清风吹散轻沙，谐和我们之气息，丧怛
地说：生命就是如此么？

吾生爱恸哭之朦胧，颊儿流泪，欲捏死
敌人之心在掌心里，终于豪气销融，空
怨此生鲁莽，于是我爱憎明晰，许身再
入泥涂。

吾生爱月夜孤舟，桨边的浪儿起着沫，
仿佛地现点已往之形迹，能示人以来
路么？——星儿懒佯地睨视一二次，无
心同此banal[③]之顽笑，我欲从暗处躲此
羞怯，奈晨光已由山后来了。

---

① 法文，"caresse"做普通名词，意为"爱抚，抚摸"。而此处放在"战争"前
面，给人的感觉应是某场战争的名字，但事实上并没有这样一场战争，诗人在此想表达
什么，难以确定。
② 法文，分，片刻。
③ 法文，平凡的，平庸的。

讴　歌

每当静寂的时候，我便欲抱头恸哭，或低
吟，但我忘却了美丽的歌儿，恸哭又觉羞怯，
　　　领羊的好人儿，
　　　切勿无礼于我，
　　　引我到山头去，
　　　露珠全湿我裙裾。

新秋之林，带来心的颜色与地狱之火焰，
使我欲安顿在苍苔阴处之魂，又被格落
之声惊散，——呵决斗者之剑声。

我愿无休止地在人间羡慕，眷恋，追求，但
我何以创造这虚无之梦！
　　　领羊的好人儿，
　　　切勿无礼于我，
　　　引我到山头去，
　　　露珠全湿我裙裾。

Tristesse①

"Je me souviens des jours anciens et je pleure".

P.Verlaine.②

风光终久对人谄笑，
但我心有情绪变迁之痕迹：
在荒芜的故园之门下，
野花勉强地抽一新芽。

大自然无须我们作伴，
惟我们欲设法消散这寂寥，
你遥指远山的紫黛说：

Oh, quel désir ainsi, troublant le fond des âmes.③

风使松梢狂啸，
更把余威去

---

① 法文，愁肠，忧愁。
② 法文，题引为魏尔伦的诗句，可译为："我忆及往昔岁月，潸然泣下。"
③ 法文，可译为："哦，怎样的欲望，扰乱众人心底。"

低眠小草，

　沉实之日光，

　或有意使我新愁发亮，

　但我仍是散着步。

更远的长林，

罩着一片紫黛，

浅淡的新黄，

看去多么薄弱似的，

每欲到松梢狂啸

之阴处小憩，

但我仍是散着步。

有意使我新愁发的日光，

仅能温暖余四体，

但心的哭泣

益显嚎啕之音。

时间的伤损之迹，

惟他们能补救，

但我们终久散着步。

流行的情风，

散乱我结发之球，
何不索性挟我远去，
遍看浅紫深蓝的高原；
我将认识多少
痴儿女伤心之故国，
墨客同情处之碑坊，
但鹎鶒之一叫，
遂引我灵儿飞跑了。
每欲努力驭这衰病，
但我终久散着等步！

美　人

珠儿挂着颈，

仅头儿一侧，发遂散乱了，

嗤嗤的笑，

格格的嗽，

手儿摇空，

脚儿着地，

平庸的旋转之舞蹈，

扰乱心曲之忐忑；

但眼光益形照耀，

倦了，

傍着倒下去，

倩有力的手去扶持，

就从此爱怜足矣！

终于眉儿低着，

沉思，烦恼，希求地说：

Je desire……①

---

① 此处"Je desire……"应为"Je désire..."。法文，意为"我渴望……"。

取我一切去，
但非时间所许。
呵小小的可憎儿。

高原夜语①

"Lass dich, Geliebte, nicht reu'n

dass du Mir so schnell dich

ergeben"……Goethe.②

当一切烦嚣稍静寂之候，

我们面色益形苍白，

（但口里还挟着笑），

心的摆度益形仓乱，

怕夜色张皇

空间变成孤伶。

停了，心的琴，

话儿也少了，

惟残照之余光，

---

① 本诗曾先行载于1925年10月4日《文学周报》第193期。
② 德文，约翰·沃尔夫冈·冯·歌德（Johann Wolfgang von Goethe，1749—
1832），德国著名诗人、剧作家、思想家，除诗歌、戏剧、小说之外，在文艺理论、
哲学、历史学、造型设计等方面都取得了卓越的成就。题引出自歌德《罗马哀歌》
（*römische Elegien*）第三首，可译为："亲爱的，你别后悔这么快就委身于我。"

徘徊在你指环上。
他给你什么忠告，
我得你若干爱怜？

可怖的夜之阴险，
益觉真实而沉重，
我们须得逃遁么？
但愿守候到晨光齐来，
如同看你盟誓之变迁。
亦不消心灵去解释。

海风嘶啸着，
欲求我们心灵之军
去防御时间的电掣，
迫我们谈笑一二阵，
遂忘了这惨淡的要求，
是以任其周而复始。

否！我们多爱淡紫之黑影，
徐徐地迁动而阴险，
如两心不可思议之秘密。
若有月儿半升，

村庄顿成银白之箪，

更何须睡眠去恢复倦态。

我多惯摩挲你尖锐之指头，——

创造世界之利器，——

Caresse①里同时操了运命之机枢，

愿从此攫取这可怜之心去

早晚里观察其断续之气息，

或能寻得残暴与忠实之裁判。

欲在你半阖之眼里，

伸说我们之侥幸，

但你仅用半阖之睨视，

我遂明白"Plus tard"②

纵灵儿插翼，

只能在稀弱之桥上徘徊。

不惯紧抱的臂里，

我已传到你肌肤之余暖，

不可信之吻的芳香与忠告，

---

① 法文，爱抚，抚摸。
② 法文，太迟了。

正消融心头之宿怨；

况裙裾之折①的迷离，

给微风多少翩翩之舞。

你指点远处的流萤，

用星光比我们之生命，

但云儿向不认识之空处飞跑，

如我们青春之无定的飘荡。

更有松儿在山后狂笑，

正倩黑夜去战抖我们细小之心。

在这海浪似的浅草里，

有多少蜥蜴与蚯蚓盘踞着。

正如人在城圈里匍匐，

但他们能随季候去歌哭，

不像我们空为时间诱惑了，

张手向Jeunesse②狂奔。

尽有这远树平原高丘之瀑布，

若不与你同赏玩，

① 此处"折"疑应为"褶"。
② 法文，青春。

他们于我是枯死的；
诚因以童之爱给了他们，
便一溜烟消散以去，
即微嘶之虫声亦不再到耳际！

年日之军飞跑着，
愿意地带我们之avenir^①前来，
纵光曜如晨曦，颓黑如阴雨，
我们都怕与他相见，
因"明年今日"之不足信，
如同你多泪之眼的可疑。

星光渐渐稀少了，
或朦胧如新妇之面幕，
四围夜气之冰冷，
欲肃杀万物鼾睡之声息，
惟汩汩的流泉低唱着，
唤我们循何徐步。

我们无估价的生命之泉，

---

① 法文，前途，未来。

亦如他们无休止地在夜里工作，

直到一个山谷之墟处，

便留恋着花草之华，

但年日之军飞跑着，

愿意地带我们之avenir前来。

阴灵在远处嬉笑，

似欲渡空谷前来，

你无意抚慰我战栗之心。

但沉思着如孀妇，

以是我们比肩傍着，

一切空间的颤音全凭我们心之节奏。

我的心厌倦了一切荣誉，

赏赐，追求，羡慕，与虚伪，

惟愿你冰冷之手，

在我掌心里片刻变成温暖；

炎夏里向海潮洗刷哀怨，

金秋里爱柳梢之鸣蝉。

但我每感到生命如此孤独而短促：

便欲求你一个说明：

长林的nymphes^①何时休歇跳跃，

肮脏之地壳毕竟化作天堂，

万头攒^②动之人们，

终不扰乱我们情爱之温睡！

可以已矣！纵我的诗笔，

无力使你灵儿发亮，

但你每以"大""小"来做我的形容，

遂觉完了一切描写之工。

况我们谈话时，

口里还挟点笑！

松 下

日光带影前来，
摩挲骚人的短发
骚人是我，
心头的是神之血。

华其涣矣，
奈被时间指挥着，
踯兮躅兮，
谁眷恋此长别！

小草无意低眠，
行云随兴排列，
回首沉思：
安得长与松风萧瑟。

红鞋人^①

在Café^②所见

杂沓的嬉笑里，

声音顿静寂了一阵；

人造的灯光，

闪烁了二次，

终显出眩眼之蓝黛。

万头引颈，

收叠了几分气息，

于是徐徐地，墙角里

红鞋的人蹑足来了，

深黑的花冠，

琅珰的环佩，

多色的胸褙，

如雨后新虹之工整；

稀薄的轻纱，

朦胧地似无力裹住乳儿，

几欲狂跳出轻纱以外；

---

① 本诗曾先行载于1925年9月27日《文学周报》第192期。

② 法文，咖啡馆。

头儿微侧，手在腰间驻扎；

用脚尖作拍，以是狂跳了，

从东角跑到西隅，

有时曲着背，张着两手，

一半嗤笑向人，如野人之骇愕，

但从不忘记脚的节奏。

俄顷乐人呼的一声，

舞的形势，亦顿变了，

tambourin①亦开始拍了，

吁，几裂耳膜之音，

四座的人益形担心，

觉得千金一刻来了，

红鞋人不过转着，转着，

终久旋转着，tambourin拍得更形厉害，

劳作之热焰，

使伊心房跳荡；

眼里满装欲焚之火焰，

（多么好看之技

将如何去收场）！

但伊像忿怒的神气，

---

① 法文，长鼓。

461

脚儿微带点停的意思，

拍的一声，倒了去了！

僵卧着，如悲剧之殉教者，

手儿无力，

向地板上懒洋洋地摊着，

蓝黛之光，顿成黑暗，

像给人多少诗意和死之回想似的。

吟 兴

呼呼地，
远市的闹声，
拍拍地，
心的抨扒。

左右踯躅，
欲量房子
的长么？
眼儿向空一望
没什么好看！
闭着罢！
太黑暗呢。
按住方椅坐着，
侧侧头写呵，
奈眼泪全泪了纸幅。

叮咛

如你的声音像黄鹂般啭，
必定春来高了半音符；
但眼睛的流丽，
岂因晨星反照之光？
一切疑惑忧郁，
早为Jeunesse①所抛弃，
林中看海潮向我们疾笑，
浮沫在脚下徘徊，
这岂容时光一瞥以去么？

常梦见你停锚在夜色之海里，
我的蓬莱遂随落日而光辉，
我们携带心头多年之秘密而来，
正预备作最后一次的了解。
因梦幻太形短促，
白发之端有无限催人的意思。

---

① 法文，青春。

吁！紧抱我一点：
将气息错乱血儿疾涨，
使我感到幸福之始末。

如我的梦魂有时奔走到
少年欢爱记忆之场，
是因你"宽宥"之无效。
听，我们岁月之行程，
正从此时开始，
且拭未干之眼泪，
舍去心头之mystère[1]，
调合我们兽性之冲突，
这岂容时光一瞥以去么？

且希望一切是明瞭清白与超脱，
生命带点欢爱之影子，
大自然给我们季候的警告，
火焰之光导我们远去，
两个形体溶合在一个曲线里，
更何论什么色彩。

---

[1]　法文，奥秘。

吁无关怀过去的朦胧，

且紧抱我一点，

使我感到幸福之始末。

墙角里

墙角里，

两个形体，

混合着：

手儿联袂，

脚儿促膝。

喁喁地，

喁喁地，

分不出

谈说

抑是微笑。

——你还记得否，

说仅爱我一点？

——时候不同了，

——我们是

人间不幸者，

——也可以说啊。

声音更小了，

喁喁地

惟夜色能懂之。

前　后

在你未来以前，
天空站着残照，
行云鳞散，
山涧泪流，
牧童的歌儿
也仅给人兴叹，
蛙儿噪了一二次
更是伤情。

在你既来以后，
海潮能自调音韵，
夜枭伫看月儿西去，
晨光的温暖，
修养诗人多情之眼。
麦浪的农田里，
日光眩人视线
游鸥在远处呼人。

晚　上

淡红的灯
在深黑的夜里
温暖的你
在我冰冷的怀里。

话儿寂寥了，
但唇儿愈接愈近，
仅稍停气息，
便听到两处的心琴。

广阔的裙裾，
抹杀了珠鞋的美丽，
欲低头去掀时，
发儿又倒下来了。

窗外秋风嘶着，
似恨人间多薄幸，
伸你油腻之手去
攫取一切已失以归来。

草地的风上

昏睡的平野，

惟有风的气息，

草茎随兴乱倒，

如海波欲掠舟子以去，——

一望无垠

似失了天涯归路，——

如失恋之夫的呻吟，

对明月兴叹，

欲倩自然找寻赔偿；

又如破屋瓦砾中，

随死之猫的尖叫，

毫毛为血腥胶着，

尽力作最后之悲鸣。

吁！

何来这战栗人们之魔力。

给 Z.W.P.

"Cette âme qui se lamente

En Cette plainte dormante

C'est la notre n'est—ce pas?

La mienne, dis, et la tienne."[①]

在未来的晨光里，

我的青春哭泣着，

——吁，面色多么苍白，

如落伍之乐人！——

你在面庞里嗤笑，

但我心头沸腾了，

当我对斜阳兴感，

你能为我的partisan[②]么？

手按着额儿，

恐惧这可怖之热汗，

---

① 法文，题引出自魏尔伦的《倦怠的狂喜》（*C'est extase langoureuse*）一诗，可译为："在无声的幽怨中／这黯然自怜的魂灵／它属于我们，不是吗？／属于我，啊，也属于你。"

② 法文，信徒。

虽说情爱如墙壁般坚实，
但谁挽住这微笑的电掣。

虽是我的心，
每次多带衰老之迹，
如灵儿得了若干安顿何！
宁随荒草之原远去，
指点胜景给你，
举目一望，
更可见昆仑积雪的反照。
我们若扶杖西去，
定能抚苍松而恸哭，
细问自然与人之冲突；
若我们热烈之心房，
因此行而冰冷，
更有谁能负咎？

问 答

——容我再吻一次
在你黑溜之眼里，
因他们是哀哭之源。

——否，他们是
你的眷恋与仇怨之爱子，
你将因之污损诗笔之毫。

Ballade[①]

我心是阴处的鸟窠，你若如倦游之莺般
疲乏且敛翼前来休憩片刻；
此处你将听到夏蝉之歌，草虫跳跃之声
息。
我们愿丑恶之世界，化在我们起居里，然
后据其上座，尽取一切自然之供给为情
爱之培养。
或沿海岸远去看孤屿之荒凉，但恐你心
将痛哭着，
总之，我愿如孩童般不倦怠地作一百句
呼唤直至得到安睡之藏所啊！
吁，日光斜照着，我心是阴处的死叶么？

---

① 法文，叙事诗，叙事曲。

柏林Tiergarten[①]

"Et que c'est l'heure ou meurt à l'occident le feu,

Où l'argent de la nuit à l'or du jour se mêle."

Emile Verhaeren.[②]

无定的鳞波下，

杈丫的枝儿

揽镜照着，

如怨老之歌人。

水禽散了队伍，

怕打桨的烦嚣

独在幽草深处，

唧唧地商量好久。

---

① 德文，动物园。

② 法文，埃米尔·维尔哈伦（Émile Verhaeren，1855—1919），具有国际影响的比利时象征主义诗人，素有"力的诗人"和"现代生活的诗人"的美称。1883年因发表第一部诗集《佛兰芒女人》而大获成功，被誉为"佛兰德风土诗人"。题引出自维尔哈伦《神圣的夜》一诗，可译为："这是西方的火焰寂灭的时刻，／黑夜的白银和白昼的黄金交织纠缠。"

靛蓝的天空，
为偷闲之晚霞占着：
饿狼之群的长形，
旋变为出征之军旅。

眼帘渐觉朦胧，
怕不是炊烟散漫？
吁送点萧瑟之声来，
游子失了归路！

日　光

你，鲜艳之日光
照了她晨间的晓妆，
复环视伊午后的倦睡。
何不给我一点消息。
我心正张皇着，
怕入其朦胧之梦。

呵，这无根的烦闷，
是远隔这妇人的烦闷。

Paroles[①]

我们几曾认识，

海之来源！

止桨杆儿来往，

遂无意地安排了。

黄叶随秋落地

原命运要如此做，

若能惹人一点伤心泪，

也许再上枝头。

别地的高山远树，

岂不识世纪上的悲欢，

若念到草长春风，

更如人痛哭崎岖之命运。

生命之河流上，

---

① 法文，话语，格言。

缺点顾盼的时光，

况拉手疾走，

足音在远处筑然。

韦廉故园之雨后

孱弱的野鸟，
在枝上喘着叫，
欲唤静寂醒来；
惟草茎
落点残泪，
说不愿意。

春流涨了几分？
恨无舵夫指点去，
杈丫之枝张着手，
交给我们全部清新。

该写云的行么？
他们像猬务匆忙，
朝天之东角走去，
欲看他们何处相逢，
恨被短墙遮住。

恸哭之因

我心房的
惺忪之夜里，
夜枭闻大地之气息
而歌唱了。
远远地，
有溪流之呜咽，
应和着；
新月探首山后，
同看此谐和之律。——

究有何等侥幸，
生长于这有花有爱的人间，
侧耳听承认的之音响，
看夜儿流乳色之泪
在残荷里。

情爱仅有片刻的价值，
爱我的孩子，

行近一点，

我们的残年，

既在青春里

下了待获之种子。

你的言语，

多么空泛与虚饰的飘荡；

如牧童之笛，

在夜候恐吓狼群，

旋复自变音调。

曲径之空地，

为游鸟的翼与

通红之野花蔽塞着，

情爱之神驱车过时，

将折其辐辏，

终在我们屋后勾留而长叹。

如说生命开始美满，

不如说其是谐和，

你一个微釐之因，

带来我无数恸哭之果。

时光飞跑了，

不必关心，

仅记取你初次呼tu^①时，

既带来我无数恸哭之因。

---

① 法文，你。

如娇嗔是温柔

如娇嗔是温柔之向导，
我们尽可不管时光的过去，
他们仍躲在松梢私语，
吁，我太不明白Divine①的结构：
黑夜之丛来稀弱之炬光，

  何以脚上封满土尘，

  倦了游么？

  就从此乘舟车，

  览山川之胜罢！

斜阳将生命镀金
清流偏增灵儿的寒度
欲在下意识里问上道的，来人
何时可明白这潜力。

  何以脚上封满尘土，

  倦了游么，

---

① 法文，神圣的。形容词"divin"的阴性形式。

就从此乘舟车，

览山川之胜罢！

在生命的摇篮里

在生命之摇篮里，
向左右荡着，
朦胧欲睡，
局促欲逃，
吁何等离奇的故事。

且停止一切进行，
融洽所谓善和恶，
把聪明之头颅，
向潜力去索解，
吁嗟，amoureuses flammes[①]。

"休管什么没衷肠，
只许你我情投，
做个遨游侣伴，
若有太白诗才，
更可杯酒三千。"

---

① 法文，多情的火焰。

戏与魏仑（Verlaine）谈

（自 Sagesse[①]二辑）

魏仑说：Mais ce que jái, mon dieu, je vous le donne.[②]

——吁我以先执了理智的警告，怕来

此生强之故里，迨后偷偷眼儿，迷

妄了，张手向人走去，吁，我以先执

了理智的警告。

魏仑说：Vous connaissez tout cela, toutcela.[③]

——最喜欢肝胆相照，更愿他听我心

拍的全部，——呵仅为他的拍，——

纵为大道张皇为青春兴叹，最喜

欢肝胆相照。

魏仑说：Toutes mes peurs, toutes mes ignorances .[④]

——若能清理一下，也许寻出点潜力

火焰与真理，夜儿多么萧索，山麓

---

① 法文，智慧，才智，明智。
② 法文，可译为："上帝，凡我有的一切，都给你。"
③ 法文，可译为："您知晓这一切，这一切。"
④ 法文，可译为："我之所有的恐惧，所有的无知。"

魑魅待人，若能清理一下。

魏仑说：Voici mes mains qui n'ont pas
travaillé, voici ma voix, bruit maussade
et menteur.[①]

——攫取多少baisers[②]之温柔，摸索腰
　　围的轻瘦，吁，几许细腻之工作。
　　若我的歌唱无催眠之可能，则谈
　　说更成空泛：即到海儿失却来源，
　　我们情爱终如长城久峙。吁徒攫
　　取多少baisers之温柔。

魏仑说：Noyez mon ame[③] aux flots de
votre Vin fondez ma vie au Pain de
votre table.[④]

——老旧的机能，新颖的情欲，纵不消
　　愁亦涨颊充肠而去，吁，谢这老旧
　　的机能。

---

① 法文，可译为："这就是我没有劳作过的手……这是我的噪音，阴郁的、骗
人的声音。"

② 法文，"吻"的复数形式。

③ 此处"ame"拼写有误，应为"âme"。

④ 法文，可译为："把我的灵魂浸入你（指上帝）的酒的波涛，把我的生命在
你的桌上的面包上建造。"

盛 夏

阳光张火焰之眼，
监督着全空间之辗转，
人与牲口和花草
尽在酷热里蠕动，蠕动，
他总是在高高处笑着。

他所爱的橡木，
沉睡在足音人语中间，
像饮了风光之滴而深睡，
鸟雀叠了羽膀息了，歌唱之心
静候"日落暮山紫"之来。
——他们爱惯了三月的烟花，——
短林无力招微风
前来嬉戏，
长松厌倦了紫黛之峰的远眺，
草虫不耐根底的蹲伏，
幸影儿给了他们多少安慰；
湖水惟有反照，

但非黎明之鲜艳的光景了，

芦花欲进水底去找清凉，

奈沙凫偏要与他们絮语。

Idée①

强硬的Jeunesse②，

为平庸之幸福

而降服了：

睨视超绝之丑，

招手Amante③之同情。

流放之眼球，

退却在时俗之邱上，

孟浪之心田，

蹲踞在诱惑之下。

彼此能得多少摆脱么？

时向黑夜嗤笑片刻，

因幸福多建在Mensonge④里，

若真理之军

---

① 法文，想象，印象，观念，概念。
② 法文，青春。
③ 法文，恋人，爱好者。
④ 法文，谎言，虚幻，假象。

能特别攻打，

或可解去心头之重负。

海　浴^①

浪儿欲把

你细弱之躯卷去，

幸辗转在我臂里。

若非水光潋滟，

你定能顾这娉婷之影，

使我羞赧而远去。

荇藻纠绕到你肌上，

小鱼回旋冰肤之后，

吁万物同此爱美之心。

线以曲而益美

心以冷而愈热

况你我头儿趱着

---

① 本诗曾先行载于1925年10月11日《文学周报》第194期。

如闹声静寂片刻，

定能听到海神之歌，

或同去作她们之兄妹。

欲寄语脚下的沙泥，

但他们随踵散乱，

吁何以舍此Magnificence^①！

————————

① 法文，慷慨，大方，华丽，豪华。本诗发表于《文学周报》第194期上时，此处法文词汇为"inguefienc"，没有这个词，疑为笔误或误排。

远地的歌

"Otriste[①] triste était mon âme

A cause[②] à cause d'une femme.

Je ne me suis pas consolé

Bien que mon coeur s'en soit allé."

P. V.[③]

往日梦魂里，

有心在浪头跳跃，

风随静寂休憩，

轻新之手，

许折花朵以投赠。

今日梦魂里，

---

① 此处"Otriste"拼写有误，应为"Ô triste"。
② 此处"A cause"拼写有误，应为"À cause,"。
③ 法文，题引出自魏尔伦（"P.V."为保罗·魏尔伦，即"Paul Verlaine"的缩写）《我心忧愁》的前两节，两句为一节，第一节与第二节之间应空行隔开，可译为："哦忧郁，我的心在忧郁／为了，为了一位淑女。／／我无法安慰自己／尽管我的心已经远去。"

有低语在纱窗下，

落日略上帘钩，

归燕随风唧唧：

情爱须爱眼泪的洗礼。

老弱之希望，

在岸头哭泣，

几直至消失的印象。

来往在辞别的凄清里，

吁！何来永无休止之回声。

呵！Jadis①，告诉我何处流落了，

那点舞秀裳而歌的人，

那点挽住黄昏之芳香？

如今所留住的，

仅心儿能听叹息之余哀。

纵未能历许多

春冬秋夏，

但心头所留季候之教训，

比残雪新花

---

① 法文，往昔。

还要真实。

吁！许折花朵之手，
何处是你
不可认识之动作？

Am Meer[①]

Daus une barque d'Orient

S'en revenaient trois jeunes filles

Trois jeunes filles d'Orient

S'en revenaient en barque d'Or

　　　　　Ch. V. Lerberghe[②]

风云变幻的天之下，

海儿明灭地美丽着，

用他的狂呼冲闯

与多惯飘流之浮沫，

吁，世界吸饮之觞，

有银鳞之鱼广杳百里，

长鲸曝背，

压海浪而成回澜。

---

① 德文，海滨。

② 法文，查尔斯·范·莱贝格（Charles Van Lerberghe，1861—1907），比利时象征主义诗人和作家，用法文写作。题引出自莱贝格的《金舟》（*La barque d'or*）一诗中的第一节，可译为："在东方之舟上 / 有三位年轻的姑娘 / 三位来自东方的姑娘 / 坐在金色的舟船上。"

你，上帝之爱子，

何以眷此绝港，

忘却与落霞微笑？

我，思慕蜃楼的人，

蓦地闻①到你咸腥之气，

心头遂满着欲望之毒，

与飓风之狂暴；

夜色来了，

我将御轻衣，

徐步荇藻与蛏蚌之岸，

任微弱之雾

泌余鼻观，

我终久朝向你，

守候这阴险之大计，

吁给我呜咽之哀吟，

漫漫长夜中之变态，

除掉星烛之光，

我是你的信徒了。

有时我闭目沉思，

梦见多少长发之墨客，

---

① 此处初版原为"开"（繁体为"開"），应为"闻"（繁体为"聞"）。

环住各大洋之岸而泣，

像找寻什么似的，像失掉什么似的，

呵，这等不相识之可爱者，

终未得到你的回答，

浪游的云，

又偏把新月之微光掩住，

使他们失去微笑之动机。

我初出茅庐的人，

但明澈了所谓真理，

满足了需求，

只候白裾之女前来，

——她有如你水色之白的手，——

我们将约略申诉衷肠，

然后睹看群鸦蔽空。

吁，依庐而望老田，

张手向我而长叹了。

夜归凭栏二首

"Un air fragile et triste un peu simple
et discret comme un aveu."

H.Spies.[①]

一

舍灯市的辉煌，

归冷清清之暗室，

按着方椅欲坐，

但无心屈这两膝。

望望长天尽处，

橡林倦极睡了，

一种不可测之恐怖，

在心头益形长大啦。

---

① 题引出自瑞士诗人亨利·施皮斯（Henry Spiess，1876—1940）《遥远的歌》
（*Chanson Lointaine*）中的第一句，可译为："细弱且带点忧郁的歌，朴实而谨慎，一如
自白。"

何须侧身东望，

已丧了无端的豪气，

若与黑夜私语，

恐更增点宇宙之谜。

我看不见什没，

忘却一切憎和爱，

震荡在冰冷之摇篮里，

一半哭泣一半入睡。

二

镀金的草场，

为不忠实之月色管领去了，

若流泉黑夜而休歇，

芦苇便失去酬唱之侣伴。

我站立愁惨之景象里

听空间一切生动之痛哭，

因笑声卒去不可再来，

情热之泪永在生命之前路。

穿过浓厚之林里，

赞美春来之花草站立着，

与夜行者微细之光，

似上帝给我们之vraisemblable^①。

前来！反照之湖光，

何以如芬香般片时销散；

我们之心得到点：

"Qu'ést ce que je fais en ce monde?"^②

---

① 法文，逼真的事，可能真实发生的事。
② 此处"Qu'ést ce"应为"Qu'est-ce"，整行诗句可译为："我在这世上何为？"

预　言

何须否认与强词，

去，我的孩子，

——幸福之找寻者，——

我的闲散，

是你的胜利了；

但老夫孱弱之手，

欲试拉这

Banale[①]之索，

若我手儿流血，

你的颈项

亦恐带伤痕了。

去，我的孩子，

——幸福之找寻者，——

你有黄金色的背，

像斜阳在那里

---

① 法文中有"banal"一词，意为"平庸的"，"banale"是"banal"的阴性形式。如作"平庸"解释，上下文似乎讲不通。此处疑似一个专有名词，但其语种和含义均不能确定，待考。

留恋而入梦，

但我何敢有所寄托于你，

只倡Divin①之力，

无使心儿张皇，

身儿发抖

以老夫孱弱之手，

试拉这Banale之索子。

---

① 法文，神圣的。

人说江之南北

人说江之南北血战着！
他们原想试明生死，
或欲在生命里富贵。

多少Mal au coeur[①]的人，
想超越这短促之行程，
何曾摆脱最后的一筹。

笑完了么？饮食足矣！
俄罗斯人僵卧着，
任阳光雨雪去凭吊。

此是黄昏的事实，
到夜里高枕回思，
"何须否认与强词"。

---

① 法文，心坏。

人和天使烦闷了，

在此生存竞争里

何处去找一公道。

应联合耶氏之门徒，

再牺牲流血之情爱。

"Pour moi, C'est égal."[1]

---

① 法文，这对我都一样。

冲 突

我侧耳听一切音响，
张目视一切色相，
但爱的消长
非耳目所能及了。

若于你看来，
世纪的繁华，
风前的火焰，
惟舞蹈里可索解。

天蓝色的眼瞳里，
像晨光驱车来了，
若欲导我远游，
闭目定是罪过。

我即是你？
你何曾是我？
同摸索这方圆

各浸润在命之滔流。

我惭愧去继续此生了，

你给我多少爱怨的镠辖，

（还须别的证实么）；

吁，与他们相见是无勇气了。

吁我把她杀了①

吁，我把她杀了，
用无捉鸡之力的手
把她杀了。
Madamé②！
你还有什么话说么？
纵其是一枝小花，
可爱的妇人，
抑颠连无告的不幸者；
但我既把她杀了！

曦光星散，
夜色纷来，
都不关生命的账，
惟总望看看。
吁我忽想念这个人，
在伤感的一秒间，
但je l'ai tué sans penser.③

① 本诗曾后载于1926年12月5日《文学周报》第4卷第253期。
② 法文，夫人，太太，女士。
③ 法文，我随心将她杀掉。

511

Hasard[①]

我吻鲜花之萼，
是于无知的唇
遂产生罪恶；
我怕更患伤寒，
遂裹胸襟远遁
但逃向何处？

汩汩的清流漾着，
我凭眺了一会，
仍是首途，
越人间的曲径
赏大自然的嬉笑，
导我前路的，
是老旧的hasard。

---

① 法文，风险，危险，冒险，偶然。

海　潮

海潮从远地回来了，
他们有疾徐的唱，
闲懒的动作，
惜带来舟子之幽怨
为远山之紫黛收去了。

他忘了一切年少之盛况：
——野鸥在浪头追随，
灯塔向人回顾，
暴风雨之夜里，
遭难者裂喉而哭；
曙光下之雾气，
蒙蔽着沿岸野人之视线，
又或在清新月夜里，
落魄的诗人，
划着古船徐渡，
俄而猿声四起，
他遂抱头痛哭

胆儿也破了！
又或成群之海寇，
越好望角而西，
图他们杀掠之大计。

吁，上下古今
总是这一出，
你最能一瞥而见，
但还我既往之春来：
平淡的沙坂里，
彩色的蛏蚌，
掩映我面儿使红，
你好嬉戏着绕住我脚儿。

"似曾相识"似的，
从无去意！
但我当时渴望着，
所爱的小羊归来，
是以一听到他叫在山后
我遂狂跑了，
并忘却给你什么辞别的话，
如今重来，我们几不相识了，

你虽老了一点，
但闲懒的动作与疾徐的唱
我们是惯听的。
再见！我将在远远处望望你，
携手是不必了。

凉夜如……

凉夜如温和之乳妪，
徐吻吾苍白之颊，
游风无语独上梢头去，
蟋蟀欲挽流萤同住。

夜与日阔别之片刻里，
有神奇的永远之颤响，
惜我心头满贮悲哀，
忽略了这等声浪。

虽然，她忠告我什么：
我晓得么，你晓得么？
用我们纯洁的笑！
Adieu[①]！池塘，秋柳微弱的钟。

---

① 法文，长别时用语。

有 感

如残叶溅
　　血在我们
　　　脚上，

生命便是
　　死神唇边
　　　的笑。

半死的月下，
　　载饮载歌，
　　　裂喉的音
随北风飘散。
　　　　吁！
　　抚慰你所爱的去。

开你户牖
　　使其羞怯，
　　　征尘蒙其

　　　　可爱之眼了。

　　此是生命
　　　之羞怯
　　　　与愤怒么？

　　如残叶溅①
　　　血在我们
　　　　脚上。

　　生命便是
　　　死神唇边
　　　的笑。

---

　　① 本节诗在初版本中与上一节没有空行隔开，但据整首诗的诗意，本节疑应为独立的一节诗，此处似应隔行分开。

心为宿怨①

心为宿怨跳跃着：
谁爱这垂杨，
夜如死神般美丽！

我爱短歌的叠句，
只怕梦了重来入梦，
即泣哭亦无谐音可言。

湖光的反照
仿佛有先贤失望之笑，
何日光终给余哀思？

明天是可爱的盛年，
何曾向人倨傲此一生。
吁！绣袍重缝。

究没多少罪过，

---

① 初版诗集目录中所列诗题为《心为宿怨》，内文所列诗题为《心为宿怨一首》。此处诗题与初版目录保持一致。

但抱歉是迟延了。

去罢！笑声呼唤与低吟之音。

耳儿……

耳儿仍清澈，
眼儿仍流丽，
惟心儿全无勇气
欲与傍晚之歌声同萎靡。

手儿攀折枝条，
欲痛饮花心之露，
迨狂蜂略叠羽膀
我觉这是自然的一桩罪过。

盛年的初春，
我的灵起居在老旧的故宫里，
但随着季候流泪，
如伤兵溅血在平野。

总之樵渔之父，
——工愁的"自然之笛子"，
在迷妄的人道之歧路里，
无力踵先贤之足印了！

一瞥间的灵感

广大的闹声，
随夜的军旅遁去，
长林再不愿听！
音乐是不美丽的了，
嘲嘲切切
如步兵之革履般整齐。

一线的红光，
欲挽世界的崩颓长住，
奈寒气的光辉
发出摇空之哀吟，
战栗那远海与死都。

瀑泉中断了，
空看山谷入梦，
你，抚慰低林的歌者，

Soyer aimé！①如同寡妇之爱子。

你靠近我的孤愤，

如舟子随海岸扬帆而去。

你开我沉思天国之门，

震荡我心爱之芦苇，

秋燕向你洗濯身躯

以继其远道，

奈成群的羽影下，

带满我生前之哭声。

你年青的自然之使者，

给了诗人多少眼泪，

更何须哀苦！

我欲偿还你心爱低吟，

Mais combien?②

我们去！

认识那可靠之山灵。

① 法文，可爱些吧！
② 法文，真是无法可想（无能为力）吗？

我一天遇见生命

我一天遇见生命
奏芦笛在悬崖之窟，
我因太愤怒，
忙了问其缘登之路。

"我同你一齐去"，
寻什么安慰给我？
干燥的荒郊上，
有饿莩颠沛之迹。

孩子们通来了，
因他们从没见过，
伸手，张罗，追踪恐慌，
我说：自己去创造新的罢。

all things-all things,^①

①　英文，一切的一切。

我可以在黄昏之微光里明察，

但每次到夜影四合，

我便不忍久坐而凭眺。

彼之Unité^①

当他倦游归来
留下点：

　　　　忘情的勾当

　　　　在懊悔里，

　　　　任何地点，

　　　　任何欢乐的Moment^②，

　　　　他总找美丑的

　　　　裁刊，

　　　　生命的价格与归宿。

当他倦游归来
留下点……

随后他泛船走了，

全为Unité！

从山之源头始，

芦苇之岸壮其行色，

---

① 法文，统一性。
② 法文，时刻。

526

独自一人呵，

但何等伟大的一遭！

夜之来

黄昏正预备

死后之遗嘱，

残风发出

临终之sanglot①，

无力再看其

苍白之脸。

海是青青的，

麦浪欲赤还棕，

归燕的平和之羽膀，

像是生命的寓言，

一团林鸟的噪声，

便使长林入睡，

音乐是不美丽的了。

---

① 法文，呜咽，抽泣，啜泣，哭泣。

小　诗

我欲如黄鹂般歌唱，
但恨带了人类的哑喉，
就在坠落之年
亦不能为乞食之工具。

我初流徙到一荒岛里，
见了一根草儿便吃，
幸未食自己儿子之肉。

隐忧是恸哭之原，
但恸哭时把隐忧掉了，
我的梦想，睡罢！
你眼非天使之眼，
足非武士之足，
何以明察星斗运行，
抑与虎狼驱逐？

此行，此句

原欲写你灵魂之崩败

但濡笔时

我先自心酸了。

休管情爱是生死的铁链，

抑斧钺的剪伐，

你我两心爱了

便互为永世囚徒。

Baiser①是远行的重负，

惟心灵能流其热汗，

不待肥沃土地之种植，

在éternité②里开片刻的花枝来。

我聪慧之眼与心，

引诱一切真理前来，

惟有情爱之美丽，

囚住我青春之自决，

我手将不再承受别的寄托，

因这全是我的财富。

---

① 法文，吻。
② 法文，来生，永恒，永久。

如忧戚不使我衰黄，
欢乐便勾留在我心深处。
我其爱千回的软笑，
抵此血泪长流？
吁我太辛酸了，
在此斗室之围里，
愿把一切幽怨
附给四月的春草茎上，
和风引野鹿来时，
直把他们吞去，
我以是为落魄之人。

à Gerty[①]

(Avant de venir[②])

呵，你为我命运之仇雠，

其紧抱我片刻，

如青藤之拥乔松；

我饮尽波端之沫，

仅洗去余幽怨之一部，

而后起者又在心狱之门呼喊了。

骄傲之小骑兵，

你识蜂的歌唱与蝶的飞翔么？

他开始就唤你的名儿，

振翅便学你蹁跹之舞，

至其余的游戏

于你是太残忍了。

我呻吟着随此孤舟远去，

我攀缘着登裸体之崖，

---

① 法文，给屉妲。Gerty是Gerta（屉妲）的爱称。
② 法文，来临之前。

人说"沧海桑田"时，
泅泳的人点滴血腥在河里
愿我们联为一体
不负朴质的初心。

你的幸福在我心头凭吊，
我们的青春各寻归路：
伊在前头的呼唤之音，
变迁其故国凄惨之哀求，
愿整余黄铜之甲，
遮住这一切诡诈之偶然。

以羡慕情爱之眼，
睹看江水之勾留：
浪儿与浪儿欲拥着远去，
但冲着岸儿便消散了；
一片浮沫的隐现
便千古伤心之记号。

欲求此生的永远，
惟有我们的名字销失在人间，
然后舞蹈在浅草的中央，
离去一切记忆之束缚；

月儿半升时，

我们便流泪创造未来。

冬

"Par un temps grisâtre d'automne,

lorrque① la bise souffle sur les champs,

que les bois perdent leurs dernières feuilles,

une troupe de canards seenvages②,

tous rangés à la files,

traversent en silence un ciel mélancolique."

Chateaubriand.③

我所期候之冬季来了，

地面承受这死叶之黄

至他们的悲哀

全像我们之幽怨

埋伏在心窝之底。

---

① 此处"lorrque"拼写有误，应为"lorsque"。

② 此处"seenvages"拼写有误，应为"sauvages"。

③ 法文，题引出自夏多布里昂《基督教真谛》一书中的一个段落，文体为散文，可译为："在一个浅灰色的秋日，当北风吹过田野，树木凋落了它们最后的叶子，一群大雁（原文为野鸭）排列成整齐的行列，静静地掠过忧郁的天空。"

535

当日光在东方嘻笑，

勇敢地睹此孤冷之世界，

如千人骑之威武，

权丫的细枝

无力诉新发生的悲哀了。

寄语篱边的清水，

长睡到春笑回来，

因龙犬的夜吠

惊动一切灯下的劳人，

冷气更锁住心的怦拍。

欲哭的新月，

披衣向果园回望：

石子战悚在墙根，

薄雾进了灰死之重围，

准备夜来之盛宴。

吁，冷冬，你来自天边，来自地心？

寄宿在我们心头，

用往昔僵死人类之威武，

重战栗零落的诗句：

时而丧气痛哭，时而向空长叹。

我们的欢乐，
随秋声销散了，
如流徙囚徒之远去！
每值夜雨孤灯
便梦想旧游，嬉笑与滂沱的泪。

何以你有沉静的心灵，
娴懒的工作：
微风赶着池水冰冻，
雪花重演老旧之舞，
细雨抹煞芭蕉的烦闷。

正在这时期之开始，
我心头有摇动的火光，
如临流灯塔之明慧，
暖我无血而劲健之四肢。
……

Fontenay–aux–Roses[①]

（巴黎城南）

此是人间忘却的乡土，

海潮呼啸不到的一角，

任人做谦恭的梦

听笨重之车的鞭声！

你没有挽斜阳之短树，

和小鸟聚集的场所，

——我岂不遇见一次？——

惟风儿打窗催睡。

雨雪也试来往阶下，

似曾相识？惜去年的

此情此景没我赏鉴，

便挨到今年的这样了。

---

① 法文，巴黎西南郊一小镇名，可音译为"丰特奈欧罗斯"。这里是1924年初李金发与德籍妻子Gerta（屐妲）结婚的地方。此诗题名字前半部分意为"万泉起源之处"（词源为拉丁语），后半部分源于17世纪起此地广种玫瑰以向路易十四宫廷进贡。故此镇名又可译为"玫瑰之乡的万泉小镇"或"丰特奈玫瑰镇"。

无论其寻求，偶合抑勾留，

我岂为点缀你的风光而来，

一根枯叶的摆动

既颠倒我内心的谐音。

你微弱的山后之光，

岂能使我再成灰赤？

每次台①首远望低首沉思，

遂听到青春屠杀之叫喊！

我顿足遇枯涸之池沼，

认识沉沦的砂石之相

如倦游之海鸥归来，

叠羽数波光闪耀之华。

如要爱此枯树红墙，

必先同情沉寂之夜：

几根颓死之青光，

叩我生命之伟大的疑惑之门。

---

① 此处"台"疑应为"抬"。

呵Gerty[①]，其以假发饰你头儿，

如天国白衣之群仙，

且敲案儿作歌，

定能领生计之神秘。

无哀侥幸之来，

无望突兀之去，

几次私语的微颤，

是我们永远之忠告。

看，雾儿四合了，

但我们心灵终永明澈，

纵生离死别，

无带此风光入脑海里。

---

① 法文，人名，是Gerta（格塔，李金发译作屐妲）的爱称。

多少疾苦的呻吟……

多少疾苦的呻吟，
几许狂乱的笑，
同发生在喉里，
于我全为悦耳之音。

一群叛乱的牲口里，
鞭儿肆下，
到血儿流落时
乳酪也成了。

希望得一魔师，
切大理石如绵絮，
偶得空闲时
便造自己细腻之坟座。

O Seigneur[①]!

———————————

① 法文，上帝，天主。

我为生命之火焚烧了：
雪白之臂绕着腰，
吁，"彼胡为乎迟归"。

你们尽驰向田野，
但无学采摘花草，
给你一点情爱之因
生命遂如散兵般错杂了。

我可爱之盛年悉销散了，
最初的谊友亦疏冷了，
失去了可恃之force[①]
留下这肿痛之身躯。

如少你的拥抱，
我四肢更临风冰冷，
心儿因贫血而跳
睫儿因疲乏而下垂。

何等可怕的一遭，

① 法文，力气，体力。

少女！你最晓得的，

我们伫看命运之张牙，

吁，开始太迟收束太早？

Adieu[①]！虚饰的头颅，

——何以满了普天之下——

奇形的面孔，

我看见你欺诈的微笑了。

燃我们的火炬，

整我们的革履，

任在一个海啸之崖端痛哭，

我们可领略Univers[②]之伟大。

不怕突厥的强暴，

更爱日耳曼之子孙；

努力爱护自己之萎靡，

远去黄金的诱惑。

周围一切的香，色，花冠，

---

① 法文，长别时用语。

② 法文，天下，世界，全球。

543

是老旧之生命的调子，
欲明白来日的大难，
须逃脱偶然的纠缠。

使我伤心的
再不是深夜钟鼓之音，
野兽的叫喊
是诗人之凝视。

玫瑰是童贞女的荣幸，
恶魔嗤笑的种子，
每在炎夏的荫处，
送点温爱之香给我们。

当她花片半开时，
是带来给人类之忠告，
无待刺儿伤了手，
成就你梦想之颓败。

青天远海引起我的思慕，
他们的反照如你眼瞳的莹莹，
明澈的一阵微笑，

引得我青春在清晨张皇。

我爱！我全生活在你低唱里：
人所羡慕的，人所忘却的，
如沉寂中之狂夫一叫，
其安慰我胜于甜蜜的言语。

尤愿埋头在你掌心里，
得到我血管一时的沸腾，
若再不明白你所有之忠告，
则你语言的音乐里定断了一弦。

我从荆棘的小道里，
找到你如赤日当空之情爱，
我的衷肠焚烧着
愿痛饮你眼泪之余滴。

我伫望天空晴和与明丽，
但每受细雨之揶揄，
欲听你琴儿的调音
但每轻步在裙裾边走过。

人说爱情是虚空的狂叫，

两性里决斗之枪声，

我全没意见于此

因你给我baisers craintifs[①]及baisers fous[②]。

我从荆棘的小道里，

找到你如海潮四泻之情爱，

呵innocent[③]抑esclave[④]，

老旧之字句将窒死我？

你唱，你笑，你与我接着唇，

似眉端还挟点遗恨？

每向你心河之两岸徘徊，

但见月光在浪头嬉笑。

何不认识你在当年！

呵承继的女孩，

乘机紧抱我们青春之臂，

远处的旋风将迷我归路，

① 法文，胆怯的吻。
② 法文，疯狂的吻。
③ 法文，天真的，纯洁的，无辜的。
④ 法文，奴隶，被奴役者，奴颜婢膝者。

远处的旋风能干枯我的唇，

将催我心儿频跳，

上帝将教我奔走人间之沙漠，

但无与你辞别的勇气。

在你饰锦带的头发里，

有往昔深夜之暗色，

他给我之凄清枯死与萧条之音，

全交付你的天真去美化。

窗户开了旋关，

因晨光太扰人倦睡之眼，

当我仓卒披衣时

你眉头还带点徘徊之思。

呵孩子！何以有此痛哭，

你觉在怀抱里孤寂么？

张开你灵魂（不仅是眼儿，）

我们正在上帝手里活着。

肉体全是空泛，

况趁时衰落的颜色，
应在世界的远远处，
找人所忘却的乐土。

地上的勾留全形短促，
小小的时间，
扫除了生活的憎爱，
苦痛，羡慕，追求与坠落！

是！肉体全诱惑我们，
导进华丽与情痴去，
终于驯伏了，
还信能达到无限。

且紧拉这等幸福，
留心待解的重负，
呵孩子！何以有这些痛哭，
你觉在怀抱里孤寂么？

死

我明白了死，
因我看见过人尸
他们在东京水里浮肿着，
点缀宇宙的
一角了。

死！如同晴春般美丽，
季候之来般忠实，
若你设法逃脱。
呵，无须恐怖痛哭，
他终久温爱我们。

"任他们去
找寻所亲密的，
最后一次失望，
——抑生计的问题——
呵母亲！
全辜负了，

我明白了死

因我看见过人尸”。

即去年在日耳曼尼

呵厄运与不幸之过去，
你复遣送雪花与明月前来，
我曾见他们几百次，
每次仰头兴叹，
——即去年在日耳曼尼，——
似欲表白生命之神秘，
和不驯之眼泪。
孩童时之痛哭，
尚可拭之以娇小之手，
成人之泪，
殆如海的波涛了。

我是谁？
红颊的人，
为永远之纠缠裹着足，
我总结我所有，
四肢张皇了，
我何以疑惑！

发在深夜变色么。

如远海的狂风，
能以时间之铁索，
锁住我的幽怨，
说：不任他们死去，
那孤冷的中天，
将成我的安慰。

虽然，此等空泛的印象，
拖带着一线微光，
厄运与不幸之过去的呼声，
在苍古的甬道里回响。
我该屈膝了，
如闻天之高处之神的乐。

我心灵如此积雪之笨重，
压着多惯飘荡的死叶，
使不得挥霍地遨游。
我心不再唱失望之歌，
他们既在每个黎明里降服了。

我心如停流之溪涧，

有钩搁之败叶堵着，

远地的羊群归来时，

（呵远地的羊群，）

更无吸饮之地。

他怀抱有海的幽怨，

舟子临礁的狂呼。

muses①的哀病！

但终于何等美丽：

崎岖之岩壑站着，

倦游之鸟筑细草之窠，

狂风夜来

扒枝儿成韵，

吁，竟培养我的隐忧。

且咬这面包，

对天光坐下，

听星斗的运行，——

他们为世界的时钟，——

你外衣将反照

---

① 法文，文艺女神缪斯。

唇儿带点紫黛，

此时有何物感到：

明日是圣诞，

人仍是祈祷而悲戚着。

大地深睡着，

我看见他的轮廓，

听他的鼾睡，

任他休憩么？

就在这黑夜里，

我将沿河徐步，

找那一座明丽之乡

安置我多骨之躯壳，

——岂不是荣幸，——

保全一臂之所有

更何他求，

况她所唱的民歌里，

有野人的海名。

呵你是秘鲁的美人

"Si douc ques[①] un animal

Si petit fait tant de mal"

Ronsard.[②]

你低唱里

有断续的句：

呵你是秘鲁的美人，

生长在Titiyamtata am Titikakasoe[③]……

那边一大树，

树上一苹果，

我非常愿意要……

我们一齐去罢

那面牛乳与茶是美味，

---

① 此处"Si douc ques"应为"Si doncques"。

② 法文，皮埃尔·德·龙萨（Pierre de Ronsard，1524—1585），法国最早用本民族语言而非拉丁文写作的桂冠诗人，被誉为法国近代第一个抒情诗人，尤其是他晚年所写的《给爱兰娜的十四行诗》，被认为是他的抒情诗中的精品。题引出自龙萨的诗《被蜜蜂蛰过的爱神》（l'Amour piqué par une abeille）中的一句，可译为："如果这么渺小的动物也犯下这么大的罪过。"

③ 西班牙语中秘鲁的地名，中文可译为"蒂蒂亚姆塔塔·迪迪卡卡索"。

拥被同睡在指环里……

他们训练了几十年，

枪炮还比粮食多，

如今一个不留存了……

不肖的媛媛儿阖眼睡罢，

我既长大了你何以年轻，

妈妈将留心你的饥渴……

屋外的水池里，

鳄鱼尾巴摇空，

谁晓得他要怎样……

犬儿在月下吠了

呵倦怠的游行者，

何不于日落之前赶到我家里……

初　夜

沉静包围着房屋

微风在瓦面嘶着，

没有再好的谈笑

去拘留此一刻，

我们的命运变迁了，

寺钟敲时

——吁上帝的语言——

冥想远远的乡土，

微细的期望

多么identiques①多么proches②。

人的命运变迁了，

往昔我若何孤冷，

今也，扪微扒的心。

呵，远地情爱之公主，

---

① 法文，一致。
② 法文，近。

557

前来观察我们之Exil[①]。

我折叠你在怀里，
臂儿在胜利者颈上摸索，
情爱岂不是生活中仅有之oasis[②]，
微笑为棕榈之荫的清新。

天空的星光，
反照着一切人间之有生命的，
呵，他笑我们微细与fugitifs[③]；
所有热泪与血心终永流着，
谁明白生活的原理？
情爱岂不是仅有之oasis，
微笑为棕榈之荫的清新，
沉静包围着房屋，
微风在瓦面嘶着。

---

① 法文，流亡。
② 法文，绿洲。
③ 法文，短暂。

胡为乎

少年诗人说：

quelle douleur en moi!①

呵，你的怯懦，呻吟，

且看新清的港湾里，

日光在浪头跳跃，

白鸥随飞帆招展，

黎明预备晨妆，

参与此一日与世界之盛会；

鸡群随风高唱，

岂有伤感之思；

更有短树绿丛里，

鹪鹩正铺张新巢，

斑鸠将在高枝呼唤，

送人一点春思，

锄你的园地，

纵不收成

亦得坟藏的模样。

---

① 法文，可译为："我之身是多么痛苦！"

559

上帝——肉体

有强硬之心的大神，

其管束我的年少，

瞻望我的烦闷恐怖与伤情，

我欲胜利，

但每举步为仇雠左右着；

你知道我收束若干战争，

逃避了昏睡之眼的妇人，

建立孤独的伟大，

如今"肉体"阴谋着。

多么palpable①，inevitable②！

将如海的蒸气般销散，

生命于他

似乎丝毫不值了！

他据我的王座，

时远时近，

心头微想便有不可信的狂跳；

---

① 法文，可解知的，明显的，可见的。

② 此处"inevitable"拼写有误，应为"inévitable"，法文，不可避免的。

他欲如天星之光，

照耀一切无限，

至少管领生活的担心与创造；

他如探海灯的一瞥，

欲于黑暗里有所明察，

高瞻远瞩，

寻罪恶之赃物，

为永久之嫉妒，

但终于无益。

他在我灵魂里

留下一伤寒使我兴感；

如一日之哀伤，一夜之情爱，

他于是在那里睡了，——

有微星嬉笑的天空，

轻衣之女的低唱。

失望的少妇，

望着海涛痛哭——

如同自己的故乡。

他明欲有所占据，

但终于无益。

风

欲寻高处倚危栏
闲看垂杨风里老
            沈尹默[①]

"Les vagues blemes d'Uelin roulent

dans la mière; les vertes collines

sont convertes de jour; les arbres

secouent leurs têtes poussiéreuses

dans la brise."

                    W.Wordsworth[②]

尽在橡枝上嘶着，

欲用青白之手

收拾一切残叶，

---

① 沈尹默（1883—1971），中国现代早期白话诗人之一，后转向旧体诗词创作。题引出自诗人的《玉楼春·苔阶深处无人到》。

② 法文，威廉·华兹华斯（William Wordsworth，1770—1850），英国浪漫主义诗人。题引出自华兹华斯的一段话，但法语疑有拼写错误，第一句不可释读，从第二句起大意为："绿色的山丘覆满阳光，沾满尘土的树梢在微风中摇曳不止。"

以完成冷冬之工作；

至于人儿，

为老旧而辛酸之印象缠着，

颓萎欲死。

尽在橡枝上嘶着，

总是愚人的揶揄，

不仁者的诮笑，

辽远的海岸里

慈母屈膝伸手狂呼，

泪儿随波远去

润其失掉的爱子之唇？

尽在橡枝上嘶着，

孟浪地挟归雁前来，

他们的羽在我故国里变换，

落下残败的在河干，

没有人留心此诗意，

因他们去了重来。

尽在橡木枝上嘶着，

他重问我曾否再作童年之盛会！

我失去了温背的日光，

牲群缘登的曲径，

此地片片的雪花，

在我心头留下可数的斑痕。

尽在橡枝上嘶着，

你的呼声太单调而疏懒，

仅引我心头抱歉之狂噪，

而思想与欢乐之谐和，

光明与黑暗的消长，

惟上帝能给我一回答。

尽在橡枝上嘶着，

夜色终掩蔽我的眼帘，

深望此地的新月钟声，

与溪流之音，

给你一点临别之伤感，

然后永逃向无限——不可重来！

雨

轻盈而亲密的颤响，
是雨点打着死叶的事实；
你从天涯逃向此处，
做点音乐在我耳鼓里。

这种连续的呻吟，
沉在我心头的哭泣，
我愿死向这连续的呻吟里，
不用诗笔再写神秘。

我在故乡的稻田认识你，
不过那时我年纪尚小，
你湿了我的木屐儿
不拉手便微笑着去了。

那时你欲河水骤涨，
拼命从屋后的林里下来，
终于无益

鱼梁仍显出大半！

河水骤涨！有什么意思，
至多浸坏几块粟田，
你思想变迁了
终来此地作连续的呻吟。

如果认识你是故乡的一个，
我们或是老友
告诉我游行所得之哀怨，
增长此心的血痕。

记取我们简单的故事

记取我们简单的故事：

秋水长天，

人儿卧着，

草儿碍了簪儿

蚂蚁缘到臂上，

张皇了，

听！指儿一弹，

顿销失此小生命，

在宇宙里。

记取我们简单的故事：

月亮照满村庄，

——星儿那敢出来望望，——

另一块更射上我们的面。

谈着笑着，

犬儿吠了，

汽车发出神秘的闹声，

坟田的木架交叉

如魔鬼张着手。

记取我们简单的故事：
你臂儿偶露着，
我说这是雕塑的珍品；
你羞赧着遮住了
给我一个斜视，
我答你一个抱歉的微笑。
空间静寂了好久。
若不是我们两个，
故事必不如此简单。

听，时间驰车过了①

"Que ta poitrine, en lents

mouvements, se soulève

Et que parfois aussi, sous

l'étreinte du rêve."

V.Kinon②

听，时间驰车走过，

谁都无法挽留，

一概全褪色了

印象，感情凭吊。

深睡的人，

你心灵平静了，

---

① 初版诗集目录中所列诗题为《听，时间驰车过了》，内文所列诗题为《听，时间驰车走过》。此处诗题与初版目录保持一致。

② 法文，维克多·基农（Victor Kinon，1873—1953），用法文写作的比利时作家和诗人。题引出自维克多·基农的《致睡者》（A celui qui dort）中的两行诗，可译为："你缓缓起伏的胸脯，鼓起来了，而在梦的驱使下……"这两句不是一个独立的语段，而是引者割裂原诗的结果。

昧于所有之经过：

沉寂在四周跳跃着，

建设一层堕落之气。

钟儿狂呼要求解放，

但星月都挟着冷酷而来。

以琐碎的余光，

在窗头诡笑，

一片紫黛的平原，

还作他们的从犯，

板脸道人短长，

天空虽有水晶色的希望，

但全无花枝开放的消息，

惟犬儿狂吠，

——这值得什没，——

几激怒冢中的幽灵。

试想想太白的

"黄河之水天上来，"

生命是挨眼泪的东西，

抑现实的梦境？

试想想不见真面目的庐山，

试想想商贾齐集之Honolulu^①，

那你就睡不着了。

① 地名，火奴鲁鲁，即檀香山。

将来初春的女郎

"Who ever lov'd, that lov'd not

at first sight!"

Shakespeare[①]

（一）

如开窗的季候来了，

我将偕你

同坐园中的板凳，

——裸体或拥轻纱，——

听 Cou Cou[②]的唱，

蝶群在浓阴的道上，

调弄露臂的女郎，

她们有万千

不可摸捉的情思，

---

① 英文，题引出自莎士比亚（Shakespeare，1564—1616）的诗文，意为："谁曾经爱过，那份爱会不会一见钟情？"
② 此处"Cou Cou"疑为法文中的拟声词"coucou"。

（如你将睡时之惊醒，）

无从解释的疑问；

浅草似给她们多少忠告，

但鲜花又引人入梦境，

前面高高的，

是去年积雪时平冈，

鸦儿曾盘桓了一夜，

今也散满了玛加利的新蕊，

顿在风光里占了一些儿位置。

她们采集了若干干折的花片，

全是为投赠用的，

于今春色重遍人间，

也无勇气再动手了。

（二）

在弦声弹出的月夜里，

银白全布满枯瘦的园林，

风儿不来，所以空间全不受扰乱，

云片每欲与月儿嬉戏，

——遮住他半晌——

但神魂不定的她们

全开了窗牖，
曲肱远眺：
回想那不可多得之印象。

迟疑不进的梦境！
偶闻野花之香入袖来，
遂泪珠儿点滴了，
呵可贵的少女之泪珠儿。

黎明时所有

　　　　载石的车儿

角，角，角……辘辘

　　　　铃声（送食物的）

铃铃……

　　　　犬儿

唔霍唔霍……大杀[1]风景了，楼上的少年

正寻梦中诗意，……唔霍……你是人间

可怜的忙乱者。

　　　　太阳（在窗里一望）

前面的橡林叫我快起来，人们一望见我

便张皇着，有的赶快穿衣，有的面变紫色，

（不晓什么遭遇，）玫瑰儿则在园里拍手

狂笑。呵，真是乐天知命的蠢才。

　　　　叶上的蜗牛

夜色没给我多少事物！你又来此地摧残，

仅藉着一点光的力，便扰动了我们！

---

① 此处"杀"疑应为"煞"。

苹果树

也给我一个热力，雪儿太使我们权丫了。

犬儿

唔嚯唔嚯……今天风儿既不狂呼，总有

较好的光景……面包也多吃一点。

山麻雀

几天不见了，有什没新闻，我才从罗滨孙

山里回来，那面人都预备圣诞。

　鸭儿兔儿鸡儿（一齐唱在园中笼里）

去，去，一齐去！我楼上的诗人欲流涕了……

我的轮回

"Nous sommes les enfants soumis

Des siècle si souvent promis."

J.Noir[①]

你是我的Métempsychose[②]，

万恶中最良好的一个；

细小的心房，

无爱憎亦无仇怨，

穿着轻纱在风前摇曳，

我说你是此地的女王：

你有时哭泣，

像塘边的垂杨，初见秋来便皱了眉头，待

冷冬来了，又无袍褂可穿，于是哭了，

你有时疾笑

---

① 法文，题引所在的完整诗文无可考，字面意可直译为："我们都是允诺过多的一个世纪所属的温顺的孩子。"题引作者J.Noir不可考，或许是一位诗人，以李金发所处的那个时代猜想，疑为19世纪或更早的一位诗人。

② 法文，灵魂转生。

像野外思春的女郎，她们弹着四弦琴，和
Guitare①拉手环跳着，先唱国歌，后来唱"呵
你生长在Titiyamtata②，"调子变得太骤，无
法谐合，于是笑了。

你有时娇嗔

像啼血的杜鹃，他看见春去重来，没得到
多少乐趣，又落红满径了；黄鹂无力同挽
此狂澜，于是嗔了。

你有时疏懒

像傍晚的浮云，也不留心斜阳送来几点
红，更无心与夜儿作战，只望海涛之狂叫，
于是懒了。

---

① 法文，吉他，六弦琴。
② 西班牙语地名，疑为秘鲁的一个地名。

给一九二三年最后一日

我们长别了，盛年的末日！

你逃归上帝创造之手，

我徘徊着待他们的号召。

切莫忘记此等凄清的交情：

你的清晨从平地醒来，

带着疲乏的眉睫，

驰逐那神秘万变之黑夜，

山峰无意吐出一线微光，

雾儿遂张皇抽身去了，

但浪头又继续产生；

风儿高兴了，

唱儿阕refrains^①，

战栗细草编成宫室的鹪鹩，

我们长别了，盛年的末日！

你清新的四月——五月

充满着醉人的神气，

---

① 法文，（回旋曲等）叠句，结尾有叠句的曲子。

不关心的大小鸟儿，

都翔翱的歌唱，

像欲在青天里作一画稿，

——但谁去着色呵；——

那矮林的浓阴，

开手便摩挲我短发，

蜂蝶儿暴动着，

似欲在这世界里另设自治机关；

流泉也变了哀吟的腔调，

在毡褥似的草地上偷闲，

那时我正在日耳曼，

执笔疾写这等诗意，

你并不给一点忠告。

以是一切光景都飞跑了。

我们长别了盛年的末日！

你将在几十钟头内，

与我永诀，

无重见亲属痛哭，

无懊悔此来的虚度，

这全是自然一桩罪过。

后来的千万亦同走你的命运。

我们长别了盛年的末日！
舟车伫候着你上道，
我得到你赐我的侣伴，
——多能歌唱——
既不孤寂了，
亦预备不再哀戚，
抱点勇气与他们那些
作今日与你一般的长别。

狂　歌

在漫漫的长夜里，

我独自与我心跑着，

因车儿折了轮

马儿坏了腿，

就是上帝的惩罚呵。

我逞什没？

赤红的空拳，

打倒他们的王座！

他们是两个三个——四个，

一齐站立着多么丑恶，

在风前摇曳多么丑恶，

吁何以死得这样早，

从此挨到西班牙去，

他们许我一座王宫，

幸福即是流落！

更何须"烟酒加非檀香扇。"

在漫漫的长夜里，

我独自与我心跑着，

道旁的深黑里

是当年接见天使的地方。

你以为真的天使么？

她不过是简单能微笑的美人，

后来变成我的骑兵，

我们常驰骋原野与海岸，

但她变了女英雄，

一去无踪了。

一无所有

落日为了晚霞而嫉妒，

还想有半秒的回顾，

奈毛发愈散愈赤

颊儿亦涨红了，

只得羞赧地掩面而去；

锄稻田的领着牲口，

最小的咩咩地跟在后方，

归鸦衔着小枝，

呼的一二声

欲在黑夜来时示其威武，

黄叶经此一日之训练，

四肢更形软冷，

山谷最爱的紫黛，

亦暂变成灰暗。

游玩与劳作的人悉去了，

流泉只弄自娱之单调，

若明月能给他一片反照，

幽草定临歧洒泪，

呵这是我笔儿哀吟的时光。

在海天的空处，

一无所有，

不成片的行云游冶着，

似欲与鸟羽比轻重。

可是浮鸥拍浪去了，

精蓝的水色，

是他们晚妆与宴会之乡，

归舟激出的浪花，　（Oh nerf noir![①]）

像伤心人的眼泪。

海水是不驯服的，

有时专向坎坷的岩石攻打，

一种呼啸的声音，

使得山谷全发怒；

但终为深黑笼罩着；

仅闻覆没者远处的呜咽，

呵这是我笔儿哀吟的时光。

风儿在窗外赶着雨点，

---

① 法文，嗬，黑色的神经！

585

屋瓦发出报复的呻吟，

长林惟有灰死之色，

给远山凭吊。

一切全哀死了，

草茎无力举头四望，

石级咬牙耐此残冬，

我们席坐在板凳，

看此不可摸捉之变幻，

用云底的阳光曝背。

这是生命与情爱呼吸的交点，

呵，这是我笔儿哀吟的时光。

Mal-aimé①

"And forget me, for I can never

Be thine."

Schelley②

离奇的新交，骇异地听我唱

Mal-aimé的情歌，

学调奴隶齐呼之音韵。

我缠绵美丽的木偶儿

遂明垂柳痛哭的原因。

我有生活的疲倦，

眼瞳里有诅咒的火焰；

叫上帝毁灭我一切，

你终得圣母的保护。

---

① 法文，形容词或名词，不受欢迎的（人），不被爱的（人）。

② 英文，此处"Schelley"拼写有误，应为"Shelley"，雪莱，全名为珀西·比希·雪莱（Percy Bysshe Shelley，1792—1822），英国浪漫主义诗人。题引出自雪莱《女催眠师语病人》（*The Magnetic Lady to her Patient*）一诗中的第三节，可译为："也忘掉我，因为我绝不能／属于你。"

心与脏都使我痛哭，

我一定要从兹死去，

以其还作一次疾笑，

宁拉手儿乱呼。

你——及一切的人，

命运之占据者，侵伐我的门庐，

蹂躏我的故国，

将终有一天爱上你；

你生长在一个中夜里，

呱然一声，

带一种需求呼喊，

好了，你唱得多了笑得多了！

倦怠地卧着，

任发儿随风挥霍，

我在这黑影里，

或在街的角里，

或我的饭堂里认识你。

我指点你到高处去，

你仅眼儿微笑

像一出古方言的谈说；

我于是说你唱得多了，笑得多了，

我们老旧的心灵，

正在无涯岸地倨傲。

你休憩在我光影下，

如游牧者在帐幕里，

如Vergine①在长夜里。

我是人丛里出来的一个。

眉目仍无限昏乱，

你张手向着我，

交给我不可攻之destins②；

如国王在牙床倦睡，

诗人袖手沉思。

① 意大利文，室女座（处女座）。
② 法文，命运，前途。

589

投　赠

"mais qui donc referait

ces vains pélerinages..."

P.Benoît[1]

飘忽的时光里

分不清你我，

眼泪曾如海潮般流过，

如今向牺牲里静寂了。

别的留恋，——换金银的事情，

全在你广漠无涯的心！

担愁，旋转，有趣味的奔走，

我担当了，

我的女王，

回复你的故邦去，

留下点远方伤心之泪。

---

① 法文，题引出处、作者均难以确定，可能是法国作家Pierre Benoit，但没有依据。所引文字因缺乏上下文，几不可译，根据字面勉强译为："知其不可，然而，他们还要奔往虚幻的朝圣之路……"

全是欧西的湖浪，

疲乏我的桨儿；

更有山川认识的可怕，

青春留存在面颊，

衰老埋伏在心里，

趁此枯瘦的空间，

检点些脑盖的年龄。

在我诗句以外

在我诗句以外，
你还有居留的场所么？
山谷板着老脸
即你低唱亦无回音了。

流泉与明月的清澈，
游行着给诗人歌咏，
何以细弱的光影与微音，
都给我们心灵一笔账。

没有疑义，
圣园的牧童睡了。
一片苍白的平冈，
在冷风之前匍匐。

此等棕黄与灰暗的一片，
是自然仅有的心脏。
往昔的春夏，

他是不能信托的了。

此是世纪上时间的一节，
仅有心的平和能作证，
如清新与生动的微笑，
探首望扶杖飘泊之年。

何处是我们的盛年，
岂飞跑到别的海天去了？
人说远地夜织的女郎，
无力疗清晨的昏醉。

这等凭眺，
全不合算，
你多好芳香的鼻官，
岂仅能以此而入睡。

如其我爱重见明月流泉，
是因失了远地松涛的呼啸，
他们天真的嬉戏里，
告诉我浅草平湖的无恙。

（Fragment①）

指上的玫瑰，

心头的杜鹃，

与无味之短歌

是好事者玩意儿。

我叠了纸儿，

欲写人生形容之句，

蓦地一声魑魅之音，

烛儿流泪熄了。

随风去的，

是生死与疾苦的账么？

芦花哭得两颊深瘦，

瀑布高歌Hohi-haou②。

无阻止哭的，

亦无可发生笑的。

自然的安排，

比凶手更为强暴。

---

① 法文，片断，摘录，残卷。
② 法文，拟声词。

594

生之炎火

"La sottise, l'erreur, le péché,

　　la lésive,

Occupent nos ésprit et travaillent

　　nos corps."

　　　　　　Ch.Baudelaire[①]

我看见魔鬼

在黄金年岁的头上跳跃，

张牙欲啮，

于是我遨游着

接收当头的一棒。

我遨游着，

锻炼这孱弱的心，

---

① 法文，题引中"lésive"应为"Lésine"之误。波德莱尔（Charles Baudelaire，1821—1867），法国象征派诗歌的先驱，现代主义的创始人之一，被誉为现代派鼻祖。除诗集《恶之花》外，还著有散文诗集《人为的天堂》《巴黎的忧郁》。题引出自波德莱尔《恶之花》卷首诗《致读者》的首节前两句，可译为："愚蠢、谬误、罪孽、吝啬，／占据人的精神，折磨人的肉体。"

如雪花在岩壑里嗟叹，

将拉手同访此神奇：

海浪呻吟着，

汹涌地到崖石之断落处。

唈唈了一会，

产生无数青白的沫，

如"河之干兮"的挥泪，

颓萎地去了。

但有多少徘徊！

他带了什么去？

我欲与闻生的滋味，

遂欺骗一切傀儡我的坏人；

来日方长，

心头的几片红英，

就如此飞散么？

远处的天鹅，

流血在呼唤里，

可惜Diane①深睡了，

我愿摸抚其修长之颈，

---

① 法文，狄安娜，月神。

纵疏懒的游戏，（呵自然之爱媳。）

阻碍我的前程。

当然可爱，

一片赤铜似的阳光；

河流流出反照，

古松颓卧如女神，

但这等诗意的结局，

将停止心房的音韵，

眼儿失亮，

口角流涎。

我欲与闻生的滋味，

遂欺骗一切傀儡我的坏人。

我仅需要一张空地，

油腻处产生多数色螺哥，

在叶之阴处修养，

蚂蚁是太拥挤的，

蚯蚓无味！

几根草儿足矣。

举世全是诱惑

到何处归宿，

此等广大的灵魂，

我守候命运之女王前来，

使其随阳光而强干，

她休止在生强的蔚蓝天里，

伸长一切聪明人之梦：

花片随音乐之声而飞散，

盛筵之后眼泪横流。

何关紧要，

你梦向海岸哀哭，

月色之鸟儿啼唳。

且来，再燃生命之红炉，

完成守候的大计，

谁要歌唱太多，

如生灵是一片浮云？

欲以此微笑救生命，

且在静寂中少候，

看看是否诗兴坠落了。

残冬带来萎缩之冷气，

强我们促膝战栗着，

何处是温带的日光，

如黎明紧恋着黑夜。

你向我洒泪洒得多了，

给我心曲一个永远的回音，

我在辽远处望望你，

于是颊儿涨红了。

"举世全是诱惑"，

因此生的需求遂错综了；

及得到一点教训

眼泪亦流干了。

呵我们应有别种生欲的趋向，

长此笨着去么？

小小的公务盘着脑袋，

接收一点新的来！

如不能，

且找寻我们的青春作向导。

枕　边

铜笳儿一鸣

鸡群齐噪，

长夜掉了静寂

在园里去了！

我想是一日的生机，

但心房无宁息地跳，（接受此厚赐）

强疲乏的臂，

撑这身儿起来，

坐着望望，

衣襟外的冷气，

用疾视睁人。

彼人半片嘶嘶的睡声，

教人留恋，

吃语既过去了，

惟涨红的颊，

与错乱的发，

显出倦态。

还有脚儿无力，

骨根酸痛，

是春儿来了么？

抑昨天的雾儿有害？

秋　老

老大的日头

在窗棂上僵死，

流泉暗哭在荷根下，

荷叶还临镜在反照里；

归鸦痛哭失路的兄弟，

因秋气凛冽到四方

我多孔的心，

做梦在莲叶柳条上，

每个空间的颤响，

给他多少惊醒之因。

诗人，我爱你笔所看见的波涛，

浅白的溅花里

有无数银色的鱼群上下，

岩石无力作不平鸣，

不像这里秋老山黄，

路旁的杨柳与榆，

无言对此衰败

一片痛哭之兆，

围住我的四体，

如Pan神之欲笑还颦。

虽然对此垂泪的变态，

还能作笑么？

在窗牖的帘后，

（额儿靠着玻璃，）

无言对此衰败。

总之，秋是我们的忠臣，

他尽力保存我们之印象，

与生命中应销失之

最美满的一刻，

他不嫌你衰老

同款步在落日里，

他可给你一千句回答，

如你怀想远地亲热之分离；

月夜歌声之凄切，

万人成队的汹涌，

欺骗之夫的诡诈。

他又是乐天知命的一个，

葡萄成熟时，

他与faune[1]神痛饮，继以裸体的舞蹈，

（惟这时候不是我们的忠臣，）

归雁无力劝阻这荒唐，

平原惟板脸叹气……

于是他去了，

给我们几许抱歉的adieu[2]。

---

① 法文，野兽，或人身羊足、头上有角的农牧神。

② 法文，长别时用语。

呼　唤

你生长在什么田野，
神的乐土里么？
如许生理的强干，
眼瞳保存着泪影，
口里有低唱之痕，
不能忘之beauté①
无秘密亦无踟蹰。

来救我们
哀苦的时光，
你身躯的飘渺，
给人长大的恩惠。
那面紫蓝空气里，
人与兽拥挤着，
都是极力进行的表现，
每举步里有疲乏的气息，

---

① 法文，优美。

更何暇问他们的缪辖，

其变作海的波涛，

风的innocent①，

来救我们

哀苦的时光。

不能躲避在你哀矜里的，

是沙漠中干死的人，

带你田野之春气来，

解我腑脏的束缚。

你眉头全站着晨光的嬉笑。

其变作秋的闲散，

死叶颤几张残音，

多罪恶的垂条

向空间哀祷，

更可创造夜深的沉静，

你得到全宇宙管辖之权。

呵夜深的沉静之末，

像四弦琴的哀吟，

---

① 法文，天真的，纯洁的，无辜的。

仅一片聋暗之音的回环，

如少女痛哭在caresse①之下。

其实一无所有，

或仅野松鼠在枝上匍匐，

引我心惹大的呻吟，

俄而一个不相识之夜鸠，

发出一谐调之音，

如万喜中的失望。

神秘是不过如此了，

其变作海的波涛，

秋的闲散风的innocent，

给我一句无答的呼唤。

---

① 法文，爱抚，抚摸。

灰色的明哲

不必太过要求，

幸福是不可摸捉的东西，

且有万千种类，

何必食前方丈！

几点伤心的泪，

一席肝胆的话，

既胜过beaucoup d'argent[①]。

抱点童贞的痴心，

少勾留易兴感的长夜，

两个既觉太多了，

在空间肩比靠着。

况你必不我爱，

假如我是别一人。

我欲将你，

---

① 法文，许多钱财。

装饰在我诗句里，
但怕你易唱的情歌，
触动他们的全部。
因这是不可摸捉的东西。

也不必乱称老少，
两个既觉太多了。

明星出现之歌

什么一个香的曲径在你心头，什么
一个雪的铺张在我笔下？

黎明带给我允许幸福之兆，黄昏战
栗明星之出现。

我坚守着一切我失掉恩爱之全部，
惟保存着心之谐音与呼唤你的伟大。

人说生活是随处暗礁？那么惟你的
温爱与半红的唇是灯塔之光。

大神喊道：你如此年轻而疲乏之游
行者，到何处去飘泊？没有一个山川的美
丽，如兄妹般等候着你，没有一个生人，回
复你亲密的点头。即流泉亦失望地向你
逃遁。

断　送

生角的长蛇，
折羽的鹰隼①，
呵天国所来之兄弟，
就你所找到的沙漠
让我们坐下。
听，广杳的长天，
在无主之大地里，
接受新月与微风的友谊，
时日多了，
自然夜狼与豪狗，
撕散我们的躯体，
抛掷残骨在炎日之下，
接受新月与微风的友谊。

---

① 此处初版原为"准"，应为"隼"。

我舟儿流着

我舟儿流着，
亦如此其久了，
不恋眷两岸的明媚，
纵他们在耳边齐唱；
远地的微招之手，
是所爱候我于河干。

不打桨到与海交流处去，
波涛是恐吓生命之利刃，
宁回到如狭港之横塘，
因欢乐只勾留在片刻。

"无重见你所梦想的王子，
他们多皱了眉头，
束手听黄莺歌唱，
暗想道：青春是与我无分了。"

我觉我舟儿流着，

他们又皱了眉头，

在一个无力的清晨里，

执笔写这等诗意。

星儿在右边[①]

星儿在右边，
星儿在左边，
　我们散步在中部，
　　（一个乱石的小路里，）
　被他们不同情地统治着。

　何以他们不同情，
　因月在山麓隐居去了，
　掉下我们的友情，
　留了这个给左右的星儿，
　奈他们不惯看这老旧的一出。
　往昔美丽的日光，
　在心头留下一雏子，
　欲飞无翼；
　就在这朦胧之夜里
　我梦想他所照耀的远方。

---

① 本诗曾先行载于1925年10月10日《小说月报》第16卷第10期。

我张开这赤红的心，

接收在夜间逃遁的一切，

如同你半响之忠告，

呵，我故国之女王，

在此你是没法歌唱了。

你白色的人

"Toi qui brilles enfoncée au

plus tendre du coeur..."

Charles Mauras[1]

呵你白色的人，

仅有的侣伴，

一切印象之证明者，

所有期望还在远方，

不死的颓废既在目前了。

你骇异到罪恶攻围着，

遂需要我忠实的心，

他们细弱的拍，

带有血的疾流。

他正核我们生命与幸福的账。

---

[1] 法文，此处"Charles Mauras"拼写有误，应为"Charles Maurras"。夏尔·穆拉（Charles Maurras, 1868—1952），法国作家、政治家。题引出自夏尔·穆拉的诗，可译为："你闪烁光芒／深扎在心灵最温存处。"

仅需你胸部有一微隙，

便可认识你的心，

他们鼓舞着既折之翼，

飞翔到高处去，

拣一片浮云遮盖着，

他们留下大地与月亮，

岂不是真实的投赠？

还有微笑的风，板桥的孤冷，

若我们无言相对，

我们将从此更沉寂了。

Salutation^①

我嘱咐聪明的耳

流丽的眼睛，

使幸福的平和

不致设计逃遁，

虽然，我能长此庄重担愁，

保护此一出微笑，

半颤的音响？

纵可怖的饥渴，

蓦地里警告我。

吁，命运之大臣，

我从此无力抵抗你，

倦睡侵伐了我，

在无户牖无屋底处颓卧了，

你可以左右我

如风支配垂杨；

我得赤足随你，

到无限的宇宙里，

偶然和信托地进行着。

厄运与幸运，

于我是没有别的新义了。

愿以后灵魂不再呼饥渴，

破弦时发哀音。

刚才诌笑的人儿

刚才诌笑的人儿，
和天际的炊烟，
一切从此去了！
惟海风如羊群般狂跳，
攻打我四壁，
鸟儿离了新巢，
向空中遨游着，
如鱼在浪头洗浴，
不过多给人一点乡思。

所有平原，山邱折茎的小草，
思慕脱离这残冬之唠叨，
享春气之平和，
与蝶儿在他们眉头乱撞。
惟寺钟总在远处呼唤，
他们遂无力束装了。

蔚蓝的天空，

如今尽浮云去占据，

但终于无力屯守，

向东北之天星散，

俄而散了复聚，

比夜色还要浓，

如Méduse①发后之长蛇。

---

① 法文，水母。此处可音译为美杜沙，为希腊神话中蛇发女怪。

在天的星儿全熄了

Die sterne, die begehrt man nicht,
Man freut sich ihrer pracht.[①]

I

我欲用你口儿，
制造诗句，
但所有的记忆
都消散了。

我写疾流的水，
变色的天空，
到春色满园时
再描你不驯的心。
我要你的手，
抚这伤寒之额，

---

① 德文，题引出自歌德一首短诗中的前两行，大意为："群星非你所欲，仅需仰慕其璀璨光辉。"

于是孱弱之吐气，
化为海市蜃楼。

Ⅱ

这等是你没见惯的：（带病的诗意，）
在天之星儿全熄了，
雨后千万爬虫匍匐着，
树叶儿摆着新洗之脸，
不久，小乡村抱头睡了，
还留下几盏残灯，
去支持这孤冷。
流泉收束终日的哀哭，
变成单调，
欲从此与女神私语。

Ⅲ

两个生物走着，
他们远离了乡土，
去看火红的树花，
广杳百里的鲸鱼。

夜像灵魂般空泛，

向回忆去找寻食料，

但心头有点烦闷，

遂厌恶此污浊之空气。

虽是大雪的天气，

窗儿在前面开着，

一片大地的呼吸，

进我心里蕴酿病源。

我听不到什么，

更不想到什么，

小乡村的老实之景象，

给我片刻之Eternité[①]。

IV

"岂是末次的梦想？"

怀疑的人如此思虑着！

---

① 此处"Eternité"拼写有误，应为"éternité"，法文，永恒（名词）。

一半青春的时光，
无声响地坠地了。

V

微笑之口的呼吸，
发出醉人之香气，
若无人爱惜之，
便飘渺销失在天空。

我有Surnaturel①之性格，
如残冬欲脱萼之花朵，
可惜一半青春的时光，
无声响地坠地了。

撒手罢！
此种 Mensonges②，
既残旧的调子！
我以前冲动时，

---

① 法文，超自然。
② 法文，"谎言"的复数形式。

亦如此首途去，

一样的晴天，

云儿向冈背赶着，

如今我又在这里了。

VI

往昔的春夏之交，

有鸭群在长林下，

　　半靠水的渚上。

他们游戏着——？——

如今春夏之交过去了，

我也

偿了一部时间的新账，

鸭群既不游戏在水上了。

足 音

吁，不欲看见
吾行经沙漠之足迹，
纵那时没有可怖的音响，
而大神之笙管仍奏着，
吁，游行的狂风，
其把他们抹煞去。

去死尚如此其遥，
且我不能于年少撒手，
我爱慕荣光与欢乐而来，
即照耀之铜柱忠实之庭桂，
亦给我不灭之情绪。
不愿以此阖眼而去，
昧于这永远里之éphémères①。

科头走去，

---

① 法文，昙花一现。

627

冒着风与雨雪，

呵，大神！

开始你苍古的钟声，

他将告诉我世纪之宝藏：

在北部的古城里，

宫室之墙颓废了，

蚂蚁蚯蚓占据着；

我将并而有之，

成为流徙后第二故乡。

我们风热的老母

"Croirais–tu, par hasard, que
je dusse hais la vie et fuir au
désert parce que toutes les
fleurs de mes rêves n'ont pas
données?"

Goethe[①]

你满足了意欲么？
我们风热的老母，
那面满望白色，
是否要发泄悲愤，
抑追悼少年的情爱？

你造冷我室内的空气，
使得美人全战栗，

---

① 法文，题引出自歌德未完成的诗体剧《普罗米修斯》第三幕中的一段话，与
1860年法国阿歇特出版社所出的 *Jacques Porchat* 的法译本《歌德戏剧集》第一卷的这段
文字略有不同，可译为："或许，你认为我该憎恶生活，逃窜到沙漠里去，就因为我梦
中的鲜花没有结出果实？"

无人道可言了！
若冻死齐唱的鸣虫，
泥泞之末的流水。

告诉我们到何处去游玩，
因炉火必剥地，
细诉往昔之幽怨，
钟声如战后之勇士，
倒戈直进我心房。

我们是英雄！首途去，
从你处获得一场胜利，
试敲敲这等前胸，
无丝毫颓败之迹，
所恨为你冷气盘据着。

你少妇

你少妇，
有修长的腰，
听见这音乐
何以眼见湿了？

你少妇，
有磊翠的眉头，
听见这音乐
何以背儿偻了？

你少妇，
千万人军之长，
何以在夜候谈心时
唇儿无心地聚合了？

你少妇，
诗人之笔的仇响，
重来此地时
你定不是仇雠了？

故乡的梁下

I

相思的时光，
是四月醉人的天气，
修条的荫下
浅草唤儿女席坐着。

那狭窄的裙裾，
摆在腰间荡漾，
皱纹的变幻
引我梦想神羽。

断续的谈笑，
是心头渐时的结晶，
无落泪到清流里，
天鹅正与女神游泳着。

云儿在天际跑着，

总没有情爱一半的迅速；
况往昔之梦境
朦胧在岩山凹处了。

虽然，那几不可辨之飞燕，
他单独地毁坏我的心，
因他得意的新窠，
筑在我故乡梁下。

II

"长眼角的英雄，——
道途所忘却之奴隶，——
愿拖此蜿蜒之锁链。"

当你语言温和的时候，天色是蓝的，
我的情爱贡献出他一切弱点，我们对睁
着。吁，何幸而得此长睁！
然后你说：应灭除这folies①，但我终
爱听海水诱惑之歌，所有情绪都攻围我

---

① 法文，"疯狂"的复数形式。

躯壳。

单调的日子，还有不耐烦的情绪，幸狂风呼啸着，吹去我们心边之静寂，但亦过早呵。

我认识有故园花朵坠地，阳光散其taches[①]，他们满着期望的担愁，切不可去游玩。

人能嗅到的海风里，带来池塘微笑之消息，若远山仍拥紫黛之袍来，情爱亦必比去年多一色彩。

---

① 法文，"斑点"的复数形式。

旧 识

I

我认识山谷之深，

浓阴遮住弱流，

野草低头，

怕风来伤损腰部；

有时忘机的黄莺，

天真地问这静寂，

他也念：何以季候迁移了。

昨夜的月儿，

还到平冈上问讯，

匆忙地

摸抚这伤痕。

山神——Pan①呵——

对他演个蹒跚之舞，

奏一出芦管，

---

① 潘神，古希腊神话中的森林之神，牧神。

以是季候迁移了。

II

我欲将不需要的
寄托他们，
但每个夜色来时，
我便按琴
唱那低眠的芳草。
遏人归路的细枝，
当年与他们有多少游戏，
从没有把Naïf①的期望
宣布过给他们，
不然，如今既在心头发扬光大了。

III

我欲细问爱好自然之诗人，
曾否受此劫掠：
一根花片之飞舞，

---

① 法语，天真，幼稚。

埋怨蜂蝶的狂乱；

暮年的松条，

雪花作其白发，

——岂依闾而望者？——

他们总望着平冈，

惜知交星散，

旧识的惟乌黑的黄土。

但他们是无所表现的；

晚霞组织彩衣之色，

欲在最末之一刻，

招雾车之女神齐舞，

——海浪还戏笑他呵，——

但乌鸦有点不愿意，

呼唤着天遂昏黑了。

偶然的Home-sick[①]

"L'homme n'est-il donc né que

pour un coin de terre

Pour y bâtir son nid et pour y

vivre un jour?"

A.de Musset[②]

远在天边的故乡，

往昔心房所爱之一角，

河流汩汩，

如少女临歧洒泪之呜咽，

渚后的黄沙，

为浮鸥之金色世界。

惟我童年能享那升平了。

但是，远你的此地，"自然"既不是慈母了，

---

① 英文，思乡之情。

② 法文，阿尔弗雷·德·缪塞（Alfred de Musset，1810—1857），19世纪法国浪漫主义诗人、小说家、剧作家。题引出自缪塞的诗歌《返乡》（*Retour*），可译为："人生到世间来，难道就是为了得到这方寸之地，为了在此建造他的巢穴，在此住上这一时吗？"

雪花僵冷人肌，
狂风欲掠毛发西去，
天际游行的日光，
很少露点微笑，
机械地每日监察一次，
从不解人心头的需要；
从花草齐立，
总以我为不速之客，
也敛收了香气，
像怕人攀折枝条。

但是在你的怀抱里，
"自然"是我的褓母，
飘忽的温爱，
于是能长大神奇的新气！
流水咿哦地攻打我赤足，
浓荫在薄气里休息，
鸟在枝头唱午，
羊在牧场叹气，
斯时我正欲唤你的名儿。
平冈隐现欲奔的一线，
与浮云揶揄人的两眼，

至你相逢的笑，

与慈悲之眼泪，

引我思慕别离的清晨，

可是你没给我珍重的话言。

愿我们一天重见。

（千万莫叙离衷，）

仍旧交付我

浅绿的平浦，

忠实的溪流，

低唱重逢之曲。

杨柳与槐无裙裾地

临风喜跃，

月儿将怪我

性好飘流，

复逃归故土了。

可是我有话对他说：

你只要交付我

浅绿的平浦，

忠实的溪流，

低唱重逢之曲。

Vilaine^①的孩子

Vilaine的孩子，

你是谁？

其装作美丽

除去使你Vilaine的轻纱。

我认识你

你不是丑的。

且青春的鸟儿，歌唱

　　给屋内的女孩听，

　　至于你，不需要的，

　　你有了情爱

　　同游玩在平原里。

你深海之旁的荒岛，欲因拘我的年少，你

岭表以东的村落，欲强余沿门歌唱，

　　　　山川的精华

---

①　此处首字母大写，按常理来说应为专有名词，指布列塔尼的一条河，从上下文来看似乎不通。法文中有vilain（阴性形式为Vilaine）这个形容词，意为"丑的，丑恶的"，因下文提到"美丽"，似可对应。综合推断，应为"丑"这种特性的人格化形式，犹如我们讲的"死神"。

641

　　　　随我去了，

　　　　　　还有何爱恋？

以是眷念比虚斯堡之缓流，布来尔长林

之静寂，这等培养我之女神，

　　　　　　每惯给人一个遗憾。

我该去了！

盈握的果实，

乘桴而去，

你山川的女神，

终久是我命运之辅助者么？

春①

吁，弱小而轻率的春，

你虽未暴露整体，

我既为你奴隶了

你清气麻醉了我四肢。

Timide②的平冈里，

微现残冬之去迹，

他挥泪而别之话言

我不能残忍地歌唱给你。

他交给你坎坷的枝条，

茸茸欲睡的芳草，

惟秘密我所候的期望。

我信托你能浸润我年少，

所以赤足地徜徉着，

但溪涧与长林悉注意我行踪。

---

① 本诗曾先行载于1925年10月11号《文学周报》第194期。

② 法文，羞涩。此处也可能是地名专用名词。

重见小乡村

"——Vois nos prés vertes, vois

nos fraiches[①] pelouses

où vient la jeune fille, errante

en liberté,

chanter, rire, et rêver après qu'-

élle a chanté."

V.Hugo[②]

吁，你多纹的皱额，

如今带春气的反照来，

往昔欲啮你脚跟的洋水，

如今也变色逃了。

但他们仍呼啸着，

似号召远地的卷土重来，

我眺望的视线亦变了：

---

① 此处"fraiches"拼写有误，应为"fraîches"。
② 法文，题引出自雨果《秋叶集》第十首《阿特拉斯山》一诗，可译为："你看我们的芳草地，我们绿油油的牧场，/少女前来自由地漫步，/歌唱，欢笑，歌罢还有遐想。"

紧指天际的寺顶，
亦以小鸟的请愿，
不再发凄切之音。
耳目所管辖到的长林，
亦预备一点淡青；
欲舞于此之女神，
牵裳来了；
行云懒洋洋地散着步，
无力与浸蓝之天色作战，
他们失去严冬时之威武，
引为终身遗憾似的。

我不向你诉心头的羡慕，
因他们本身既太缪辇了，
但此照我们席坐之阳光，
总该有友谊的微笑，
或既往生活的申说，
虽然，他终久诱惑我们，
所有的潜力真理与火焰，
化作一出闲梦，
如女孩歌唱后之虚枉。
吁，我能相信你，

在我小窗之口终摆着多纹之额，

与如今带来春气之反照。

烟突，矮树红墙，

悉在我眼帘里争位置，

于此富厚的阳光里，

人销魂在小鸟的微唧。

此地的风光固是为我的，

奈尚有

直趋入海的悬崖，

（似欲渡大西洋而去，）

伴夜潮在港湾歌唱，

或外观离奇之城堡，

留下前代颓败之墟迹，

时酿潮湿之空气，

欲吞食一切季候之华。

但那等尖塔和故垒，

有时指住行云之轻忽，

或平淡无奇的原野，

彩衣的游人东西散着，

像污损了山川似的。

他们不欲瓜分这自然，

只愿生活的烦闷，

从此销失下去。

或清新的夜里，

野树极力以权丫之手挽住新月，

时有独处的豪士，

弄玉笛以泄胸中的孤愤，

以是声调所经处，

景象顿成灰死：

流泉学伤心人洒泪，

风声像孀妇之呜咽！

吁我不能摸捉他们，

而且给我太多回想，

我所能信托的，

是你一带的平冈，

和不怀暴动的远树，

他们送朝阳进我窗牖，

和不明晰之微笑，

迨明月羞赧地来到，

他们亦极力代我挽留。

虽然，你千古如一日地

服此职务，

但我的行踪

是为命运指挥的，

终至舍你而去！

此刻所能亲密的，

惟你烟突，矮树，红墙，

烟突！矮树！红墙！

我爱这残照的无力

"On dit[①] ton regard d'une vapeur couvert;

Ton oeil mysterieux[②] （est−il bleu, gris, ou vert?）

Alternativement tendre, reveur[③], cruel,

Refléchit[④] l'indolence et la paleur[⑤] du ciel."

Ch.Baudelaire[⑥]

I

吁，我爱这残照的无力，

无论其深睡在古墙下，或轻率地点染在

丛林之叶上，吁，我爱这残照的无力，海儿

既入静寂之境，即细微的不平之气息，亦

---

① 此处"dit"拼写有误，应为"dirait"。

② 此处"mysterieux"拼写有误，应为"mystérieux"。

③ 此处"reveur"拼写有误，应为"rêveur"。

④ 此处"Refléchit"拼写有误，应为"Réfléchit"。

⑤ 此处"paleur"拼写有误，应为"pâleur"。

⑥ 法文，题引出自波德莱尔《恶之花》初版第四十六首《阴云笼罩的天空》前四句（即首节诗），可译为："你的目光好像被一片雾气笼罩，/你神秘的眼睛（它是蓝色、灰色还是绿色？）/时而温情，时而迷离，时而可怖，/倒映出天空的急懒和黯淡。"

不能听到，惟信托风儿赶着黑云去聚会，
组成若干不相识之外形。阳光——从其
额上穿过，并给茅芦几片反照，但在长林
后的成为碎片，在草地上呻吟，没勇气到
天涯去退守。（吁我爱残照的无力。）铜色
的天空，金色的云，铅色的山巅，漆色的洋
海，赭色的湖光，橙色的松干，深青的菜园，
都驯服在残照的无力里。

II

东角变成暗赤，他该逃了，夜色一步步地
向前，他更无力使云儿透明，只待片刻内，
黄昏老死在故邱上，吁我爱残照的无力，
烟突里吹出一片微白，向天际直奔，似欲
向若何人告急，但这城圈倦了，在我目前
欲睡，口里呷哦其疲乏的声息，——像远
海波浪冲打和群众拥挤之沉音，吁，我爱
残照的无力，以是他抱头睡了。
我们再留片刻，呵，片刻！最后的阳光将使
我们倒影错乱，或能在这生疏之地，留下
不可忘记之痕迹，然而我恐怖了，何处的

矮林，能遮蔽我四体。吁，我爱残照的无力，
何处的雾儿能朦胧我尖锐之眼。

自然是全部疲乏了

自然是全部疲乏了，
他有休憩的必要！

何以风儿狂叫！
似欲把初摆布的春色，
一齐吹散？

墙根下的果树，
捧住新蕊流泪，
张皇到无言申辩；
那一带的长林，
虽不是我们的旧好，
亦装着愁脸，
似尚少御寒之具；
平原上多么有诗意的草儿，
还耽着深睡，
不管本身颜色暗了一点，
似待阳光来了再作计较。

但他们束装来时，

既被云儿劝止，

留下这昏醉的世界，

任风儿去恐吓。

吁你无数世纪以来的长生者，

当你往昔道经Venise①的流泉，

给了他多么抚慰，

所能遇到的诗人

都掀衾微笑。

但现在你似成了叛乱的东西了，

一片暴怒之气，

几破我窗牖而来，

（虽我们有节奏的心拍，）

你曾想到深睡的命运么？

还有大洋之旁环跪着的，

是一切游客与舟子之慈母，

他们的心

直随你到好望角印度洋去，

———

① 法文，意大利水城威尼斯。

653

这不过是他们臆揣儿子的所在；

或者你既把他们摧倒向洋海去了，

这嘶嘶地的，

不是人们的求救之喊声？

（总之我从此怀疑

你无定的心肠。）

我欲到人群中

La souffrance était plus agréable

que les plaicirs partout ailleurs,

La maladie plus douce qu' áilleurs la santé.

H.Sienkicwiez[1]

我欲到人群中去显露，

不欲长此平静下去，

但觉神性尚少，

所以在暗影里款步。

我筑了一水晶的斗室

把自己关住了，

冥想是我的消遣，

bien aimée[2]给我所需的饮料。

---

[1]　法文，显克微支（Henryk Sienkiewicz，1846—1916），是鲁迅最早介绍到中国的波兰小说家，有"波兰语言大师"之称，1905年获诺贝尔文学奖。题引出自显克微支（法语拼写为Henryk Sienkiewicz，李金发拼写为H.Sienkicwiez似有误）的话，可译为："痛苦比别处的欢乐更让人愉悦，疾病比健康更加甜蜜。"

[2]　法文，被深爱的（女人），心上人。

此等小王国，
骑兵勇士都是自己，
有时炉火红着脸，
钟儿郎当地走遍天涯，
报告此日收束了；
那时我们话儿浓了，
谈了斗室的摆布，
重建水晶宫的计划；
于是敲门的未了，
穿羽鞋的公主，
这等无意的延请，
引我出斗室之外，
我欲到人群中去显露，
但觉神性尚少。

乐土之人们

我爱所住的，
不是辞别的场所，
阳光在榆枝上偷睡，
和风趁时来到。
（当她晚妆之后，）
不足信之夜色，
亦在镜屏里反照，
直到月儿半升，
园庭始现庄重之气息；
更有孤立的长松，
伴这自然入睡。
然而
有时她眼儿闭了，
我无处去说宽宥，
因我口儿不能再形容字句，
以是拥抱亦无力，
任花枝在案头萎谢，
欲醉行人的春气，
顿欲在我心头结核。

我想到你①

当天际扬尘，商群战栗的时候，我想到你
阳光送来春色，垂柳，在溪流洒泪时我希
望幸福的永远。

每沉重的闹声，海波啁啾地走，像故乡的
变故，那时我追悔童年之虚度。

当我们款步在林里，仅有细微之天空在
枝外，小鸟蹲踞在最高处，几不能明白其
所在，你告我：Silence②！那时我想扪住心
的狂跳。

当你穿轻纱走时，我劝止你到林间去，怕
与nymphe③混杂了，其实终辨出你舞蹈
之节奏，当你倦了休憩时，我渴望你有所
赏赐。

爱情不过是一滴水，亦是回声的反响，水
是易干的，回声随处销散；当夕阳西下天

---

① 本诗曾先行载于1925年11月10日《小说月报》第16卷第11期。
② 法文，沉默，缄默，寂静。也可能是人名。
③ 法文，希腊神话中居于山林水泽的仙女。

658

际带着哀伤之色，牧童的羊群，颠沛着足
在远处徐来，长林仅现微黑，夜儿带恐吓
之气息来了。我求你同叹息此日不常在。

园 中

在高高的平冈上，
我望望苍翠的远树，
雾气从那里出发，
鸟群在其枝头归宿。

在静寂的园里，
蜂蝶在花间挤拥。
一片孱弱的闹声，
引得我春心流泪。

在古墙的根下，
蜗牛冥想远征之计，
我扶他到花片香处，
触角给我一个谢礼。

在半晴阴的天气，
蚂蚁都爬到野荔花枝上，
我欲发令叫他们下来，

她们说这用不着我去管束。

在肥胖的园里，
有狗儿和兔群作主，
若野猫轻轻行过时，
他们遂愤火中烧了。

Ma Chanson[①]

远去！我梦想的情歌，
将随流结核在她心房
永久怀念你的痛苦。

但不该受旁人的呼唤，
少女之彩衣的诱惑，
你的使命是结核在心房，

四月的园林，眼睛受了阳光一滴，
尽情流泪在阴处，
呵你可以奏一得意之Couplet[②]。

至少附着在多情的物体上，
使他们发狂嗤的笑，
然后随之到远方去。

---

① 法文，我的歌谣。
② 法文，指歌曲中的一段。

无　题

重复回到春园来，

花朵有醉人的滋味了，

粉蝶惹不上一层愁

其留意这情爱之douceur①。

梨花之旁，我傍小石坐着，

任光的微波在心头荡漾，

你不在此我总带点恐怖。

吁，重复回到春园来，

你打算去享受②此一秒③的一刻罢，

任生计压住胸膛之微动么。

记取我们第一个两心相印，

只有冷冬之坎坷作证；

如今有新花美叶作头饰，

我们第一之baiser④已远去了，

---

① 法文，甜，甘美。

② 此处初版原为"爱"，应为"受"。

③ 此处初版原为"杪"，应为"秒"。

④ 法文，吻。

在山之崖，海之湄，花枝的暗
影里，无装作天外的仙女，
我正要于鸟声虫语的三月里，
用几人的资格，
享点神经舒畅之悠悠。

调寄海西头

俊俏的诗句撞闯着我欲破的心房，
他羡慕和风的
五月天，
蛮野的歌声
哄嚷在长林里，哄嚷在海浪归来处；
这春色呼唤出来的远海，
亲密了葡萄之新蕊，
麦苗之秀，野鸟歌声之夜以继日。

枕边的春
总不能导我如引港之徒，
无味！
日色的金黄，自然的谄笑，
纵有饰窗日的蔷薇，蜗牛频来问讯，
梨花白盖了曲径，
而童年之火既无推敲地熄了；
笑声亦不在远处发回响，

低吟诗句，亦不能与心灵Correspondant①。

我蛮野之年少，在

女人之抚慰里

肥胖而静寂了。

我音乐家式之指头，

欲所按的事物都发生音响，

但因自倨

和羡慕的缘故，

琴儿亦敲不成腔调了。

且看

娇袅的风，自己从远方来到，

带几片怀莪璘之残香，

或海的咸味，

绕着人站立处。

新出世的嫩芽，

向着日光取暖，

但在每个吹拂里，

摇动如新妇青色之长发，

① 法文，动词Correspondre的现在分词形式，有应和、相通之意。但现在分词在语法上属于形容词性质，在这行汉语诗中却做了动词。

小鸟亦无能在枝上久立了。

Nymphes[①]似没有死，

Pan[②]似乎重来这世界，

过去时光上之事迹亦似有再生之气。

是否她传来的新声，

我所认识的，

何时用气息暖我两颊，

何时休止暖两颊之气息？

在我们的头上，

时间是不会逃遁的，

但在每秒的一扒

我要向其眼底饮生命之甜滴。

① 法文，复数词，希腊神话中居于山林水泽的仙女。
② 潘神，古希腊神话中的森林之神，牧神。

香 水

她会汇合你皮肤的油脂，
另发生一种香味，
散布在人所拥挤的街上，
群众都忽略
惟有我能嗅到，
然而我较爱你肌肤上天然之气味。

游蜂误追了你，
但你又害怕了狂奔，
若她邀你到花间去，
你不能不先有一个回想了。

我对你的态度

我爱你的全人格，

如同海燕爱天外的回翔，

晨间的花

爱天边来的微风，

春来的新芽

爱小鸟频来践踞，

Sirene^①出浴时

爱海浪荡漾在远处，

直送舟子前来。

我恨你如同

轭下的驽马，

无力把缰条撕破，

如同孩子怨母亲的苛刻，

如同Odysseus^②重复回来

---

① 法文，应为"Sirène"，指希腊神话中的美人鱼，也即塞壬。

② 英文（希腊语的拉丁化形式），人名，奥德修斯，又译俄底修斯，是《荷马史诗》里的人物，古希腊神话中的英雄，对应罗马神话中的尤利西斯。

目击焚心的惨状。

我羡慕你如
滑铁卢归来之武士，
（且你所钦佩的，）
著作等身的才子，
如同枝头齐唱的小鸟
拍拍地同飞去，
寻觅食料或可饮的清泉。

我宽宥你
过于皇上的大赦，
当你娇嗔过分等等时，
我宽宥你像
重复追问之人
的不明白。

自　然

"d'où me vient la terreur d'une

angoisse infinie."

Ch.Grandmougin.[①]

自然之华丽，

吁，你出自什么王国，

你妩媚而雄伟之精神，

惟我心能承认及降服而歌：

"微风吹到一阵海的青光，

几点归帆的寂寞，

心灵之府毫无羞怯，

我遂朦胧在蟹蛤之丛里。

"奔腾的浪焰，

到此既无余力了，

---

①　法文，夏尔·格朗穆冉（Charles Grandmougin，1850—1930），法国诗人、剧作家。题引出自夏尔·格朗穆冉作品中的句子，可译为："那里，无边的焦虑带给我的恐惧。"

惟丧气的浮沫诱惑了
日光暂时闪烁在水中央。

　"吁，欲归还住的羊群，
我从没把你描入画图，
但愿你对每口啮过花草说：
远地的诗人有幽怨。

　"挽着臂踯躅得远了，
（怕去洋海还有一万里，）
话言的头亦打断了，
我们于是在林下翘首而望海潮归去。

　"俄而月儿冉冉的出了妆台，
此次既不蒙倦态了，
无言地从草地而枝上，
直胆敢地入我们怀抱里。

　"月儿挂在天际，如同
挂在枝上，
像一颗银色的果属，
引得我生命之渴沸腾了。"

杂 感

鸟雀儿飞翔在空间，
我心灵飞翔在时间，
每句钟远走五百年，
沉思时便看见宇宙之源始。

时间是与我休戚相关的，
我心头若有遗憾，
则春的珠丽于我是死之种子！
长林之后站有颓墙，
颓墙映出海之深厚，
情爱的焦点就在那蕴酿出来。
呵，火热之拥抱，
在我记忆里作祟，
（惟松梢与夜莺能作证，）
而今仅存窗外的荒凉。

我过于工作的眼呵，
何以微有生意，

是否柳枝儿重向蓝蔚天娇笑，

是否矮林上之雪花消散了。

是否时有倦容之月亮，

重与波浪轻亵地调戏了？

否！你瞳里既不再存一点精光，

一切青春之微笑熄了，

吁，我的蛮野的年少，

在爱人的臂边肃静了。

重复回到春园来，

花朵有醉人的滋味了，

粉蝶实惹不上一层愁

留意这情爱之douleur①。

我听到是什么声响，

不识认的么？

我已觉到你气息之热，

从风里送到我颊上。

你曾试舞了一下

臂儿像蛇儿般揉着，

---

① 法文，忧伤，痛苦。

身躯如同不可自支的软柳，

无意中发一醉人的笑。

异国情调·诗

无依的灵魂

（一）

错落如锯齿形无主宰的峰峦，
在朝曦下像吐出喘息的寒雾。
在枝头颤动的最后的残叶，
预感到宇宙的不幸，
瞟下最后的一瞬，
信托它的骸骨给寂寞的句容。

（二）

赫尔泰在晨钟敲过后，
口中念着上帝的祝福词，
划上慰安灵魂的十字在胸膛。
慵懒的黎明之光辉，
不断抚摸这少女的康健之颊，
她的腰肢，充满青春的潜力。
她的爹娘，将灵魂付托上帝，

吻了爱女的前额，皱上眉头。

这战争的威胁，

没有渗进天真者的血轮，

无挂碍的口笛摇曳在晴空，

虽然野雀已敛息了歌声，

但山岳已布满隆隆的回声，

田野里有牲畜乡农在奔窜，

佃户的茅舍，已化为融融的光花，

成群的褴褛人挥着热泪，

遗下不能动弹的老亲，桑田，

死神的巨掌，野蛮人的大刀，

已在数里外飞舞了。

（三）

霍夫曼牧师，挥着颤动的手，

开始祈祷，诅咒这不人道的侵略，

他神圣的使命，没有完成，

大神了解他纯洁的心灵

该忍痛离开这如玩具的家园，

《圣经》挟在腋下，他的妻女，

像失了聪智似的

680

蹒跚在老仆行囊的周遭，

赫尔泰小心扶着老母，

披肩随风飞舞

刺人皮肤的冷风，告诉她体温没有保护，

吹得她如在仿佛的梦境，

没有呼号，除了猖猖的犬声，

在辽远的山腰丛林中，

随着如潮水奔腾的

沮丧如丧家之狗的

乌合的人群，朝向金陵。

（四）

献身上帝，是二十年前的时光，

没有过罪恶的恐怖摧残，

北国史托荷姆的故乡，

宁静得像初夏的柳塘，

兄弟们企望着他们

带着天赐的光荣回去

美丽的赫尔泰，是骄人的宝物。

（五）

颠簸到秦淮河畔，

已不是昔日酣嬉的首都，

紊乱与荒凉的外貌，

趱进他们的无主的胸怀，

不能自已的老泪，如雨地

溅在少女的鬓发之丛，

圣公会的屋宇，

像被了丧服卸了晚妆，

老仆指手画脚的诉说，

他们安心地住下，

等待援救的人伸手。

在黯淡的灯光下，

睁着倦眼，他们

计划怎样到春申。

少女到教会书院去。

老父说："你是我半世辛劳慰安，

没有你的笑脸，

上帝也不会降福这样孤寂的人。"

赫尔泰天真的泪，无声落在

抚育她十九年的手心，

如黑夜的无言，

一齐和衣倒睡在寒衾里。

（六）

朦胧中有急促的敲门声，

来人喘着气告诉他们，

这个城圈已被放弃，

千万的戍兵，将作无情的撤退，

裂耳的军号，

掩不住啾啾马鸣，

隐约的野炮声，威胁着

每一个生物，每一根草木，

老夫妇始而发抖，继而镇定，

有上帝在他们跟前。

拉着赫尔泰的手，

大氅以外身无长物，

随着人的步声，在黑夜中

奔驰，堕突投至东城根

又折向渡江的大道，

脚踝早已流血，手成了冰块，

下裳撕破，也没有反顾，

曙光反照出每个人的，

有死的恐怖的脸颜，

两旁的崇楼高阁，

已成火窟，炙人的热焰，

随风施展她的威力，

车辆在人的脚跟上滚，

人兽翻腾，在机械的心脏，

折肱流血，焦头烂额

不值一顾，数十万生灵

冲向几丈宽的城门，

无力的早在人丛压力中成了死尸，

迟缓的，已在脚下变为肉酱，

像在挣扎似在推倭，

没有人能①多大的移动，

赫尔泰紧拉着父母的手，

要转身向和平门，

但是没有移步的可能，

正在思索，一个人性的畜生，

投了手榴弹在人群，

炸成一条血肉模糊的巷子，

---

① 此处"能"后似漏一"有"字。

这懦夫便从容逃出去，

但是不一会加倍的骚动来了，

地狱没有这样挤拥的鬼魅，

天呀！赫尔泰已不能再望见父母，

他们散失了，她呼号，

她默祷，但震耳的哭声，

使她昏暗流汗

她不由自主被拥至扬子江头。

（七）

她不辨东西，不再听见母的呼唤，

红颜变成苍白，

默祝大神保佑她①们安全，

她像失了　②的小牛，

仰天凄怆，没有一个怜悯的慰问，

如蚁群的人丛，

在空地上打转蠢动，

抛弃在地上的婴孩，

张皇地哭泣呼号，

---

① 此处"她"疑应为"他"。
② 此处初版空白，疑为缺失一个"群"字。

手中的玩具已沾上泪水污坭，

无尽的人继续拥来，

落水，跳上小艇大船，

沉没失足，似水中的飞虫，

没有谁顾到谁的生死，

该不是但丁地狱中的竹筏，

赫尔泰一不留神，

已在冰冷的漩涡，寒气刺了她的脑，

一枝破桨，流到她的眼前，

抓着飘流，多量的吸水

使她失去了知觉……

（八）

英勇的战士，珍重天仙似的，

睁视着半天不醒的女郎，

用水瓶温暖病者的脚板，

冰块去减少她头上的风热，

他踯躅彷徨，又喜又惧，

天赐的美人，应是

报酬他保卫国家的忠勇。

一会，她像蛰虫般昭苏，

张着饥饿的口欲呼，

但慈和的陌生的面貌，

是她在十余年在中国稔熟的，

她爱这抗战的民族任何人，

生命得救是爹娘祈祷得来的。

（九）

骁健硕壮的游击司令傅明东，

在苦战经年的生活里，

像深水中掉下石块，波动波动，

他要保护这异国的孤雏，

把生命滚进他的生命，

这是他在传奇书上见到的天仙，

有她的影子，摇晃在脑海，

任何仇寇都够勇谋去摧毁。

父母的失散，使她悲痛，

人潮的汹涌，怕已伤害了他们，

上帝不会忽视他们半世的忠贞，

十九年哪有一天离开过，

异国青年的爱护，

使她再生，她祝福，

这充满正义的人生，

永远为他的祖国而生存。

（十）

他耐心的负着猎枪，

走遍有趣的山野，

要使她忘记痛苦的思亲，

要使她眷恋这广漠的山泽，

骑士的机智，仁教的正直，

使她忽视了大神的照拂，

在穷追野兔的一刹那，

她坐在临流的石上，

掩面流泪，抽动无力的臂膊，

良善的杀戮，感触他的无依，

她想念音讯隔绝的双亲，

仿佛有褴褛的消瘦的人形，

闯进她隐痛的心头，

于是充满郁热的躯体，

倾倒在英壮的明东怀里，

无言的慰藉，

在轻轻的推动，喁喁的劝语中，

两颗乱世心灵的节拍，

和呜咽的流水共鸣在荒野。

（十一）

在隐约的田野，卜卜的枪声中

一群铜筋铁骨的弟兄，

在简陋的草篷下，

完成这异国鸳鸯的婚礼，

赫尔泰将无瑕的爱，

交给这卫国的武士，

这个国土变成她的故邦，

明东能爱护她至海枯石烂。

甜美的岁月在上帝眼底消受。

（十二）

蔚蓝的疏星天幕之下，

一双并肩的黑影，

在谈论未来的幸福，

北国的故邦，没有过她的足迹，

她憧憬那平原上的羊群，

如练的瀑布之铮淙，

她只在图画中玩赏，

冰岛的习习之风，

吹散白发牧人的大氅，

他们计划五年后同游那里的湖沼。

上帝的启示，终久使他们实现，

无信仰的明东，也划着十字在夜神视线之下。

他的灵魂得了依托了。

（十三）

倭奴的春季攻势，

使我们的东战场激起怒潮，

每个山头伏着整千的死尸，

旋得旋失，数不清鲜血的湖沼，

失了战斗力的俘虏，

在跪地求饶的当儿，

给刺刀穿了胸，

独个儿拉着机枪向前冲，

啾啾的弹颗的哀鸣，

把刘营长的眼眶穿了洞，

毁灭的炮声从早到晚，

千万的山岳崩陷到深谷，

无情的轻骑队，

把壮士践进泥潭，

四野的喊杀声，

遮不断伤者绝望的哀吟，

天空掉下巨雷似的杀伤弹，

撕毁活跃在战壕的血肉，

受了致命伤的勇士，

开放了手榴弹在腋下，

结束他长期奋战的史诗。

赫尔泰的棕黄的戎装，

拥上尘土，透湿了恐怖的汗汁，

她没有目睹死亡的勇气，

上帝与她同在，教她忘掉思亲的流离，

她伏在战壕，巴巴望着

明东东指西划挣扎，

第二防线吃紧了，

她不愿先退到安全地。

她的爱可以增加指挥的聪慧。

敌人的凶势已减低，

炮声也疏落得像是退却，

明东站上小丘，命令向前冲杀，

天呀！一颗残酷的钢弹，

穿进他的腰间，截断小肠，

如泉的鲜血，喷射在盈尺的圣土，

仰卧在赫尔泰怀中的英雄，

再无力说出最后一语，

睁着她老流热泪，

她在绝望中，晕倒在主的监视里。

（十四）

在野战病院空室中，

她沮丧地哭泣悲伤，

于她是地狱，天地从此无光，

她不相信上帝会如此播弄，

无勇气回忆明东的最后一顾，

渺茫的来日，她不知怎样去安排，

高度的风热，使她像狂人般呼号，

她梦见父母仰卧在血泊中，

头颅栖满蛆虫，

土色的脏腑徜徉在肢体外，

手中执着那颈项常挂的圣母。

惊悸使她醒觉，

但明东蜡黄的面孔，又在她眼前，
微张的口似在呼她的名儿。

（十五）

半个月病魔的摧残，
给她消瘦的手足，
孱弱的心灵，不敢正视来日，
她欲逃避现实，毁灭这个生命，
但重见爹娘的欲望，
安静她如焚的心弦。
无静止的祈祷，未得上帝的启示，
但渺茫的前程，大神将指点之。
一个晴明的清晨，
赫尔泰在梦中惊醒，
似狂澜汹涌似暴动成群，
知是凶残的敌人，
在高空择肥而噬，
人们逃避到土穴山岩，
她既无较量生死的心情，
谛听着哦哦的威胁之音，
如充满诗意辽远的潮海，

693

俄而霹雳一声，

在几丈的平台外，

铁片夺去她丰满的右臂，

晕迷减少她的苦痛，

模糊的血肉的遭难者，

也不会使她悲伤增益！

（十六）

她孱弱的纯洁的爱人类的赤心，

从此增恨魔鬼增恨天主，

机智的逻辑告诉她，

受了十九年的欺蒙，

她的灵魂自由了，

她诅咒人生，她没有可摸捉的生趣。

（十七）

她厌倦人间的纷扰，

鄙视了天国的神奇，

战场上流血的厮杀，

无数万海底和地面的冤魂，

使她如大梦初醒地扬弃现世。
她正想抛开有血腥的日报，
魔鬼指出她父母的名字在眼前，
她不相信上帝终使他的信徒，
凄惨地死在雪尔布海湾，
这个残酷的安排，
使她天真的心成了化石，
她知觉麻木成了疯残，
春光明媚的太阳下，
再不见她丰满的红颜。

（十八）

黄山白鹤观的行廊下，
古柏的浓荫，
仰卧着正视天空的赫尔泰，
一个苍发的老僧，
手持念珠呢喃着，
只有树梢的白头翁，
监视着这永远的沉寂。

春的瞬息

锰铁色的云层给蓝黛的天空

以愤嫉的眼色，

飞没在无边的天际，摇曳出

无数层的，成群的关山，

紫的，赭的，棕色，蔚蓝，粉绿，

伤感的青春之眼怕张望，

如絮的软心，无能正视，

隐藏了二十年的遗憾

几世纪遗传下直觉的悲伤

娓娓的矮林之群，

接受了朝雾的抚慰，

换上新装，在松针柳条的

监视疏忽，

舒展了自倨的情绪，

生与死之间仅余一发之间的衰草，

换上新的血轮，踏实脚跟，

重见可爱的欺人的宇宙。

鄙视已枯的枝叶，

以傲慢脆弱的新苗小叶，

吻上春光的第一个呼吸，

冬眠在安全的地层下的

振翅，爬行，跳跃，踯躅，欠伸，颠扑的小生命。

拍着胸膛，振刷衣襟，

拨着提琴，漱干嗓子，

喜跃地小试歌喉，

发出音浪，传进睡起无情思的

逾龄窈窕的浣衣小妮子心头。

一阵阵嘻笑，欢歌，

一束束鲜艳颜色，

摇晃①在溪边柳梢轻舟之舷，

辨不出雌雄音，

说笑的动机，挥手抚摸的秩序，

天地变了有生命，

地层增加温热，

身儿轻轻的，心儿飘飘的，

无言的悲哀的人群的衫裙上，

在瓦面的雀噪中在流水呜咽的石下。

---

① 此处"晃"，初版原为"幌"。

轻骑队的死

整个冈峦，丘陵，田畴，

像犯了癣疥，喘着断续的气息，

树儿冒出已秃的脑袋，

向天空张出鬼魅的爪，

原上草，灼成焦黑，

岩石破了胸膛，洞了腰肢，

悬崖从天空下陷五百尺，

阻断了溪流，愚昧的血腥，

从浮肿的肢体本位飘出。

拍拍的闹声，开始散布，

在辽远的山坳，丛林的曲径，

是残疾者的喘息，浮动在骇人的空间，

一阵蚂蚁的工兵似的，遨游的骑队，

阴险地搜索一切动象，

无怜悯的射击觳觫的牧童，

得意的狞笑，在每个黧黑的面庞，

永远如鹰隼的张望伺候，

再没有可杀戮的生物，对着死寂发愁！

俄而队形斜着走在左边的小径，
站岗似的，密谈似的，
只是一簇灰，只是一团黑，
战马无悔的躺下，已穿蚁穴的躯体，
失了足，断着头，不见驰驱的美态，
没有发亮的鬃鬣，
临风而嘶的英鸣，
消失在鸟飞不下，兽挺亡群的广漠，
扩大的死寂，孕育着突变的发生。

直趋可疑的破庙，
得得的蹄声，倒影在微白的水田，
愈跑愈紧的步伐，震动着无依的山谷，
紧张的氛围，像要窒死有机物的，
骏马张着鼻孔，
喷出如雾的气簇，尘埃飞上眉梢，
枪在臂中欲跳，刀在铗中长鸣，
受伤野兽似的无比的勇往！
直向矮墙冲击。

没有一分的游离，
一阵霹雳的巨响，

震陷山岳的怒吼！
演出人马翻腾，
血肉溅塞黄土，
武士仅存的臂膊，
撑着小旗向天无语。
光荣的祖国的大地，
接受断续的垂死的叹息。

人道的毁灭

天空的云翳随着低气压销散，
朝阳渐次褪了橙黄的脂粉，
穿上碧蓝的大氅，装上轻纱，
从同温层的玉宇深处，
嫣然的向着大地。
残疾者对着紫外光发愣，
草木预感不幸的毁灭。

一阵警钟，连续的呼号，
是魔手的影儿，直贯赤心的利刃，
狭窄的家屋，变了鬼魅吐舌张牙，

颓废的矮墙已是不可迥迩的妖灵，
投向荒郊趱进土窟，
往北漠的囚徒？
企图突围的俘虏？
张皇的土色之颜，照人江心
羞赧了水草中的细鳞

701

停止了桥下的呜咽之音，

奔走骇汗，呐喊，冲撞，

布列在平冈，山溪，矮林，

微弱的蜂鸣，蝶舞之音，

倏成机械的狂呼怒吼，

红颜变成土色，垂髻已是怒发，

是草原鹌鹑，浅渚的两栖，

藏得没有影儿

剩下死寂的溪涧丘陵，

震着耳膜，激荡心潮，

秋鹰似的银镀的影儿

划破太空，像飞蛾的美丽，

但城圈已散布下天崩地裂的雷霆，

冲天的火舌，冒出百丈千丈的黑烟，

地面太阳形的陷空旁，

陈列着微温的鲜肉，

蜷曲的手足抓着已焚的破衣，

裂眦已太迟，

张目已不能正视雠仇远去。

婴孩的头颅，摔进沟渠，
斑白者的肝腑混入沙泥，

断砖上一块飞来的皮膜，
融融下坠的栋梁渍湿的血潮，
腊色的腿，半节的腕骨，
纠缠在危墙的周遭。

凭吊者渐次集中，
口中叹出嘘嘘的哀音，
抚慰着自己可贵的肢体，
握拳仰望长天，诉不出愤气。

郊　行

微温的晨熹，歌唱出

如流浪的轻快之清风，

掠过、抚摸，一半儿揖别；

娇稚的新杖，

呈着有生气的反照，

睥睨下坠的飘然的竹叶，

春光已隐现老迈之婉尔；

耕牛尤怨地，

扒下水田的足印，如凌乱之音谱，

引出狡狯的蜥蝎，

弹着腿上的纤毫；

没有管领的郊原，

插空的竹丛，弯着有力的脖子，

私语给浓下①的赤足牧童。

---

① 此处"浓下"疑应为"浓荫下"。

海底侧影

漆黑的王国，没有
些微洋面的蔚蓝，
磷光，波涛，
不知名的介甲，盘踞在
珊瑚暗礁锋利的岩石
不易见到苔藓
游优地伸展吐放色泽，
充满超人间美丽的姿态。

潜行在四百尺深度以上的怪物
英武的往来，发着闷人的声音
像攫人而噬的豺狼
冲破神奇世界的沉寂。
二十里的泥层，僵卧着
几世纪前海盗的躯壳，
丧失亮光的珍宝箱，
跛腿首领的骨骼旁的拐杖，
水手的尸体整磊地叹息，

无可告诉的遗恨

藏在蛮野的英勇里。

深水的范畴，印下

拿破仑，阿力山大，和十字军的影子，

摆伦①没有葬身鱼腹，

在黑暗的潮汐中完成世界的预言，

地中海，波斯湾，席尔布港，

护商舰队集体的躺下，

如蚁的勇士，株守在周遭，

再不听见怨艾，狂呼，叫嚣，

深水的压力，供每个肢体歪曲，扁平。

无腐臭无光泽的影子，

不断的油腻水泡在动荡，

在洋面跳跃，踯躅，游离，

似池中投下石块，

似螃蟹没水避敌，

暖流冲过洋面回复了静寂。

---

① 此处"摆伦"现通译为"拜伦"（George Gordon Byron，1788—1824），19世纪初期英国伟大的浪漫主义诗人。

生之谜

生命就是悲剧的试演，
没有选择的自由
便遽尔投生，
有了缺憾才有真善美的希求，
从平凡中显出伟大庄严。

"完全"是自欺暗影，
没有创痛显不出康健之可爱
不见明月哪觉黑夜之可怖，
一个遗憾是眷恋生命之枢纽。
失败是名利波涛中一刹那浮光
成功不过是意欲的陷阱
浮云在天际放彩飘忽
以太的变幻几曾使宇宙关心。

无　题

青蛙唱出乐观者
穷瘠而萧瑟之思虑，
没有隐托，张手
向着无餍的浮云，
欲寄语鹔鹴之群，
追寻野鹤不仵立之溪涧
可有童年失去旖旎之孺慕？

齐鸣独奏，生物活跃在地底，
于烽烟蔓草之金宫，
按不住已颤动之余弦，
飞冲向酣战武士之盾际，
也该歇止，睨视
可能终止腐蚀之伤痕。

可怜的青年

他祖父也曾营造华厦，
但不到三年他离开人间，
父亲客死异地，
遗下无恒业的家，
不能萦系他年青的娘！
他于是孤零地
茁壮在残酷的乡野，
贱役苦工挣出米粒来！
但长得更坚实雄伟，
简单的思维，
天真无畏的冲动，
吸引他抛进行伍奔流里。

冲锋白刃使他变成忍心，
戳穿敌人的胸膛
教他发生得意的狞笑，
像是报复了人间的罪恶。
这玩意儿，他记下了数目，

他曾自豪，并不反悔，
他从不带花，这常使他自夸，
没有乡思，没有牵挂，
他的生命注定死在荒野。

残酷的库页岛人，
把他绑着倒挂在树下，
整整两夜，没有半点伤痕，
没有一滴血！
他完成为祖国的任务，
结束人类对他的鄙夷。

有　感

死不瞑目的土坟内，
有阴灵吁嘘的叹声，
发出像荒谷化石层中
恐龙尸体的气息。

驾鹤西归的光荣，
抵不过一生手足胼胝的血汗，
成行的后裔，
装出如雷鸣的笑声，
仿佛隐藏着自悲的独幕剧。
咋日呢喃吩咐遗嘱的病者，
已是蜡色的不可向尔的遗体。
覆上黄土，拓清不祥的气运，
是酷热中的亲属的期望。

悼

闲散的凄怆排闼闯进，
每个漫掩护的心扉之低，
惜死如铅块的情绪，无勇地
锁住阴雨里新茁的柳芽。

该不是牺①牲在痼疾之年，
生的精力，未炼成无敌的钢刃
罪恶之火热的眼，
正围绕真理之祭坛而狂笑。

铁的意志，摧毁了脆弱的心灵，
严肃的典型，无畏的坚忍，
已组成新社会的一环，
给人振奋像海天无垠。

① 此处初版原为"仪"，应为"牺"。

712

集外诗汇编

《黎明》周刊

在罗马①

（一）

在交际的客厅里，

我挽着她徐跳，

冒昧地成了心心相印的Cavalicr②，

美国大夫还是在那里大装其增度尔孟。

终于她告诉我：

我们有三个小孩子了。

（二）

圣彼得教堂的这影儿，

早被诗人们印入脑儿去了，

---

① 此诗原载《黎明》周刊，其第二、第三、第四节与1928年1月上海《美育杂志》创刊号登载的《罗马的印象》相似，前者可能是初稿，后者可能是修改稿。

② 此处"Cavalicr"拼写有误，应为"Cavalier"，法文，男舞伴、陪伴贵妇人的男子；〈旧语，旧义〉骑士（17世纪对男子的尊称）。

待我瞥见松梢之紫黛时，

Pincio^①仅给人怀春者之气息。

（三）

Via Appia^②的斜阳下，

我们沿着古石残墓乱走，

轻风误当她的裙裾是风帆，

牧童误认我为怀古之诗人。

（用短笛和我们的脚步。）

（四）

在Cieeron^③遗迹的山坡，

我书下几个字在残石上，

但终于被丹麦女人

带回寓所来了。

呵神圣的江山，

---

① 法文（意大利文与法文拼写一致），平乔山，这一地名在古罗马时代就存在，为罗马市历史中心区域东北边界的一座山。

② 拉丁文（意大利文），亚壁古道，罗马地名。

③ 法文，此处"Cieeron"拼写有误，应为"Cicéron"，现通译为"西塞罗"，古罗马作家、政治家。

不许有我俗迹罢。

原载1926年9月5日上海《黎明》周刊第43期

《美育杂志》

罗马的印象①

1，圣彼得教堂的影儿，

　　早被诗人们印入脑儿了，

　　迨我瞥见松梢之紫黛时，

　　Pincio②仅给人怀春者之气息。

2，Via Appia③的斜阳下，

　　我沿着残墓古石乱走，

　　轻风误当她是裙裾是风帆，

　　牧童误当我为怀古诗人。

　　用短笛和我们的脚步。

---

　　① 此诗第一、第二、第三节与《在罗马》的第二、第三、第四节基本相同，可能是修改后的定稿。

　　② 法文（意大利文与法文拼写一致），平乔山，这一地名在古罗马时代就存在，为罗马市历史中心区域东北边界的一座山。

　　③ 拉丁文（意大利文），亚壁古道，罗马地名。

3，在Abbano[①]山坡

　　近Ciceron[②]居室遗迹处，

　　我书下几个字在残石上，

　　但过了几天

　　被丹麦人拾回寓所来。

4，Tasso[③]休息过之残水下，

　　挂着一块斛释的石排，

　　我们从il[④]读到Santo[⑤]，

　　遂凄然无语望着归城的路。

原载1928年1月《美育杂志》[⑥]第1期

---

① 罗马地名，今不详。

② 法文，此处"Cieeron"拼写有误，应为"Cicéron"，现通译为"西塞罗"，古罗马作家、政治家。

③ 意大利文，据上下文，Tasso可能是指文艺复兴时期的意大利诗人塔索（Torquato Tasso，1544—1595）。

④ 法语，男性第三人称代词"他"。

⑤ 疑为人名，身份待考。

⑥ 李金发主编、于1928年1月创刊的不定期刊物《美育杂志》，共出四期，第二、第三、第四期均改称《美育》。因此，同一份刊物时而被称为"《美育杂志》"，时而被称为"《美育》"，有时又被称为"《美育》杂志"，形成一刊三种称谓并存的情况，为避免不必要的误解，本书各处涉及该刊时均统称为"《美育杂志》"。

怀旧之思

你手提着杖
面装满了笑
此去何之？
啊幼年时捉迷藏之原野，
被夜气洗去一片平沙，
青草已在春光未来之前下了图圄，
蚯蚓蛞蝓代作东道主一年了；
照我学书学剑之短檠，
亦随着门庐而憔悴，
脱颖而出之戈矛。
今已先伤残我手足！

泛海归来，
遇见不相识之窗牖，
透来一片哭声，
我破户入觐时，
眼见忠实之乳媪
向苍天跪着，

及寒暄一二句，
她就向我求施了。

每遇阴雨之森严的时光
我便濡笔写远岫的萎靡，
但由山麓而想念炊烟
炊烟之思就是我女神之口号，
我何能一日无泪湿青衫啊。

如再写云雾山水与天光，
当先究明他们之妯娌，
水儿不愿波撼岳阳楼，
山儿更形轇轕①。

收回往昔之豪放来！
园林正需要此点，
纵说诗意无销售之场，
空间可假借之暖气
定保持得住心的跳荡，
况嘻嘻的呱呱的

---

① 此处初版原为"轇葛"。

721

助你"息影林泉"。

原载1928年12月《美育杂志》第2期

临风叩首

我曾用秃笔临风作歌，
歌唱宇宙之花，
歌声直至山崩海啸处；
篇帙充斥九州的中原，
如今歌声渐在空间销散，
我便于严冬之下临风叩首。
原因于诗兴有时尽，
但为爱而流的眼泪是无穷。
宇宙啊！你驱使春光到人间，
花枝儿就临日光招展，
我神秘地灌溉枝根，
直至怒蕊向天空婧笑
以是我颗心重复回到人间，
我在生物界中重复有了位置。
花不曾佩过在我胸际，
也没有为我晋谒天使之厚仪，
但她能以香馥之气息。
浸润我的肺腑；

我失了诗魂时凭栏瞻望，

她就如解语似的微鼙，

我不仅匍匐着去吻她，

可是新片是如许娇嫩

龌龊的呼吸或许使她变色。

新芽不能再长；

我以是羞怯地走开，

当我微闻她的呼唤，

身心即磅礴地活动，

幸见她临风如故

雾气不在她的四周作祟。

我们在晴夏洗浴过，

在新春中蹈着浅草齐舞，

以过去我最快愉之时光，

可是现在冷风向平原袭来

万木齐现灭亡之气，

显出宇宙之张皇，

我忙造水晶之宫，以御你无情之侵伐，

我将借行星暖气之一部

使她枝蒂永远灿烂，

直到诗人手儿无力掩护

我们一齐痿死于空木之崖。

世界遂永远再无媚笑慰人之物。

但现在唯有临风叩首，

乞你保持她的鲜艳！

原载1928年12月《美育杂志》第2期

灵的囹圄

小病——Ama Gerty Adorable[①]——

三年来耳鬓厮磨，

形影儿挤得间不容发了，

恰在你弱不胜衣之候，

遂倒病到"罗史必都"[②]去。

这个不幸的别离，

把我由仓皇而凄清入骨了！

我回到平日饱受笑声之房里，

几欲对这孤冷流泪，

这种思慕至此始觉其估价。

床儿自己摊了，

案儿自己伏了，

灯儿自己对了

黑夜之来亦只自己去防御。

---

① Gerty，德文，是展妲（Gerta）的爱称；Adorable，法文，可尊敬的，受人敬爱的；Ama是阿妈的意思，戏指快要做母亲的展妲。
② 根据李金发长子李明心先生解释，"罗史必都"是法语、英语和客家话混合起来的发音，意即医院。

（猫儿踱来踱去不知为什么主人去了。）

一觉醒来，第一思潮是你的疾苦，

在此长夜中感念人生的遭遇真凄然欲绝。

岂上帝嫉忌我们大幸福？

我们曾以孱弱的两心去抵抗忧患不止一次，

如今不许我们稍享安静么？

但我希望这不过是几日的evenement^①，

你回来后和我嬉笑得更厉害，

抚慰得更入神，

以后更知道康健是唯一的幸福。

你常说：我需要一个母亲来爱护。

可是她尚在凌的司堡的古城里，

我不配代替这件职务么？

我希望这不过是几日之evenement，

重见之际，你眼际浮着轻霞，

我将把睡鞋放在你的床边，

香糖放在你的唇边，

怯懦地拉着手，

告诉你昨宵初别的思慕。

八，十，二五.申

断续的灵感

购得一枝流落者所制之竹箫，
倚栏吹出我童年的空幻与飘忽，
代是代表哀思的sol[①]
已奏成不能再低之音了。

猫儿和我所爱睡在被窝之侧，
我挥扇使他们入甜美之梦。

曲是任你音乐天才之指头变化，
惟听的人或毫无所可否，
他们不会和作家兴奋，
或盒[②]眼睡了，还作下些有毒的梦。

在草场的绿荫下，

---

① 法文，第五音，第五音符。
② 此处"盒"疑应为"合"。

柳条频拂爱人的脸，

只愿它永久调戏，

半点妒气也无。

谁给你千句叹息的代价，

命运在墙根下谄笑了；

谁给你千句叹息的代价，

空想定了自然无条件地降服。

在一个普通的用具里，

反映出：生命之不可思议的影，

并盖下两个明了的图章。

图章像是真实的，

惟字句则仅是诗人心灵衰病之影。

坎坷①的牢骚

假如命运是不可摸捉，

我们又何必蹙额沉思，

一花一木的荣枯已满给人不快，

---

① 此处初版原为"坎轲"，应为"坎坷"。

况尚有月夜的胡笳到枕边。

其饮这润喉之泉滴，
呷唔一阵心灵所愿发之低唱，
因这等心声透进我落魄之意识里，
比沙漠的旋风还难防御。

更何敢有所需求？
能满足这口腹之饥渴已幸福极了，
况这无气的秃笔，
亦不能遍写人生的丑态。

我们此地有Jeanne①与Natacha②，
东汉之古瓶，与比尚时王之壁毡，
罗马城下古石之余块，
若能长此保存已不负半生之努力了。

晚间之事实

大地重入其末次之梦境，

---

① 法语中最常见的女性人名之一，可译为"让娜"。
② 法语中最常见的女性人名之一，可译为"娜塔莎"。

并转运其神秘之思索，
任明月在中天空悬，
任人间散步其狂放的言笑。

秋虫不同意我们之快愉，
敛了声息在残叶之底，
若非花影映上门儿，
几作我在人间孤立了。

若任空想去希望，
或者天堂早住满人们，
可是自惭形秽的力作者，
感到宇宙之华于他们无份。

海神临流玩月的传说，
已过去得久了，
如今在凄清欲滴之月色里，
只有我们能引颈流泪。
其学平原的善忘，
与长林的豪放，
至于秋虫的不觉悟，
是诗人不共戴天的，

因为他们只能发揶揄不幸者之音。

二，十，二五.申

假　如

假如你的眼泪变了疾流，
在不可追忆之乡土的平地上，
呜咽地滚着，
那么我的忠告定成江上舟了。
这或者给人类，
或你所眷恋的亲故一个不满意。
假如口的留香，散到花间，
或黑夜里去；
假如黑发有纠缠之效用，
则你无须再演此中夜之舞蹈，
因这些气息浸润在我肺腑里，
如海潮岸边之莓苔，
有不可分析之历史的恐怖；
假如黑发是助长恋情之功臣，
则惟有忘恩地任其随风散乱，
诚以若此一颗心的平和而不能保，

则终久的悲哀，将在生灵头上呼号的，

兽性的需求在惨淡中胜利，

噫，假如你眼泪变了疾流！

二五年沪

新 秋

噫吁，诗神之爱子，山谷之王，

肃杀的宇宙之原动力，

冷月的枕衾以外之情夫，

你从不忘轻车过人间么？

我听见的是你的长喉清歌，

看到的是你短发临风？

我感到你气息在我瘦颊，

血脉里有你施了魔术之疲乏。

伸手求援似的颤悸之枝条，

引起我海外甜美之回忆，

新去面幕的星群之疾笑，

显然是我们往昔最流连的夜色之俦侣。

你的举止更形镇定，
别以江山以宣慰之色泽，
我呢，歌声已变作哭声，
仅有失去华年抱头之长叹。

此外我别无所遗弃么？
在那安得里安海崖石之旁，
我们静坐过到迷醉的午夜，
一切温慰之语言全消失于微风里。

尚有白鸽私语的卢森堡园中，
死叶飘忽于忙乱的行人前后，
当我们濡笔描画了一会，
群鸦已带了紫黛到死都中央。

当我独自一人兀坐之际，
实怕因你而回想朦胧之盛年，
眼泪从颊边下流，
心儿直如临阵之战鼓般震荡。

且稍待一二夕，如愿终久成为朋友，

它将束装前来，潮汐涨落处。

将临流歌唱欢迎之曲，

如此你于我始有价值。

二八年西湖

此诗为了吾三年搁笔不做诗之开端，重读一过，不禁
凄然，吁，人海中之我，你的生命将终久如此蹒跚乎？

回忆Nikolasee之游①

微波依旧打到岸边作响，

金阳之华在浪头小试新服，

江山成就空间一份之安排，

遂留下我们五年前之今日。

那是我们第一次点缀在湖光山色里，

轻易的笑，或心头之秘密，

都不曾出诸我们新识者之口。

可是任何人生，将永远记住，

---

① Nikolasee，德文，尼古拉湖，在柏林西南郊。此诗为李金发回忆他初次向德籍
夫人屐妲表白爱情的情景，并以此抚慰来华后思念祖国的屐妲。

颈际的第一吻，

虽然你未明白的允诺，

两唇如孤鹰攫兔般疾下了。

我想幽壑之灵，

曾嘲笑过我们之痴情！

五年来我们曾在若干湖山之怀里，

温暖，细语，伤感垂泪，懊丧诅咒，

患难之斧，有时对着我们奸笑，

伸手欲攫，为星所不照之鬼火，

在四周伺候恐吓，

但一切一切均已成陈迹，

幸我们之笑声未因患难之斧而休止，

准备在金色之阳光，

疏于监察时疾舞。

啊善于赏识华年的我们，

——你不是自夸过么——

任何沧海之西，峻①岭之东的山谷和人羊神，

都欣喜我们参与他们的静寂，

莫因祖国之辽远，而失声痛哭，

---

① 此处初版原为"竣"，应为"峻"。

湖山是在准备新妆，

我们将重去抚慰临流的古松，

问他五年来曾否有生活之外的骚人

到沙边濯过足，

冷月曾否问过我们的旅情，

或无意中于苍苔上，

拾得往昔之笑声一束，

或于空际，重遇到揶揄我们两小无猜的云片，

——你那时不是只十七岁么——

它会重述我们新交的话言，

每句都是超乎浮生的真谛。

我们可以依那精神爱去，

像无家无忧忌雨中乱燕，

因为爱情是要除了人间性才永远！

Nikolasee啊！你在空间时间上都比我们伟大而永远，

其念五年已往的一面之缘，

允许我们再参与你的盛宴一次，

但勿轻鄙我们生命之短促可笑啊！

二七年南京

737

失望之气

勿以失望之气磊上眉头，

肃杀之冷冬正为我们准备更为灿烂的来春。

呼呼的狂飙，

不是那解人酥胸的清风？

柯柯下坠的，

不是万枝头上的金蕊？

况爱情是以空时为家，

能在每个时季中鲜美。

　　记取在海浪浮浴时，

　　为水神耳语过不良之忠告，

　　蝉声倦睡处，

　　为金辉之光吻得脸红，

　　桃花丛里的誓语，

　　羞于植物相映，

　　炉火柝柝声中的祈祷，

　　直当生命是吾人的梦幻。

噫，我愿严冬来得更肃杀，

庶成熟之春，不再仅以鸟声欺骗痴心故国之男女。

呼呼的狂飙，

不是那解人酥胸的清风么？

归　来

噫吁，旖旎明媚之朝阳，

怎么在你笑声里挟着，

慰藉与憧憬之成份？

你扶助我铜筋铁骨之建立，

使得以长此奋斗跨山越海，

泅泳着去观岸边的怒涛，

我直立着呼吸远山的紫黛，

映入我的眼瞳，

成千古一现的神秘之江山。

就此餍足？久远的岁月，

正在怨艾你的忘情，

一去不返，如雏燕背母！

这儿子还值得留恋？

这段如铁练般坚强的爱心，

亦生了锈，快化为无生机物了！

我于是星夜张皇，

匆匆的披衣整履，

紧抱着十载犹温的赤心，

及仍可支持酸泪的微笑，

断了复全的右足，

及无理盘据着颊端的胡须！

足儿刚及门限，犬儿咬我一口，

即去报告正在怨艾雏燕背母的主人，

果也，浪子归来，是天帝的伟力啊！

滚滚的各洒十年别泪，

关什么伤感？

最可喜的是我手足健在，

虽然挣扎在红尘人海，

垂十余稔岂容易的？

虽然，心头有怨憎羡慕委屈之痕迹，

可还不碍于手足之健在！

她呢旖旎明媚的朝阳，

时光给了她衰老之装饰在额端，

血管里带混了辛劳半世的酬报，

发儿由霜变成雪——只此一端已使我心跳，

但是浪子归来，就能恢复她的一切。

因为"千斤的石块，由心头去了，"

果也，她笑娓娓的强我饮酸苦之酒，

瓦盘里献我如玉之蛋，

因这是人海中无暇食的。

酒味里我觉到童年正在呼唤跳跃，

以是我五尺之躯复成了矮小之顽童，

骑在牛背，或入神地静听樵者之歌，

还能补救么？旖旎明媚之朝阳。

我愿永远为矮小的顽童，

可是我复在此与你会见，

幻影销失了，手足战栗了，

遂成此不可洗濯之遗憾。

二八西湖

重见故乡

吁饥渴，干燥，恐怖，萎靡着十年如一日的故乡，

我还有生命重入你瘦骨之怀，

是可庆之极了，

你的平坂，清流，黄冈，青峰，

仍在支持现状，喘着短气，

741

如像不相识的形态对着我,

怀念过仅有秃笔寻趣的我么?

我呢天生是你的奴隶,

在数万里外的西欧,

在数千里外的春申,

也总以你为梦魂中的帝王,

虽是朦胧一点但愈觉亲切。

我梦见过黄沙嶂之山腰,

乘大雨滂沱之际,崩成万尺之穴,

蓦地出了蛟龙向东海疾驰,

所经之处血肉模糊;

抑或高寨顶之山峰,

为大鹏攫去,直冲九霄,

于是宇宙多增一颗流星,

高寨顶遂继域树夫之后成了火山口,

一二次爆裂淹没了我亲爱的,

田,园,庐,墓,溪流充斥着 lava①。

可幸你还健在,仍能回答我的呼唤,

——虽不十分亲热诚恳,——

现在交还我所信托的东西来,

① 德文,熔岩。

任我管领三数日。

计有清晨下水的山犊，

狂放了就泅游至鱼池中央，

善于藏身的鹌鹑，

为无意识之猎者，

伤了它的右翅膀，无力的坠地。

那时实不忍心去看，

只叫人圃着医治，

以后亦不知它的究竟。

还有随风悠扬的，以烈日为生涯的女樵者之歌，

——供给我多少诗料！——

我每次听着热泪就向腹中流。

溪中的鱼儿，闻是因你弛于保护之故，

已为渔人用毒草杀了无数，

昨日我在石岩下摸着的一尾，

还不过五安士重，太恐怖了，

就白白的死在我的眼下手里！

这个悲哀将用什么诗料去赔偿！

二八西湖

青春没有欺骗过我们

青春没有欺骗过我们，
爱神从无憎怒之眼视，
新秋的湿泥①，长保我们欢聚之迹，
老冬时以严父之威鞭策前进！

就此你由少女长成美妇，
天真变成娇冶，无为变成聪慧，
轻盈而闲懒的拥抱，
渐充满以放奔的热情之升腾。

我醉梦于你的每件舞衣里，
尤爱金与黄的纹彩映衬出朱颜，
这是妇人之华年的高潮，
我饱吸之如蜂儿之没首花心。

五年的供奉，如对圣母般祈祷，
无倦厌之气息，在我膝跪之处，
爱情随时光而更成熟，
我在你每个呼吸里，得到生之勇气。

---

① 此处初版原为"坭"，应为"泥"。

你虽娇小如柳梢的春莺，
但每个忠告里，都有尼采之哲理，
你于倏忽之生已觉可恋，
因你减去当年在尼古拉湖边之嗟叹。

欢宴里我不愿你酩酊，
因恐笑声颠沛了野外的秋虫，
或一阵寒噤的倾倚，
我臂儿要如长城般拱守。

在每句歌声的热烈的颤音之末，
每次舞蹈的筋肉之摆动里，
我感到你生活烦闷之忘却，
过去童年的徜徉得到补救。

诚然，数年前的深夜之动物园里，
我们曾因遨游者之乐而下泪，
细小的战栗而呜咽之躯，
在我拥着御寒的大衣下蜷伏过。

真堪留恋！莱茵河两岸的春色，
不全是以野鹿山花为主人，

因我们流连之处，

生长过异香的东方奇葩。

黑林的阴暗之足骇人，

我们比之为命运之迷宫，

不知名的野禽之悲鸣，

引过我们清夜的噩梦。

布来尼林边的歧路上，

好奇的行人，曾睨视你少女的新妆，

那黑地间白的短褂，

于我是号召生命前行的旗旌。

罗马 Frascheti^①山中，

匍匐到峰间去环视四围，

那时你以为日出的东方，

是魔术与海盗的长犄帝国！

二八，西湖。

① 据上下文，应为罗马地名（山名）。意大利中部城市，坐落在亚平宁山脉风景秀丽处，由此可俯瞰罗马城。

西湖边

在倦怠的旅程之末，
我兀坐断桥之旁，
独自一人与影，无声，无息，
瞻望着悬空的明月，
无边际无瑕疵；
全个天涯，没有云片的踪迹，
星群亦站在一边，无光的示弱，
这种浩明似将永远，照澈空间，
明月啊，你将永不知道，
我为甚安慰了！
紫黛染了粉白的冈峦，
在眼帘下远处隐约可辨，
但他丘陵的颓废与神秘，
从不曾离开我的心灵，
堪称秽腻的湖水，
受宠似的反映出月的轻盈，
一无所有死寂死寂。

不幸而生的柳条，
微微的招展在风下，

悲叹此日无归宿。

悲苦与无望的钟鼓之音，

从颓破寺僧之手中敲出，

使全市震于断续的衰亡。

此地蛙声似没占得地位，

隔岸的成群火光，

倒照在湖心多疑的梦中，

越显出人间世的无味及彷徨终夜流落者之哭声，

上帝啊！你将永不知道，

我为甚呻吟了！

俄而一片沙鸥拍水之音，

随着有轻微的浪之微颤，

滚到我颓丧的脚下，

欲有所报告而复中止似的。

我张眼四望，心头颤动着，

如怕敌人之袭击，

Eleabani[①]爱人啊！

你将永不知道

我为甚呜咽了。

---

① 疑为人名。

敲木鱼者

西湖孤山之麓，深夜必有敲木鱼者行过，风雨冰雪无阻，口念不可辨之字句，听之如鬼魅之骇人，每闻首句，即掩耳入衾，其魔力真有足骇人者矣。

吁，你受毒之佛教徒！
上帝的使命于你够负担么？
我每于倦怠之梦魂中，
为你沉重而神秘，
似死神之呼声的闹声惊醒，
顿时毛发悚起，
直拥衾塞耳以回避。
但你的如魔鬼呻吟之佛号，
已震悸了我多伤的心，
直欲在沉寂的室中呼救！
你世界之恶作剧者，
幸福所遗弃之生灵，
牺牲血与肉的信徒，
多欲的生物，已厌弃这简约的乐具！
你呢喃之字句，
重复幼稚而无味，

749

除能助人反侧重入梦境!
是不及守夜之犬的吠声,
使人机警而兴起。

以上十三首诗均载于1929年10月
《美育杂志》第3期

无 题[①]

---

① 　此诗在1937年《美育杂志》第4期复刊号目录中有题，而正文中无诗。

心期的失败

假如一枝秃笔之尖，

可以作吸引失去之心的磁铁

则残月会扪着

我的前额使我入睡；

假如伛偻之身，

能为聚集财富的基础①，

则弃儿会高踞王位，

疾笑而终其天年。

鹩鹦在深秋之怀歌唱，

苜蓿在枝叶上现出贫血，

内心的悲鸣，

给醉梦的深刻启示，

挣扎，挤排，防御，追随，

欺骗着好胜之灵蜂拥而前。

劝人行善的魔鬼，

在人忽略的时候，

---

① 此处初版原为"财的富基础"，应为"财富的基础"。

将匕首插进胸膛，

只 ①下微弱的心脏之回音。

原载1937年1月1日《美育杂志》第4期（复刊号）

---

① 此处初版空白，疑为缺失一个"留"字。

意识之外的人

你不要跣足近荆棘，

鹌鹑正在草丛中结巢，

你小心提起裙裾的前幅，

蹑足到多草的浅渚上，

　①鱼的幼子在学捕小鱼。

不要视作撒娇②

三十余年的少妇，

你闻过沙漠之花的高鼻，

岂不是算拥吻之障碍？

草裙艳舞，已不入时，

因太阳不能照见你全部的美态。

林檎花香，掠过你的腋部，

引起野菊终日的想望，

如羊脂玉的躯体，

我愿嵌在水成岩的高处，

使变心的失恋人

---

① 此处初版模糊不清，不知所指是什么鱼，故以空格符号代替。

② 此处初版原为"试做撒娇"，应为"视作撒娇"。

长作木乃伊般膜拜。

原载1937年1月1日《美育杂志》第4期（复刊号）

仰卧长空

银河系的闪光，

控制着全部星斗

狮子座旁的空虚

给以太如哀怨之纠缠。

流星在一秒钟飞射，

向视力不及的黑黯，

守候张望较久的奇景，

再来的是一秒之十分二五。

在幼小之年

盼着彗星与海王星，

轨道外冲击的轰然，

避免了，再来的是二百余年。

去年指点过的不能自身发光，

成三足鼎立的星儿，

犹在失意地徘徊于头顶，

我站的地面已非旧日的园林。

原载1937年1月1日《美育杂志》第4期（复刊号）

园中系念

蝉吟，不知名的鸟语，

在半暗阴的空间散放。

倏然停止后，老叶上留下秋的预言，

岁月的崩毁，

它们作证，

比我们短促之命，

快愉一生在

无倨傲的枝头。

晴明的白朗，

阴雨的凄其，

在人类发生多少谈论。

它毫不思索的歌唱，

自负的人类，

学它们吟风饮露罢！

饱食暖衣的智者，

向它们求人生真谛呀。

原载1937年1月1日《美育杂志》第4期（复刊号）

春到人间

愿你长伴这风光，

使山川永远微笑，

云层中闪着一阵亮光，

像是女神之华

联袂出游，金车的尘埃

飞扬在道旁的叶子上，

下界的喧腾，可以静止片刻了。

凝视世界的奔流，

得到感恩的慰藉，

渐渐的云层下布，密密的，

大地如笼罩一件丧衣，

白茫茫的，

像做梦者朦胧纳罕，

她的女儿——万物

忽忽有若所得，若无所失，

千万颗心房齐跳，

庆祝此生的意义，

它们的机能，重复使用，

在女神悠扬歌声中。

原载1937年1月1日《美育杂志》第4期（复刊号）

《小说月报》

海宁潮

在天际朦胧之光下，

隐约的显出一白线，由东徂西，

如用哈木林兽尾联贯而成；

如成行的敌舰之包围海港；

斯时天空增了一点光荣，

如孩童之遇圣节，

嗡嗡的闹声，像火山在远处喷发，

或使人联想到波斯给希腊人袭击。

但俄而喁喁之音，变成怒狮之吼，

或沙漠的旋风，在商群上空飞舞，

普鲁士人远炮之轰击，

碰着的顿成砂砾之残块；

北冰洋冰河之细片，受冰山压榨而倾轧，

大洋中覆舟之下求援的灵魂之呻吟。

总之，是世间解发之音，

像宇宙就会从此销沉。

俄而，万头懦①动群呼潮来！

但见黄赤的小浪，高出退潮数尺，

汹涌地跳跃，蜂拥如勇士之临阵。

挟与俱来的，是海岸的死草，

浅渚的沙泥，与绝港或海角的膻腥之气，

脱颖而出似的浪头，

冲打着木石衬好的堤岸，

鹃鹃作响，计不得逞，

又复退至江心，合成可怕之浊流，

袖手而观的人群始而羡慕，

继而惊悸，终而失望，

因受人渴望一年一度的奔流，

既奋疾地飞腾向着西岸，

担心眺望的，只能稍见其项背，

及由足下澎湃而上升的浩浪，

西去虽无所归终久退还。

但已尽此日盛景表演之义务，

浩荡的海湾之浪，由飞奔而滚滚而静止无声。

宇宙啊，任你如何神奇，

亦不过恐吓我们小灵而已，

---

① 此处"懦"疑应为"蠕"。

761

何必拘拘于此一出，

我们的浮生是易尽，

而你宇宙大法之主席，

则将永远荡漾潋滟，

直至大汤无热，地心爆烈，

或世界全为死骨堆满之日。

我仰慕你极了，

我愿化为无生机物，

或秉了物质不灭之原理死去，

长飘泊在你的浪头，

与那些死草沙泥膻腥为侣伴，

来往在世界的各港湾，

如此至少比浮生有意味。

无回答么？别矣！

除歌唱吟咏之外，

什么能抵抗你的揶揄。

归途车中

原载1931年1月10日《小说月报》第22卷第1号

《现代》杂志

夜雨孤坐听乐（外二章）

夜雨孤坐听乐

充满着诗情的夜雨，

我已往的悲欢之证人啊！

你悉索的点滴，

打着抑郁而孤冷的窗棂，

打着园中瞌睡的野草；

刺着我已裂而复合的颗心。

我此时欲放声高唱，

但为初秋之潜力的忠告而中止，

我欲抱头痛哭半晌；

但眼泪已涸如荒壑之泉。

我紧扼着"现在"之喉，

勿使呜咽出迷醉之呓语罢！

奏尽一切抑郁式微之歌，

使我梦游已往之太虚，

对每一次心的伤痕细吻，

抚慰着致命的尤怨，

爱给我的指示与揶揄，

比女神的掉首更为难解，

这个铸造成萎靡的今我，

抱着夜雨之音，以追求如梦的辛酸。

手造的辛酸，已如破甄般狼藉，

期许的荣幸，又若抹布之可弃，

唇边的香沫化作野雾，

怀里呻吟的颤颤，

已不及雪夜的钟声之悲壮；

往昔产生誓语的林下，

蜥蜴踯躅着如入无人之境；

月下拭泪之巾，

早为了伤痕的绷带，

青春的喜悦已随着芦苇低垂。

夜雨呵，你的雨珠滴下肌肤，

已不似当年之有温爱的气息，

刺进我如止水的血流，

我何能再信托你以我的追求？

唱片啊，你总合着急促人生的一切，

悲欢离合之音调，

于我是爱人的劝勉，智者的自述，

我望见弃妇之蓬首垢面，

手紧扼着肩巾在寒风之下；

等候舟子归来之少妇，

徘徊于远海飘来的破桅之侧；

怀春的少女折枝插在如丝的卷发，

大城中的浪子，拥着掘金娘子而自满。

我了解这一切，我容忍这一切献与，

我将枕着夜雨之叮咛，

伫候晨光稀微中的噩梦。

五，九，三二，羊城笠庐

月　夜

空气中充斥着人生宽慰之希冀。

一切沉寂之谐合，

像是生活疲靡者之鼾睡，

所能望见的一片银黛，——

宇宙万象中仅有的色泽，——

像是无数草木及生物在集议，

于你发生无休止之批评。

但是我知道除小草夜莺之外，

许多世纪中急促的悲观之过客，

与你毫无所感动。

因为他们疲于生命的供养，

四肢疲怠骨根像在枯蚀；

因为你永站在六十六万八千里以外，

睨视着可怜的渺小之灵而笑；

因为他们往昔在仰望时，

你不曾指示出他们，所迷惑。

虽然，每当你御着轻衣徐步天空的时候，

我便呆坐阶前绿荫下，

沉默地凝望着，如向圣母的祈祷，

如向权威者哀求赦宥。

将我的懊悔，遗憾，羡慕，追求，疑惑，

细诉与你的光辉，眼泪在颊间闪烁，

以为你能鼓励我，

能给我如老妪的劝慰，

但偶尔看见天边一个流星下坠，

我便骨根在躯体中作响，

气息停闭，血流中止。

忆上海

容纳着鬼魅与天使的都市呀！
古世纪的chao^①将在你怀里开始了，
你犹装出乐观者之谄笑，
欠伸着如初醒之女儿。

你于我是当年之仇雠的祖先，
因为你使我呼吸人生之气息；
你于我是挽臂徐行之侣伴，
因为你示我如何吮取鲜果之液。

我曾在你怀里哭泣嬉笑，
使唯一的听者皱眉或魂荡；
我曾在人马丛集中张皇疾走，
致手足疲糜而心儿跳跃。

悠悠长夜的华屋之一角，
我紧抱着彼人漫舞，
乐声婉转如祈祷者之祝福，

---

① 此处"chao"疑应为"chaos"。法文，混沌，混乱，无秩序。

767

我的心可是摇曳欲坠于幸运之梢。

我不说那是盛年之华，
歌唱时赞赏者的拍手，
但我的必能取胜的斗争之勇气，
得到如夜来枭声之威吓。

你已满足于我的不幸罢！
无灵如荡妇的诱惑者，
我将在南国的山川之垠，
宣唱你巫女似的不可宥之罪过。

以上三首诗均载于1932年11月1日
《现代》杂志第2卷第1期

余剩的人类

阳光还没有热力的清晨，
在幸福之怀酣睡够了的人
睡眼朦胧的向窗外一望，
无意地看见一个找废物为生的穷汉。
余剩的人类，幸福的门外汉，
在蹒跚，肩上两边下垂的担子，
尚空洞无力在压抑他高耸的肩膀。
他愿意而期望这个变成重些，充满些，
可是暂时能安慰他的，——可换做食料的，
只是几块尚湿的破布。
他希望忽然有许多
铜片，玻璃瓶，或铁丝，
满布在他的四周，他的脚踏上去索索作响。
但是他空望着，深陷之眼四望，
小心地如失了绣针的缝衣匠；
一手弯曲在背脊的中心，
用力在瘙痒，俄而手臂又移到别处去工作，
大概无情的迷路之微生物，

在吮取他清淡无味

尚不足循环全身的血液。

他仅能遮蔽半腰的衣服，

也许是已死的士兵穿过的，

油腻而多皱纹。

他两颊深陷，是十年来吸毒烟的成绩，

头发分润着他仅有精力，在得意地滋长。

他知道这样失败，是人生的羞耻，

眼泪也流到无可再流的情绪了。

他想改过，但痢疾即刻来威吓他，

他想振作，但心灵似在说：

这个宇宙你是没关系了。

一个偶然有动于中的慈心人，

曾帮助他做街头的小贩，

但下层阶级的寄生者

不给他振作的机会，

将血本亏蚀在游民的牙缝里。

因此他只能再找回这个

最无用的人类之职业，

攫去有力者食时偶尔下坠的饭粒。

当他年富力强的时候，

不曾知道失败的意义，

在做军营的卫队的时候，

他也有几千可以买到人们之幸福一样的金钱，

魔鬼命运在愚弄他罢，

使他没有亲尝那些滋味。

现在他恐怕在生命终结之前，还在异地，

他唯一的幸福，是想死在离别四十年的故乡，

那时他的弟弟，可以在他的旁边，执着他的手，

说几句安慰的话语。

可是那些未出现的铜片，玻璃瓶，铁丝，

好像在嘲弄他的梦想。

五，十，三二·笠庐

原载1933年1月1日《现代》杂志第2卷第3期

诗二首

太　息①

时光的驰骋，与地球的自转，

使歌喉歇了音韵，笛儿腐蚀，

忠心变为叛逆，留下绝大的仇恨。

算是世纪现象之一出，

只有老旧的墙角之古画作证，

它显出悲愤如活够了寿命的水松。

我自悼，我感谢，

但我要看自负者之崩毁。

每因微细的现象，使我诗笔流泪，

常有伟大的胜利，使我默然，

一贯的矛盾，以生命作尝试。

已无挽救之机会了，

当气息呈现短促的时候。

---

① 此诗1933年9月1日在南京《文艺月刊》第4卷第3期上发表时，题为《太阳的祈祷》，个别字句、标点、诗行排列、分节及每节诗首字的字号略有变化，诗题下增加了法文题引。

权威的太阳啊，

我在你跟前是怎样的渺小，

你屡以过度的热力，欲烧我至死，

虽然我无日不向你张手祈求。

我太眷恋这宇宙的光华：

已熄灭的火山口，浮出地面的矿物，

长林的巨树，旋舞着如臂的枝条，

海鸥的夜哭，引起妻死的鳏夫失眠。

我知道我终于要死的，从此

人类忘记我的颜容，与自苦的努力，

但你该留下那些美丽康健的人儿，

香花远树，摇曳于天空的柳梢，

他们将因长寿，

好去讥笑我短促的挣扎。

浮云啊，你勿再盘桓于山之巅，

女神早已废止歌唱，

会死的生物，已逃向南方的原野，

只留下我战栗于徐升的月色中；

我恐怖衰老的伛偻来临，

我忧惧不自爱的人类，

在我身后崩毁，我担心
手栽的花盆，且无人灌溉，
我思虑着在此拥挤的人群，
没有我栖止的场所。
女神啊，若你回顾一遍，
我便将如寒林死鸟般缄默，
再无怨艾之太息。

二，一二，三二·广州笠庐

忆

我呆视着你的小影，半晌，终日，
微启之唇，像是欲唤我的名儿未果，
那口角的曲影，
犹徘徊着孩提时的娇养，
自然流露的梨涡之旁，
是我自幼吻你的领土，
忿怒时指头惯捏的筋肉。
为什么现在盖满异国的尘埃？
肌肤显出淡青色之痕？
你穿上的鞋儿，

显然比三年前大了，

老旧的一对，

我犹如拱璧般保存着，

谁能寻觅更有价值的纪念。

你挂在肩上的皮袋，赳赳地，

像是远征的勇士，猎人，

但你臂力尚小，愿你不想征服，

只奋力去抵抗侵你的敌人，

那时我将何等自信而狂呼。

我读你全以大字母组成的信，

至少十遍二十遍，

我吟哦着天真的句子，

无拘束的意境，

你是世间的大哲人，

你说出万古不朽的真理，

表现出人间伟大的恩爱，

牢记着，这些就是幸福，

勿使阴险的理智毒害你。

你要我给你有色画片，

还要亲自带来，百张，千张，

我预备交给你一切，

细诉你一切，当你能懂的时候，

因为除你以外，

世间更无有牺牲的机会，

我欲置你于有宝殿之深宫，

我欲携着提琴挈你行乞，

我欲诱你遁迹于世界之他一角。

啊，话言太多了，

我愿真实地拥你在怀里细说，

我厌倦梦境了，

那只贻我痛心的流泪。

以上两首诗均载于1933年8月1日

《现代》杂志第3卷第4期

诗四首

瘦的乡思

异国失去青春的女郎①，

用指尖在破琴上迫出歌音，

半凉的夜之穹窿里，

飞绕着令人不可奈之愁思：

插过野玉簪的鬟鬓，

空存亨利临别之幽情，

最后一次在Magic city②的郎巴舞，

永不会在海海遁形。

她要唱：此不是自己的国土，

空气要窒死她

自以为白白消耗的生命，

她要跳：使血的交流

追忆失心者之诱惑，

---

① "异国失去青春的女郎"，指李金发的德籍夫人屐姐。

② 英文，魔幻的都市，幻城。

心跳了，多情的群星
亦跟着她的步武在叹息。

异国失去青春的女郎，
用指尖在破琴上迫出歌音。

初恋的消失

布你耶尔①的古式建筑中，
我从侧门的墙角转出，
肯尼该在那里候我。

雪在封尘的鞋底
如竹叶儿相碰地作响，
法兰西北部之隅
一夜尽够吹冻湖水的风尖，
躲避在我初暖的襟内。
没有半点儿生物的声息，
灯儿在射出阴险之光，

---

① 此处"布你耶尔"应指法国东部山区城市Bruyères（通译"布鲁耶尔"），为溜冰滑雪胜地。李金发赴法勤工俭学初期曾在该市一中学教中国学生法语的"特别班"就读。

778

雪压下的野树，

仅有微青的影子。

游牧式的下等音乐，

忽从一个窗儿无力地放出，

这是过时的Polka^①舞曲，

她最晓得这个，

这是她的笑声了。

她在陌生人的腰际，

我在战栗的两足之上。

无名的山谷

山腰的地层，显出龙钟的丑态，

飞鹰翱翔着寻觅其故子之尸骸，

细雨牵住行舟，

更笼罩着伫立沙渚的白鸥，

尤怨的竹林，

正盼望新春的抚慰。

---

① 词源可能是捷克语的法文外来词，音译为"波尔卡"，是捷克的一种民间舞蹈音乐，源于19世纪中期的波西米亚。

山神不曾出谷，任风雨在徘徊，

雾气淹没峰峦，

如战阵前烟幕，

显出胜利之神态，

只缺乏一点生机，

阳光隐藏九天之外，

得意着如卧龙哲人。

这个大小山脉之尾闾那边，

团聚着无数宿命之徒，

肥沃的土地没有厚遇他们，

至今饥渴者之悲鸣，

环绕在滩石的水沫上。

罗浮山

Amid the reeds some woodlan d God recline d

And no man dared to cross the open green.

Q. Wilde[①]

---

① 题引为英国诗人王尔德（Oscar Wilde, 1854—1900）的诗句，有以下三处拼写错误：一是"woodlan d"为"woodland"之误；二是"recline d"为"reclined"之误；三是署名中"Q"为"O"之误。译文如下："在神栖息的丛林和芦苇荡，无人敢跨越那一片青葱。"

山风摆出神气的面孔，

吹掉游人的破帽，

抚着微凉的背时，

顽皮的石子踢破人人的趾头。

在雾气中我们相会，

茶枝的采集人，

睁眼奇异瞻望，

我们的形貌差异，

心是仿佛一元的。

我拔下失养的树爱惜着，

仅有苍古之形的细根，

象征几乎饿死的人类，

面黄肌瘦的挣扎者，

我更爱在脚下飞滚的砂石。

此地的日光朝雾，

该比地圈里的忠厚，

照着他们生息

培养成各自安分的智人，

看蟋蟀在讥笑我们。

以上四首诗均载于1934年2月1日

《现代》杂志第4卷第4期

《前途杂志》

时 间

时间在宇宙大道上阔步疾走，

我diony sienne[1]之灵魂，

为你震荡着如中古堡垒之残破。

我的青春为它金牙啃食过半，

如新秋在反嚼着红花绿叶。

它眼见过宇宙之大chaos[2]，

太阳最强烈时的焚烧，

群星从太阳本身分离出来，

月球怎样开始站在地球旁边，

八大行星怎样排列在恒河沙数的公里之外，

银河系如何在远处发亮，

山崩地裂，如千万个雷霆同时爆炸，

陨石纷飞，毒氛弥漫……

---

① 此处"diony sienne"应为"dionysien"。可能性之一，这是希腊酒神奥尼索斯的形容词形式，即"狄奥尼索斯式的"；可能性之二，这是3世纪的基督教圣者圣德尼的名字的形容词形式。

② 法文，混沌，混乱。词源出自希腊语，和cosmos（有秩序的宇宙）意义相对。

它留心过人类进化之阶段，

把庞然的大兽从崖端坠下而死，

蚂蚁和孜孜不息的人类，

则留存在地面，好去挖掘地球之外唇，

永远匍匐，欲建立一个可满足之幸福，

有能浮的东西在水面游泳，

能飞的机器在天空翱翔，

人类多么自诩而狂喜呀！

可是时间在高处诏笑，

这是万万年中一秒之显像罢。

它不恻隐地限你们在几十年之内，

一个个处死，如处死你们的祖先之祖先一样。

但没有一个因此而悲观灰心生存。

几十年辛酸的生存于谁没趣？

还以互相倾轧，去代替各自的怜悯。

自命宇宙主人的人类啊，

只要太阳热力失去了些儿常态，

就可以烙死一切康健的生物，

如炉灶上觅食的小动物，

Pompei①的城市，只给一些火山的砂砾淹没了；

---

① 法文，地名，庞贝。

784

Tokio①的繁华半消失在地缝里。

延亘数百里的毒雾使人口牲畜，

呼吸着便死；

过剩的雨量，将人类及他所爱的居室，

荡漾在水底或漂泊在下流的荒岛。

这不过是时间的小玩意儿，

我们人类却用尽最后的抵抗力了！

时间，我生命腺之损害者啊，

我自垂髫之年，便崇拜你，恐怖你，信托你，

可是一步步的欺骗我，揶揄我，

攫取我最宝贵的欢乐之时光，

分离了我如形影相随的侣伴，

宽纵了我几世欲报的仇人，

损失了我藉以购取幸福的金钱；

现在你留给我的是疲怠的四肢，

暂就皱缩的皮肉，

脑中盘据着的是失望，怯懦、追悔。

你这样对付的不止我一人罢，

你得意了，胜利了，你不可一世的魔王，

我就退让而屈服你罢，

785

还要鼓其余勇气力，

去帮助你完成你伟大的功业。

广州笠庐

原载1933年1月1日《前途杂志》第1卷第1号

《东方文艺》

梦与初唱

梦？

我梦见一个生角的魔鬼，

蹒跚地来踞坐在我白色大理石之宫里，

指挥我嬉笑，哭，泣，自私，倨傲，报复；

它时卸下那宽广的黑斗篷，

蒙着我的周身，只露出有血络的眼珠，

和如木脚人之笨重的两脚，

纵横于满是非善类的人群中，

所向无敌，我曾将刚刺下的匕①首，

从恶徒胸膛上拔出，以绷带裹下伤口，

他仇视我一眼，

于是又踊跃起来追他的凶手：

一个夜鸥啁啾的崖石之旁，

---

① 此处"匕"，最初在刊物发表时原为"七"。

半裸的少女在呜咽，

手指着远方在诅咒，

我劝慰她的损失，挈之回去，

听说不到黎明，她已与世长辞；

偶尔一个前世的仇雠，

正在企图成就他奸恶的大业，

我以棒打断他的右臂，

耳朵亦因此震聋①了，

那还有人生之乐趣吗？

辜负我的人站得远远地在望，

他恐惧我的于他不利，

吁我愿冰释我们的前嫌，

使他有完成其毒恶之设计。

最后梦见两脚有如羽翼，

鼓动着便如鸟雀般飞翔，

几分钟内飞到土耳其宫中之haran②内，

看见王子正在拣选美人，

评头品足，如市场的牲畜的商人，

其中讲我母邦语言的一个，

① 此处初版原为"耸"，疑为"聋"。
② 此处"haran"疑应为"harem"，词源出自阿拉伯语，指穆斯林女性的闺房，或泛指穆斯林家庭中的女眷。

疾呼我的名儿，奔来我的脚下，
告诉我此间的虐待和罪恶。
我于是救出所有的人，
以火焚烧那几世纪来的宝殿，
偶一不慎，一个火花掉在我发际，
使我作痛，于是心跳着醒了。
忘记熄灭的灯光，还照射着床头。

初　唱[①]

你带着救世主及天真的心，
参与我饱历风霜之余生，
且整理你如飞蓬的黑发，
听我初次为你歌唱罢。

我在远海峭壁之崖，
探望过巨象的坟场，
只是那些宝藏已归腐败，
我遵循着原路丧诅归来；
一个深秋的季候，

---

① 本诗是李金发1932年9月与梁智因结婚后不久献给梁的坦露胸怀之作。

凭人们的预告，

我午夜起来仰望流星，

及四十年一现之彗星出现

但我只见月色朦胧，

冷风刺进我的睡衣，

听不到丝毫轰炸的声响。

我于是失望，

我再无询问宇宙大法的对象，

素来呆站天空的星群，已使我疲倦，

我失去幸福之钥的财富，

迷离于宇宙万物冲突的恐怖中。

我愿遁迹深谷之末，

自炊自汲，以消磨我如野兽之气，

或降身为奴，疲乏地拉着VOLCA①之般②缆而歌，

所有这些，都使我暂暂地自灭，

减少生之意识的吸引。

当我狂歌如酋长的时候，

你勿张皇而遁，

这个使我回忆游牧的祖先，

---

① 可能来自加泰罗尼亚语，音译为"沃尔卡"，有火山之意。

② 此处"般"疑应为"船"。

790

在平原上颠踏着而歌的雄壮，

这个使我想起古代悲剧中失恋之哀吟。

就此入睡罢，这些，给

你如此简朴的心已太烦重了，

我将披衣起来侦查一会，

夜色的黑影里，怎样酝酿

摧残我们生命的毒计。

东山立庐

以上两首诗均载于1933年2月15日

《东方文艺》（广州版）创刊号

《矛盾》月刊

闲居自语

一个诗句，曾如我恋人般，
使我苦苦追问欢乐之常在；
邻家飘出不成Melody①之琴音，
引出我迷途在荒谷中沉睡。

为甚笔力不像往昔的英俊，
怕是自悲的语言说尽了。
大自然的美态，
还没有动手歌唱，
全因老耄之记忆，
不曾容颓萎之意识安宁。

有时远处的火车之闹声，
被过路的风吹来，

———————————

① 英文，旋律，曲调。

依依在午昼的窗棂上，

我遂说："这是幸福，

他们在生离死别中而不自悲。"

这就是我闲居的功课。

原载1934年1月1日《矛盾》月刊第2卷第5期

哭 声

秋的舍去巡礼的傍晚，
低亚而有破洞的泥室，
呱然的发生一阵。
悲哀过度的哭声，
又是一个男的或者女的，
为时间征服了，
那是胜利者的送行曲，
使他们不致汗涔涔的上黄泉路，
使他甘心撒手这尘寰。
儿女是还要活的，
他们不因此自悼，恐怖而退却，
有了谅解，有了准备，
甜蜜的在前头，
祖先干的太傻，不识时务，
该被忘却排挤，
旧的从此结束，
换上新的手段。

呱然的悲哀过度的哭声，
荡漾在无限界的穹窿里。

原载1934年1月1日《矛盾》月刊第2卷第5期

瘫痪的诗人

Ye nepuis croire a ta milancolie

Que tu sois mon mauvais Destin.

A.Musset.[①]

鹧鸪唱破春之侘[②]傺的心窝,

蛰虫狂敲生命的繁荣之钟,

诗人整刷尘封的外衣之襟,

因先望之火已烧上肺尖。

枯瘦的右肱

为幸福之寻觅疲乏久了,

轻风[③]使他血液运输,

到了如搥的膝[④]盖便凝住。

---

①　法文,题引出自阿尔弗雷·德·缪塞《十二月的夜》（*Nuit de Décember*）中的句子,初版有多处排版或拼写错误,正确的为:"Je ne puis croire à ta mélancolie. / que tu sois mon mauvais Destin!"可译为:"看着你的忧郁,我难以相信,你是我的厄运!"

②　此处初版原为"佗",应为"侘"。

③　此处初版原为"凤",应为"风"。

④　此处初版原为"膝",应为"膝"。

如生的呼喊算是徒然，

　"创造"近乎修辞学的欺骗，

上帝之手只引人到中途，

魔鬼目①喜得到首席的审判。

人类居住的地壳，

终归有他的份儿，

蛆虫已允许为他作守护，

背脊已蕴酿着杉木的气味。

原载1934年3月1日《矛盾》月刊第3卷第1期

---

①　此处"目"疑为"自"。

眼帘即景

清晨的断途之雾气，
环绕在富人之家透出的乐声中，
衰病无力的太阳之光辉，
偏在劳力者背脊上觊觎。

景色是婀娜的新秋，
空气中可散布得夏日的电子；
铁色的无所事事的远山，
任意识散漫的诛人在盘据；
地平的蔚蓝之底层，
隐藏着远行者之尤怨；
风帆摇曳的洋面，
有蛟龙在伺候水葬者的尸体。

涛声从岩石的苍苔下散出，
站立不定的螃蟹之幼子，
冲断多节的腿骨，

无力地匍匐在野珊瑚的破枝中。

原载1934年3月1日《矛盾》月刊第3卷第1期

太阳的祈祷①

Vaus assisdas lespace ou mil aiseau natteint.

Vaus brillez comme aux cieux de Jupiter latin

Naailles②

时光的驰骋与地球的旋传，

　　使歌喉歇了音韵笛儿腐蛙，

　　忠诚变为叛逆，留下绝大仇恨。

　　算是世纪现象的一出，

　　只有老旧的墙角之古画作证，

　　它显出悲愤为③活够了寿命的水松，

　　我自悼，我感谢，但我看自负者的崩毁。

---

① 此诗与1933年8月1日《现代》杂志第3卷第4期所载《诗二首》中的《太息》相似，但在每节诗首字的字号，个别地方的标点与分节，一些字句和诗行的排列等方面有所区别。

② 题引为法文，出处不明，有众多错误，所引句子不可解，第二行勉强译为："你光芒万丈，如同在拉丁诸神朱庇特的天上。"

③ 此处"为"疑应为"如"。

每因微细的现象，使我诗笔流泪，

　　常有伟大的胜利使我默然，

　　一贯的矛盾以生命作尝试。

　　已无挽救之机会，当气息是现短促的时候。

权威的太阳啊，我在你跟前是怎样的渺小，

　　你屡以过度的热力，欲焚烧我至死，

　　虽然我无日不张手向你祈求，

　　我太眷恋这宇宙的光华：

　　已熄的火山口，浮出地面的矿物，

　　长林的巨树，旋舞着如臂的枝条，

　　海鸥的夜哭，引起妻死的鳏夫失眠。

　　我知道我终于要死的，从此

　　人类忘记我颜容，与自苦的努力，

　　但你该留下那些美丽康健的人儿，

　　香花，远树，摇曳于天空的柳梢，

　　他们因长寿好去讥笑我短寿促①的挣扎。

　　浮云啊，你勿再盘桓于山巅，

―――――――――

① 此处"短寿促"应为"短寿"或"短促"。

女神早已废止歌唱，

会死的生物，已逃向南方的原野，

只留下我战栗在徐升的月色中。

我恐怖衰老的伛偻来临，

我忧惧不自爱的人类，

在我身后①崩毁，我担心

手栽的花盆一旦无人灌溉，

我思虑着在此拥挤的人群，

没有我栖止的场所。

女神啊，若何四顾一遍，

我便将如寒林死鸟般缄默。

广州笠庐赤道之旁

原载1933年9月1日南京《文艺月刊》第4卷第3期

---

① 此处初版原为"从"，应为"后"。

自　语

任何金属不能钉住我的过去，

没有一个呼喊之悲戚，

　　可以使我生命呈现永久。

我站立过的地面，

花草便在枯萎，我颓废之气息，

　　散布冷气在它们的叶底。

往古海盗在洗劫之呼啸，

告诉我无主宰之心在欺骗，

　　四肢做了无实据之从犯。

异教之神像前的祈祷，

斩断了自己的生路，

　　因死神之羽已无力下垂。

远逃的人儿，你该回顾，

杜鹃的哀鸣，

　　仅能扰醒我清晨之梦。

袖手而观的神祇之侍从，

你该吹起程的胡笳，

月儿已散布最后的叹息。

原载1934年1月1日南京《文艺月刊》第5卷第1期

末路的人

鞠躬伸手，是你与无情的

陌生人之见礼，

伛偻之腰，流着恶臭之汗汁，

油腻而黑的破衣，发出臭气，

为生存而流的汗，是最末一次了。

如负伤求怜之犬的两眼，

有自惭，悲戚，仇恨，报复，希求在徘徊。

如残破的橡皮之前额，

皱纹已无增加之位置，

无肉之颊，等候着的穿的时日，

如帚之唇髭，以手指给人看，

世间没有闲暇的刀，为你割剃；

无力的腿，勉强撑持笨重的上身。

寄居破屋中的病妻瘦子，

延颈等候你外间求乞之胜利！

毁去罢，算是大神的恶作剧；

你没有力不能如他们般攫，

失去半部的不够呼吸的肺叶，

毋再污浊幸福者频吸之空气。

原载1934年1月1日南京《文艺月刊》第5卷第1期

重入都会

街缘，墙角，广场上，
徐徐的，前进，超过，
远望去蠕蠕的，
像朝向新叶的幼虫，
没有什么阻止这些行动，
巨人恶意的指头，
一捏，血和肉涂成一团颜色。

妖媚的以乳峰诱人，
纤腰扭动，如长蛇之起舞，
两肩向跟随者耳语示意，
有毒的少女肉香，
使你兴奋安眠，安眠兴奋，
不再见其它世界。
辜负你们，以前，
有这么的宝藏，
撑持罢，撑持罢，
永远不要显露

衰败。

灵魂安顿在林泉，
躯壳交付都会，
任她们支配管领，
歌唱到嗓子残废？

我愿躲藏，我欲苦修，
为人忘却的鸟声流水之底，
赞颂负义者之技巧，
胜利者之暗笑，
这是智者长生之路。

六月南京

原载1934年7月1日南京《文艺月刊》第6卷第1期

有 题[①]

欢爱的美味：

无主的秋叶，

随风消逝于人所忽略的洼地。

剩下的悲愤：

十字架上的金属，

永钉在你掌心，

有已干的黑血胶着。

吞噬罢，不稀罕这盛年，

希望衰老的阴险之潮，

冲洗聪明自误的心头石块；

无稽的永远未淘的智识之金沙，

化成颓暗的灰烬。

林泉的一角，

---

① 　此诗又曾于1935年6月15日发表在《北平新报》副刊《半月文艺》第4期"诗的创作专号"上。只是第三节首行少了"林泉的一角，"一句，倒数第二句"打着清晨送旁的疑露"中疑有两处笔误，其他地方个别字词略有不同，诗末署有"二十三，六，金沙井旧作"字样。

诗料等候诗人动笔，

车儿不来马儿酸了腿，

一枝多年相伴的手杖，

打着清晨道旁的凝露，

那时将有人歌唱这不幸。

原载1934年7月1日南京《文艺月刊》第6卷第1期

错综的灵魂

错综的灵魂，

压迫着欺诈着可怜的躯壳，

它的诉怨后人承认不平鸣。

它的崩毁不支，

血液像要成奔流，

泛出，飞溅，凝固，

最后危机的歌声也发出了。

放肆，愿为一种兴奋而牺牲，

浪漫，狂啸，使忘却丑恶之摧残，

但它在冥黑中幌着刀。

拯救是它的责任。

留在田野，荒谷中休憩，

指定的光荣岁月，

在白发之项，在伛偻之年。

原载1934年7月1日南京《文艺月刊》第6卷第1期

《人间世》半月刊

给　棠

缺乏你的笑声，
生活是渴者没有饮料；
待你徘徊于我的怀中，
又像丰馔之前不能下箸。

透明的蝉翼轻衣，
紧压着你微动胸脯，
如雾中摇曳的白杨，
幸福呵，假如变作无知的它。

初次痴情的人，
紧靠我的臂膀罢，
微风推你背会倒，
草茎会刺你足踝。

捉住欢乐的今日罢，

真实的现在，远胜希望中的将来，

今日不完全消受，

没有明日没有明年。

六，二三

原载1934年11月5日《人间世》第15期

时之镠镤

孟浪之秋，

脱去夏盛之青衣，

彩云在天外

依柱而笑，

太阳跨步往来，

无所见，

只夜候微温的黑影，

刺穿春之忠实者之心。

大地感到孤寂，

在人唱婚礼歌之顷，

运用了安慰万物

之慈爱心，

但见失去幼子者

抱头长叹。

二三年十月九日

原载1934年11月20日《人间世》半月刊第16期

814

飞机中即景①

城郭，亭园，池沼，阡陌，

一望澄洁，画中的造作，

没有生物蠕动

二千尺高度的太阳，

摸抚这初来的赤子之头！

这个以太，如待新客看着我。

如梦中的仙境，

江山在下界飞奔，

我挥手向长江致敬，

机头的疾风使手儿麻木。

在数十万人类头上徘徊，

如铁爪鹰欲随时下攫，

死神又在我们背后径笑，

重落草场的一瞥，

① 此诗后又再次发表在1937年1月1日《美育杂志》第4期（复刊号）。

它的影子才告别而去。

东山笠庐

原载1936年8月《诗林》双月刊第1卷第2期

《抗战诗选》

亡国是可怕的①

几万万有血肉，有性灵的赤子啊！

你们难道不觉得，

一种死的恐怖，灭亡的威胁，

笼罩着扼掣着我们？

没有一刻，我们能自由地呼吸，

没有一句话，能自由的宣说，

没有一年能快愉的度过，

好像我们是再不许在人间生存！

原来一个狠毒的恶魔，

正在吸收我们的血液，

无时不向我们张牙舞爪，

他吞食我们祖先遗留的福地，

---

① 此诗选自金重子编战时文化丛书之四《抗战诗选》，战时文化出版社1938年2月初版，第34—35页。

屠杀走投^①无路的同胞，

驱使饥饿的兄弟作牛马；

不出百年这恶魔定使我们灭种，

祖先的田园庐墓，

便成为他的牧马草场，

几万方里的乐土，

将为他盘据着。

自然地繁殖他的魔种！

遍地是魔足声相应和，

无数的人将在各处行其过度的鞠躬，

隆隆的飞机巨炮之音，

使地下冤死的人片刻不安，

不，那时我们的灵魂也被震碎，

骨屑也会给他作铺路的材料。

假如有少数生存华胄，

定被囚入动物圈供其子孙凭吊，

或马戏场中献技作揖，

供他们欢笑，但鼻上必不忘

加上铁练，手脚必得加镣，

---

① 此处初版原为"头"，应为"投"。

肌肤上必得文身，

到没有呼吸时候为止！

附 录

无题诗①

闻君九十一，我今七十六。

一年复一年，囤粮堪果腹。

此去复何之，人间多孤独。

著作未等身，虫声鸣幽谷。

远寺钟声来，心头频忐忑。

父母早登天，三兄岂来促？

人生难百年，九十我已足。

刘翁九十多，母亲八十六。

人比龙寿长，尚需百万幅。

化石等无涯，何图留白骨。

道旁古老翁，年年观日出。

询之公展哀，龙钟难举足。

早知油已枯，指日登鬼录。

我自觉体健，朝夕劳筋骨。

八段锦上阵，瑜伽亦温习。

———————————

① 李金发这首五言古风与《吊幽默大师林语堂》一文，是杨宏海先生于20世纪80年代在梅州研究客家文化时，由李金发妻梁智因女士和次子李猛省提供，后发表在《新文学史料》2001年第2期。从诗的开头所说"闻君九十一，我今七十六"来看，本诗应作于1976年，是诗人离世前不久的作品。

仓石寿可欺，白石九十足。

二老合寿者，合之一二出。

艺人本有涯，寿合何短局。

岭东恋歌

《岭东恋歌》序

瓶内野蛟三郎[①]

一九二六年把素愿所欲急公同好的《岭东恋歌》一集付印，但后来因华东印刷局招了"回禄"，把我的原稿都烧了，真是补天无术。可幸今年夏跋跋地回去离别十年的故乡，触景生情，以是又复振起编辑恋歌的精神，东搜西索而得了这一集的材料。可是注释抄写，向村童中聆教等等，费了不少时间。后又承蔚霞君费心寻出《文学周报》上已无原稿的《岭东恋歌》序给我，因乐得不再去做序，就复收它移用于此。

一九二八年夏志于故乡之仰天一草庐

这小册子是我费了很多心力的成绩，现把它出版并不是因为

---

① 这是李金发使用不多的另一个笔名。

年来国人提倡民众文学，而我也来凑凑热闹。其实我在十年前就有这个意思，后在巴黎曾托国内的朋友觅了几本手写的半通非通只能记音小册子，读之沁人胸怀，多年不见的故乡，竟得于这种山歌中把印象一一呼唤回来，快何如之！巴黎是不能出版的，乃想把他译成法文，尚未动手而这个杰作已不翼而飞了。

所谓岭东是五岭以东客族所居之地，此种山歌以吾故乡梅县为最盛行，我据实不谦不夸的说梅县人口虽不过三十万左右，而文物是极盛的，小小的县城里有一所嘉应大学，五所中学。中学之大者，每校约千人，少者亦四五百，全县小学有七百余所，据一个德国牧师说：梅县教育之发达，是世界有数的，这也许是过誉的话罢，因为男人中虽有百分之八九是识字的，（乡谚有谓：斯斯文文打得，粗粗鲁鲁写得，是形容梅县人之秉赋的）但女人的大部都没有受过学校教育，这是很可惜的一件事，——教育是如许发达，亦不过是新兴的罢，除产过驻日大使黄公度（他就是山歌赏识的先进，在他《人境庐诗草》中曾有几首绝妙的山歌载着，他的文言诗，很有白话的原素，在胡适之君的《尝试集》郑振铎君的《文学大纲》曾评论其文艺的价值）。革命先烈温生才陈敬岳婆罗洲土王郑和等外于历史上尚无所表现的。——可是其地山多田少，致男子多往南洋谋生，岁入颇巨，故人民生活颇称充裕，因为男人恒外出十年八年不归，支持家庭门户的责任，悉委之女人，但稍有性灵不甘独宿的人，就桑间濮上你唱我和，这是山歌产生的重大原因了。

梅县的妇人，最能耐劳任苦，日间工作，田间跣足科头衣食已极简单，礼教又非常之严格，换言之，她们的地位是奴隶的地位，亦是痛心疾首之余，所亟欲解放的，其他姓与族的观念极，重大族的妇女①，在田野间锄种，或岗岭上割艺（一种羊齿类植物，以供日间燃料的），不能有所轻佻偎亵，一经发觉，则亲夫或伯叔兄弟可随意鞭打，莫②捉获奸夫，则纵不丧失性命，亦体无完肤的。因此之故，姓与姓之械斗时有，常常因一个极滑稽无谓之问题，而他们则以为纲常名教之所系，必须据理力争，至于小姓或弱族的妇女在山野工作，则"强房"（由先祖分出之支派曰房）大姓的登徒子，乘机去挑诱他们，守生寡的人，已少家族的束缚，——小族姓之纲常名教，比较马虎一点，诚因无暇去"救面子"也，——当然求之不得的了。

他们的结合是这样：男子们知道某姓的妇女在工作，遂三三五五结队去游山，隔远便唱有义意极合地位的山歌，去引诱他们，女人们有意交结，便反口酬唱，迨愈行愈近，男子们便开始调笑，或强迫地摸抚其自然伸展的奶子，再放肆一点，他们就席地干起他们所最愿意干的事情来，此即歌中所谓"上手""上身""兼""恋"者也，这样幕天席地的喜剧，是多么令人羡慕啊！自此之后，女子便向家庭托言要回外婆家去，潜来男子处勾留三数天，这种勾留的地点，不在男子的家庭，而在乡村中某人

---

① 此处疑似标点有误，应为"其他姓与族的观念极重，大族的妇女"。
② 此处"莫"疑应为"若"。

所设之"嬲馆"中，日间行踪全要秘密，（即有妇之夫的此种行为，女子知道了，亦多作为不知，仅暗嗟薄命，莫可如何哉！）夜间则置酒菜，给来访的朋友吃一顿饱，我记得十三岁那年，跟着堂兄去参与过一次。还有一种办法，是名"进窑子"，即是男子潜进女子的家中，埋守房内，不动声色，侥幸则尽欢而散，不幸为人捉着，便焦头烂额，或则受"推沙公"（言将与砂石同桩死也），"溜针"（其法与针入小胡鳅鱼内，强奸夫下吞，迨鱼在腹中消化了，而人则为针刺死），"溜锡"，"落猪笼"（以人纳猪笼投之江中），"食粪"等，种种残酷的待遇，然这些野蛮的行为，极少见诸实行，或不外一种口号而已。

歌中的情绪之表现，是何等缠绵，爱情何等真挚，境遇何等可哀，有时是大诗人所不及的，吾尝谓梅县人聪颖异常，此即是民众文化之结晶，其外无所长也，歌中尤其妙在如《诗经》中之兴也，赋也的双关语，惟其时有在土话中绝妙的，而形诸笔墨则反点金为铁了，此是我在有些地方，把他矫正之后，非常抱歉的。两性的冲动，在歌中都有显明和深刻的要求之表现，他们或遇人不淑，或家法森严，我们读之如身受其苦，这些辗转于十八层地狱的姊妹们，我们有人道责任的，应该起来援之以手啊。

在有些聪明的女人，可随口歌唱，恰合他所欲表示的情思，如七言诗之入韵，其辞句组织的妙丽，真有出人意料者，记得我当年于赤日停午，闲行于峰峦起伏间，辄闻悠扬的歌声，飘渺于长林浅水处，个中快慰的情绪，和青春的悲哀，令人百思不厌也，噫吁，我千里外的故乡！

此集仓卒付印，错误的地方当然很多，这集不外是吾乡山歌中之九牛一毛，希望以后能续出数集，此集搜材料时，多叨权发爱兄帮助，是非常感激的。

相思酬唱歌

1

一心都想唱山歌，鼻公又塞痰又多；
一心都想同妹嬲，一同妹嬲心事多。

2

郎在上坑妹下坑，郎唱山歌妹帮声，
阿哥相似阳雕子，老妹好比画眉声。

3

草鞋不着留来揩，鸡公不剖留来啼。
老妹今年十四五，不曾嫁人定把厓①。

（揩者，担也，剖者，阉也，土人称我曰厓。）

4

鸡公相打脚先来，未曾上手就讲财。

① 据商务印书馆出版的《古代汉语词典》（第2版）与《现代汉语词典》有关词条得知，"厓"为古字，音为yá，旧读ái，与"崕"都为"崖"的异体字；又通"涯""睚"，意为"山崖、山边、水边"，可引伸为"边际"，而此处意为第一人称"我""自己"。又据中山大学出版社的《客家话通用词典》得知，广东梅县客家话中代表第一人称的方言字应为"偃"，音为ái，由此推断此处"厓"应为"偃"。下同。

一万八千都敢出，总爱阿妹敢过来。

5

老妹住在细屋家，又没家娘只自家，

东西好比"征常"斗，谁人爱用就来拿。

（"征常"是一族公共租产，每年轮流着去执行祭祀。）

6

新做蓝衫蓝对蓝，借问心肝什么名，

借问心肝姓什没，等厓上下转来行。

（蓝对蓝，喻我们同是姓蓝，转来行，言来拜望也。）

7

阿妹今年十三四，乳姑相似柿花苊①，

又给阿哥捏一下，当过鲩圆淹白味。

8

许久不曾到这往，这往行当郎不光，

有情妹妹郎不识，钝刀截菜爱缸帮。

（这往，言这处也，以钝刀向水缸上磨砺，曰缸帮，同时

影射出妹要帮忙之意。）

---

① 读作nî，意为"茂盛"。

9

新买凉帽卍字花，头上不戴手里拿，

凉帽里边打眼拐，割去割转开心花。

（打眼拐，言以斜眼视人也。）

10

许久不见去那来，不知死了抑还在，

还生也有口信搭，死了也应托梦来！

11

新买凉帽叶叶飞，邻舍阿嫂好去归，

嬲得画来督目睡，嬲得夜来肚又饥。

（督目睡，言假寐也。）

12

许久不曾到河下，不知河下柬多砂，

柬多老妹郎不识，莫怪阿哥没载吗。

（柬多，言如许多也，没载吗，言无招呼之口才。）

13

你要断情尽管断，隔壁还有嫩心肝，

人情比你又过好，声音比你也过软。

14

柬久不曾到庵下，不知庵下柬繁华，

观音菩萨打眼拐，怪得阿哥带货麻。

（货麻，即钩引而得之女人。）

15

新做大屋四四方，拣好时日就上梁，

三堂四横都做尽，问妹爱廊不爱廊。

（廊与郎同音，是双关语。）

16

老妹生得不大方，你的髻尾还柬长，

阿哥毛辫都舍得，梳转圆头才排长。

17

水打石子磊是磊，大的荡了小的来，

连妹耍连两子嫂，大的做月小的来。

（两子嫂，是妯娌之意，俗言分娩期，为做月。）

18

烧柴莫烧圆筒柴，未曾着火唧唧条；

恋妹莫恋十四五，未曾兼身缩缩条。

（俗读柴为Tchiau音，条字系形容词之助语。）

833

19

新做茶亭四条柱，茶亭里边捏乳姑，
捏了乳姑捏脚臂，捏了脚臂试工夫！

20

食烟耍食二三分，恋妹爱恋两三宗，
第一就要言语好，又要人才盖广东。

21

妹妹叫郎床上坐，叫郎来唱风流歌，
今夜同郎眠着唱，风流一夜笑呵呵。

22

大阿妹来细阿娘，厓知妹妹有口塘，
阿哥有只金鲤子，送给妹妹塘里养。

23

上了岌来过横排，妹系先行要等厓，
伯公树下来取总，一唱山歌就系厓。

24

民国不是好天年，一到四月就晒田，
好田不须妹斛水，好妹不须郎多言。

25

噫的嗳来百花开，眉清目秀行前来，

脚踏豆芽贪妹嫩；手攀花树望花开。

26

上园韭菜下园葱，看妹不曾嫁老公，

嫁里老公看得出，身子过扁乳过中。

（中，言凸起也。）

27

纸做财宝哄鬼神；火烧棉绢假热绩；

打米问仙同鬼讲；烂鞋拖踭①撇死人！

（俗称纱组之属曰绩，与情同音，故借此以作影射，全首

俱是双关语，用以讽女子之无情。）

28

半山岌上两枝梅，红花谢了白花开，

柑子来寻桔子嬲，系我姻缘辗前来。

① 据《汉语大字典》有关词条得知，"踭"音zhēng，古生僻字，今无此字与之对
应。一为客家方言俗造字，"脚踭"，意为"脚后跟"；二意为"使劲""用力"。《客家
话通用词典》中写作"脚踭"，意为"脚后跟"，今无"踭"字。下同。

835

29

郎在广东妹往番，梨花送酒薛丁山，

竹叶做船撑你走，过洋时节爱机关。

（番者南洋之俗称，过洋系影射过阳，丢精之意。）

30

硬骨上砧就鼎刀；油鱼落锅就鼎柴；

亲哥好比明笋样，放落锅里任妹熬。

（明笋，系硬笋干。）

31

爱寻风水行过来，双膝一落龙门开，

先生符顿钉落去，先管人丁后管财。

32

食了你茶领你情，茶杯照影影照人，

并茶并杯吞落肚，十分难舍有情人。

33

食烟只好食一筒，食了两筒费人工，

恋妹只好恋一只，恋得二只怕争风；

34

雨天着履去了鞋，你今有双来丢厓；

斑鸠有双树上嬲，鹧鸪无双日夜啼。

35

食烟要食黄烟筒，味道又好烟又浓；

恋妹要恋十七八，工夫又好胆又雄。

36

你若练打心要专，妹贴工钱及饭飧①，

有日奸情人捉倒，刀上架了刀下趱。

（练打，是练习拳斗之意。）

37

新做背心倍蓝里，不曾上手有人知，

不曾上手有人讲，两人甲硬做并渠。

（上手，即达到目的之谓，末句，犹言索性一干也。）

38

柑树拿来割佛神，愈看愈真愈桔人，

---

① 此处"飧"疑应为"餐"，下同。

837

担竿头上挽菩萨，问妹担神不担神。

（桔人，系影射激人，担神影射耽神。）

39

自从不曾到你家，不知你家柬儒雅，

兜出一张三脚凳，拿出一壶隔夜茶。

40

没打紧来没相干，柬好情义也会断；

柬好红花也会谢，柬好甲酒也会酸。

41

你莫嫌我鬼钉筋，十三十四嫖到今，

一州四县嫖光转，不曾嫖过二婚亲。

（鬼钉筋，是含口尚乳臭之讥语，二婚亲，是再嫁之女。）

42

同妹上山割蓄莨，讲讲笑笑没人知，

倘若路上人看倒，厓会转口叫满姨。

（满姨，是表妹之意。）

43

锡打戒指系出奇，面上镶金来送你，
虽然物轻人意重，心中系锡你不知。

（俗称爱日鹊，与锡同音，故有此影射。）

44

上村人讲我偷恋，下村人话我未曾，
水浸禾苗心里定，不怕两边人闲言。

45

新买烟筒梨木竿，梨木虽硬车得穿，
一日问妹两三次，铁打心肝也会软。

46

不相不熟无话讲，面子相识有商量，
百般言语都讲尽，不曾上身心不凉。

47

新打酒壶嘴弓弓，亲哥送给妹手中，
酒壶张得千年酒，同妹来结万年双。

48

天上落雨云走南，又想落雨又想晴；
老妹做出扭肘事，又想断情又想行。

49

白纸写信红纸封，千里寄到妹手中，
信上不写什么语，只写夜里厓磨双。

50

石榴打花艳艳红，看妹不曾人开封，
开里封门看得出，身子过扁乳过中。

51

同妹行路过山下，日头晒得热嗟嗟，
手攀肩头接下喙，即时止渴当细茶。

52

郎系塘唇竹节草，妹系园中四季葱；
郎今贫穷妹富贵，贫穷富贵讲不同。

53

着袜不知脚下暖，脱袜正知脚下寒；
先今有双不知好，今日没双系寒酸。

54

苦瓜没油苦愀愀，茄子没油滑溜溜，

两人讲起断情事，目汁双双流枕上。

55

味碟种菜园分小，扁柴烧火炭不圆，

哑子食着单双筷，心想成双口难言。

（园分小系寓缘分小意，炭不圆猎言叹不圆。）

56

无情妹子切莫恋，不曾相交喊买棉，

煮粥话出煮饭米，青菜缴出肉价钱！

57

百三百四我也揩，无须老妹思量厓，

上岗下岌厓会驳，平阳所在厓会揩。

58

隔远看来火华华，行前正知系妹家，

心肝留便洗脚水，背后还有二三蛇。

（两三蛇，言两三人也。）

59

柬久不曾到这坑，鸟子没叫妹没声，
鸟子没叫出了薮；妹子没声出了坑。

60

松江行上嘉应州，麻皮绞索不当苎，
上山不当行平路，老婆不当大细姑。

（大细姑，与货麻同意。）

61

月光柬清风柬凉，胡椒细细辣过姜，
老妹柬好又打粉，害死几多少年郎。

62

柬好人才不晓花，情愿单身囫自家，
百鸟都晓寻双对，鸭子也要交卵渣。

（末句言交媾也。）

63

无双恰似风吹竹，日吹东来夜吹西，
雉鸡入园寻粟食，因为单身来这里。

64

你要回来我要留，留转厓来没赢油，
血脉留来养身子，面目留来见朋友。

65

路上逢妹笑西西，丢下眼拐乐死里，
你今好比蜻蜓子，到了吾手不放你。

66

讲得同来不遂心，遂里心来嫌吾穷，
单只灯笼庙门吊，神鬼都知厓无双。

67

龙眼不比生荔枝，火窗不当绵羊皮，
货麻阿哥都嬲过，还坐同你宿一晡。

68

妹系深山沙泉水，郎系山上横坑茶，
两人同心来入口，味道到了开心花。

69

脚挟禾秧没手莳，火炙烧饼扯面皮，

鱼子食落茶苦水，肠断始知肚坏里。

（没莳，言没手势也，即本领之意，肚子与赌同音。）

70

会唱山歌歌驳歌，会织绸缎梳驳梳，

会拉胡弦多厌指，会恋老妹花子多。

71

顶身白衫件件新，裙短衫长脚臂清；

你今相似云下日，阴阴沉沉热死人。

72

老妹要来自己来，三三两两莫同来，

郎今好比荔枝肉，同得人多分不开。

73

老酒参①醋永久酸，妹系不来人情断，

胡鳅跌落没水地，没泥没水怎么趱。

74

三六九日长沙墟，老妹好比红金鲤，

---

① 此处"参"疑应为"掺"。

缯网粪箕打不到，亲哥白手擒到里。

75

亮纱马褂衬柳婴，不是粮差就是兵，
老妹包头又扎脑，不是做月也损身。

（做月分娩也，损身小产也。）

76

食了饭子出门前，听说老妹人偷恋，
火烧竹筒心里热，锅头没盖气冲天。

77

老妹生得白飘飘，好似深山杉树苗；
杉树大了吾要砍；老妹大了吾要嫖。

78

山歌唱来系排长，一放开声满肚肠，
老妹同吾眠着唱，竟没番渣到天光。

79

食茶要食盖杯茶；恋妹要恋上下家，
万一奸情人捉到，假作两人扛风车。

80

五月五日系端阳，买便粽子盘来张，
等到妹妹一同食，一人一口味道长。

81

九月登高纸鸢风，妹子凉帽叶叶动，
今番问妹不答应，假作怕羞诈耳聋。

82

一对鸳鸯共树栖，成双成对正合时，
老妹前门不敢进，后门开锁切莫迟。

83

老妹何必柬娇刁，花言巧语来做娇，
再过几年颜色变，有时有日会讨饶。

84

钓到鲫鱼又想鲤，恋到老妹不娶妻，
讲着嫖行系高兴，有了病痛要药医。

85

壬子年来大水多，坡头崩了浸田禾，

村中低处无禾割，看来今日受冰波。

86

老妹相貌厓都知，叫夫叫主柬孤凄，
日后方圆你要嫁，几十花边厓娶你。

87

新做白屋上栋梁，爆竹连天闹洋洋，
看见亲哥发财了，抵托媒人来商量。

88

新打茶壶嘴湾湾，你话锡来我话铅，
我说是铅你说锡，自然爱锡正值钱。

（锡是爱惜之影射语。）

89

细茶方便烟也有，妹子恋郎不怕羞，
那位亲哥较中意，今夜两人来风流。

90

妹要断情郎不愁，当初谁人做因头。
绿竹做笋从底起，食水要寻水源头。

91

不声不气吾也知，那句言语得罪你，

那句言语得罪妹，洗碗也有相碰时。

92

一阵老妹柬雅邪，红衣红粉髻尾斜，

隔远听来歌声好，坐落山头唱采茶。

93

枯木做桥不耐行，秀才革了枉成名，

火烧棉绻情难救，水浸爪眼要断城。

（俗称城隍曰爪眼，城与成同音故云。）

94

当初差是自己差，不该用钱像泥沙，

拆开屋顶放纸鸢，因为风流不顾家。

95

不怕死来不怕生，不怕血水流脚踭，

不怕脚上无脚趾，两人有命总要行。

96

先日同你有来往，今日搅到柬郎当，
早知老妹情柬短，不如守本过清香。

97

大把锁匙响叮当，自家开门自家当，
一夜想的无别事，只想床上少个人。

98

入山看见藤缠树，出山看见树缠藤，
树死藤生缠到死，树生藤死死也缠。

99

三十一过初一朝，手拿香纸庙里烧，
郎系断情本分个，妹系断情斩千刀。

100

鸦鹊落田喙显公，那知嗷到蜈蚣虫，
早知你是柬多脚，话到舌脱我不同。

101

桅竿顶上种苦瓜，苦瓜拖藤打白花，

一心都想上去折，没个大胆不敢惹。

102

十七十八不知天，又想恋妹会变仙，
草帽放在火灶上，久后正知柬烟圈。

（烟圈是影射偃寒。）

103

双扇大门单面开，时时搭信望妹来、
脚踏竹头望生笋，手攀花树望花开。

104

茶树开花球是球，人生世上爱风流，
假使不做风流事，检到愁切检到忧。

105

讲着连妹心滑冷，更起等到二三更，
鸡又啼来狗又吠，一场欢喜一场惊。

106

上树你要上到尾，切莫上到半树企，
交情你要交到老，半途而废枉心机。

107

兴宁腊蔗汤坑鸡，你若不肯也算里，

你又做出貂蝉样，弄到董卓昏齐齐。

108

起初始义你在先，传声寄信使吾恋，

你今来讲断情事，搅到厓家断火烟。

（断火烟，言家无噍类也。）

109

你要休时尽管休，上午断了下午有，

背面穿针没眼看，烂船没篙任其流。

110

桄竿顶上种金蕉，没形没影被人噢，

手捉虾蟆腰上系，气吹气鼓怎得销。

（噢，言诬枉也。）

111

吾今不讲你不知，几多愁切在肚里，

三十三只水桶耳，九十九刿妹不知。

112

鳄骨潭是海样深，那有恋妹不挂心，

饭甑肚里放灯草，久后正知郎蒸心。

（俗称灯草曰灯心，故以此影射心字，蒸心与真心同意。）

113

半山岽上一坵田，无坡无圳绝水源，

好田不用高车水，好妹不用郎多言。

114

山歌唱来句句真，句句唱来解化人，

两十以外不改正，不知几时始成人。

115

上坵流水出下坵，郎系难舍妹难休，

十字街头来分手，远看心肝目汁流。

116

郎今行年二十三，间爱风流七年添，

过了七年三十岁，新情老情一样掉。

（掉，应读如钉音。）

117

石岩顶上下斑鸠，没门没窍怎样搜，

胡鳅跌落三寸土，没人引进难人头。

118

睡目不得听鸡啼，无缘故事讲衰厓，

白纸糊没个字①，水桶装鳅囫死厓。

（没个字，是影射没个事。）

119

塘里鱼子堆是堆，心想鲢鱼就走来，

因为破鱼割到手，今番没血几时来。

（鲢鱼影射恋你，——俗称你曰吾——没血影射没歇，首
没留宿也。）

120

恋妹不着时运高，时衰运败妹来招，

东园改竹西园种，茎纵不死叶也燥。

---

① 本句诗只有六个字，疑为民歌在传唱过程中散落掉一个"的"字，或排版时
漏掉一个字，或作者笔误。原诗句应为"白纸糊的没个字"。

121

新打戒指八宝莲，那^①有心肝不要钱，

三岁孩儿呱呱叫，谁人带大给你恋。

122

二丈八布做裘衣，钩针密步恋到你，

你今讲着断情事，马褂单重系没里。

（没里，犹言没理也。）

123

三只洋船过浙江，一船胡椒一船姜，

老妹莫嫌胡椒细，胡椒细细辣过姜。

124

新买担竿曲湾湾，不知担到何时年，

担担一事无了日，不如恋妹出头天。

125

月光出世真崩波，团圆时少缺过多，

十五十六光明夜，二十七八打暗摸。

（同时寓言女人年至二十八则无味也。）

126

三十一出年纪有，百般症头都爱休，

月到三十光明少，人到中年万事休。

（症头，是黑习之意。）

127

十三十四不堪恋，十五十六出花园，

十七十八人恋走，枉为心机日夜缠。

128

一心种竹望上天，谁知愈大尾愈湾，

你今讲起断情事，不念今日要念先。

129

山歌不唱不风流，猪肉不煎不出油，

梧桐落叶心不死，不同妹嬲心不休。

130

亲打钗子翠绿花，四月一过端节下，

855

亲哥今年没世界，不曾打算妹名下。

（言未预备送礼也。）

131

禾雀细细瓦上企，又想食谷又想飞，

灯草拿来织细布，上耕不得枉心机。

（灯草影射心字，心在织机上日，心机，俗言用计划日心机，俗日织布日耕布。）

132

新做大屋白营营，一对金鸡瓦上行，

瓦片割烂金鸡脚，血水淋脚也要行。

（末句犹言海枯石烂我们亦要恋也。）

133

年又过了节又兼，又爱手镯溜金簪，

手镯簪子都不打，断情恐怕断得成。

（此是女人怨情夫口吻罢。）

134

一条桔树摘九箩，怎样今年桔棘多，

拔去桔树种灯草，有了心肝桔就无。

（桔字影射激字，犹言烦恼也。）

135

八月蓸草①满山有，上昼割来下昼收，

郎今好比蓸草样，任妹抛来任妹抽。

（凡芦草均须以索绑成大束，以便挑运，故有此象征。）

136

月光一出就带兰，夜夜做梦在身边，

夜间做梦妹身上，醒后始知隔重天。

137

隔远听到厓妹声，害我赶过几多坑，

看去又没鬼刁影，石灰砌路打白行。

138

松口行上甘露亭，敢唱山歌怕谁人，

阿哥好比诸葛亮，不怕曹操百万兵。

---

① 据此节歌后括号内说明文字，此处"蓸草"疑应为"芦草"。

139

丙村行入宫背塘，听知亚妹想恋郎，

脱棹食饭莫斗紧，老鼠缘桁漫上梁。

（斗紧言急促，上梁与商量同音，故云。）

140

丙村行过小河唇，鲫鱼鲤子群打群，

两块茶枯丢落水，毒鱼不死也会晕。

（茶枯是茶子出油后之渣，鱼之食者辄死，末句之鱼，犹言你也。）

141

天上星月多不清，塘中鱼多浪不停，

朝里臣多会乱国，妹系郎多害己身。

142

说了要交就爱交，不怕你夫柬精刁，

十日半月来一转，黄澈下饭不知烧。

（黄澈是厨中蟋蟀类，身发奇臭，俗称为"烧味"，俗言不知烧，犹言毫无所觉也。）

143

生要缠未死要缠，生死同妹结姻缘，
脱头恰似风吹帽，坐监恰似嬲花园。

144

戴了笠子莫擎伞，恋了郎时莫恋他，
一壶难张两样酒，一树难开两样花。

（俗读伞为遮音。）

145

有了笠子又爱伞，恋了你后还恋他，
鸳鸯壶装两样酒，寄生树开两样花。

（此首是答辩词。）

146

急水滩头鱼难上，少年守寡苦难当，
睡到五更思想起，新席磨断九条纲。

（纲言席中索也。）

147

你真恋其莫恋厓，自古船多总碍溪，
三面亚墙必倒一，不是绝他就绝厓。

（溪读如Hai）

859

148

学堂里边种盆花，踏出踏入望人遮，
腹中有冤无处诉，驼背下山囫自家。

149

蝴蝶飞入百花园，采了海棠采牡丹，
百样鲜花都采过，不曾采过嫩娇莲。

（嫩娇莲是窈窕淑女之意。）

150

米筛筛米拜箕裁，谷系心肝米系厓，
以前包等都柬好，一上笼甑就休厓。

151

遮遮掩掩检些惊，天天夜路检些行，
有情妹子还值得，无情妹子不花成。

（不花成，言不止算也。）

152

水打芒头一颇茎，热在心头行友情，
针筒乘米落锅煮，不知几时始上升。

（上升与上身同音，言达到目的也。）

860

153

山哥①二字厓在行，搭郎搭妹真萧洋，
夜晚来做风流事，吾就同妹出战场。

154

妹系使盾郎用枪，山歌样样开心肠，
唱了山歌运气好，多赚白银九万两。

155

半夜敲门敲不开。手拿石子瓦上搋，
灯草拿来挑螺肉，怎得心肝肉出来。

156

新打酒壶两面光，打起酒壶有酒张，
亲哥斟的梅花酒，老妹斟的桂花香。

157

新买钓竿节过多，因为钓鱼石下坐，
次次钓的鲫鱼子，心想鲢鱼虾过多。

（链鱼，犹言恋你——读吾音。）

---

① 此处"哥"疑应为"歌"。

861

158

今朝买肉真稀奇，三两猪肉四两皮，

朝朝都有猪心搭，今朝心肝那去里。

（末言何以今日不见吾所欢也。）

159

买肉不如买心肝，新情不当老交官，

河里劘①鸡失肠肚，有钱难买本心肝。

160

因为同你东出名，行没几久就说丢，

六月天光晒灯草，使我心头怎样冷。

（丢应读如Duin六月天光即六月之意。）

161

同妹不易好名声，遮遮掩掩检些惊，

风车里边摊床睡，把我身子搅得轻。

（风车是去谷壳等用木机，俗言转风车曰搅，搅字又别有

弄字意义，故云。）

---

① 古字，音xī，伤皮；音chī，破、划开、剖开。《客家话通用词典》（第388页）

有关解释为"劘"（治），宰杀。

162

买鞋要买有踭鞋，又好踏踭又好掕，

恋妹要恋上下屋，要紧要漫任在厓。

163

买鞋莫买有踭鞋，未曾落地先上坭①，

恋妹莫恋黄花拐，不曾上身讲衰厓。

164

成名叫做大细姑，自从未曾睡一晡，

好比唐王得天下，南京不曾结帝都。

165

天上七星七孤单，没个亲人在身边，

虾蟆跌落深古井，不知几时出头天。

166

先日交情喜欢欢，今日当我没相干，

猪肝拿来炒韭菜，那下截到厓心肝。

---

① 此处"坭"疑应为"泥"，下同。

167

逢四逢九丙村圩，假意交情吾也知，

假意行来没了日，不如二人断了之。

（丙村圩是村落间之小市场名，定四九日为集市期。）

168

实是你鬼害死厓，害我走路头都低，

事到临头我要死，春秋你要祭祀厓。

（桑间濮上之悲剧，于此可见。）

169

锡打灯盏溜里金，有油点火没灯心，

手拿灯心风吹走，枉为亲哥一条心。

170

妹妹四七郎五三，百年偕老行不淡，

今生同你嬲不够，后生还要嬲些添，

171

先日同你糖样甜，今日同你雪样冷，

糖锅拿来炒猪胆，先甜后苦心不甘。

172

亲哥入坑妹出坑，你要断情加早声，
你要断情加早话，这条大路免郎行。

173

实实在在话你知，死良绝心就是你。
一年都无两次嬲，虫蛟绿竹想坏里。

（俗称竹节曰想故云。）

174

食里火炭黑里心，鸢子飞过别人笼，
苎子拿来截底种，侧面生芽起横心。

175

麻竹做桥肚里空，两人交情莫透风，
燕子喊坭①口要稳，蜘蛛结丝在肚中。

176

甜酒拿来炒猪肝，甜不甜来酸不酸，
我今恋到无情妹，行不行来断不断。

（俗称酸酣曰甜酒。）

---

① 此处"喊坭"似有"衔坭"之意。

177

想上天来天又高，想来恋妹人又多，

铁打荷包难开口，石上破鱼难下刀。

178

日出东边落在西，同妹柬好各乡里，

筷子拿来倒头使，久后始知箸坏里。

（箸与住同音故云。）

179

龙眼打花千百枝，不当芙蓉开一枝，

自己妻子千百日，不如同妹嬲一时。

180

杂货店里拿花边，水货店里拿零钱，

要钱要银你挪去，莫来寒天讲冷言。

（俗称大洋曰花边。）

181

恋妹不得发妹颠，瓦片落地叫花边，

三月清明叫端节，九月重阳叫新年。

866

182

妹也不是初交情，看你年纪也系轻，

上山点火爱照灺，入庙烧香爱看神。

（照灺是照应，看神是看承之双关语。）

183

先日同妹暖温温，口水挪来当茶吞，

今日来讲断情话，县官来判心不忍。

184

萝葡腌生口里豸，摸兰睡目委囫厓，

老蟹吊颈无头描，火炙虾公烟曲厓。

（悉是不得志之警语，豸饥饿想食也，摸兰是竹制大盘，

无头描，言毫无头绪也，烟曲厓是冤屈厓之双关语。）

185

阿哥就是州城人，山歌唱来过文明，

谁人敢来同我对，算你乡中第一人。

186

一扇拨来两面风，火烧船衣救船篷，

十八阿哥戴眼镜，因为探花目始朦。

187

八股落甑蒸斯文，洋毡遮卵盖一春，

味碟种菜园分浅，檀香落炉暗中焚。

（蒸斯文犹言真斯文，盖一春犹言盖一村，——俗称蛋曰春，——园分浅犹言缘份浅，暗中焚犹言暗中昏迷，俱双关语。）

188

柑子拿来割佛形，愈想愈真是桔人，

戌时过了来出世，愈想愈真系亥人。

（亥人是影射害人。）

189

点火来烧蔬菜坪，五更落露心还生，

烂鞋拿来搭四掌，不曾想到还有行。

190

十六两平非正斤，有谷沉底假甚精，

虾蟆来搅观音脚，真神不怕拐上身。

（正斤犹言正经，假精犹言欲爱故推，俗称蛙曰拐子，拐上身犹言被拐诱而达到目的也。）

868

191

两条花树共盆生，一样开花一样晴，

手盘手背也是肉，会着拖鞋不要睁。

（睁与争同音，犹言不要争，全首是男子同时有两情妇之辞。）

192

你系要归好先①行，番转头来看下添，

咸菜包盐吞落肚，教郎心头怎得淡。

（俗言小心走日好生行。）

193

领了我定系我人，当初不愿莫应承，

鲤鱼食了金钩钓，挣得脱时去身鳞。

194

日日落雨日日晴，新做田唇不敢行，

麻竹造桥不敢过，我今想妹不敢声。

---

① 此处"先"疑应为"生"。

195

初一落雨初二晴，初三落雨变坜坪，

新制脚锄给妹使，开条大路给郎行。

（末句是求女人要慨然允诺也。）

196

竹头尾上吊对联，见天容易见妹难，

见天好像容易得，见妹恰似遇神仙。

197

不声不气我也知，去年生日欠过礼，

今年生日郎记得，怎苦也要出贺礼。

198

旧年同妹断了情，拍手拍脚笑到今，

捉只虱麻减个口，断条棉线减条清。

199

世间货麻不好嫖，银钱用了没功劳，

瘦马拿来放夜草，畜得肥时别人跑。

（跑与抛同音，是猥亵之形容词。）

200

三日不食肚不饥，四日不食因为你，

灯草跌落猪血盆，赤血攻心妹不知。

201

许久不见系过争，听妹言语系过冷，

听妹言语不一样，七三讲来六四听。

202

心肝吾肉惊死里，屋背人马围满里，

老鼠打家遇着猫，今日风流死定矣。

（俗称兽类交尾曰打家，此描写家法难犯之实情也。）

203

甲子以后断了科，时运过劫怎奈何，

梧桐落叶心不死，问妹还有转身么。

204

唱着山歌就爱和，有了秤子就要陀，

食禄姻缘天生定，那有柬多媒人婆。

（俗称秤锤曰秤陀。）

205

石榴打花满树红，包粟开花一朵绒，

猫公贪花屋上叫，老妹怀春带笑容。

（俗称玉蜀黍曰包粟。）

206

你要断情只管断，好好言语安两安，

只要言语说得好，断了当过不曾断。

207

半斤猪肉四两盐，因为没菜煮许咸，

今日讲着断情事，使郎心头怎样淡。

208

亲哥得病晕痴痴，没人搭信话妹知，

再过两日没见面，灵丹圣药都难医。

209

灯盏没油提油瓶，妹如没郎总过争，

郎系没妹还过得，妹系没郎面起青。

872

210

妹系不肯亦算里，待你东西■■①去，
有日阿哥开药店，金银贴手吾不医。

211

天上没光怎东光，凹里没风怎东凉，
细妹今年十七八，身上没花怎柬香。

212

好久未曾发大风，一发大风雨就淋，
好久不曾见妹面，一见妹面身就松。

213

日头笔出照在西，妹系有心郎亦知，
有情老妹看得出，一边行路一边企。

214

十两鸡子不可剐，十七八岁正当时，
鸽子带铃云下走，今不风流等几时。

---

① 此处原版为方框阴影，无确切字。

215

郎今好比貂鼠皮，阿妹好比嫩家机，

机布拿来挂皮子，同吾面子倍坏里。

（嫩家机布名。面子是影射面目之面字。）

216

昭英人才真斯文，面目生来白似银，

人才不高又不矮，难怪亲哥日夜晕。

（晕犹言迷醉也。）

217

桅竿顶上扯黄旗，招兵买马过广西，

世乱年间寻妹嬲，嬲了一时得一时。

218

水打芒头一把根，去年想妹到于今，

蓝衫拿来藏柜角，自从不曾上过身。

219

新做蓝衫乌托肩，去年想妹到于今，

新打剪刀难开口，六月火窗难上身。

（火窗是冬天取暖器，状如小筐，中置炭，轻便提■①。）

---

① 此处原版字迹模糊不清，疑为"携"。

220

肥皂洗衫出白波，想起恋妹真崩破，
桔子树下摊床睡，风流过少桔过多。

（桔与激同音。）

221

路上逢妹路边坐，两人牵手笑呵呵，
一心都想交情事，壁上挂网横眼多。

222

七八个月坐栏坐，小时同你玩得多，
十五六岁脱颈秒，颈秒一脱寻阿哥。

223

屋沟流水不成河，副榜老爷不成科，
监生赴科来中举，先捐后取天下多。

（先捐后取，寓先奸后娶之意。）

224

鸡母生卵学唱歌，学台过山要响锣，
老妹不是大官府，怎样教我跪柬多。

225

绿竹尾拖系叶多，吾今崩波是妹多，

苏木煎胶因色死，石榴枝折为花多。

（后段影出色之害，取材新颖。）

226

不嫖不赌也贫穷，又嫖又赌无见双，

鸭麻一年嫖到晚，虾蟆无嫖住泥垅。

227

猪肉好食就爱钱，好妹柬好没姻缘，

哑子食着①单只筷，心想成双口难言。

228

睡目不得揽床刀，天涯海角想得交，

天涯海角想得尽，还想同妹揽腰交。

229

新做背心沿蓝边，如今老妹不比先，

从前老妹三五百，如今老妹要花边。

---

① 此处初版原为"著"，应为"着"。

230

你要恋郎我教你，洒杓冷水溅门皮，

到了三更情夫到，轻步开门无人知。

231

十七八岁做生理，全被阵党带坏矣，

钱财用光无了日，榕树落叶茎死矣。

（茎死矣，寓今死矣，意犹言从今以后一败涂地也。）

232

柯树落叶茎死矣，墙脚被人挖坏里，

请倒七人坐八桌①，办转给我始情理。

（挖墙脚是所爱被人夺去也。）

233

先日同妹太好矣，今日始知别人妻，

脚帕洗面有袜味，茶叶番渣味贪理。

（俗言有什么味云有袜味。）

---

① 此处"桌"应为"桌"的繁体"槕"的误用，下同。

234

丙村下去观音宫，郎系打鼓妹打钟，

三飧食饭单只筷，难得两人成一双。

235

二十九日转角圩，两人交情月尽呢，

桅竿底下种豆子，望吾嫩心缠到尾，

（月尽呢寓热尽呢之意。）

236

芒花做被盖不烧，子脚恋妹会做娇，

六百七百声声要，串三串四得人懊。

（俗言暖田烧，做娇犹言故意作态也，子脚言非老手也。）

237

竹笋出土黏坉皮，不相不识同倒你，

十字街头排八字，命带桃花注定里。

238

野云野雨起野风，野神野鬼住野宫，

野心野肝野肠肚，野情野义野嫩心。

239

斜风斜雨落斜河，斜树斜来掩斜禾，

斜布做衫安斜钮，斜妹出来弄斜郎。

（俗读斜与邪同意故云。）

240

壁上画马郎难骑，冷水剧鸡扯了皮，

饭甑里边蒸稚鸭，我今给妹气死里。

241

新买棉枕锦花被，未曾同到人都知，

外家知了绞脚骨，丈夫知了出嫁你。

（外家是娘家之意，绞脚骨有从此不许往来意。）

242

买梨莫买蜂螫梨，里面坏掉没人知，

手拿利刀破梨子，切来切去切坏里。

（似乎此首曾见于黄公庭诗集中，一作因为食梨始亲切，

虽知亲切转伤梨，并不佳。）

243

风吹竹叶半天飞，难得竹叶回竹尾，

三飱食的断头米，难得团圆转米筛。

244

柬久不见怎柬奇，心肝吾事怎样呢，

有行没行话一句，免吾心头挂念你。

245

妹系爱归就去归，今日不闲心送你，

老妹好比花边样，暗打凿记有谁知。

246

老妹住在大塘尾，柬好颜容枉撇里，

灯草拿来肚裢袋，给我心肝囫坏里。

247

兰盘石上晒条被，早晨晒到日落西，

六月天光拿来盖，等你两人热死去。

248

郎在东时妹在西，两人有事怎得知，

手中有弓又没箭，使我怎样射得你？

（射得你寓舍得你意因同俗。）

249

妹也无须怒豸豸，恋新丢旧不单厓，

郎今相似白蝴蝶，大小花树任吾裁。

（俗言翱翔曰裁。）

250

恋妹不得志愿低，自愿削发来食斋，

壁上钉钉挂灯盏，有心就来照应厓。

251

变作妇人眼东歪，番去番转来看厓，

放个大方任你看，过后相思莫怨厓。

252

米筛筛米拜箕裁，妹系无心莫约厓，

旧年赊去白面粉，今年面钱借给厓。

（面钱借给厓，寓你的面前东西借给我之意！）

253

米筛筛米拜箕裁，妹系无心莫约厓，

阿妹好似睛猪肉，戏得郎多也会豸。

（豸字解见上。）

881

254

对面阿妹假甚乖，唱条山歌来骂厓，

合路相逢总有日，生死两人共下埋。

255

因为你鬼害了厓，出门三步头都低，

出门三步有人讲，不是讲你就讲厓。

256

阿妹生得好人才，眼拐打来割不开，

老妹好比鸡母样，手中没米诱不来。

257

平平白白两枝梅，借问心肝那里来，

虽然人貌似相识，一时不觉想不来。

（此歌是遇不识女人挑衅之佳作。）

258

茶子采掉茶开花，心肝今年做里哀，

满月不曾剪衫子，明年周岁一齐来。

（俗称成了母亲曰做里哀，翦①衫子是对小儿之贺礼。）

---

① 此处"翦"疑应为"剪"。

882

259

大树坎①了头还在，冷水淋了生转来，
妹今要听人解劝，一钩一挽行转来。

260

石榴打花漫漫开，恋妹不着漫漫来，
恰似鸢婆攫鸡子，这番不到下次来。

261

新买伞子打不开，这条人情爱留在，
别树有花我不采，此树无花等到开。

262

妹仔要来只管来，莫被两边人阻开，
莫怕两边人阻隔，水浮灯草放心来。

263

隔远看妹冉冉来，阿哥心头花花开，
行到面前又不是，千斤石板压也来。

---

① 此处"坎"疑应为"砍"，下同。

264

石榴打花漫漫开，不曾相约你走来，

路上拾得年声帖，系吾姻缘天送来。

（年生帖即定婚纸上书女人之生年月日时。）

265

河里没水起沙堆，好花不得月月开，

好妹不须郎搭信，遇着空闲就会来。

（搭信犹言寄语。）

266

河里没水起沙堆，不高不矮好人才，

芋荷腌生下烧酒，老实阿哥也会晕。

267

十场赌博没场赢，手拿麻索上楼棚，

一心都想自尽死，看到心肝死不成。

268

老妹生得十分腈，十句问来没句声，

路上逢着问不答，看我灯草一样轻。

269

新摘豆叶皮皮青，妹要恋郎赶后生，

妹子今年十七八，不是春草年年青。

270

花生好食圮里生，圮里生根圮里行，

显面开花暗结子，两人假作友情行。

271

风吹禾苗满垭青，新情老情一样行，

新情老交都系恋，穿着破鞋不要踭。

（踭争同音。）

272

猪肝心肺好名声，实在不如甲心睛，

十七八岁名声好，鼎真不当两十零。

（甲心睛是肉之最瘦者。）

273

打里三更转四更，金鸡一啼妹着惊，

强吾心肝睡转去，怎大事情郎出名。

（此首描出私奔者战战兢兢之态。）

274

不怕死来不怕生，不怕血水流脚睁，
总要两人情义好，颈上架刀也爱行。

275

田不耕来地不耕，十分美貌得人惊，
走去井中照人影，虾公老蟹都着惊。

276

松树千枝插不生，不是我人说不听，
急水滩头唤鸪鸭，愈唤愈走心愈冷。

277

自从不曾到此坑，这条坑水怎柬冷，
不曾同妹共下嬲，锅头洗脚就企鉎。

（企鉎寓欺生之意。）

278

自从不曾到这往，这往行当吾不光，
柬多阿妹不相识，莫谓阿哥不大方。

（行当犹言规矩。）

886

279

十三四岁来连郎，不曾做过不在行，

老妹相似目使浪，自从不曾漂大江。

（目使浪是乡间水滨小鱼名。）

280

大路荡荡全平阳，连问三声不答郎，

头面首饰厓打的，谁人教坏我心肝。

281

风吹莲叶向①叮当，嘱妹恋郎心莫慌，

倘有大郎叔官问，假作出去看姑丈。

（大郎叔官犹言父老们。）

282

新买茶杯圆叮当，阿妹斟茶不敢当，

双手端来单手接，鱼子破肚鲤难当。

（鲤与理同音故云。）

---

① 此处"向"疑应为"响"，下同。

283

猪肉煮酒坐食汤，一心恋妹望帮忙，

早知恋了无钱使，穿眼灯笼坐吊筐。

（吊筐寓吊腔意，言清高自负也。）

284

烂灯笼来吊甚筐，姊的事情吾并光，

阿妹可比溪边鬼，怎样敢见海龙王。

285

三月莳田①行实行，风吹禾叶向叮当，

有日落田捡稗子，郎要拔了妹说秧。

（稗子状如禾属，盛生稻田中，阻碍稻之生长，未出谷
之稻曰秧，此秧字与痒字同音，故有此寓意，然太觉猥
亵矣。）

286

沙井打水取不干，同妹交情说不断，

灯草拿来挑牙缝，口中柬硬心也软。

（言口强硬而心不忍也。）

---

① 此处"莳田"，意为插秧。

287

行不安来坐不安，时时挂念妹心肝，
三只铜钱买张纸，画妹颜容床上安。

288

三条直线就保川，于字去钩吾心肝，
山字下头加女字，问妹心头安不安。

289

后生唱歌喜欢欢，老成看倒没相干，
八十公公摘豆角，许老还来花下穿。

290

汶水过河不知深，不知阿妹怎样心，
灯草拿来两头点，久后正知共条心。

291

三日不食饿九飡，床上卧着心不安，
一心都想妹服侍，谁知阿妹没心肝。

292

吾无草帽望云遮，吾无相好望别蛇，

阿哥好比旱田地，无坡无圳望天花。

<blockquote>（别蛇是别人之意，天花水言天上之水也。）</blockquote>

293

阿妹好比茉莉花，露水一打叶些些，
郎今相似过云雨，点点滴水溉①姊花。

<blockquote>（些些是开张之态。）</blockquote>

294

这番做事真闲差，不曾送到妹屋家，
灯草跌落墁水角，这条心事放不下。

295

郎今相似烂笠麻，被妹掉在天井下，
希望上天下大雨，要郎遮盖始知差。

296

河里洗脚沙对沙，无情阿妹不敢惹，
恰似上滩拖船缆，郎要上时妹要下。

<blockquote>（乡间帆船遇溯急水处，须三数人以缆前拉故云。）</blockquote>

---

① 多种词典上都查不到此字，据诗意疑为"溉"的误写。

297

吾今愈老眼愈花。斑鱼吾作狗麻蛇，

轮谷吾作雷公向，他人老婆吾作雅。

（轮谷是以极简约之木机，去谷壳之谓，其声隆隆然，俗
言我的曰雅。）

298

塘唇打网尽力丢，网中有鱼漫漫游，

系吾姻缘天注定，系吾食禄迟早有。

299

石榴打花红愀愀，阿妹娇容难得有，

十番逢到九番笑，未曾上手当过有。

（上手犹言达目的也。）

300

讲着交情心就休，同得你来没赢由，

好比山中松树样，出得油多总会枯。

301

怎腈怎丑吾不贪，中咧吾意吾无嫌，

阿妹先行郎在后，恰似吕布赶貂蝉。

891

302

榄子好食两头尖，断情阿妹十二三，

柑子放盐吞落肚，桔在心头怎得淡。

303

天井洗身无浴堂，又怕雨来又怕霜，

一心都想妹遮盖，谁知雪上又加霜。

304

四两猪肉煮碗汤，妹若不食郎不尝，

妹系不眠郎不睡，两人青眼到天光。

305

三番四次郎都忍，十分性情减七分，

好马不食回头草，回头来恋面皮厚。

（厚应读如Poun。）

306

你话猴头就猴头，你话芋头就芋头。

有日给我恋也到，吾说共头就共头。

（言共头睡也。）

307

恋妹不好尽情交，采花不好尽树摇，

无情妹子断也了，蔗叶盖屋真茅寮。

（茅寮寓无聊之意。）

308

老妹今年始留毛，好比渡船没竹篙，

阿哥有条定风竹，送妹插着漫漫摇。

309

伯公树柴不好烧，无夫妹子不好嫖，

有日受胎肚一大，井里撑船难开篙。

（难开篙寓难开交之意。）

310

妹也无须假做娇，没了煤炭会烧柴，

先日没你都要过，渡船破了会架桥。

311

一枝海棠在海心，又想探花又想沉，

老妹姻缘有吾份，风流浸死也甘心。

312

榕树叶下系较荫，心肝情义系过深，

灯草拿来吞落肚，久久都念一条心。

313

海底读书理义深，见妹不得听声音，

利刀拿来胸前放，不会割肉也动心。

314

你若不肯吾用蛮，吾会使人路上拦，

上路拦到下路转，半强半抢鸡公般。

315

三十无子半生难，行船最怕暗石滩，

有日卧病高床上，百只伙计也是闲。

（乡人喜生男孩，虽无力教养，亦不知惜，并有养儿代老，积谷防饥之谚语，亦即此歌之本旨。）

316

竹叶撑船过台湾，梨花来招薛丁山，

无非张良来做鬼，折散婚姻闹梁山。

（于故事上或有不恰之处，然觉其幼稚可喜。）

317

上井流水下井先，别人心肝吾想恋，

合伙劏猪分片卖，问妹心头挂那边。

（每猪只有一头一心，故以此譬喻。）

318

月光束大不带栏，传呈告状也是闲，

腿上画虎吓我■①，琵琶没线系虚弦。

（系虚弦寓意稽玄。）

319

猪肉煲参烂对烂，粉丝炒面缠对缠，

郎系有情妹有义，交条情义万万年。

（烂应读棉音。）

320

三只洋船到老隆，火烧船底救船篷，

十七八岁戴眼镜，因为无双激到朦。

（老隆非临海之地而洋船可到，是天真可笑矣，俗称目不
亮曰目朦。）

---

① 此处原版为方框阴影，无确切字。

321

心肝面上桃花红，子①细看真好颜容，
红罗帐内行云雨，两人交到一般松。

322

没钱买酒酒壶空，有钱买酒酒壶重，
有钱叫妹句句应，无钱叫妹诈耳聋。

323

松竹点火心里红，嘱妹做事莫放松，
你要恋郎当面讲，传音寄信费人工。

324

十三四岁同到今，自己老婆没亲，
今日讲着断情事，吾今无面来见人。

325

十三四岁年纪轻，去年交情到如今，
去年新衫不曾着，新旧两年不兼身。

（言新旧两年末亲近你也。）

---

① 此处"子"应为"仔"。

326

以先天年不比今，乌衫蓝裤过时兴，
四两猪肉出两碗，虽然席薄排调清。

327

隔夜发梦记不真，醒来正知妹断情，
晒香遇到天下雨，一时光景就变精。

（香中竹片曰精子。）

328

塘里鱼多浪不停，心里想鱼没钓槟，
竹在深山鱼在水，样般想鱼柬艰辛。

（鱼与你之土音同。）

329

纸剪猪头哄鬼神，火烧棉柬假热绩，
旧年约吾八月半，水打棺材溜死人。

330

讲着你事一本经，日讲夜讲讲不清，
贴错门神难转面，铁棍做钩难转身。

897

331

裤脚不摄上了尘，同了心肝没别人，

自同阿妹一上手，斜眼不曾看过人。

332

桂花手镯一时兴，泥作山神一时灵，

吾今同妹一时好，未曾讲恋一生人。

333

当天发誓也无灵，神仙不管闲事情，

发了几多痛心咒，自从不曾死过人。

334

手掳裤脚跌跌落，恋新丢旧太不著，

大爷堂上去张纸，碌到你家没安乐。

335

新做文章叶实叶，郎系上京妹打叠，

希望阿哥高中转，郎出桅竿妹出夹。

（地方上之有官衔者，悉竖桅竿于门前，夹者是桅下之两
扁石柱，以此象征，亦云猥亵矣。）

336

还小看妹弄坭砂，大了嫁在别人家，

日日经你门前过，未曾食过一杯茶。

337

大嫂无须假至诚，一州同过半州人，

潮州学老也同过，又同大埔本地人。

（俗称人之不苟言笑曰至诚，俗称潮州人曰学老，传说是
因其士语之难，虽学至老而不能故云。）

338

十七八岁眛①花边，两十一出眛零钱，

三十以外人嫌价，四十以外要贴钱。

339

吾莫嫌郎布惊茶，又好避暑又避邪，

妹的姻缘有郎份，当过下山好细茶。

340

潮州榄子两头尖，细叶入口心里甘，

---

① 此处"眛"疑应为"赚"，下同。

恋妹爱妹十七八，又好又嫩又后生。

（应读作嗜好之好，始有意义。）

341

清凉山有好细茶，郎系糕饼妹细茶，

妹今相似细茶样，沸水炮①来开心花。

342

日头笔出热充充，晒死阿妹一园葱，

日里又怨没葱食，夜里又怨没老公。

343

日头笔出热嗟嗟，看见阿妹上面下，

左手提个花蓝子，右手拿的番洋伞。

344

日头笔出晒门楼，看见吾妹割草头，

手挽衫尾来拭汗，心肝柬苦吾就愁。

（此首描出女人力作之状矣。）

---

① 此处"炮"疑应为"泡"。

345

上就上来下就下，自从不曾到吾家，
门前未种钉企劳，家中未畜恶狗麻。

346

郎系走了妹不惯，三餐没食两碗饭，
三晡没睡一觉目，把吾席网磨得烂。

347

讲着打架吾不愁，阿哥生有铁拳头，
一千八百有本事，一万八千非对头。

（乡间勇于私斗，于此口气中可见。）

348

日头毕出凹里黄，有情心肝来恋郎，
虽然不是亲妻子，赤肉兼身总动肠。

349

一山草木皮皮青，老妹颜容十分腈，
面上相似桃花色，看起真来心愈生。

350

塘里鱼子一大堆，哥系想鱼胃口开，

因为破鱼割了手，今不来血几时来。

（血与歇同音，宿也，言今不留宿待何时也。）

351

茶壶拿出棹中心，有茶没茶妹要斟，

左手捓柑一团肉，右手攀妹一团金。

352

香烟烧起半天庭。妹系敢做郎敢承，

郎系班兵妹作反，同心同胆怕谁人。

353

心肝好比一团金，郎系一嬲就开心，

老妹好比生熊胆，救条人命值千金。

（乡间酷信熊的胆是灵药。）

354

好茶一食心就凉，好花一采满身香，

三日不食没打紧，得妹言语作干粮。

902

355

老妹生得笑西西，好比竹笋出坭皮，

郎今好比竹壳样，细细包到妹春尾。

（俗言到尽头曰春尾。）

356

日头一出晒栏干，不见妹子心不安，

三日不见吾妹面，恰似利刀割心肝。

357

新做茶亭两面门，心肝生得真斯文，

牙齿相似银打的，笑容抵得千两银。

358

石上种松石下阴，海底纺绩缮柬深，

千里远路寻妹嬲，一钱灯草十分心。

359

当初出世出差里，有好日子没好时，

风流日子吾无久，寒酸日子当着咧。

360

爱银爱钱你要声，三分利钱吾要行，
三分利钱吾敢借，这条人情吾要行。

361

妹系那冈吾这冈，三请茅庐刘关张，
老妹姻缘有郎份，不怕落雪遮山冈。

362

郎今不说妹不知，时时刻刻挂念你，
睡目挂在枕头上，食饭挂在菜碗里。

363

日想你来夜想你，早晨想到日落西，
初一想到二十九，想来想去月尽咧。

（月与热同音。）

364

刀截槟榔对片开，这条人情要留在，
钥匙交在妹身上，花园切莫给人开。

365

日头对顶脚下阴，一时不见一时寻，

饭甑肚里蒸灯草，久后始知郎蒸心。

（蒸心寓意真心。）

366
妹非凡人郎系仙，哥也住在月亮边，
老妹相似丹桂树，砍妹桂树也不难。

367
你说没缘亦有缘，友情行了两三年，
人人都说上了手，兼身两字就未曾。

368
松树尾上一皮青，松树头下腌鱼生，
怎好鱼生要酸醋，柬好老妹要后生。

369
黄蜂来采百花心，郎今问妹没笑容，
灯草拿来做火把，讲起恋妹火烧心。

370
妹今讲话不知羞，不曾同妹你说有，
天下也有十八省，人情那有你包就。

371

妹若有心郎有心，两人相好几威风，
十五前来孵月半，星子在边月在心。

372

未曾落雨先起风，柬好老妹没老公，
妹今相似沙桐有，月月开花里肚空。

（沙桐有树名有花无实。）

373

郎今问妹妹不声，假贞假节做到成，
世上那有贞节女，那有猫子不食腥。

374

路上逢郎路下坐，妹子说郎花柬多，
十字街头排八字，命带桃花怎奈何。

375

三月莳田妹散秧，人人都说有来往，
塘中无鱼风作浪，气死老妹气死郎。

376

门前种有青蕉梨，野草山藤围着咧，

一因家中走不了，二因妹家太近呢。

（言心不从愿也。）

377

日头转影树转阴，今年米谷贵如金，

甲寅乙卯差得远，唱条山歌做点心。

378

妹子好比天上云，仔细看真令人晕，

十八银元两次算，吾知老妹九九文。

（九九文寓久久闻之意。）

379

两只老妹三只哥，多了一只没处坐，

妹家还有三嫂子，快快转去带给哥。

380

松树坎了头还在，吾哥走了言语在，

睡到三更思想起，目汁双双扫不开。

381

好久不曾到长沙，不知长沙柬繁华，

又有猪肉小菜卖，又有阿哥开心花。

382

咸菜落瓮刓了心，胡弦断线失咧音，

楼上老酒反了脚，听知阿妹反了心。

383

落断麻雀不想和，晒衫竹篙叶要除，

没底米升量不得，留转吾郎宿一晡。

（歌中以和叶量留寓意胡叶梁刘诸姓，言四人之中只要刘

姓也。）

384

灯草打结心不开，烂疤不穿无口癣，

空壳赖察无心柿，衙门封印状不来。

（无口癣寓意无口才，无心柿言无心事，状不来言唱不

来，均是绝妙辞绝歌唱之双关语，赖察是山果属，状如

柿，故径称之为柿。）

385

红红绿绿色坏咧，石榴断枝花死矣，

纸鸢上天遇下雨，这般风流骨出里。

（以色花寓意风流之失败。）

386

讲着山歌吾就多，广州带回十八箩，

拿出一箩同你和，和到明年割早禾。

387

盖过汀州及上杭，少年守寡真难当，

一心都想守贞节，谁知住在花地方，

谷种生芽够作秧。

（此种五句成歌，比较的少，然其结之构妙亦甚难能，秧

作痒，或灾殃之殃。）

388

谷种生芽够作秧，同妹要同守寡娘，

钱财两字无芥蒂，只贪欢喜开心肠，

私该贴郎做衣裳。

（俗言私蓄曰私该。）

389

私该贴郎做衣裳，守寡阿妹要提防，

有日探花受了孕，无人承名和三朝，

古井撑船难开篙。

390

风流难戒后生人，屠床睡目要晕眠，

郎系有情妹有义，火烧棉卷要热绪，

搭信当过兼了身。

391

搭信当过兼了身，不是相好没柬亲，

见人上下便搭信，跛脚公王真费神，

一时不见发脑晕。

392

一时不见发脑晕，玻璃眼镜是假精，

妹约十五成双对，害郎到今打单身，

和尚饶钹嘶死人。

（假精犹言欲爱故却也。）

393

和尚饶钹嘶死人，末曾垂髻想到今，
玉石手鈪圈太小，上手不能正艰辛，
柬多计窍来骗人。

394

柬多计窍来骗人，当初不愿莫交情，
龙眼打花风吹散，怎得结果来尝新，
今日害郎打单身。

395

今日害郎打单身，低头垂颈假正经，
转湾转眼打眼拐，恰似当过上了身。
好比仙姑配凡人。

396

因为想妹闷脱神，行路都会打邻亲，
新做褂子落当铺，因为无钱不兼身。

（脱神犹言失知觉，打邻亲是颠踣之态。）

397

半山后土系闲坟，阿妹相似木①桂英，

阿哥好比杨宗宝，隔山照镜要兼身。

398

妹系无郎打单身，不想心肝想谁人，

斋公失了木鱼子，两手空空靠谁人。

（斋公巫者也。）

399

讲唱山歌对头颈，一时不唱发脑晕，

一日三餐食不饱，好得山歌助精神。

400

山歌唱来句句真，人情柬好钱过亲，

自古求神要纸宝，那有白手做人情。

401

唱歌不论好声音，总要四句落板深。

连妹不论人才好，总要两人生甲心。

（生甲心言心心相印也。）

---

① 此处"木"应为"穆"。

402

新买席子九条冈，席子承妹妹承郎，
锦被盖郎郎盖妹，木虱咬妹妹咬郎。

403

想来想去没开交，看见吾郎心真憔，
问了三声没句答，恰似开口吞把刀。

404

黄毛鸡子不可刷，妹子年幼不当时，
亲郎若然下得手，咬紧牙根送给你。

405

妹子生得做手腈，上夜董卓弄刁①蝉，
下夜刁蝉弄董卓，狮子捆球没束生。

406

人情真好系难丢，赤竹园里尖对尖，
妹子今年十七八，腰力又好身子轻。

407

十八妹子好名声，知深知浅知寒冷，

三朝豆芽贪妹嫩，妹食牛肉贪郎腈。

（腈肉是瘦肉之意。）

408

十三十四年纪轻，半夜睡醒会着惊，

好似虾蟆救刀样，好比打油怕上尖。

409

郎系的息妹萧条，害倒阿哥彭彭跳，

虾蟆食了生老蟹，实在心头也也条。

（的息萧条均是缥致之形容词。）

410

茶子打花红鼎鼎　茶树底下好交情

有日交情人知倒　两人假作拈茶仁

411

坐下来也嬲下来　嬲到两人心花开

嬲到鸡毛沉落水　嬲到石头浮起来

914

412

郎在东呀妹在西　两人有事不得知
白纸写字妹不识　口信搭来有人知

413

火烧芒秆一磊灰　同妹嬲了就会衰
昨天与妹嬲一夜　生意没做并退财

414

妹今端来一杯茶　肚子不渴吞不下
一来是怕迷魂水　二来是怕口涎渣

415

阿叔那边妹那边　隔山隔海难得前
丝线架桥不敢过　妹若敢过郎敢恋

416

鲩丸煮蛋圆对圆　带丝煮面缠对缠
妹的姻缘有郎份　米筛上夹就团圆

417

天上乌云锦锦青　地下老妹真漂亮
行路好比风吹竹　讲话好比胡弦声

418

镰子不利不割禾　　篾子不韧不织箩

早知衰鬼情义好　　当初不该娶老婆

（凡竹皮之薄片足以系物者曰篾子）

419

阿妹生来样柬精　　日里转红夜转青

日里转成桃红色　　夜里变成竹叶青

（精言美丽也）

420

专心服侍这盆花　　不肯给人端过家

池水虽是众人的　　不肯给人乱踏车

421

深山大树赤危危　　鹧鸪飞来石上啼

阿妹口甜心里苦　　冇谷诱鸡戏弄厓

422

新打茶壶七寸高　　十人看了九人摩

人人都说系好锡　　究竟不知有铅么

（锡寓惜铅寓缘意注见上）

916

423

新打戒指五钱重　壁上吊着怒怒动

有情阿妹检去带　无情阿妹切莫动

424

日头不出天不光　大暑不过禾不黄

阿妹今年十七八　怎生東大不恋郎

425

送郎送到城门口　嘱咐吾郎买枕头

买枕要买鸳鸯枕　莫买短枕各一头

426

想妹想到发妹癫　上去问神下问仙

上去问神六个月　下去问仙是半年

427

耙头晒衣铁叉衣①　断片对联字坏哩

盘张团鱼鳖脚出　火烧树根茎死矣

（铁差衣寓意太差矣字坏哩寓意事坏哩俗呼脚鱼日团鱼鳖

脚出言事已暴露茎死矣寓意今死矣全歌是事泄后之怨语）

---

① 据此节歌后括号内文字说明，此处"铁叉衣"疑为"钦差衣"。

917

428

南风不当北风凉　亲夫不当夜来郎

夜来郎子有话讲　亲夫一觉到天光

429

阿叔子来阿叔子　闻你昨日转外家

今朝食饭听到信　肉圆肥酒吞不下

430

日头一出天门东　过桥合伞爱防风

红花女子人人想　没钱半夏不敢动

　　　　　（天门东防风红花半夏均是药名半夏寓半点意）

431

食烟要食水烟筒　恋妹要恋年纪同

大我一岁我不要　小我一岁我不同

432

杨梅醮醋酸对酸　糯米搓糖软对软

郎系孤单妹守寡　两人寒酸对寒酸

433

日头落山又一日　老妹无郎又一年
日落西山还会转　水流东海转头难

434

恋妹不到死了去　死到地下变酒杯
有日席间来出棹　同你亲吻没人知

435

老妹生来真系精　髻尾梳来搭衫领
阿叔看了心火起　生意不做田不耕

436

有心绩绩没心耕　有心恋妹没心行
新做大屋没瓦盖　枉了人工枉了桁

（耕言织布也桁与行同音言酬酢也）

437

阿妹今年十八岁　招牌挂起卖药材
你哥想思得了病　要妹施药救回来

438

千嘱万嘱咐心肝　嘱咐心肝情莫断

猪钩拿来挽下水　郎系挂心妹挂肝

　　　　（猪钩是剧猪时用之铁钩下水是肠胃等之总称）

439

新买葵扇画麒麟　两人讲交千年情

两人来看河中水　河里没水始断情

440

莫作讲笑没相干　因为讲笑起因端

旧年六月蒸缸酒　不是怎甜不会酸

441

今晚出门空亡时　失脚踏落鸡栖里

好得阿妹转计好　说声嘱狗咬狐狸

442

蝴蝶子来蝴蝶子　飞过海来探牡丹

江河大水飞不过　借妹花园嬲一时

443

落水落了六个月　　屈指算来无日晴

一心都想同妹嬲　　水浸花街不敢行

444

月光井井郎来嬲　　门前有河又无■①

你若真心同我嬲　　头折金钗做桨摇

445

吾今种菜做鸟阴　　半夜下雨省吾淋

自己种菜自己摘　　他人一摘就伤心

446

高山流水响河河　　上邻下舍出谣歌

他们要讲尽管讲　　两人热了不奈何

（谣歌是匿名之骂人传单）

447

百般愁郁有法解　　失恋愁郁解不开

胡椒和酒来洗眼　　讲到想思泪就来

---

① 此处字迹不清，疑为"桥"。

921

448

镇平行下唐古岭　　灯心拿来当缆梆
人人都话会断了　　虽然不断得人惊

449

食酒要食二三斤　　好酒愈食愈精神
恋妹要恋十七八　　愈看愈真愈热人

450

禾鹑飞去无尾鸟　　来路阿哥你莫交
来路阿哥你交了　　好比狂狗猎飞雕

451

因为妹子激到颠　　摸到神龛作妹间
摸了观音吾作妹　　满堂佛子笑连连

452

上岽不得打横排　　看妹手里拿双鞋
掉了一只郎拾得　　日后没双来寻厓

453

山歌唱出闹洋洋　　猪肉不当猪粉肠

粉肠不当夜猎肉　　猎肉不当有情郎

454

阿妹行路假挚诚　　头颅低下眼割人
阿哥不是山老虎　　不敢落阳乱吓人

455

穿袜怎样过得河　　天井怎样莳得禾
露水夫妻得长久　　世上没人娶老婆

456

脚酸难过这条冈　　肚饥难过四月荒
十八娇娘来守寡　　纸船难过海中央

457

黄牛过坑角叉叉　　十八老妹懒绩麻
讲到绩麻心火起　　讲了风流笑脱牙

458

搭船下府过西阳　　同妹分手真痛肠
行船三日不带米　　以妹言语作干粮

459

郎今钓鱼石上坐　　一时目睡跌①落河

手摇脚摆没人救　　一心想鱼死过多

（想鱼与想你同音）

460

二月燕子口衔泥　　一个飞高一个低

路上逢了无相问　　那条心事来想厓

461

新做荷包两面红　　一片狮子一片龙

狮子上山龙下水　　不知几时始相逢

462

恋妹不到好名声　　检些愁切检些惊

哥哥好比三斗冇　　风溜过后人看轻

（冇是冇谷风流与风溜同音言过了风车之后）

463

五更鸡啼闹洋洋　　老妹嘱郎心莫慌

打开大门送郎出　转墙转角要提防

464

海边石子生苍苔　思想妹子不得来
七寸枕头留四寸　留开四寸等妹来

（四寸是双关语）

465

新做蓝衫莫过蓝　新恋老妹莫过嫌
不蓝不乌终耐洗　不甜不苦就耐行

466

㸐了一番始一番　下番要㸐总过难
一来又怕天下雨　二来又怕妹不闲

467

生蛋鸡母冠会红　贪花老妹貌不同
贪花老妹看得出　眼角打来笑容容

468

今夜月光怎样清　必定老妹起了程
希望月光云遮住　任吾两人好兼身

925

469

鸭子细细敢落塘　　妹子细细敢恋郎

黄瓜怎大系蔬菜　　胡椒细细辣过姜

470

丙村行上系西阳　　愈送心肝愈痛肠

愈想细茶口愈渴　　愈想心肝夜愈长

471

门前河水浪飘飘　　阿哥戒赌不戒嫖

讲了戒赌妹欢喜　　你要戒嫖妹就恼

472

苏州锣子两面声　　两条人情一样行

手盘手背也是肉　　会穿拖鞋不要踭

（踭与争同音故云）

473

先日交情笑西西　　生时月日讲妹知

今日讲了断情事　　八字还在妹心里

（俗称人之出世年月日日八字）

926

474

门前大路曲湾湾　　入就容易出就难

新做褂子安六钮　　上身容易脱身难

475

妹系有心郎有心　　铁石磨成绣花针

妹系针子郎系线　　针行三步线来寻

476

交情先要妹欢喜　　断情就要郎心甘

若无真心同我恋　　何必当初口枣甜

477

岭冈顶上一丛松　　松树门杈吊灯笼

怎好灯笼要点烛　　枣好阿妹要老公

478

甘蔗生笋黏泥皮　　十段八段你不知

十段八段想不到　　想到尽尾淡尽矣

（俗名竹节之类曰想见前注）

479

先日见妹一团金　　今日见妹两样心

927

妹今好比三弦样　每次弹来两样音

480

粉起壁来要石磨　吹起箫来要笛和
总要两人心甘愿　甘愿不需媒人婆

481

砍竹容易拖竹难　竹头砍脱竹尾缠
早知妹子情义好　不该放过两三年

482

问妹不答真稀奇　那句言语得罪你
句把言语你要受　洗碗也有相碰时

483

过了一窝又一窝　窝窝竹子尾拖拖
竹子低头食露水　妹子低头等亲哥

484

愁里切里要想开　莫来愁切做一堆
藤断自有篾来驳　船到滩头水路开

485

新打镰子十八张　张张割草利霜霜
那有镰子不割草　那有妹子不恋郎

486

猪油茶油总是油　那有男人不风流
那有田边不生草　那有灯心不抽油

487

壁上钉钉挂月弦　妹系敢唱郎敢弹
妹系十七郎十八　八七恰五月团圆

488

锡打灯盏鎏了金　有油点火没灯心
手拿灯心风吹走　辜负妹子一点心

489

新买葵扇画条龙　手里摇扇扇摇风
妹子热郎郎热妹　两人柬热在手中

490

花生好食泥里生　泥里落根泥里行
当面开花暗结子　妹要恋郎莫扬声

491

许久不曾见心肝　一见心肝心就欢

一见心肝心欢喜　难得心肝黏心肝

492

冬至一过天就寒　山上烟云结成团

郎今好比火炉样　一近身边就温暖

493

灯草拿来织鸡笼　鸡爬狗丧心就溶

百只苏锣一下打　不知那个正好铜

（正好铜寓始可同之意同言交好也）

494

一个花边牙是牙　十个花边一腊麻

花边拿来贴棹脚　财动人心脚会斜

（一腊麻是一筒之形容斜寓邪意见上）

495

十月穿的汤坑机　假意热情我也知

黄酒假作夹酒卖　好歪吞在吾肚里

496

山歌要唱琴要弹　　人无两世在阳间

人无两世阳关在　　花无百日在深山

497

妹说不恋就不恋　　老妹不想出头天

哥哥说得柬硬汉　　老妹硬志去修仙

498

心肝姊妹嫩娇娥　　反了心事丢了哥

断情不须三句话　　老妹要丢无奈何

499

心肝姊来话你知　　他人不恋专恋你

蝴蜞咬着白鹤脚　　上天没级跟住你

（胡其①是水虫专吮人血）

500

妹子要断郎不断　　细妹讲硬郎讲软

细妹讲得铁般硬　　哥哥讲得水般软

---

① 据原诗，此处"胡其"应为"蝴蜞"。

501

阿妹生来怎柬精　红朱墨笔画不成
红朱墨笔画不到　风水屋场出妹精

（精之义见上）

502

老妹生得确是精　红朱墨笔画不成
今夜与你嬲一夜　命短十年心也甘

503

你想没我想柬狂　洋烟当作椰子糖
石灰当作糯米粉　棺材当作大枕箱

504

你不同我你行开　我去同个好人才
有笼不怕无雕困　乌鸦飞去凤凰来

505

割薏要割老扫薏　上午割了下午收
哥哥好比扫薏样　任妹抱紧任妹抽

932

506

食不愁来穿不愁　总是愁我没对头

那个哥哥到来嬲　好比云开见日头

507

日头一出西华华　老妹挑水打颈花

哥哥问妹怎样打　肩头缩上又缩下

508

急水滩头打车辆　打差主意连差郎

早知阿哥交不久　花边贴脚不上床

509

唱条山歌过那边　老老嫩嫩一齐恋

老计恋了好烧饭　嫩的恋来枕边眠

510

心肝姊来话你知　你的床上有乾卑

再过两夜不取净　今夜过后不来矣

511

心肝哥来话你知　我的床上没乾卑

哥哥在上我在下　乾卑咬我不咬你

512

老妹讲来我不信　水流石头会跌人
新买锣煲难测水　实在难测老妹心

513

十七十八后生家　手镯介指叉对叉①
如今之时年纪老　三个铜钱没人拿

（指老去之女人而言）

514

十七十八多人爱　屋后没路人行开
如今之时年纪老　门前大路生苍苔

515

心肝哥来你莫慌　妹子来时问过娘
老妹生来花艇样　任郎撑去那条江

---

① 此处"介指叉对叉"疑为"戒指钗对钗"。

934

516

铜钱丢落石板心　　不是转阳就转阴

老妹眼珠割割转　　不是想我想谁人

517

你不恋我我也松　　游山玩水费人工

妹妹没句宝言语　　哥哥没那闲人工

（闲人工言空余也）

518

旧年丢了晒衫竹　　今年始来寻旧篙

隔年灯盏拿来点　　问妹还有旧心么

（旧篙言旧交也）

519

日头落山系落山　　做人媳妇真艰难

日间又要做牛使　　夜间又要做席滩

520

郎不慌来妹不慌　　哥是大姓妹强房

两人堂口站得硬　　还怕谁来使暗枪

935

521

十七十八死老公　目睛哭肿耳哭聋
抬头食饭失了箸　谁人拾起来凑双

522

鹧鸪飞进画眉笼　面目不识不敢同
不是自己心肝肉　心头暗想不敢动

523

心肝哥来话你听　那有老妹不要你
脱衫脱裤同你嬲　是否老妹发了癫

524

心肝姊来嫩娇花　口唇红过石榴花
乳子硬过麻竹笋　脚臂白过绿豆芽

相思病歌

1

因为相思得了病，爷娘跟前不敢声，
倘若阿哥大势到，搭信妹来穿麻衫。

2

听知阿哥得了病，手检灯笼星夜行，
双手揭开绫罗帐，就问阿哥病重轻。

3

重不重来轻不轻，难为吾妹费心行，
床前有张矮凳子，慢慢吾来讲你听。

4

日作热来夜作蒸，心神飘荡得惊人，
相思变成痰火症，无人捉得脉头真。

5

自己有病自己知，你要快请医生医，

若是阿哥没钱用，妹子就会当寒衣。

6
阿哥老实话你知，衣衫不可当了去。
衣服不是我制的，爷娘知了会打你。

7
阿哥无须束迟疑，衣服当了也不奇，
衣服当了赎得转，一朝没郎枉心机。

8
要茶要水你要声，妹子出街当衣衫，
掀起衫尾拭眼泪，吾郎好了心就甘。

9
当铺门口叫一声，就叫伙计当衣衫，
伙计问厓①当什么，蓝衫乌裤并颈钳。

10
伙计问厓当几多，当足一千三百三，

---

① 据《客家话通用词典》有关词条得知，此处"厓"应为"偓"，音为ái，意为第一人称"我""自己"。下同。

938

伙计出了九百九，少当少赎利钱轻。

11

十字街头请医生，医生步仪二百零，
你若医得吾哥好，妹会同你传名声。

12

嫂嫂来到我小店，你哥得了什么病，
桌边就有交椅子，坐下慢慢讲吾听。

13

又热又晕又颠狂，三餐茶饭不想尝，
日里作热夜作渴，头聋口哑苦难当。

14

一讲医生就在行，题起金笔开药方，
百般药草都开尽，碗半水加两片羌①。

15

妹子出街检药方，行到街头天未光，

---

① 此处"羌"疑应为"姜"。

检了药草回家去，急得回来见亲郎。

16

手检药草乱忙忙，一入间房就问郎，
手拿砂煲并木炭，包①好药水妹扇凉。

17

左手拿着良药水，右手拿着良药汤，
这服灵丹食下去，吾郎寿命必较长。

18

实实在在话你知，龙肝凤胆也难医，
阎王注定三更死，何必等到五更时。

（俗信人之生死，有阴府之阎王为之操纵，任何人之姓名
悉注册于其簿上，时日到了，他把人名注销而人则死。）

19

阿哥话事真不该，阎王跟前说转来，
阎王跟前说不脱，目汁双双扫不开。

---

① 此处"包"疑应为"煲"。

20

郎在床上妹床前，嘱咐吾妹两三言，
你哥若是不会好，百事都要嫩娇莲。

21

目汁双双真痛肠，风水屋场亏吾郎，
妹子以后没郎带，寒酸日子正难当。

22

哥哥讲着就停声，妹子看了着下惊，
面上走神又走色，模①到心头就滑冷。

23

十八阿哥你不知，柬好后生死了矣，
阳间不曾生过子，香炉谁人奉祀你。

24

大伯阿叔要增光，买好棺木殡吾郎，
粗布袍衫拿开去，绫罗绸缎拿来装。

① 此处"模"疑应为"摸"。

25

阿哥死了慢掩埋，棺木装了要等厘，

双手掀开棺材盖，你今安乐冤枉厘。

26

阿哥死得不该当，大伯阿叔来烧香，

年纪算来不是老，膝头落地罪难当。

27

大伯阿叔要增光，扫净厅庭摆佛堂，

请到和尚并吹手，七七修斋做道场。

（吹手是乡间的乐人之谓，七七是人死后之四十九日，例须祈祷以慰死者。）

28

铙钹一向^①就吊神，亏了吾郎一个人，

死到阴间多个鬼，阳间世上少个人。

29

买便纸钱买便箱，剪好纸钱给吾郎。

和尚司务招魂转，你的香炉妹来扛。

---

① 此处"向"疑应为"响"。

（凡人死后，必须设一神位，名曰香炉，做佛礼时，必由其子或孙捧之行，否则以至亲者代，俗视此礼典非常严重，不可胡紊。）

30

郎在阴间渺渺茫，妹在阳间哭断肠，

纸做灵屋给郎住，郎断脚迹妹断肠。

（灵屋是乡间迷信多神教的人纸造之屋，当人死后，以火焚之，以供其在阴府之居住，郎断脚迹言永无足迹可见也。）

31

邻舍六亲真增光，买好礼物给吾郎，

三牲羊猪来摆祭，不如生前食两两。

32

阿哥死得不该当，正当后生命不长，

白屋营营你不住，情愿走去住岭岗。

33

大伯阿叔要增光，请到先生踏地方，

岭头行到岭尾转，九龙冈上葬吾郎。

（先生是堪舆先生，乡间酷信风水，多依之为命。）

34

邻舍六亲真增光，送着吾郎上岭冈，

坟前哭到坟后转，一句亲哥一句郎。

35

吾哥死得不该当，愈想愈真愈痛肠，

妹子好比香包样，没郎挂着不清香。

36

百万家财当堆坭，没了请哥愿没厓，

少年妹子来守寡，难听五更鸡公啼。

（啼读如Tay。）

37

六月难过正午心，守寡难过五更钟，

正当后生守得寡，铁船也可过海心。

38

急水滩头鱼难上，少年守寡就难当，

睡到五更思想起，新席磨断九条冈。

（此歌结构虽非绝妙，然一往情深，令人泪下。）

梦五更

1

一更梦郎真凄凉，黄昏时候踏田场，
同郎月下行云雨，恰似张生弄红娘。

2

二更梦郎转侧眠，爬床缩脚难安身，
眠不着来睡不着，一心专等有情人。

3

三更梦郎半夜时，梦见吾郎真来矣，
郎今青春妹年少，今不风流等何时。

4

四更梦郎四更深，梦见吾郎又来寻，
可惜四更没好久，再梦一刻值千金。

5

五更梦郎鸟声向①，正好睡目天就光，
谁人叫得吾郎转，剧鸡开酒等吾郎。

6

重梦五更东边红，郎在西来妹在东，
有缘千里来相会，无缘对面不相逢。

7

梦了五更转床眠，拴门弹指柬惊人，
双手揭开红罗帐，鸳鸯枕上少个人。

---

① 此处"向"疑应为"响"。

十劝妹

1

一劝妹，妹在家，切莫上家游下家，

上家有个懒尸嫂，下家有个懒绩麻，

养懒身子害自家。

2

二劝妹，妹在家，你要勤绩学绣花，

一来打扮亲郎并自己，二来打扮相好者，

同妹有了要掩遮。

3

三劝妹，妹有缘，园中小菜卖有钱，

莫学街头贱婊子，三十过了不值钱，

那有老了转少年。

4

四劝妹，妹在家，切莫思思念念转外

家，十字路上时有打劫的，打劫的人

会采花，弄坏身子始知差。

5

五劝妹，妹有情，同了我时莫同人，
一来争风怕人打，二来会打争风人，
平地无风会起尘。

6

六劝妹，就成双，你要善侍你老公，
东西至怕人眼浅，湖其专望水浪深，
生妹有了莫露风。

（湖其是水虫，专事吮人血的。）

7

七劝妹，是立秋，阿哥过苦郎过有，
妹子有钱贴郎用，贴来贴去一样有，
小河出水望长流。

8

八劝妹，是中秋，中秋妹子好比天上
何仙姑，阿哥好比洞宾样，洞宾还要

948

弄仙姑，你要遮掩亲丈夫。

9

九劝妹，哥话你，切莫上墟游下圩①，

上墟有个风流子，下墟有个大跳皮，

多少银钱莫同渠。

10

十劝妹，叮嘱你，切莫想着那问题，

朝晨早起理家务，晚来侍候小孩儿，

件件周到正可以。

（此歌结构稍欠警切，因极能表出家乡情景，姑存之，并

非流行之作。）

---

① 此处"圩"同"墟"。

李金发年谱简编

陈厚诚

1900年

11月21日生于广东省梅县梅南镇罗田径上村。原名李权兴，又名李淑良，"李金发"是他用得最多的笔名，其他的笔名还有今发、蓝帝、肩阔、弹丸、片山潜雀、瓶内野蛟三郎等。

祖籍福建省宁化县石壁乡。曾祖父和祖父都是贫苦的农民。父亲李焕章在离罗田径五里之遥的一个穷山腰里度过了贫苦的童年，二十岁左右到一个堂叔的盐店里去做工，约一年后到英属毛里求斯经商，每隔数年回梅县一次。

李焕章先后娶妻夏氏和朱氏，共生下李金发兄弟五人和姊妹八人。李金发为朱氏所生，在兄弟中排行第四。母亲朱氏没有文化，但性格和蔼，对子女颇有家教，很受乡里人称赞。

1903—1904年　三至四岁

李金发家新居"承德第"在罗田径上村建成。父亲将毛里求斯的商务交给李金发的大哥李权秀主持，自己告老还乡，时年五十三四岁。

1906年　六岁

入本村蒙馆"破学"读书。民国初年，乡中蒙馆改为小学。

1915年　十五岁

春，在本乡小学毕业后，到梅县县城的高等小学（相当于后来的初中）读书。

夏，父亲李焕章病故，享年六十五岁。

1917年　十七岁

冬，在县城高小已读满三年，但拿不到文凭，因为教育厅实行秋季始业、秋季毕业，须再读半年才成。李金发一怒之下退学回家。

1918年　十八岁

年初，往香港求学。旧历新年过后不久入谭卫芝补习学校学习英文。

夏秋，转入香港圣约瑟中学（俗称罗马书院）。

冬，返乡度岁。

1919年　十九岁

春，与自幼被李家收养的朱亚凤结婚。

夏，赴上海求学。时值赴法勤工俭学达到高潮，便考入留法预备学校。但未及正式上课，即准备随第六批赴法勤工俭学学生赴法。

11月，和六十多位有志勤工俭学的青年一起乘一艘英国商船离沪赴法，同船者中有李立三、徐特立、王若飞等。

冬，船抵法国南部著名港口城市马赛。旋即转往巴黎南面的枫丹白露。

1920年　二十岁

春，由法华教育会安排在枫丹白露市立中学学习法语，同学中有李立三、王若飞和李金发的同乡林风眠等。

秋，与林风眠一起改入法国东部孚日省（Vosges）布鲁耶尔（Bruyères）的市立中学就读。开始写新诗，《微雨》中有一首《下午》即写于此时。

1921年　二十一岁

春末，与林风眠一起入第戎（Dijon）国立美术专科学校学习。

秋，经第戎美专校长介绍，李金发、林风眠二人转入巴黎国立美术学院深造。李金发跟布谢（Boucher）教授学习雕塑，林风眠从高尔蒙（Gourmont）教授研习绘画艺术。

1922年　二十二岁

春，所做林风眠、刘既漂石膏头像入选巴黎春季展览会，这是中国人的雕塑作品第一次入选巴黎美展。

在巴黎美院期间，除刻苦钻研雕塑艺术外，还大量阅读了波德莱尔和魏尔伦等法国象征派诗人的作品。在他们的影响下，李金发开始进入自己诗歌创作的喷发期，《微雨》集中的诗作大部分写于此时。

冬，妻朱亚凤因忍受不了妇科病的痛苦服毒自杀。不久，李金发与林风眠、黄士奇、林文铮（后为蔡元培的女婿）结伴赴德国柏林游学。在德国期间继续进行诗歌创作。

1923年　二十三岁

2月，编定诗集《微雨》。

5月，编定诗集《食客与凶年》。很快将编好的两本诗集寄给在国内的周作人，请周推荐出版。

本年，与柏林一位画家的女儿恋爱，这位德国少女便是格塔·朔伊尔曼（Gerta Scheuermann），后来李金发将她的名字翻译成"屐妲"。

1924年　二十四岁

年初，携屐妲离德返法，在巴黎南郊的丰特奈欧罗斯（Fontenay-aux-Roses）小镇与屐妲结婚。婚后，仍在巴黎美术学院学习雕塑。

夏，与屐妲一起到法国北部的圣凡拉利海滨避暑。

秋，给上海美专校长刘海粟写信，表示愿回国执教。刘很快回信答应聘李金发为上海美专的雕刻教授。

11月底，携屐妲取道意大利踏上返国归程。在水城威尼斯盘桓近一个月。

本年，完成诗集《为幸福而歌》的创作。

1925年　二十五岁

元旦抵达艺术名城佛罗伦萨。

1月，到达意大利首都罗马。在罗马的近四个月中，曾作油画《罗马月夜自写像》，完成了《意大利及其艺术概要》和《雕刻家米西盎则罗》两书的写作。

2月，处女作《弃妇》一诗发表于《语丝》第14期，署名李淑良。

4月底、5月初，和屐姐一起在那不勒斯乘一艘日本客轮回国。

6月初（"五卅惨案"后二三日），抵达上海，由刘海粟暂时安顿在法租界吕班路一个俄国人家中食宿。

夏，为上海美专举办暑期雕塑班，结果只有两名学生参加。

8月，《时之表现》一诗发表于《语丝》第41期，首次署名李金发。

10月，因投稿关系，认识了当时《小说月报》的主编郑振铎。经由郑的介绍，李金发于本年末参加了文学研究会。

11月，第一本诗集《微雨》由北新书局初版，为新潮社文艺丛书之八。

12月，长子明心出世。

本年，回国不久即被孙科聘为孙中山陵墓图案的评审顾问，并应孙科之请试做中山铜像模型，后未被采用。又，上海美专新学期招生，竟无一人报名学雕塑，刘海粟许诺的教授之聘因而告吹。

1926年　二十六岁

1月，小说《世界是如此其小》在《小说月报》第17卷第1期发表。此后几年在《小说月报》《美育杂志》等刊物陆续发表不少小说，描写中国留学生在国外的生活或留学生眼中的西方现实。

5月，为蔡元培塑一内铅外铜胸像。

夏，与田汉交往，在田汉拍摄的电影《到民间去》中饰演"陪客乙"。

9月，《雕刻家米西盎则罗》一书经蔡元培题写书名，由商务印书馆出版，属文学研究会丛书。

11月，诗集《为幸福而歌》由商务印书馆初版，属文学研究会丛书。又，《良友画报·孙中山先生纪念特刊》登载李金发所塑孙中山胸像照片，这尊胸像系应孙科之请而作。

1927年　二十七岁

年初，赴武汉谋职。经孙科的推荐，获本年3月刚刚成立的中山大学文学院教授之聘，同时在国际编译局和武昌美术学校兼职。结识了当时在北伐军总政治部任艺术股长的闻一多。

春末，结识了当时在武汉国民政府任外交部长的陈友仁（广东人）。由这层关系，李金发入武汉政府外交部任秘书。

5月，"四一二"政变后不久，用"今发"的笔名在汉口《中央副刊》第63号发表《哀熊锐同志》一文，对国民党在"清党"中大批杀害共产党人的行径表示强烈的谴责。同月，诗集《食客与凶年》由北新书局初版，属新潮社文艺丛书。

秋，宁汉合流，武汉政府解体，遂暂回上海。

11月，赴南京找蔡元培，被蔡任为大学院秘书处秘书，兼任大学院艺术委员会委员。

1928年　二十八岁

1月，主编的《美育杂志》创刊。

3月，国立西湖艺术院（后改名国立杭州艺术专科学校）正式创建，李金发调任该校雕刻教授，在该校任教四年。

5月，《意大利及其艺术概要》一书经蔡元培题写书名，由商务印书馆初版，属文学研究会丛书。又，所译《古希腊恋歌》由开明书店初版。

9月，所著《德国文学ABC》由上海世界书局初版。

12月，主编的《美育杂志》第二期出版。

本年，在杭州艺专任教的同时，与人在上海开办了一家名为"罗马工程处"的雕刻公司。李金发用三年左右的时间，先后做了安徽马祥斌军长和上海名人李平书的铜像，以及上海南京戏院门前三十五尺的长浮雕。

1929年 二十九岁

2月，搜集整理的《岭东恋歌》由光华书局初版。

10月，主编的《美育杂志》第三期出版。

1930年 三十岁

秋冬之交，屐妲携五岁的儿子明心，由上海乘船返回德国，从此与李金发分手，终生没有再见。

1931年 三十一岁

11月，所译《核米顿夫人情史》由上海华通书局初版。同年，所译《托尔斯泰夫人日记》亦由华通书局出版。

冬，辞去杭州艺专的教授职务，上海的罗马工程处亦关门，回广州居住。应孙科之请做近代著名外交家伍廷芳铜像。接着又应广东省主席陈济棠之请做邓仲元将军铜像。

1932年　三十二岁

春，委托中国驻德国大使馆一参赞正式办理了与屐妲的离婚手续。

5月，《现代》杂志在上海创刊，应主编施蛰存的要求，李金发在1932—1934年陆续写了《夜雨孤坐听乐》等十首诗在《现代》上发表，投入了"现代派"的潮流。

9月，在广州与刚从执信学校毕业的小同乡梁智因女士结婚。梁乃梅县大族出身，其曾祖父在清朝任过礼部官员，母亲是黄遵宪的女儿。

1933年　三十三岁

7月，次子猛省生于广州。

1934年　三十四岁

全家迁往南京，在南京居住两年。应黄埔同学会之请做了四五个蒋介石半身铜像，后又做一孙中山头像。这段时间除少量诗歌创作外，还写了不少散文，在《人间世》《天地人》《宇宙风》《论语》《文艺》《艺风》《文饭小品》等杂志上发表。

1936年　三十六岁

上半年，全家由南京回到广州。

秋，出任广州市立美术学校校长。

1937年　三十七岁

1月，主编的《美育杂志》第四期（复刊号）在广州出版。

7月，奉命到江西庐山受训。上山不久抗日战争全面爆发。

8月，回到广州，全市已处于战乱之中，美术学校奉命迁移而将校舍改为战时护士训练总部。

1938年 三十八岁

秋，日军在大亚湾登陆，经淡水而至惠阳，直逼广州。

9、10月之交，携妻梁智因和次子猛省离开广州逃往越南。10月21日广州即告沦陷。

1939年 三十九岁

经朋友介绍，在中国设在越南海防市的战时物资运输处服务，不久被任为人事股长。

1940年 四十岁

夏，携梁智因、猛省由越南回到广东省的战时省会韶关。

秋，任广东省文化运动委员会委员、广东省革命博物馆馆长。

10月，发表《从周作人谈到"文人无行"》一文，痛斥汉奸汪精卫、周作人。

1941年 四十一岁

7月，与诗人卢森一起创办《文坛》月刊，李金发任主编，由中华全国文艺界抗敌协会曲江分会出版。

8月，由韶关到重庆。

11月，入外交部任欧洲司第二科专员。

1942年 四十二岁

11月，被外交部派往设在广西柳州的第四战区长官司令部，以外交部专员资格兼任司令部外事处外事科科长。

12月，散文、诗歌、小说合集《异国情调》由重庆商务印书馆初版。

1943年　四十三岁

年底，奉命返回重庆外交部。

1944年　四十四岁

上半年，在复兴关中央训练团受训一个月。

下半年，被外交部任命为驻伊朗大使馆一等秘书。

1945年　四十五岁

1月由重庆出发，3月抵驻伊朗使馆上任。

本年10月至次年6月代理大使馆馆务。

本年，长子明心由毛里求斯来伊朗与父亲团聚，在德黑兰的一所美国学校读书，次年到美国完成高中学业，后考入哈佛大学。

1946年　四十六岁

6月，调任驻伊拉克大使馆一秘代理馆务，任职四年。

在出使两伊期间，写有《近代波斯文学》《巴格达的素描》《奇异的婚礼》等文和小说《鬼屋人踪》等。

1950年　五十岁

国民党台湾当局另派曾经留俄的盛岳到驻伊拉克使馆接替李金发的职务。

其时长子明心已在哈佛大学毕业，次子猛省在美国新泽西州读高中。

1951年　五十一岁

夏，携妻梁智因离开巴格达前往美国纽约。

秋，在新泽西州的林湖（Lakewood）开办一养鸡场，经营了八年之久。在此期间写了不少"仰天堂随笔"在香港的《文坛》杂志发表，还为黎明（挂其岳父林语堂的名）主办的《天风》杂志和马来西亚的《蕉风》月刊写稿。

本年，次子猛省入耶鲁大学化学系读书。

1956年　五十六岁

申请在美国永久居留。

本年，次子猛省于耶鲁大学化学系毕业。

1959年　五十九岁

年初，养鸡场破产停业，改在海滨经营一服装店。

1960年　六十岁

年初，服装店亦不景气，遂转让他人。在海滨赁屋休息半年。

6月，偕妻梁智因从新泽西到纽约，定居于纽约长岛。不久加入纽约雕刻师公会，重操雕塑旧业。

1962年　六十二岁

改入纽约某雕刻装饰公司任职。

本年，长子明心获芝加哥大学政治学博士学位；次子猛省入哥伦比亚大学深造，后获经济学硕士学位。

1964年　六十四岁

将来美国后所写部分散文、小说辑成《飘零闲笔》一书，由台北侨联出版社出版。

本年10月开始在马来西亚《蕉风》月刊上连载长篇自传《浮生总记》，全文十余万字，分十八期载完，全面回顾和总结了自己的一生。

1971年　七十一岁

继1962年之后，心脏病第二次发作，住院一星期始缓解。从此毅然辞去一切工作，退休在家，几乎停止一切写作活动，只偶尔写点旧诗以自娱。

1974年　七十四岁

12月6日，应台湾诗人痖弦书面访问的要求，写了一篇洋洋上万言的《答痖弦先生二十问》，纵论了自己一生的奋斗与得失。

1976年　七十六岁

3月底或4月初，于林语堂3月26日去世后不久，用"李五权"的笔名发表了《吊幽默大师林语堂》一文。这极有可能是李金发生前最后一篇公开发表的文字。

12月，心脏病再度复发，住进纽约长岛的布里瓦（Boulevard）医院。经过一段时间治疗，无效，于12月25日在医院逝世，享年七十六岁。

12月29日，李金发吊唁仪式在葬礼公司举行。

12月30日，李金发遗体安葬于纽约长岛Farmingdale镇的松坪墓地。

编后记

　　自2019年12月底《李金发诗全编》编讫送出版社审稿，时光又匆匆过去了大半年。这段时间，我除配合出版社的审稿，对本书的某些细节做出调整或补充个别材料外，最让我心系的就是写好这篇编后记了。

　　数月来，每当我一人独处，眼前就会出现即将问世的这本《李金发诗全编》想象中的模样：它会是厚厚的，沉甸甸的，里面装着诗人创造的一个独特奇妙的诗的世界——它的背景是诗人最喜欢的贝多芬音乐所描绘的月夜，在朦胧的月光下，看不清万物的轮廓，却显出一种奇幻的美，而诗人就是要从这暗影摇荡的轻云中去察遍世界万象，并"完成其神怪之梦及美"①的创造。这里面包含了诗人多少怪异独特的艺术探索，渗透了诗人对生与死、善与恶、爱与恨、美与丑、永恒与虚无的多少感悟与喟叹，并留下了诗人在新诗发展中开一代诗风的艰难足迹！

---

　　① 李金发语，见《艺术之本源及其命运》，载《美育杂志》第3期，1929年10月出版。

每当这种时候，我就会感到，像我这样一个多年来游离于学术界之外的普通高校教师，能有缘与国内现代文学领域内两位实力派的资深学者一起编纂这本意义非凡的书，并能忝列本书的编者名单，真是何等的幸运与自豪！

这本《李金发诗全编》，从资料的搜集整理到如今的成书，断断续续，算来已历时近30年之久，而我接手此事只不过区区数年。

最先起意编一本《李金发诗全编》的，是四川大学陈厚诚教授和中山大学李伟江教授。早在20世纪80年代中期和90年代初，恩师陈厚诚教授在先后从事"20世纪中国文学与西方现代主义思潮"课题的研究和《死神唇边的笑——李金发传》一书撰写的过程中，搜集了大量李金发诗歌、小说、散文作品和其他论著与译著。与此同时，李伟江教授在长期的粤籍作家研究中也同样积累了李金发各方面创作和论著的原始资料，特别是在诗作和译诗方面的资料堪称完整。他们两人于20世纪90年代初开始通信交往，交流李金发研究的心得，并在资料上互通有无。在交往中，两人都深感应该让他们所掌握的这些珍贵资料在更大范围内发挥作用，于是便起意由他们两人合作，先编一本《李金发诗全编》，为新诗研究界提供一部完备的李氏新诗作品的文本；然后再编一套包括诗歌、小说、散文、理论和译著等在内的多卷本《李金发文集》，为全面、深入研究李金发提供更为完整的第一手资料。两人通过多次的书信来往，初步商定了《李金发诗全编》和《李金发文集》的体例、架构，拟出了目录草稿，并开始分头着手进行这项工作。2000年10月，"林风眠、李金发诞辰一百周年纪念暨学术研讨会"在广东梅州举行期间，陈厚诚教授还曾专程到中山大学看望久病的李伟江教授，除慰问病情外，两人谈得最多的还是他们的合作。

然而，那次学术会议结束后不久，李伟江教授即因久病医治无效，不幸于当年11月谢世。他是带着未完成整理出版《李金发诗全编》和《李金发文集》工作的遗憾告别人世的，这真让人不能不有"出师未捷身先死"的感慨！

李伟江教授的离去，让李、陈两位教授合作的项目受到极大的影响。李教授之女李桃决心继承其父遗志，继续与恩师合作，但不久李桃老师因随其先生一起赴澳洲、新加坡留学和发展，不能实际参与编纂工作，遂将其父搜集的相关资料寄给恩师陈厚诚教授备用。恩师不久也因依亲赴美长住，而使他承担的部分工作也陷于停顿。再加上，两书的价值、意义虽受到国内多家有影响力的出版社关注和重视，但终因经费困难而一直未能纳入出版计划。这样，此事便无限期拖延下来。

而这一拖就是十多年！随着光阴的流逝，已逐渐进入耄耋之年的恩师，身在海外，心系沉睡在国内居室中的一大堆有关李金发的珍贵资料，常寝食难安，苦思如何处置这批珍贵资料。恩师在与我频繁的电邮通信中，不时流露出他的这种忧心。

2016年4月，我突然接到临时回国小住的恩师的电话，通话中恩师简述了他的忧虑，并问我："今后若有出版社同意将其纳入出版计划，你可愿接手编纂《李金发诗全编》和《李金发文集》的后续工作？"

我是恩师多年的老弟子，在四川省宜宾学院从事现代文学教学已有十多年了。学生时代和从教以后，一直很用心在西方象征主义文学领域内的探寻，也细读和精读了大量富有代表性的西方象征主义作品。我对李金发的诗，乃至中国20世纪30年代的现代派、40年代的九叶诗人和冯至《十四行集》的诗作，一直非常喜爱也有深入探究的兴趣，并常向恩师请教有关象征主义的问题，还反复读过他主编的《20世纪中国文学与西方现代主义思潮》一书中有关象征主义的章节，和他所著《死神唇边的笑——李金发传》的三个版本。恩师对此当然是了解的，这大概也是他提议由我接手他和李伟江教授未竟工作的原因吧。我理解恩师的信任和提携之意，但我对于担此重任仍流露出一丝惶恐，担心自己学力不够，做不好这件工作，会愧对诗人和读者，也辜负了恩师的殷殷期待。

恩师看出了我的顾虑，当即列举了我的三个"长处"来鼓励我。他说："将编纂《李金发诗全编》和《李金发文集》的后续工作'交棒'给你，是经过慎重考虑的。你有三个长处：第一，你喜欢象征派，对李金发诗歌有强烈的兴趣爱好，而且你自己也写诗，有诗人气质，因此你做这件事就会有热情有动力，而不会觉得是件枯燥乏味的苦事；第二，你是川大汉语言文学专业的本科生和中国现代文学专业的硕士研究生，接受过系统的专业训练，又一直关注象征派和李金发，了解象征派的历史和特点，了解李金发的生平和创作，所以完全具备做好这件事的水平、能力和充分的知识积累；第三，你做事为学一贯认真细致，有强烈的责任心，这是做好编注校勘工作的一个重要的必备条件。你具备了这三个长处，就一定能胜任这项工作！"面对恩师的这番鼓励，我不能再有任何犹豫，便在惶恐中领受了恩师的这一重要托付，并于数日后即从恩师手中接过了李金发诗歌及其他论著的大量原件、复印件、抄件和初步拟定的分卷目录等资料。

有了这一重任在身，我便于教学和芜杂的生活之余，一旦能静下心来，就会一页页翻阅、整理这一堆沉睡已久的资料。一边翻阅，一边感叹，一边被深深感动……两位学者在幽暗的旷野之上，日月可鉴的天地间，艰难拓荒，他们手扶犁铧，翻动着少有人光顾的荒野。他们深深钻探着，时有金子和钻石闪出璀璨的光华。但由于李金发的人生经历丰富而曲折，他的诗路也更为丰富和坎坷，诗人的光华也因此常常被遮盖，其诗也常被误评、被曲解……再加上特定历史时期的原因，这就曾造成李金发一诗难求、一文难求的局面。而恩师交到我手里的有关他的资料却是如此齐全，它们在一大堆资料袋中沉睡得太久，一经翻动，就让我感到无论是里面的诗还是文，都像是有生命的埋藏在地下的珍宝，渴望破土而出，放出它们被束的光华。但在市场经济条件下，像李金发这种带一定贵族气的属于"阳春白雪"的诗文，何年何月才有眼光独具的出版社有魄力将其纳入出版计划呢？我有些茫然，但期待着……

没想到机会竟来得这么快！

2017年3月，四川文艺出版社设法联系到身在美国的恩师，表明要重印《李金发诗集》的意向。恩师即建议他们与其重印不全的旧版，不如干脆出一本国内尚未出过的《李金发诗全编》，然后再出一套多卷本的《李金发文集》，以填补国内出版界在李氏著作出版方面的一大空白，并说明恩师已受李金发长子、次子的全权委托负责处理李金发著作编纂和出版事宜。四川文艺出版社很快对恩师的建议做出了肯定的回应。于是恩师很快特意从美国飞回成都，与四川文艺出版社签订了先后出版两书的合同，并致信李伟江教授的女儿李桃老师，征得她的同意和支持，确定将我列为两书的编者之一，负责两书编纂的后续工作。恩师在返美前还多次和我一起讨论编注体例等问题，对我即将开始的工作进行了细致的指导和提醒。

重任在肩，我不敢有丝毫的懈怠。几年以来，我除了应对正常的教学和迎接教育部部署的教学检查，其余时间就几乎全部扑在《李金发诗全编》的工作上。首先是拟定全书细目，然后将手中所有李诗原件、复印件、抄件加以清理，个别遗缺者或复印件因年久而字迹漫漶者，须立即设法补齐。接着是更大量、细致的校勘和注释，对李金发的四百多首诗、附录部分《岭东恋歌》中的579节民歌，都逐句逐字比对校勘，反复推敲斟酌；对诗中甚多的外语标题和诗句做出注释，个别用法语写的诗还特请有关专家翻译。总之这是一个极其细致繁复的工作，一点一滴都是心血和汗水，我也在这过程中得到最好的历练和提升。我虽不是宝剑，但通过这段时间的工作，却有一种得到淬火的感觉。

《李金发诗全编》一书，从起意到编讫，历经近30年，由恩师陈厚诚教授和李伟江教授率先垂范，前赴后继，薪火相传到我手中。这后续工作如能达到先行者设定的编出一本迄今最完备的李诗文本的目标，那么，我再付出千万倍的辛苦也是心甘情愿的，也是有意义的。我知道，过去的这一两年，是我工作十多年来最为繁忙辛苦的时段，也是自觉最有意义的时段，因为我在兢兢业业、勤勤恳恳做着一件意义非凡的事情，一向不随流俗的我，在心灵深处终于找到一丝难得的宁静与充实……

现在，本书的编纂工作已全部完成，一部全新的《李金发诗全编》即将摆到广大读者面前。此时此刻，我最大的一个心愿就是：若泉下有知，天上有灵，愿此书的出版能让诗人李金发的在天之灵感到一丝欣慰，或如恩师在序言中所说的带给他一份迟到的补偿。他19岁负笈出国，在青春怒放的年纪，因异常的苦闷与孤独，一发而不可收地作诗，抒发其浪漫、飞扬、颓废、凝重的情怀和生活的艰辛与沧桑。回国以后也笔耕不辍，为中国新诗开辟了一片奇异的园地，留下了一笔独特的、影响深远的遗产。直到晚年，他流落异国，于76岁那年的冬天，带着未能落叶归根的遗憾，带着一种人生拼搏不息的深深疲惫，病逝于美国的纽约。他在纽约郊区下葬的那天，寒凝大地，天降大雪，直下得个白茫茫大地真干净，不由得令人想起《红楼梦》中那首诗："满纸荒唐言，一把辛酸泪，都云作者痴，谁解其中味！"这世界之大，天地之广，也许真有知音，真有高山流水吧。愿李金发那些也曾被世人视为"荒唐"的诗，今后能获得越来越多的知音，能更好地领会李诗中所蕴含的"辛酸"……

此时此刻，我也有太多的发自内心的谢意要在此一一表达：

首先要感谢陈厚诚、李伟江两位教授为编纂《李金发诗全编》和《李金发文集》花费了大量心血，他们搜集整理了李氏几近齐备的各种创作、论著和译著资料，确定了基本的格局框架，为两书的编定打下了坚实的基础，没有他们十余年的付出和辛劳，就不可能有今日《李金发诗全编》和不久后《李金发文集》的出版。特别是李伟江教授，多年为两书之事辛苦异常，却遗憾地未能亲眼看到两书的出版。在此，谨以这本《李金发诗全编》的先行问世告慰先生：您的遗愿就要实现了，请您安息吧！这里也要特别感谢李伟江教授的夫人及其女儿李桃老师，她们母女二人当初和李伟江教授一起收集资料，并于李教授离世后，继续搜集整理。李教授的夫人，不顾年迈，亲自动笔，将李金发的几百首译诗，一一抄在了稿纸上，还留下了反复核对的痕迹，这种艰辛实在是非同寻常！另外在《李金发诗全编》成书过程中，李桃老师虽远在澳大利亚，万里之遥，但仍一次次给予大力支持，令我十分感佩。

在本书的编纂过程中，编者在注释、校勘和外语翻译等方面也得到一些同行和友人的指点和帮助。李金发的几百首诗，多有外文杂于其中，给校勘注释增添了很大难度。法国文学研究者、首都师范大学法语系龚觅博士，在繁忙的教学、科研和行政工作间隙，翻译这本诗集的法语标题、题引、词语多达百余处。特别是《食客与凶年》中有两首诗人用法语写的诗，龚觅老师拨冗译出，译笔颇能传出李诗风格，为本书的注释增色不少。借此机会，谨对龚老师深厚的学养表示钦佩，也对他总是有求必应的帮助致以由衷的感谢！李金发的诗中还偶有德文词语或句子，我们有幸得到了首都师范大学外国语学院德语系教师李明瑶博士的大力相助；毕业于北京大学英语专业、多年在美从事翻译工作的资深翻译家吴若思女士也帮助我们解决了不少翻译难题；此外也有相当数量诗句的外文翻译采用了四川文艺出版社1987年版的《李金发诗集》中刘永健和吴勉的译文；还有美国国会图书馆亚洲部馆员宋玉武博士，在我们编注本书和恩师为本书作序期间，在有关书籍、报刊资料、照片的查阅和复制方面都给予了不少帮助，为我们解决了不少疑难问题；《汉语大字典》编审之一、四川大学文学与新闻学院汉语史教研室伍宗文教授，在李诗中出现的若干古汉语疑难问题的诠释方面，也给予了我们最专业的解答和帮助。凡此，均在此一并致以最诚挚的感谢！

同时，我这里还要代表三位编者，特别感谢四川文艺出版社对《李金发诗全编》和《李金发文集》两书的高度重视和大力支持。感谢吴鸿社长和张庆宁总编以超常的眼光和魄力果断地拍板将两书正式纳入出版计划，使陈、李两位教授酝酿了许多年的心愿得以实现。也感谢本书责任编辑周轶先生、程川先生和副总编宋玥女士在编书过程中对编者的多方支持和具体帮助，我们一起携手同行，合作愉快，是本书如期顺利推出的重要保证。

需要特别指出的是，在本书编纂过程中，我们的工作还受到四川大学文学与新闻学院院长李怡教授和著名新诗研究专家、四川大学文学与新闻学院刘福春教授的关心和支持，特别是两位教授在本书申报"十三五"国家重点图书出版规划项目时给予了大力推荐，我们也在此表示衷心的感谢。

此外，我还要代表本书三位编者，深深感谢我所在单位的部门同事加好友钟发远和袁莉容两位教授！钟老师凭借着他自身古汉语专业领域的深厚积累，为本书某些地方所涉及的古今字及生僻古字的注释提供了最准确最翔实的资料凭借。教授现代汉语的袁莉容老师，凭着自身专业领域的扎实功底，在为《岭东恋歌》中涉及客家方言的词汇作注时，也提供了一系列准确可靠的资料依据。

还要深深地感谢我的老朋友朱彤、王平、净友张原成老师，她们在听说我接手了《李金发诗全编》的编纂后，都为我感到高兴，并以各自的方式给了我不少关心、支持和鞭策、鼓励，让我感到了这种友谊的温暖和弥足珍贵，增强了我做好这件工作的信心。

最后，我还要特别感谢我家里的亲人们！我的丈夫李炳在本诗集成书过程中鼎力相助，给了我难得的理解。他凭借着较为深厚的古典文学、文化与文字的功底，在本书繁简字的转化上也提供了十分有力的帮助。我的正在北京读书的儿子王子朝也挤时间多次帮我到国家图书馆查找和复印了不少重要资料，使得那些遗缺资料或复印件因年久而字迹漫漶者，得以及时补齐。在此我对他们的倾力付出深表谢意！

在此，我还想说，接手《李金发诗全编》的工作以来，我最大的感受就是它的意义非凡和行进过程中的举步维艰。我天天都在做蜗牛，必须耐烦地、不停地、细细地爬遍它的每一寸肌肤。最近两三年间，自己可能是觉出了人到中年，乃多事之秋吧。生活、工作压力重重，困境重重，时不时处于夹缝间，首尾难以相顾，常常会感到力不从心，有万千滋味涌上心头……再加上近两年来，四川境内自然灾害不断，尤其是宜宾周遭地区五级左右的地震较为频繁。日月无光，自然界异象丛生，群鸟毕集于暗夜间，上下翻飞，大地剧烈摇晃，惊魂不定中，一想到书稿未竟，总禁不住忧心如焚。2019年底2020年伊始，新型冠状病毒感染的肺炎疫情，由武汉席卷全国，各省市都在停工停学，人人自危，忧心忡忡蜗居在家。不久，世界许多国家也先后暴发新冠疫情，恩师陈厚诚教授所在的美国也成了疫情的重灾区，6月，国内已被有效控制住的新型冠状病毒疫情又伺机向我们的首都北京肆虐反扑而来；接下来没过两个月，四川多地又相继暴发了洪涝灾害，惊人的大风、大暴雨以汹汹之势，铺天盖地席卷了成都、宜宾等地，金沙江、岷江、长江水势凶猛……这些都使此书后期的编审遭到意外的困扰。但尽管如此，《李金发诗全编》在美国、北京、成都、宜宾四地的工作仍在艰难地、有序地向前推进，恩师陈厚诚，法语顾问龚觅老师，四川文艺出版社的程川、周轶编辑，还有我本人，我们都各司其职，为着本书的诞生与面世共同努力，虽然彼此间身不处一地，但心同热在一起，光亮凝聚在一处，思想碰撞在一起……天地一片巨响喧腾之中，我们都在各自的一隅静静地思考，通过微信在反复细致地讨论，点点滴滴，琐琐碎碎……有时错过了饭点儿，忘记了洗漱，不知不觉已到深夜……每念及此，心中总会感到一种深深的欣慰与收获的充实！

在本书临近编讫之前，我曾恳请恩师为本书撰写编后记，但恩师表示，《李金发诗全编》的后续的、总其成的繁重工作是由我独立完成的，他已为本书写了序，编后记理应由我来撰写。我当然只能从命，便写了上面这些话。但对恩师多次肯定《李金发诗全编》后续工作是由我"独力完成"，我想在此做点说明。大量后续工作由我具体在做这是实情，但我在接手后一直不断通过电话、电邮、微信等方式与恩师保持密切联系，讨论和解决编注工作中遇到的疑难问题；恩师还出面请多位他在中、美学界的学者朋友帮忙解决外文翻译方面的难题；其间恩师偶尔自美回国，还曾亲赴宜宾和我一起讨论涉及书稿的许多问题。所以，整个后续工作都是在恩师的指导甚至直接参与下进行的。在此过程中，我进一步了解到恩师学识的渊博和治学的严谨，为我树立了做人和为学的榜样。这是我对恩师最为感激之处。

最后，我要万分诚恳地表示，尽管我已是竭尽全力想将恩师托付给我的工作做好，但由于自己的能力所限，这本《李金发诗全编》在李诗的搜集整理和校勘注释方面，疏漏和失当之处自当难免，故诚望专家和读者不吝赐教，这也可以帮助我们在马上就要开始的《李金发文集》的编纂中，把工作做得更好！

陈晓霞

2020年9月11日